W0312263

En 2018, Harlequin fête ses 40 ans !

Chère lectrice,

Comme vous le savez peut-être, 2018 est une année très importante pour les éditions Harlequin qui célèbrent leur quarantième anniversaire. Quarante années placées sous le signe de l'amour, de l'évasion et du rêve… Mais surtout quarante années extraordinaires passées à vos côtés ! Azur, Blanche, Passions, Black Rose, Les Historiques, Victoria mais aussi HQN, &H et bien d'autres encore : autant de collections que vous avez vues naître, grandir et évoluer, avec un seul objectif pour toutes – vous offrir chaque mois le meilleur de la romance. Alors merci à vous, chère lectrice, pour votre fidélité. Merci de vivre cette formidable aventure avec nous. Les plus belles histoires d'amour sont éternelles, et la nôtre ne fait que commencer…

40 ANS

Irrésistible tentation

*

Les surprises de l'amour

*

Les pouvoirs de la passion

À PROPOS DE L'AUTEUR

Née en Californie, Maureen Child a une passion pour les voyages. Jamais elle ne laisse passer une occasion de partir à la découverte d'un nouveau pays – avec son mari, tout de même... ! Mais son grand amour, c'est l'écriture, et ses romans ont tous un point commun : sensuels et pleins d'émotion, ils se terminent toujours bien !

MAUREEN CHILD

Irrésistible tentation

INTÉGRALE
ORGUEIL ET TENTATIONS

Traduction française de
FLORENCE MOREAU

• SAGAS •

HARLEQUIN

Collection : SAGAS

Titre original :
THE TEMPTING MRS. REILLY

Ce roman a déjà été publié en 2012

© 2005, Maureen Child.
© 2012, 2018, HarperCollins France pour la traduction française.

Ce livre est publié avec l'autorisation de HARLEQUIN BOOKS S.A.

Tous droits réservés, y compris le droit de reproduction de tout ou partie de l'ouvrage, sous quelque forme que ce soit.
Toute représentation ou reproduction, par quelque procédé que ce soit, constituerait une contrefaçon sanctionnée par les articles 425 et suivants du Code pénal.

Si vous achetez ce livre privé de tout ou partie de sa couverture, nous vous signalons qu'il est en vente irrégulière. Il est considéré comme « invendu » et l'éditeur comme l'auteur n'ont reçu aucun paiement pour ce livre « détérioré ».

Cette œuvre est une œuvre de fiction. Les noms propres, les personnages, les lieux, les intrigues, sont soit le fruit de l'imagination de l'auteur, soit utilisés dans le cadre d'une œuvre de fiction. Toute ressemblance avec des personnes réelles, vivantes ou décédées, des entreprises, des événements ou des lieux, serait une pure coïncidence.

Le visuel de couverture est reproduit avec l'autorisation de :

Couple : © GETTY IMAGES/DREW HADLEY /ROYALTY FREE

Réalisation graphique :
E. COURTECUISSE (HARPERCOLLINS France)

Tous droits réservés.

HARPERCOLLINS FRANCE
83-85, boulevard Vincent-Auriol, 75646 PARIS CEDEX 13
Service Lectrices — Tél. : 01 45 82 47 47

www.harlequin.fr

ISBN 978-2-2803-8428-5 — ISSN 2426-993X

1

— Dix mille dollars, ça fait une coquette somme !

Tout heureux de son commentaire, Brian Reilly se cala confortablement contre la banquette en skaï rouge et avala une longue gorgée de bière.

— Ne commence pas à tirer des plans sur la comète. Tu n'auras pas l'intégralité de cet argent, le prévint son frère Aidan, tout en attrapant une chips dans le bol qui se trouvait sur la table.

— Tu dois le partager avec nous, lui rappela Connor.

— Et compter sur moi pour t'aider à trouver le meilleur moyen de le dépenser, renchérit Liam en souriant.

— Comme si je ne le savais pas ! répondit Brian.

Et il adressa un large sourire à ses frères.

Liam, l'aîné, semblait tout à fait à l'aise dans ce bar bondé où les quatre frères se retrouvaient fréquemment. Ce qui n'aurait rien eu de particulièrement surprenant s'il n'avait pas été… prêtre. Mais, avant d'être prêtre, il était un Reilly. Et les frères Reilly formaient une équipe soudée, que rien ne pourrait jamais diviser.

Une équipe… c'était bien le mot, songea Brian en observant Aidan et Connor, assis de l'autre côté de la table : quand il les regardait, c'était comme s'il se voyait dans un double miroir…

Les triplés Reilly — Aidan, Brian et Connor — avaient

été baptisés par ordre alphabétique, en fonction de leur venue au monde, et depuis leurs premiers pas, ils s'étaient toujours épaulés, quelles que soient les circonstances.

C'était ensemble qu'ils avaient intégré le corps des Marines, solidaires dans l'épreuve. Ils avaient toujours été là les uns pour les autres, pour se soutenir moralement ou bien se donner un coup de pied aux fesses, selon les besoins du moment.

Et aujourd'hui, une nouvelle inattendue les avait réunis.

Leur grand-oncle Patrick, lui-même issu d'une lignée de triplés dont il était l'ultime représentant, venait de décéder et, n'ayant pas de descendant direct, avait légué dix mille dollars aux triplés Reilly. Il ne leur restait plus qu'à définir comment répartir la somme.

— Nous devrions la partager en quatre, et non en trois, déclara Connor en jetant un coup d'œil à Liam. Un pour tous, et tous pour un !

— Je ne dis pas non, lança ce dernier. Je préférerais pouvoir me permettre de décliner cette offre, mais vous le savez, mon église a bien besoin d'une nouvelle toiture… Alors forcément, la proposition de Connor tombe à pic.

— Ce n'est pas avec deux mille cinq cents dollars que tu vas pouvoir faire réparer ton toit, observa Aidan d'un air désabusé. D'ailleurs, aucun d'entre nous ne pourra vraiment faire de folies avec cette somme…

— J'y ai bien pensé aussi, figure-toi, intervint Liam, un mystérieux sourire aux lèvres.

Scrutant attentivement ses frères tour à tour, il ajouta :

— Pourquoi ne pas nous lancer un challenge ? Le gagnant empoche l'intégralité de la somme !

A ces mots, Brian sentit l'appel du jeu vibrer en lui, et il était sûr que ses frères le ressentaient aussi : ils adoraient la compétition. Surtout entre eux. Néanmoins, le curieux sourire qui éclairait toujours le visage de Liam ne manqua pas de l'intriguer. Brian aurait parié que ce dernier mijotait quelque chose : leur aîné avait beau être prêtre, c'était avant tout un Reilly, et un Reilly ne manquerait pour rien au monde une occasion de s'amuser !

— Quel genre de challenge ? s'enquit-il.

— Inquiets ? rétorqua Liam sans se départir de son sourire.

— Pas le moins du monde, intervint Aidan. Le jour où un Reilly reculera devant un défi…

— … c'est qu'il mangera les pissenlits par la racine ! poursuivit Connor. Eh bien, dis-nous ce que tu as derrière la tête, Liam !

Avec un grand sourire, ce dernier déclara :

— Vous autres, vous êtes toujours en train de revendiquer le sens du devoir et du sacrifice, n'est-ce pas ?

Brian jeta un regard à ses deux autres frères avant d'acquiescer :

— Et comment ! Nous sommes des Marines. Le sacrifice et le devoir n'ont pas de secrets pour nous.

— Exact ! reprirent en chœur Connor et Aidan en effectuant un salut militaire, les yeux rieurs.

— Vraiment ? fit Liam, sceptique.

S'adossant contre la banquette, il observa l'un après l'autre les trois hommes assis autour de la table avant de laisser tomber son verdict.

— En réalité, vous n'y connaissez rien du tout ! leur assena-t-il.

Aidan et Connor explosèrent, mais Brian leur intima de se taire, d'un signe de la main.

— Tu peux nous redire cela ? demanda-t-il d'un ton défiant.

— Oh, je suis prêt à reconnaître votre sens du devoir *militaire* ! Dieu sait que j'ai passé suffisamment de temps à prier pour vous. Non, il s'agit d'autre chose… Quelque chose de plus dur.

— Plus dur que de partir au front ? s'écria Connor en avalant une gorgée de bière. J'aimerais bien savoir ce qu'il y a de plus dur !

— Quel que soit le défi, nous le relèverons ! affirma Aidan.

Aussitôt relayé par Brian qui renchérit :

— Et sur-le-champ, s'il le faut !

— Ravi d'entendre que vous êtes dans de bonnes dispositions, observa Liam.

S'accoudant avec nonchalance sur la table, il laissa de nouveau son regard glisser d'un triplé à l'autre, manifestement désireux de faire monter le suspens, avant de poursuivre à mi-voix :

— Parce que le défi que je vous lance va mettre en conflit le Marine et l'homme que vous êtes.

Et, après une ultime pause destinée à renforcer son effet, il lança :

— Pas de sexe pendant quatre-vingt-dix jours !

Un lourd silence s'abattit sur la table.

— Tu plaisantes ! fit Connor tout en lançant un regard inquiet à ses frères.

— Mais comment veux-tu ? s'exclama à son tour Aidan, avant d'articuler d'un air épouvanté : *Quatre-vingt-dix* jours ?

Brian laissait ses frères réagir sans intervenir. Il savait que leur aîné n'avait pas encore abattu son ultime carte. Et de fait…

— Allons, il ne s'agit que de trois petits mois, reprit Liam, avec son éternel petit sourire aux lèvres. Est-ce si difficile que cela ? Pensez à moi qui ai fait ce vœu pour la vie !

Aidan haussa les épaules, tandis que Connor déclara en secouant la tête :

— C'est tout simplement n'importe quoi !

— Pourquoi ? répondit Liam avec provocation. Auriez-vous peur d'essayer ?

— Mais qui parle d'essayer ? s'énerva Aidan.

— Trois mois d'abstinence ? Im-pos-sible ! proclama Brian d'un ton catégorique.

Liam lança un regard circulaire aux triplés :

— Tu dois avoir raison, approuva-t-il d'une voix solennelle, avant d'ajouter d'un air contrit : de toute façon, vous n'y arriveriez jamais. Aucun d'entre vous. Les femmes sont votre talon d'Achille, et ce depuis que vous savez parler. Vous seriez incapables de vous en passer pendant trois mois.

— On n'a jamais dit qu'on ne pourrait pas, marmonna Connor.

— Ni que l'on voudrait, compléta vivement Aidan pour éviter tout malentendu.

— Je comprends, fit Liam. Et j'en conclus qu'un prêtre est plus résistant qu'un Marine…

Impossible de ne pas démentir une telle allégation !

En quelques secondes, l'affaire était conclue : Liam venait d'obtenir des triplés qu'ils relèvent le challenge, et quel challenge ! Autant dire le plus grand de toute leur vie. Et ils s'étaient fait piéger en moins de temps qu'il n'en fallait pour le dire : à n'en pas douter, leur aîné aurait fait un excellent homme d'affaires, s'il n'avait pas eu la vocation.

— Pas de sexe pendant quatre-vingt-neuf jours, répéta Brian d'un air morne.

La même consternation se lisait sur le visage des deux autres triplés. Néanmoins, comment refuser le défi sans passer pour une mauviette ?

— Et je présume que le perdant donne sa part aux autres, n'est-ce pas ? poursuivit Brian à l'adresse de Liam.

— Tu as tout compris ! Comme ça, si vous perdez tous, mon église gagnera une toiture flambant neuve, compléta Liam d'un ton jovial.

— Ne rêve pas, père Liam. Nous ne perdrons pas, lui affirma Brian, sûr de lui.

Non qu'il envisage une si grande période d'abstinence avec sérénité, mais c'était son esprit de compétition qui était en jeu. Or, les Reilly détestaient perdre.

— Ravi de te l'entendre dire, répondit Liam. Par conséquent, vous n'aurez rien à objecter contre la cerise sur le gâteau, autrement dit une petite pénalité pour le perdant ?

— Quel genre de pénalité ? demanda Brian en lançant un regard soupçonneux à son aîné.

— Mais tu as déjà tout manigancé, ma parole ? lança Connor d'un ton accusateur.

— Disons que l'idée m'a traversé l'esprit avant notre rencontre.

— Elle s'y est même implantée, on dirait, grommela Aidan.

— L'église a besoin d'une nouvelle toiture, leur rappela Liam.

— Mouais ! fit Brian. Te connaissant, il ne s'agit pas uniquement du toit. Avoue plutôt que tu cherches à nous mettre à l'épreuve.

A ces mots, un sourire malicieux barra le visage de Liam qui répondit :

— Je suis le plus âgé, c'est mon rôle.

— Et tu as toujours été très fort à ce petit jeu-là, murmura Connor.

— Merci, fit Liam qui de toute évidence s'amusait beaucoup. Et maintenant, laissez-moi vous expliquer la pénalité. J'avoue que j'en suis particulièrement fier. Vous vous rappelez l'année dernière, quand le capitaine Gallagher a perdu la partie de golf contre Aidan ?

A ce souvenir, un sourire naquit spontanément sur les lèvres d'Aidan. Brian, pour sa part, comprit d'emblée où Liam voulait en venir.

— Hors de question ! s'exclama-t-il alors d'un ton catégorique.

— Allons, un peu d'audace ! Gallagher était si adorable dans son costume. Je suis certain qu'il vous ira à merveille. Le ou les perdants devront donc porter une jupe et des bas résille, et faire le tour de la base dans cette ravissante tenue…

En d'autres termes, l'humiliation totale !

Aidan et Connor s'insurgèrent aussitôt, tandis que Brian se contentait de fixer Liam. Quand les deux autres eurent achevé leurs diatribes, il demanda :

— Et toi, mon cher Liam, je ne vois pas du tout où est le risque que tu prends, dans tout cela…

— Comment ? Mais je risque ma nouvelle toiture, répliqua

Liam avec force. Mes deux mille cinq cents dollars sont en jeu ! Si l'un de vous tient pendant trois mois, il empoche toute la somme. Si vous perdez tous, ce qui est le plus plausible, alors l'église gagnera dix mille dollars et pourra s'enorgueillir d'une nouvelle toiture. Permettez-moi tout de même de vous rappeler que l'église est notre bien à tous.

— Et comment sauras-tu si nous nous sommes réellement abstenus pendant trois mois ? demanda Connor avec malice.

— Je vous croirai sur parole, affirma Liam en souriant. Vous êtes des Reilly, vous ne pouvez pas mentir ! Du moins, pas les uns aux autres…

Brian regarda les portraits de lui-même que lui renvoyaient Connor et Aidan. Chacun d'entre eux approuva d'un bref signe de tête. Alors, se tournant vers Liam, il déclara :

— Marché conclu. Quand commence le challenge ?

— Dès maintenant !

— Oh non ! Je dois sortir avec Deb Hannigan, ce soir ! gémit Connor.

— Je suis certain qu'elle sera ravie d'apprendre que tu te comportes comme un véritable gentleman, répondit Liam, amusé.

— Je sens que ça ne va pas être simple, marmonna Aidan, tendu.

Et Brian d'admettre en silence que jamais son frère n'avait vu plus juste. Du coin de l'œil, il les examina l'un après l'autre : lequel des triplés tiendrait pendant trois mois ?

Il espérait bien que ce serait lui !

Tina Coretti Reilly gara la voiture de location dans l'allée qui menait chez sa grand-mère. A peine eut-elle ouvert la porte de son véhicule qu'elle fut aussitôt plongée dans la chaleur étouffante de la Caroline du Sud…

Une chaleur qui lui procurait la curieuse sensation d'être enveloppée d'un voile à la fois humide et électrique. Ici, l'air était épais et lourd dès le mois de juin, aussi n'était-il pas étonnant que, fin août, tout le monde prie pour que le temps se rafraîchisse au plus vite.

Baywater était une petite bourgade située sur la route qui menait à Beaufort. De vieux arbres noueux, des magnolias, des sapins et des hêtres bordaient les rues des quartiers résidentiels, et la rue principale concentrait toutes les activités de ce bourg tranquille. Baywater était vraiment un endroit où le temps semblait s'écouler plus lentement qu'ailleurs dans le Sud, songea Tina. Mon Dieu, comme cette atmosphère lui avait manqué !

Comme elle scrutait la terrasse du vieux pavillon, les souvenirs lui revinrent instantanément à la mémoire, de façon saisissante. C'était dans cette maison qu'elle avait grandi, sa grand-mère l'ayant recueillie après la disparition de ses parents dans un accident de voiture.

A l'âge de dix ans, Baywater était devenu son foyer. Un foyer dont elle était partie il y avait cinq ans, et pourtant, dans son cœur, la petite ville était toujours restée son chez-soi, même si, à présent, elle habitait sur la côte Ouest. Comme la Californie était loin, aujourd'hui !

Pas si loin toutefois pour qu'elle ne se souvienne pas de la conversation qu'elle avait eue la veille avec sa meilleure amie et associée…

— As-tu perdu la tête ? s'était écriée Janet à l'annonce de son départ.

Tina avait éclaté de rire devant l'expression stupéfaite de son amie. Bien sûr, elle ne pouvait pas lui en vouloir. Janet n'avait-elle pas toujours été une confidente fidèle et attentive chaque fois que Tina avait éprouvé l'envie de se plaindre de son ex-mari ?

— Officiellement, non, avait répondu cette dernière d'un ton railleur.

— Tu es folle ! Aller de ton plein gré en Caroline du Sud, qui plus est en cette saison ! Tu ne vas pas survivre à la chaleur. Sans mentionner le fait que tu vas revoir ton ex-mari.

— Je te rappelle que le but principal de ce voyage, c'est de le revoir.

Prenant place non sans difficulté sur la chaise placée en face du bureau de son amie — Janet était enceinte de six mois —, cette dernière avait répliqué :

— Je pense que tu n'as pas réfléchi à toutes les conséquences de ta décision.

— Bien sûr que si !

A dire vrai, Tina n'était pas aussi confiante qu'elle s'en donnait l'air. Mais elle préférait ne pas trop réfléchir, par crainte de changer d'avis au dernier moment. Or, elle ne pouvait plus se permettre de faire machine arrière.

A l'âge de vingt-neuf ans, elle entendait le tic-tac de son horloge biologique chaque fois qu'elle respirait. Et cela n'allait pas s'arranger.

— Honnêtement, avait dit Tina, je sais ce que je fais.

— Peut-être, mais je ne me peux m'empêcher de m'inquiéter pour toi, avait dit Janet en caressant son ventre d'un air songeur.

Tina avait suivi son geste du regard et un pincement d'envie lui avait étreint le cœur : elle voulait à tout prix des enfants. Elle en avait toujours voulu. Par conséquent, il était grand temps qu'elle prenne la situation en main !

— Je t'assure que tu te préoccupes pour rien, lui avait-elle assuré.

— Tina, lui avait rappelé son amie, je t'ai rencontrée six mois après ton divorce, et tu ne t'étais toujours pas remise de la séparation. Et, cinq ans plus tard, tu as toujours la photo de ton ex-mari dans ton portefeuille.

Tina avait baissé les yeux avant d'admettre :

— C'est vrai. Mais c'est juste parce que cette photo est très belle !

— Je ne le conteste pas. Il n'empêche… Qu'est-ce qui te permet d'affirmer que tu peux le ramener dans ta vie sans souffrir de nouveau ?

A cette question, Tina avait réprimé un frisson.

— Je ne compte pas le ramener dans ma vie, c'est moi qui vais faire irruption dans la sienne. Et puis j'en ressortirai tout aussi vite que j'y suis entrée.

Janet avait poussé un ultime soupir, puis s'était levée en déclarant :

— Comme tu voudras ! De toute façon, je ne pourrais pas te détourner de ton projet. Allons, promets-moi de m'appeler tous les jours. Plusieurs fois par jour même, si tu le désires. Surtout, ne me laisse pas sans nouvelles.

— Entendu, avait-elle promis. Mais tu n'as aucune raison de t'en faire.

Bien sûr, Janet ne pourrait pas s'empêcher de se tracasser pour elle, pensa Tina en s'arrachant à ses rêveries. Et il était vrai que, si elle n'avait pas été aussi déterminée, elle-même se serait fait du souci pour son entreprise.

Son regard glissa de la terrasse à l'allée, puis de l'allée au garage, pour enfin se fixer sur la maisonnette attenante…

Et si Janet avait raison ?

Si elle avait commis une erreur en revenant ?

Bah, au moins, elle agissait enfin ! Durant les cinq dernières années, elle avait eu l'impression d'être d'une passivité totale. Oh, bien sûr, l'agence prenait de l'essor, elle avait de bons amis et une belle maison ! Mais elle n'avait personne à aimer. Et cela lui manquait terriblement. Peut-être n'avait-elle pas fait le bon choix, mais au moins elle était passée à l'action.

Et le mouvement entraînerait forcément le changement.

— Mais il va falloir se dépêcher, marmonna-t-elle en se parlant à voix haute. Tu n'as que trois semaines devant toi, il n'y a pas une minute à perdre !

D'un air déterminé, Tina se saisit de sa valise et remonta l'allée pavée en direction de la maison. Sans hésiter, elle grimpa l'escalier de bois, mais, arrivée devant la porte d'entrée, elle s'arrêta quelques instants. Elle prit une profonde inspiration et ouvrit la porte.

Elle fit un pas dans le vestibule. Le salon qui s'ouvrait devant elle était inondé de soleil. L'air y était frais grâce à la climatisation que sa grand-mère avait laissée à son intention, tout comme elle avait cueilli un bouquet de roses blanches dont le parfum emplissait agréablement la maison. Tout était comme dans son souvenir, et Tina savoura pendant quelques secondes la merveilleuse sensation d'être de retour à la maison…

Jusqu'à ce que des jappements excités l'arrachent à ses pensées et lui rappellent qu'elle n'était pas seule ! Refermant la porte, elle abandonna sa valise dans l'entrée et traversa le salon pour rejoindre la cuisine.

Il y régnait un bruit assourdissant. Tina se mit à rire en déverrouillant la porte qui donnait sur l'arrière-cour. Les coups de pattes contre la porte, les aboiements et les cris redoublèrent. Tina l'ouvrit d'un coup sec et les turbulentes petites bêtes déboulèrent dans la pièce en roulant sur elles-mêmes, ayant perdu l'équilibre lorsque la porte contre laquelle elles bondissaient désespérément avait cédé.

Une fois qu'elles furent de nouveau sur leurs pattes, les deux petites boules de poils se mirent à sauter sur Tina et des dizaines d'empreintes maculèrent bientôt son pantalon en lin vert clair. Les deux chiennes se renversaient l'une l'autre, c'était à celle qui obtiendrait la première les caresses de Tina. La rivalité se poursuivit jusqu'à ce que cette dernière renonce à les calmer et s'asseye sur l'herbe en riant.

— Moi aussi, mes trésors, je suis très heureuse de vous revoir, leur assura-t-elle.

Puis elle tenta de les caresser, mais Muffin et Pêche, les yorkshires de sa grand-mère, ne tenaient pas en place. L'une avait une robe couleur beige clair, tandis que l'autre était d'un roux qui rappelait une pêche : Nana ne s'était pas trop creusé les méninges pour les baptiser ! Tina avait entendu dire que les yorkshires adoraient les femmes, mais détestaient les hommes : voilà qui les plaçait dans le même camp que beaucoup de ses amies ! songea-t-elle avec malice.

Tina, pour sa part, ne détestait pas les hommes.

Même pas le seul qu'elle aurait pourtant été en droit de

détester. En réalité, c'était même à cause de lui qu'elle était revenue à Baywater.

Au début du printemps, Nana lui avait demandé de bien vouloir garder la maison et s'occuper « des filles » durant le voyage qu'elle effectuerait avec des amies, en Italie du Nord. Tina avait alors eu la sensation que le destin la prenait par les épaules et la secouait gentiment en lui disant : Voilà, tu vas enfin pouvoir concrétiser tes désirs.

Car, aussi heureuse qu'elle fût de rendre service à Nana, Tina avait une autre raison d'accepter la proposition de sa grand-mère : elle voulait tomber enceinte, et c'était pour elle la bonne période !

Et l'homme dont elle avait besoin pour tomber enceinte habitait ici, juste à côté du garage.

Elle le connaissait bien, puisque c'était son ex-mari.

Brian Reilly…

2

Dès l'instant où Brian s'engagea dans l'allée, les deux yorkshires se mirent à aboyer avec force. La mine renfrognée, il coupa le moteur non sans jeter un regard noir du côté de la cour. Les deux petits monstres étaient sans doute en train de s'exciter et de gratter contre le portail pour essayer de se libérer et de lui bondir dessus.

Dubitatif, il descendit de sa voiture : pourquoi ces bestioles le détestaient-elles à ce point ? Peut-être que, dans une vie antérieure, il avait été chasseur de chiens ou avait exercé un métier approchant, et que les petites rusées le sentaient !

— Taisez-vous un peu ! leur lança-t-il plus par réflexe que par conviction.

Naturellement, il ne s'attendait pas du tout à ce que l'injonction les calme. De fait, le vacarme reprit de plus belle et les cris et les aboiements frénétiques atteignirent des décibels insupportables.

L'un des inconvénients de la maisonnette accrochée au garage d'Angelina Coretti était de devoir cohabiter avec ses yorkshires. Mais c'était bien le seul ! La location de ce deux-pièces arrangeait Brian autant qu'Angelina. La vieille dame appréciait la présence d'un homme jeune et robuste juste à côté de chez elle, qui pouvait, le cas échéant, lui rendre quelques services. De son côté, Brian pouvait compter sur la discrétion de sa propriétaire et ne craignait pas qu'elle résilie son bail à la première occasion. Et il ne dédaignait pas non plus les petits plats que la charmante vieille dame lui mijotait de temps à autre.

Autant d'avantages qui le conduisaient à supporter Muffin et Pêche.

Et puis il y avait un autre intérêt à vivre dans cette petite maison. Angelina étant la grand-mère de son ex-femme, Brian conservait de cette façon un lien, si ténu fût-il, avec Tina Coretti Reilly. Oh ! Ce n'était pas énorme, et sûrement pas très sain, mais en tout cas plus fort que lui : bien qu'ils aient divorcé depuis cinq ans, Tina quittait rarement ses pensées.

Les jappements redoublèrent d'intensité lorsqu'il gravit l'escalier pour rentrer chez lui. Avant d'ouvrir la porte, il jeta un dernier coup d'œil furieux vers le portail de bois blanc que secouaient ses deux ennemies à quatre pattes. Et tout à coup, contre toute attente, il vit la porte arrière de la maison s'ouvrir.

Brian se figea.

C'était comme si, d'un coup, tout l'air de ses poumons venait d'être aspiré. Son estomac se contracta violemment, tandis qu'un désir aussi brûlant que douloureux venait se loger au creux de ses reins.

— A en juger par ton expression, déclara Tina en forçant la voix pour se faire entendre par-dessus le concert d'aboiements, tu n'as pas l'air très heureux de me voir.

Le soleil de l'après-midi l'éclairait vivement, telle une actrice au centre d'une scène de théâtre. Une lueur amusée dansait dans ses grands yeux noisette. Sa longue et épaisse chevelure brune tombait en cascade sur ses épaules. Elle portait un haut vert pâle qui découvrait non seulement ses bras hâlés, mais aussi sa gorge… Encore heureux que le portail lui dissimulât le reste de son anatomie car il n'était pas certain de pouvoir supporter la vue de ses longues jambes bronzées.

— Tina…

Brian déglutit avec difficulté avant de s'éclaircir la gorge.

Bon sang ! Il n'était pas question de lui montrer à quel point sa présence à Baywater le troublait.

— Que fais-tu ici ? poursuivit-il d'un ton dégagé.

— Je suis venue m'occuper « des filles », pendant l'absence de Nana.

— Angelina ne m'a pas prévenu de ton arrivée, protesta-t-il.

— Pourquoi l'aurait-elle fait ?

— Et pourquoi pas ? rétorqua-t-il en plissant les yeux.

— Toujours égal à toi-même ! fit Tina, un sourire aux lèvres. Toujours cette manie de répondre à une question par une autre, toujours ce besoin de gagner du temps par des faux-fuyants.

Les chiens n'avaient pas cessé d'aboyer de sorte que Tina et Brian devaient presque hurler pour s'entendre. La tête de ce dernier bourdonnait, son cerveau fourmillait de questions… et il préférait ne pas penser à l'allégresse qui avait empli son cœur en l'apercevant.

Nom d'un chien ! Angelina aurait tout de même pu le prévenir. Lui donner au moins la possibilité d'éviter cette rencontre !

Néanmoins, n'était-ce pas précisément pour cette raison que la vieille dame s'était tue ? Pour qu'il ne s'enfuie pas ? Angelina le connaissait suffisamment pour deviner qu'il aurait pris ses dispositions afin de ne pas croiser Tina, s'il avait été au courant de son séjour à Baywater. Pour sa part, elle n'avait jamais caché ce qu'elle pensait de la situation, à savoir que tous deux étaient toujours faits l'un pour l'autre. Oui, c'était Angelina tout craché de vouloir jouer les marieuses à distance.

Pourtant, aujourd'hui, il était trop tard pour tenter quoi que ce soit en faveur d'une réconciliation, pensa Brian. Il ne devait se faire aucune illusion, même si c'était loin d'être facile.

Descendant les marches de la terrasse, Tina ouvrit le portail et, à cet instant, deux boules de poils furieuses fondirent vers Brian. Se prenant manifestement pour des loups et oubliant qu'elles avaient une taille bien plus modeste, elles attaquèrent d'emblée les lacets de ses tennis et mordillèrent même l'ourlet de son jean.

— Assez ! leur ordonna-t-il.

Mais, pour une fois, il leur savait presque gré du divertissement qu'elles apportaient à la situation.

— On dirait qu'elles ne t'aiment pas beaucoup, lança Tina. Nana m'avait prévenue qu'elles ne t'appréciaient pas, mais je pensais qu'elle exagérait.

Brian l'écoutait sans l'entendre, trop occupé qu'il était à la dévisager. Pour l'amour du ciel, pourquoi n'était-elle pas restée de l'autre côté du portail ? C'était tout ce qu'il redoutait ! Tina portait un short qui lui moulait les hanches et dévoilait de longues jambes lisses et bronzées…

Son sang ne fit qu'un tour dans ses veines pour venir se concentrer dans une partie bien précise de son anatomie, celle qui ne manquait jamais de réagir en présence de Tina. Dès leur première rencontre, l'attirance avait été immédiate et électrique entre eux. Et le temps n'avait rien changé à l'affaire.

Cette pensée assombrit encore son humeur.

Cela faisait deux semaines qu'il avait fait ce pari stupide avec ses frères. Deux semaines d'abstinence totale et il était à cran. Nul doute que, dans trois mois, il serait un crétin patenté. Et la présence de Tina n'allait sans doute pas arranger les choses.

— Angelina aurait tout de même pu me prévenir de ton arrivée, maugréa-t-il.

Se raidissant, Tina releva le menton avec défiance, d'un air de dire : « Si tu me cherches, tu vas me trouver ». Un air qu'il se rappelait trop bien ! Leurs joutes verbales étaient presque aussi excitantes que leurs étreintes. Et celles-ci avaient toujours été incroyablement enivrantes…

— C'est moi qui l'ai priée de ne pas t'avertir, déclara-t-elle.

— Et je peux savoir pourquoi ? s'indigna-t-il.

Dans la foulée, il donna un coup de pied dans le vide

afin de déloger Pêche de sa cheville. En vain. Cette dernière parvint à s'accrocher.

— Parce que, si elle t'avait prévenu, tu aurais trouvé un moyen de disparaître.

Pourquoi fallait-il qu'elle ait vu si clair dans son jeu ? s'emporta-t-il intérieurement, vexé. Car elle avait tout à fait raison : s'il l'avait fallu, il aurait accepté des heures supplémentaires, aurait supplié qu'on l'engage pour une mission secrète ou aurait demandé à être muté dans une base à des milliers de kilomètres d'ici. Mais il aurait bien fini par trouver un moyen de quitter Baywater pour un temps.

Depuis quand était-il devenu un lâche, en ce qui concernait Tina ? se demanda-t-il subitement, avant de se récrier, à voix haute cette fois :

— Pourquoi aurais-je réagi de la sorte ?

— Je l'ignore, Brian, répondit-elle en croisant les bras.

Son geste remonta un peu sa poitrine et il put avoir une vue encore un peu plus plongeante sur ce que son débardeur mettait déjà en valeur… Il s'efforça de détourner le regard.

— Peut-être, poursuivit-elle en le fixant droit dans les yeux, parce que c'est comme ça que tu as toujours réagi ? Chaque fois que j'ai rendu visite à Nana au cours de ces dernières années, comme par hasard, tu étais toujours en déplacement.

Il n'y avait aucune coïncidence dans ces absences : depuis leur divorce, il évitait soigneusement toute rencontre avec Tina. Passant une main dans ses cheveux, Brian répliqua :

— Je voulais juste te faciliter les choses. Te laisser rendre visite à ta famille sans…

— Sans devoir croiser l'homme qui a demandé le divorce sans me donner la moindre explication ? poursuivit-elle à sa place.

Manifestement, elle lui en voulait toujours autant, à voir les éclairs qui brillaient dans ses beaux yeux sombres. Difficile de l'en blâmer.

— Ecoute, Tina…

— Oublie ! le coupa-t-elle en écartant d'un geste ses justifications. Je n'avais pas du tout l'intention de rouvrir le débat. J'avais juste envie de te voir, c'est aussi simple que cela.

Brian la dévisagea un instant, perplexe. Bon sang ! Comme il aurait aimé pouvoir lire dans ses pensées ! Comment s'y prendre avec Tina ? Malgré tout le temps qu'ils avaient passé ensemble, il n'avait jamais su répondre à cette question. Mais il la connaissait bien. Et il savait que, si elle était venue chez Angelina et s'était arrangée pour que lui aussi se trouve à Baywater, ce n'était pas uniquement pour lui dire bonjour.

Encore que…

La connaissait-il encore ?

Leur mariage avait tenu un an et leur divorce remontait à cinq ans. Il se pouvait que Tina ait changé et soit devenue une étrangère. Cette pensée fit naître en lui une désagréable sensation de froid.

— Pourquoi voulais-tu me voir ? demanda-t-il d'un ton suspicieux.

— Allons, Brian, détends-toi, répondit-elle en ouvrant de grands yeux innocents. Une ex-femme ne peut-elle avoir envie de saluer son ancien mari, sans que celui-ci n'y voie un troisième degré ?

— Quand elle traverse tout le pays pour venir lui dire bonjour, il est en droit de s'interroger.

— Tu oublies que je dois m'occuper de ces deux adorables et…

— … monstrueuses bêtes ! compléta-t-il.

Joignant le geste à la parole, il se mit à essayer de se débarrasser de Pêche qui ne cessait de livrer des assauts contre ses jambes, dans l'espoir peut-être d'atteindre la jugulaire.

Tina se mit à rire. Ah, le rire de Tina ! Il éveilla en lui des souvenirs. Brian se mit alors à la scruter du coin de l'œil, comme un homme affamé… Vous avez divorcé ! se rappela-t-il à l'ordre. Pourquoi diable son rire s'immisçait-il de façon si insidieuse en lui, et réchauffait-il les parties les plus reculées de son être ?

Cinq ans qu'il ne l'avait pas touchée, et pourtant ses mains n'avaient pas oublié la douceur de sa peau. Le parfum de Tina, un mélange subtil de fleurs et d'agrumes, ne l'avait pas quitté et le poursuivait jusque dans ses rêves. Quant aux souvenirs de leurs étreintes, ils pouvaient le faire gémir de nostalgie.

Le retour de Tina à Baywater, c'était bien sa veine !

Surtout en ce moment…

La barbe ! Comme par un fait exprès, il fallait que Tina débarque en ville alors qu'il avait accepté ce stupide pari !

— Je ne comprends pas pourquoi elles te détestent à ce point, répéta Tina, en se penchant pour prendre Muffin dans ses bras.

La chienne se mit à frémir d'excitation et, pour témoigner son affection à Tina, lui donna de longs coups de langue dans le cou.

Comme Brian aurait aimé imiter cette petite furie !

Pour conjurer cette idée bien trop dangereuse, il déclara rapidement :

— Parce qu'elles savent que je le leur rends bien.

Dieu que Brian était séduisant ! Tina se mit à gratter Muffin derrière l'oreille, lui procurant un avant-goût du paradis. Mais c'était surtout pour occuper ses mains : si elle n'avait pas pris la petite chienne dans ses bras, elle aurait bien été capable de se jeter dans ceux de Brian !

Ses cheveux bruns étaient toujours coupés court, profession oblige, dévoilant les traits anguleux et la géométrie parfaite de son visage. Ses yeux bleu marine avaient toujours l'éclat profond et mystérieux de l'océan, à la nuit tombée. Son T-shirt noir moulait ses larges épaules et soulignait son torse musclé. Ses hanches étroites et ses longues jambes étaient incroyablement mises en valeur par son jean délavé.

Elle avait oublié… Oh oui ! Elle avait oublié à quel point il pouvait la bouleverser.

Et si Janet avait raison ? Ce voyage n'était peut-être pas une bonne idée, après tout.

Pour sûr, elle désirait un enfant.

Et, encore plus sûr, elle voulait que Brian en soit le père.

Et pourtant… Si, à sa simple vue, ses jambes se dérobaient sous elle, comment pensait-elle échapper au piège idiot de l'amour, comment espérait-elle ne pas retomber dans ses griffes ?

Mais cette idée n'eut pas le temps de s'insinuer plus avant dans son esprit. Elle la repoussa : ils étaient divorcés depuis cinq ans, et elle n'était plus amoureuse de Brian, point à la ligne. Et rien ne l'empêcherait de mener à bien son entreprise ! Allons, se dit-elle avec fermeté, elle n'était tout de même plus une enfant qui attendait que *l'homme idéal* transforme ses rêves en réalité.

Elle avait travaillé dur pour se faire une place au soleil dans sa profession, et désormais on se disputait ses services. Aussi était-elle assez mûre pour traiter avec Brian Reilly sans se brûler les ailes. Et après tout, n'était-ce pas un avantage si, physiquement, Brian lui coupait toujours le souffle ?

Cela lui faciliterait la phase de séduction…

— Ecoute, Brian, déclara-t-elle en tenant Muffin contre elle tandis que Pêche s'acharnait toujours sur le jean de Brian, il n'y a aucune raison pour que nous nous fassions la tête.

— En effet.

— Parfait !

C'était un début ! Elle enchaîna dans la foulée :

— Je fais un barbecue, ce soir. Veux-tu te joindre à moi ?

L'espace d'une seconde, elle crut qu'il allait accepter. Puis elle vit qu'il hésitait, et l'entendit répondre :

— Non, merci. J'ai rendez-vous avec Connor, ce soir. Il a… Euh, il a des problèmes avec… Euh…

— Ne te fatigue pas, Brian, le coupa-t-elle en souriant. Tu n'as jamais su mentir.

— Pardon ? De quoi parles-tu ? demanda-t-il en se raidissant.

— De toi, répondit-elle gentiment. Mais cela n'a pas

d'importance. Je n'en fais pas une affaire personnelle. Pas cette fois. Pêche, Muffin ! C'est l'heure du dîner !

Aussitôt, Pêche lâcha le jean de Brian et se précipita vers l'arrière-cour. Tina lui emboîta le pas.

— Tina !

S'immobilisant, elle pivota sur ses talons, un large sourire aux lèvres. Comme c'était bon de voir qu'elle pouvait encore le bouleverser ! Car, si Brian n'avait pas été inquiet à l'idée de se retrouver seul avec elle, il n'aurait pas menti au sujet de ce prétendu rendez-vous avec Connor.

Or, à présent, il semblait très embarrassé. Parfait ! Si elle parvenait à le désarçonner pendant une semaine ou deux, il se pouvait qu'elle arrive à ses fins.

— Ce n'est rien, Brian, lui dit-elle dans un beau sourire. Je reste ici trois semaines et je suis certaine que nous aurons de nombreuses occasions de nous revoir.

— Sûrement, fit-il.

Il enfonça les mains dans les poches de son jean, le dos soudain voûté, comme si un poids lui était tombé dessus sans prévenir et qu'il cherchait à garder l'équilibre. Bien que Tina ne fût pas certaine d'apprécier l'analogie qui venait de lui passer par l'esprit, elle la jugeait tout à fait adéquate.

— Bonne soirée, lui dit-elle en refermant le portail derrière elle. Et n'oublie pas de saluer Connor de ma part.

— Entendu !

Talonnée par les yorkshires, Tina rentra dans la maison, et, aussitôt qu'elle eut refermé la porte derrière elle, elle vint se poster à la fenêtre. A travers les rideaux en mousseline, elle vit Brian gravir les marches qui menaient chez lui. Il avait tout d'un condamné qu'on mène à l'échafaud, songea-t-elle avec un sentiment de satisfaction mêlé d'une pointe de culpabilité…

Quand il arriva sur la terrasse, il marqua une pause et se retourna pour jeter un regard à la maison d'Angelina.

Tina sentit son cœur fléchir. C'était comme si, d'instinct, le regard de Brian s'était enchaîné au sien. Elle sentit toute la chaleur et la puissance de ses prunelles bleu marine rivées sur elle, et en frissonna jusqu'au plus profond de son être.

Longtemps après que Brian fut rentré chez lui, Tina s'attarda derrière la vitre, le regard perdu. Lequel des deux était réellement pris au dépourvu ? ne put-elle s'empêcher de se demander.

Deux heures plus tard, Brian finissait de dîner. En face de lui, Connor était hilare : Brian venait en effet de le mettre au courant des derniers événements. Bien sûr, c'était sa faute ! Il savait bien qu'il ne devait pas attendre la moindre empathie de la part de son frère, mais tout de même…

Connor n'était pas obligé de rire à gorge déployée !

— Tina est donc de retour parmi nous ! dit enfin Connor après avoir retrouvé son sérieux. C'est comme si je pouvais sentir ta part du magot glisser dans ma poche pendant que nous parlons !

— Ne te fais pas trop d'illusions ! le prévint Brian, toujours bouleversé par sa rencontre avec Tina. Elle ne va pas t'aider à gagner ce pari. Nous sommes divorcés, tu ne t'en souviens pas ?

— Si, si, répondit Connor d'une voix distraite en hélant le serveur pour commander une autre bière. Je n'ai d'ailleurs jamais compris pourquoi.

Pas plus que les autres membres de sa famille, songea Brian, s'autorisant un instant un retour en arrière. D'ailleurs, lui-même n'avait-il pas eu du mal à se convaincre que le divorce était la seule solution ?

Non, la décision n'avait pas été facile à prendre, mais elle était juste. Cela, il en était toujours convaincu. Et il devait le rester, sachant qu'il n'aurait pas pu faire face aux regrets.

Pourtant, Tina Coretti hantait toujours ses pensées. Aux moments les plus inattendus, son cerveau le bombardait soudain des images d'elle. Tina cuisinant, riant, chantant à tue-tête avec la radio, quand ils prenaient la route au hasard, juste pour le plaisir de conduire. Il se rappelait aussi leurs disputes, chacun criant sur l'autre jusqu'à ce que l'un des deux éclate de rire et qu'ils basculent tous deux sur le lit et se redécouvrent…

Ils s'étaient toujours entendus à merveille, au lit.

Entre eux, il ne s'agissait pas uniquement d'étreintes charnelles, mais aussi de fusion des âmes. Cela, Brian s'en était rendu compte après que Tina eut quitté Baywater. Il avait alors eu la sensation de vivre un enfer, d'expérimenter le vide tragique de l'existence. Il avait le cœur brisé, l'âme broyée, et pourtant, ce qu'il avait fait, il l'avait fait pour elle.

Et il le pensait toujours.

Repoussant son assiette, Brian se cala contre le dossier de sa chaise.

Le Lighthouse était bondé, comme d'habitude. Les familles se regroupaient autour de grandes tables tandis que les couples préféraient se réfugier dans les angles sombres. Des chandeliers en métal tombait une lumière tamisée ; les fougères, disséminées savamment dans le restaurant, procuraient une agréable sensation de fraîcheur.

Scrutant son frère assis de l'autre côté de la table, Brian finit par lui demander, afin de détourner la conversation de sa personne :

— Et toi, comment t'en sors-tu avec ce maudit pari ?

Connor manqua s'étouffer avec sa bière et, quand il eut fini de tousser, il déclara :

— C'est encore plus affreux que je ne le croyais.

Brian se mit à rire tandis que son frère continuait :

— Je suis sérieux ! J'en suis arrivé au point où je fuis systématiquement les femmes.

— Je vois très bien de quoi tu parles, confirma son frère.

Hélas, la tâche allait devenir plus ardue pour lui, étant donné les circonstances. Au travail, il était facile d'éviter l'autre sexe. Il y avait très peu de femmes pilotes ou de personnel féminin assigné aux escadrons F-18. En outre, les rares éléments féminins qui travaillaient dans cette section évitaient avec soin les *gars*. Et qui aurait songé à les en blâmer ? Elles devaient travailler deux fois plus dur qu'eux pour être acceptées, aussi n'étaient-elles pas prêtes à voir leurs efforts réduits à néant et leur carrière brisée à cause d'un flirt avec leurs collègues masculins.

Par conséquent, sur son lieu de travail, Brian était en sécurité.

En dehors, il avait prévu de rester enfermé chez lui, et d'éviter les lieux qu'il fréquentait d'habitude, cafés, clubs ou restaurants, afin de ne pas rencontrer de tentations. Et voilà que la maison n'était plus un refuge ! Au contraire, avec Tina comme voisine, c'était même devenu la zone la plus dangereuse de son environnement.

— Cela ne fait que deux semaines et je dois admettre que je ressens déjà beaucoup plus de respect pour Liam, reprit Connor.

— Entièrement d'accord avec toi.

— J'ai vu Aidan, hier soir. Il envisage de se retirer dans un monastère pendant trois mois.

A cette annonce, Brian ne put retenir un rire.

— Au moins, nous sommes solidaires dans la souffrance, dit-il.

— Pour ma part, je passe mes nerfs sur les petits nouveaux ! déclara Connor.

A ces mots, Brian ne put retenir un sourire, non sans être sincèrement désolé pour les nouvelles recrues que Connor avait en charge. Son frère continua :

— Tu auras remarqué que le seul d'entre nous qui ne souffre pas, c'est Liam ! Ah, le rusé ! Il nous observe en souriant. Je n'arrive toujours pas à croire qu'il ait réussi à nous piéger avec tant de facilité !

— Nous avons été pris à notre propre piège, Connor. Tu sais bien qu'aucun d'entre nous ne peut résister à un challenge.

— Sommes-nous si prévisibles que cela ?

— Aux yeux de Liam, sans aucun doute ! Prêtre ou non, il a toujours été le plus futé d'entre nous.

— Prends-en de la graine, lança Connor en sortant son portefeuille pour régler. Que vas-tu faire pour Tina ?

— Rester aussi loin d'elle que possible !

— Cela ne va pas être facile.

— Je n'ai jamais dit que ce le serait.

Sans lâcher son frère des yeux, Connor se leva et proposa tout à coup :

— Nous pourrions toujours recourir au bon vieux jeu de rôles… Comme tu ne parviens pas à lui dire de s'en aller, je pourrais l'en prier à ta place.

Soutenant le regard malicieux de son frère, Brian se glissa hors de la banquette. Ils n'avaient pas recouru à ce petit jeu depuis l'adolescence…

Aidan, Brian et Connor étaient tous les trois si identiques que même leur mère éprouvait quelquefois des difficultés à les différencier. Les triplés avaient souvent usé de la confusion à leur avantage, chacun prétendant être l'autre afin d'échapper à des situations qu'ils préféraient ne pas affronter. Ils s'amusaient ainsi à tromper leurs professeurs, leurs moniteurs et parfois même leurs propres parents.

Néanmoins, se rappela soudain Brian alors que l'idée faisait son chemin en lui, Tina avait toujours été capable de les distinguer. Ils n'avaient jamais pu l'abuser comme les autres femmes. Encore que, pensa-t-il devant le sourire encourageant de Connor, cela faisait des années qu'elle n'avait pas vu les frères Reilly ensemble. Des années que lui et elle n'étaient plus proches au point qu'elle soit capable de l'identifier par pur instinct, dans le trio.

— Je me ferai passer pour toi, si tu me donnes un petit pourcentage, insista Connor.

Qu'avait-il à perdre ? se demanda Brian.

Si Tina mordait à l'hameçon, peut-être rentrerait-elle en Californie et Connor aurait bien mérité sa commission. Et si elle n'était pas dupe… Eh bien, cela faisait longtemps qu'il n'avait pas vu Tina Coretti en colère !

Or, si sa mémoire ne le trahissait pas, elle était sexy en diable quand elle sortait de ses gonds !

3

Lorsque Tina entendit les pneus crisser dans l'allée, elle poussa un soupir de soulagement. Enfin, Brian rentrait à la maison ! Se précipitant vers la fenêtre, elle souleva discrètement le rideau, puis se tordit le cou pour l'apercevoir… Et, lorsqu'il s'arrêta pour lancer quelques jurons contre les yorkshires qui, comme de coutume, aboyaient à tue-tête, un sourire illumina le visage de Tina.

Elle avait tant redouté qu'il ne se soit enfui ! Il aurait été si facile pour lui d'emménager pendant quelque temps sur la base militaire, afin de l'éviter durant le reste de son séjour à Baywater. Néanmoins, Brian n'en avait rien fait.

Oh ! Tina savait bien pourquoi… Elle ne se faisait aucune illusion sur ses motivations.

Brian Reilly n'aurait en effet jamais admis qu'il n'était pas capable de relever le défi de la voir tous les jours. Tout comme il refusait de reconnaître qu'il y n'avait pas du tout lieu de s'en inquiéter.

Maintenant, en le voyant monter les marches deux à deux, Tina sentait son cœur s'emballer… Quand Brian ouvrit la porte de chez lui et s'engouffra à l'intérieur, sans même jeter un coup d'œil du côté de chez Angelina, sa bouche s'assécha d'un coup et sa respiration se fit plus courte.

— O.K., marmonna-t-elle. Peut-être est-ce moi qui devrais m'inquiéter.

La sonnerie du téléphone l'arracha à ses tourments. Se jetant sur la couette brodée à la main, elle décrocha le téléphone qui se trouvait sur la table de chevet.

— Allô ?

— Alors tu l'as fait ! Tu es bien à Baywater !

— Janet !

Tina roula sur le dos et se mit à fixer les poutres du plafond, un large sourire aux lèvres.

— Me voilà revenue au point de départ, poursuivit-elle alors.

— L'as-tu vu ?

— Oui…

— Et alors ?

Enroulant distraitement le cordon du téléphone autour de son doigt, Tina répondit :

— Il est tel que dans mes souvenirs.

En réalité, il était encore mieux que dans ses souvenirs. Plus beau, plus irrésistible, plus agaçant aussi.

— Donc, tu es toujours aussi résolue…

— Janet, répondit Tina en soupirant, je croyais que nous avions déjà parlé de tout cela, nous n'allons pas recommencer ! Je n'ai pas du tout l'intention de passer par une banque de sperme. Imagine ce que je devrais dire à mon enfant quand il m'interrogerait sur son père : « Oui, trésor, bien sûr que tu as un père. C'est le numéro 3075. Un très joli numéro, tu sais. »

A l'autre bout du fil, Janet, incapable de résister à l'humour de son amie, se mit à rire.

— Très bien, je n'insiste pas, dit-elle. J'ai juste l'impression que tu vas au-devant des ennuis et je m'inquiète pour toi.

— J'apprécie ta sollicitude, Janet, répondit Tina en laissant son regard errer dans la chambre.

Nana n'avait pas changé grand-chose dans cette pièce. Les posters de Tahiti et de New York que Tina y avait accrochés, adolescente, étaient toujours fixés au mur et les étagères débordaient des livres et de tous les trésors qu'elle avait collectionnés pendant toutes ces années. Même les meubles n'avaient pas bougé. Pas très étonnant, songea-t-elle : ils appartenaient à la famille Coretti depuis si longtemps ! Décidément, cette maison était vraiment confortable. Et Tina était surprise de comprendre à quel point elle avait besoin de ce confort.

Bien qu'elle ait été élevée dans cet endroit, dans cette ville, elle en était partie depuis très longtemps : le retour aux sources qu'elle avait entrepris, même s'il devait être de courte durée, n'en était pas moins troublant.

— Mais tu préfères que je me taise, répliqua Janet.

Au son de sa voix, Tina comprit que Janet souriait. Elle enchaîna alors :

— En effet, je préfère... Cela dit, ton appel me fait rudement plaisir, Janet.

— Tu m'en vois moi aussi ravie !

— J'avais besoin d'entendre une voix amie, avoua Tina. Même si je ne m'en rendais pas compte.

Avec Nana en Italie et Brian retranché dans son deux-pièces, elle ressentait un sentiment de solitude qu'elle ne connaissait plus.

— N'hésite surtout pas à m'appeler si tu as envie de parler, de pleurer, de crier... ou n'importe quoi d'autre ! lui dit alors Janet.

— Tu peux compter sur moi ! Et dans trois semaines, promis, je te raconterai tout dans le détail.

Après que son amie eut raccroché, Tina s'assit sur le lit et ramena ses jambes sous son menton. A mesure que ses yeux exploraient sa chambre d'enfant, elle sentait le passé resurgir tout autour d'elle. Elle habitait toujours ici lorsque Brian et elle avaient commencé à sortir ensemble.

Seigneur, elle avait l'impression que cette période-là remontait à la nuit des temps !

A l'époque, elle travaillait à mi-temps dans un café en vogue, sur le front de mer, pour financer son mastère de gestion. Brian était lieutenant, et de belles ailes dorées ornaient son uniforme flambant neuf. Un soir, il était entré dans l'établissement, leurs yeux s'étaient croisés, et la foudre de l'amour les àvait frappés.

Comme dans un roman.

Fous de désir et d'amour, ils ne se quittèrent pas une minute le mois qui suivit, pour déclencher finalement la colère de leur familles respectives en faisant une fugue amoureuse. Ils étaient en effet bien trop épris l'un de l'autre pour attendre le grand mariage que leurs proches souhaitaient organiser pour eux.

Ils avaient préféré échanger leurs vœux dans une petite mairie déserte, à une centaine de kilomètres de Baywater. A la place du traditionnel bouquet de mariée, Tina tenait une simple rose, qui provenait d'un jardin privé et que Brian avait cueillie du rosier qui dépassait d'un mur en pierre. Elle avait trouvé ce geste très romantique. Du plus profond de son être, Tina était convaincue qu'elle avait rencontré l'âme sœur. Le seul homme au monde qu'elle était destinée à aimer.

Ils étaient restés un an ensemble.

Et un beau matin, Brian avait lâché une bombe en lui annonçant sa volonté de divorcer ; le lendemain, il partait pour une mission de six mois sur un porte-avions.

« Envolée l'âme sœur », murmura Tina en refermant la porte des souvenirs. Alors elle s'allongea sur le lit, et tenta de se convaincre que la tristesse qu'elle ressentait n'était que l'écho d'une vieille souffrance.

Le lendemain, Tina se jeta à corps perdu dans le travail. Le jardin de Nana était une véritable jungle ! Cette dernière adorait les fleurs, mais elle ne désherbait jamais, pas plus qu'elle ne sarclait — tout simplement parce qu'elle détestait ce travail.

Les roses étaient accablées de chaleur, les gerberas envahis par les dents-de-lion et les pensées n'étaient plus que l'ombre d'elles-mêmes. Agenouillée dans l'herbe inondée de soleil, Tina se concentrait sur sa tâche, la peau offerte à la caresse de l'été.

Elle avait mis un disque de rock et les accords s'échappaient par la fenêtre ouverte du salon : elle avait ainsi la sensation de travailler de façon plus rythmée. Les cris d'enfants jouant au basket dans la rue et les aboiements lointains d'un chien ponctuaient son travail, tandis que Muffin et Pêche observaient Tina depuis la porte grillagée de la terrasse. Les deux yorkshires rythmaient sa tâche, jappant joyeusement chaque fois qu'un petit événement attirait leur attention, comme un papillon qui passait dans leur champ de vision.

Cela faisait une heure que Tina travaillait lorsqu'elle se releva, posa ses mains sur ses reins et s'étira…

Aïe ! Ses muscles qui n'étaient pas habitués à jardiner se rappelèrent à elle. En Californie, Tina habitait dans un appartement et se contentait de quelques plantes sur son balcon qui donnait sur Manhattan Beach. Là-bas, elle était trop occupée à travailler ou à penser au travail, ou encore à le planifier pour se consacrer à des travaux de jardinage. Ou à tout autre loisir, d'ailleurs, songea-t-elle subitement. Quand tout cela était-il donc arrivé ? Quand avait-elle perdu le sens des priorités ? Quand travailler était-il devenu plus important que vivre ?

Allons, elle connaissait la réponse !

Une réponse qui la ramenait inévitablement à Brian.

Après le divorce, elle s'était noyée dans ses ambitions professionnelles. Comme si, en s'immergeant dans le travail, elle pouvait oublier la solitude qui la hantait. Malheureusement, cela n'avait pas marché.

Au diable la tristesse ! se gronda-t-elle en refoulant les souvenirs. C'était si doux de se retrouver dans ce jardin ! Si agréable de regarder sa montre pour voir si l'heure du déjeuner approchait, parce que le grand air vous avait ouvert l'appétit… Malgré l'air humide et épais de la Caroline du Sud, il faisait tout simplement bon vivre ici, songea-t-elle avec une certaine nostalgie.

Tel un coup de tonnerre, un grondement assourdissant éclata tout à coup : Tina releva la tête et n'eut que le temps d'apercevoir un F-18 zébrant le ciel et laissant dans son sillage une longue traînée blanche. Ce spectacle l'emplit d'un sentiment de bonheur intense, comme toujours. Car, comme toujours, elle imaginait que Brian était aux commandes. Dieu sait si elle avait été fière de lui et du métier qu'il exerçait ! Bien sûr, elle ne pouvait s'empêcher de redouter qu'il soit blessé, mais n'était-ce pas le prix à payer lorsque vous épousiez un Marine ?

Plaçant une main en visière, Tina suivit la progression de l'avion dans le ciel…

— Beau spectacle ! s'exclama soudain une voix dans son dos.

Le ton était assez fort pour couvrir la musique qui s'échappait toujours du salon et emplissait l'air chaud de l'été.

Tina inspira profondément avant de tourner la tête…

Elle ne l'avait pas entendu arriver. Elle ne s'attendait pas du tout à ce qu'il revienne à la maison au beau milieu de la journée : d'ailleurs, elle avait plutôt imaginé qu'il allait passer le plus clair de son temps loin de la maison.

Et voilà qu'il se trouvait devant elle !

D'une taille plus élevée que la plupart des autres pilotes, Brian ne cessait de se plaindre du cockpit des F-18, trop étroit pour lui. Pour sa part, elle avait toujours adoré sa grande taille, même si cela l'obligeait à se tordre le cou pour le regarder dans les yeux.

Se relevant, Tina brossa ses genoux tachés d'herbe, puis retira ses vieux gants de jardinage.

Elle faisait face au soleil, de sorte que Brian se dessinait en contre-jour devant elle. Néanmoins, elle sentait son regard rivé sur elle.

— Pardon ? fit-elle. Ah oui, l'avion… De fait, c'est très beau.

— Je ne parlais pas de l'avion, mais tu as raison, c'est aussi un beau spectacle…

A ces mots, elle sentit une bouffée de chaleur l'envahir.

Allons, se reprit-elle, un compliment de Brian ne signifiait rien, elle le savait : il les distribuait si généreusement ! Il savait toujours trouver les mots adéquats, aux bons moments. Oh oui ! Il savait s'y prendre pour la rendre folle et la conduire à se déshabiller…

Aussitôt, les souvenirs firent vibrer son corps et elle se sentit brûlante, les genoux tremblants.

— Brian…

— Tina…

Ils avaient parlé en même temps. Arrêtés dans leur élan, ils se mirent à rire, un peu gênés. Ce vague embarras la mit mal à l'aise et fit jaillir en elle une vague de tristesse : comment diable en étaient-ils arrivés là, se demanda-t-elle, comment le fol amour qu'ils avaient ressenti l'un pour l'autre autrefois avait-il pu se transformer en cette courtoisie réservée ?

— Toi la première, lui dit-il, tendu.

— Non, je t'en prie, répliqua-t-elle, je t'écoute.

Hochant la tête, Brian enfonça les mains dans les poches de son jean et fixa un instant le bout de ses chaussures d'un air songeur avant de plonger son regard dans celui de Tina…

— Ce que j'ai à te dire n'est pas facile à dire…, commença-t-il.

Tina l'observait avec attention. Son cerveau, d'abord bluffé par cette soudaine apparition, commençait à se remettre en état de marche…

Elle nota la façon dont il tenait la tête, dont il haussait les épaules, sa manière de se tenir debout et de remonter les coins des lèvres quand il parlait. C'était curieux : quelque chose en lui était différent, et pas seulement son apparence… plutôt ce qu'il dégageait.

Ou, plutôt, ce qu'il ne dégageait plus.

Aucune onde électrique ne lui parcourait l'échine. Aucun magnétisme ne faisait trembler l'air entre eux. Aucune trace de cette alchimie qui dévorait tout sur son passage et s'instaurait entre eux autrefois, quoi qu'il se soit passé avant.

Oui, dès qu'elle se trouvait en présence de Brian, l'air changeait et elle ressentait des picotements jusqu'au bout des orteils.

Sauf qu'aujourd'hui elle ne ressentait rien du tout !

Hum, hum… Son cerveau tira la conclusion de toutes ces informations et son esprit s'échauffa devant le tour qu'on essayait de lui jouer.

— … Je sais que je n'ai pas le droit d'exiger quoi que ce soit de toi, disait-il.

Ce devait être Connor, déduisit-elle.

Aidan n'aurait pas accepté de se faire passer pour un autre. En quelques secondes, des dizaines d'idées lui traversèrent l'esprit sur la façon dont elle devait traiter le dernier des triplés Reilly. Lorsque la solution s'imposa à elle, un large sourire éclaira son visage.

Il lui rendit son sourire, et se méprenant sur celui de Tina, déclara :

— Là, tu vois, tu sais te montrer raisonnable. Cela n'a aucun sens que tu restes ici plus longtemps ; ta présence ne ferait que rendre la situation plus délicate.

— Délicate ? Brian, mon chéri, nous nous connaissons trop bien pour être mal à l'aise l'un avec l'autre, répondit-elle alors d'une voix suave.

— Pardon ? fit-il, confus.

Parfait ! Tina exultait, mais elle se contenta de lui adresser un sourire sensuel et de s'approcher subrepticement de lui afin de faire courir ses doigts sur son torse…

— Tu m'as manqué, Brian, lui dit-elle dans un petit soupir. Je me sens… si seule.

Elle laissa cet ultime mot résonner dans l'air, non sans apercevoir, avec une satisfaction consommée, une lueur de panique qui s'allumait dans les yeux de Connor.

Il recula d'un pas.

— Allons, Tina, je crois que tu exagères et…

— Et toi, mon amour, ne t'ai-je pas manqué ? susurra-t-elle en faisant un pas en avant.

— Oh, si, bien sûr ! fit-il non sans balayer le jardin d'un regard circulaire, en quête d'une aide hypothétique.

Sans prévenir, Tina noua ses bras autour du cou de Connor et pressa sa joue contre son torse : son pauvre cœur battait à cent à l'heure ! Quelle bonne leçon elle était en train de lui donner !

— Allez, embrasse-moi… *Connor*, lui dit-elle.

A cet instant, il lui adressa un regard stupéfait et elle le relâcha, non sans cesser de le fixer, curieuse de voir comment il allait tirer son épingle du jeu.

— Ecoute, Tina…

— Pensais-tu vraiment pouvoir me duper ? demanda-t-elle d'un ton véhément.

Fini le jeu ! Il était temps de faire passer un sale quart d'heure à ce petit traître.

— Allons, Tina, je ne vois pas de quoi tu parles…

Laissant libre cours à la colère qu'elle sentait monter en elle depuis le début, Tina s'écria :

— Je suis sûre que tu me comprends très bien ! Hélas, on dirait que Brian et toi avez oublié un petit détail : moi, je suis capable de vous différencier. Tu ne t'en souviens donc pas ?

Penaud, Connor admit alors :

— O.K., c'était une mauvaise idée.

— Une mauvaise idée ? répéta-t-elle en ouvrant de grands yeux ahuris. Je n'arrive pas à le croire. Mais qu'espériez-vous donc en vous comportant comme des adolescents ? Etais-tu censé me convaincre de partir pour que Brian n'ait pas à m'affronter ?

Connor émit un petit rire gêné et leva les mains en signe de capitulation.

— Allez, Tina. C'était juste…

— Juste quoi ? Une plaisanterie ? le coupa-t-elle d'un ton cinglant.

Au fur et à mesure que la jeune femme avançait, Connor reculait de sorte qu'ils se trouvaient à présent tout près du portail à côté duquel était garée la voiture de Brian. Pas la sienne, naturellement. La perfide stratégie avait été bien étudiée !

— Non, protesta Connor en trébuchant sur le tuyau d'arrosage.

Retrouvant son équilibre, il se dirigea d'un pas vif vers la voiture, son ultime refuge contre la fureur de Tina.

Derrière la porte grillagée de la terrasse, les yorkshires envoyèrent une salve d'aboiements si puissante que Connor jeta un regard inquiet dans leur direction.

— C'était… c'était l'idée de Brian, n'est-ce pas ? interrogea Tina.

Elle était si écœurée par le comportement de ce dernier et par celui de Connor qu'elle en avait presque du mal à s'exprimer.

— Nooon, fit Connor d'un air bien peu convaincant. C'était juste une idée.

— Une *mauvaise* idée ! renchérit Tina.

— Oui, je m'en rends compte à présent, admit-il en déglutissant avec difficulté. Tu t'es bien vengée en me plaçant dans une position délicate…

— Où est Brian ? demanda-t-elle d'un ton sec sans relever son allusion.

— Attends, Tina…

Elle le scrutait avec attention et voyait bien qu'il cherchait un faux-fuyant : elle comprit à ce moment-là que la solidarité des triplés jouerait contre elle. Connor ne *pouvait* pas trahir son frère. Encore qu'il n'ait pas à le faire, les faits étant suffisamment évocateurs.

— Ce n'est pas grave, reprit Tina. Il finira bien par rentrer chez lui.

— J'imagine, fit Connor.

Arrivé à la hauteur de sa voiture, il ouvrit la porte et se glissa à l'intérieur aussi vite que possible. Mais, avant qu'il n'ait le temps de refermer la portière, Tina la retint et se pencha vers lui. Elle éprouvait une réelle satisfaction à voir ses yeux bleus si semblables à ceux de Brian renvoyer des éclairs d'inquiétude.

Il n'avait que ce qu'il méritait !

— Maintenant, écoute-moi bien, Connor Reilly, commença-t-elle sèchement.

— Je suis tout ouïe, Tina.

— Dis à ton frère que je veux lui parler.

— Entendu, répondit Connor en mettant la voiture en marche. Je lui transmettrai le message.

— Et ne t'avise jamais de recommencer cette petite mystification, tu m'entends ?

A ces mots, il la gratifia d'un long regard et finit par esquisser un sourire.

— Cela ne risque pas, lui dit-il. Tu es bien trop redoutable quand tu es contrariée.

A présent que sa colère s'était dissipée, Tina pouvait apprécier tout le comique de la situation. Du moins en ce qui concernait Connor. Elle se fendit donc d'un petit rictus, mais refusa de lui sourire tout à fait.

— Laisse-moi te dire une chose, Tina, poursuivit Connor. Même si cela fait cinq ans que tu es partie, c'est bon de t'avoir de nouveau parmi nous.

Cette fois, elle lui accorda un vrai sourire. Il était impossible de ne pas lui sourire. Aucune femme ne pouvait résister bien longtemps à un Reilly.

— Disparais, Connor ! lui ordonna-t-elle sur un ton faussement sévère.

— A vos ordres, m'dame !

Elle referma la portière et le regarda s'éloigner.

Dès qu'il tourna à l'angle de la rue, elle se précipita à l'intérieur de la maison : direction la salle de bains ! Si Brian et elle devaient s'expliquer, il ne serait pas dit qu'elle l'affronterait couverte de sueur et de poussière.

4

Le rire de Connor résonnait encore à ses oreilles lorsque Brian se gara devant chez lui. La mascarade qui amusait tant son frère avait dû, en revanche, froisser Tina.

Pourquoi, sachant pertinemment que le petit jeu n'allait pas prendre, avait-il laissé Connor se faire passer pour lui ? Fallait-il qu'il soit désespéré ! Pourtant, tout au fond de lui-même, il se réjouissait que Tina n'ait pas été dupe. Au moins, il était rassuré sur un point : elle pouvait toujours le distinguer de ses frères, comme autrefois. Tout le monde avait toujours considéré les triplés comme interchangeables — sauf elle. Mais Tina était si différente ! Oui, bien différente de toutes les autres femmes sur cette fichue planète de sorte que, si elle ne quittait pas Baywater dans les plus brefs délais, il était un homme mort. *Il ne survivrait pas au pari.*

Bon sang ! Pourquoi Tina avait-elle resurgi dans un contexte si délicat ? A un tout autre moment, sa visite aurait déjà été difficile à gérer, alors en ce moment… Car elle était irrésistible : comment allait-il pouvoir lui résister dans ces circonstances, alors qu'il était déjà à cran à cause de ce pari stupide ?

Jamais Brian n'avait désiré une femme aussi fort que Tina. Et ce désir était resté intact. Cinq ans qu'ils étaient divorcés et, pourtant, le simple fait de la savoir en ville accélérait la course de son sang dans ses veines et creusait ses reins de désir.

Il était véritablement dans de sales draps !

Maugréant dans sa barbe à l'idée de la confrontation imminente avec Tina, Brian descendit de voiture. L'air du soir était agréable ; les premières étoiles commençaient à s'allumer dans le ciel et le jasmin remplissait le crépuscule de senteurs subtiles.

La porte d'entrée de chez Angelina était ouverte, la lumière extérieure allumée. Tina attendait-elle un visiteur ? Si tel était le cas, il y avait fort à parier que ce n'était pas lui, car elle ne lui aurait pas réservé un accueil si convivial. Soudain, Brian fronça les sourcils ; après tout, il se fichait pas mal de ce qu'elle pensait de la mystification ! Il ne pouvait se permettre le luxe d'avoir des scrupules ! Peu importe qu'elle fût ou non furieuse contre lui. Il ne lui devait plus rien. N'étaient-ils pas des « ex » l'un pour l'autre ?

Parfait… Dans ces conditions, pourquoi se sentait-il si coupable ? Et pourquoi redoutait-il tant de la rencontrer ?

Du cran ! Il était un Marine, entraîné pour le combat ! Ce qui pourrait être bien utile en présence de Tina Coretti Reilly, pensa-t-il en se dirigeant vers la porte ouverte, comme on monte sur un ring.

Il gravit les marches quatre à quatre, puis s'arrêta sur la terrasse. La porte grillagée était fermée. Du salon montaient des notes plaintives de jazz. Les yorkshires devaient se trouver dans la cour derrière car il ne les voyait ni ne les entendait. A moins que les deux petites furies ne soient tapies dans un coin obscur, attendant le moment propice pour lui sauter dessus — c'est-à-dire quand il ne s'y attendrait plus. Cependant, il écarta rapidement cette éventualité : les « filles » étaient incapables d'une telle stratégie.

D'ailleurs, étant donné le but de sa visite, il était préférable qu'elles ne soient pas là.

Brian frappa trois coups à la porte.

Pas de réponse.

Il recommença. Plus fort, cette fois.

— Est-ce toi, Brian ?

— Oui.

— Entre.

A priori, sa voix semblait normale, se dit Brian. Il entra donc dans la maison, posant sa casquette de Marine sur le guéridon du vestibule. Tina était dans le salon, assise sur le sofa, un verre de vin blanc à la main.

Et ne semblait pas du tout dans son état normal !

Ses yeux noisette brillaient de colère. Nom d'un chien ! Pourquoi fallait-il qu'elle fût si belle ? Les lueurs qui pimentaient son regard rajoutaient encore à son charme. Oh, oh, il avait conscience d'aller au-devant de graves ennuis…

— Assieds-toi.

C'était plus un ordre qu'une proposition.

— Non, merci, répondit-il.

Malgré lui, son regard glissa sur ses longues jambes bronzées, puis remonta vers son short en coton vert pâle et son haut — moulant et court. Bien trop court ! Non, il ne s'assoirait pas, il n'allait pas s'attarder. Il ne pouvait pas se permettre de rester en compagnie d'une femme qui le troublait si facilement. Il allait donc dire… ce qu'il avait à dire et repartir sans attendre.

— Je suis désolé, Tina, pour…

— Pour avoir envoyé Connor se débarrasser de moi ? compléta-t-elle avant d'avaler une gorgée de vin.

— Oui, admit-il à contrecœur.

— C'est tout ? demanda-t-elle d'un ton dégagé en croisant les jambes.

Il nota au passage ses pieds ravissants, délicatement vernis dans une teinte rose pâle. Distinguée jusqu'au bout des ongles, pensa-t-il alors. C'était cette élégance qui, chez Tina, le troublait tant. Entre autres choses…

— C'est tout ce que tu as à me dire ? insista-t-elle.

— J'ai essayé, j'ai perdu, je m'excuse. Voilà ! Que puis-je ajouter d'autre ? demanda-t-il en se grattant la joue.

Et non sans penser qu'il devait déguerpir le plus vite possible !

Sans crier gare, Tina se leva, posa son verre sur la table basse et s'avança vers lui. Les fines, très fines bretelles de son petit haut indiquaient qu'elle ne portait pas de soutien-gorge. Instinctivement, il loucha vers ses seins… Le tissu blanc et moulant en soulignait la perfection.

Oh, mon Dieu !

— Pourquoi as-tu tellement hâte que je quitte Baywater ? lui demanda-t-elle.

— Je n'ai pas *hâte* que tu partes, objecta-t-il, l'air penaud.

Non… Le mot « hâte » était bien faible pour exprimer ce qu'il souhaitait de tout son cœur et de toutes ses forces, à savoir son départ ! Mais comment le lui dire ? En toute décence, il ne pouvait pas lui expliquer l'effet dévastateur que provoquait sur lui un simple regard de sa part.

— Connor ne m'a pas dupée, tu sais, déclara-t-elle en plaçant ses mains sur ses hanches d'un petit air mi-agacé, mi-dédaigneux.

— Je sais, dit-il.

Il s'efforçait de soutenir son regard afin que ses yeux ne s'égarent pas sur son corps. Mais qu'il était difficile de fixer sans se troubler ses grands yeux noisette qui semblaient vouloir aspirer tout son être et le retenir dans ses filets ! Encore que cela fût plus prudent que d'admirer la peau douce de son ventre plat et bronzé que dévoilait le rectangle de tissu qui faisait office de T-shirt. Ou la chute de ses reins que moulait si admirablement son short. Oui, bien plus prudent…

— Pourquoi as-tu commis une telle sottise, Brian ? lui demanda-t-elle.

Son regard lui faisait l'effet d'un détecteur de mensonges. Décidément, il était impossible de se dérober sous la menace de ses incroyables yeux aux profonds reflets ocre…

— Parce que je préfère ne pas te savoir dans les environs, marmonna-t-il.

A ces mots, Tina détourna la tête, comme s'il l'avait giflée, et Brian se maudit en silence. Puis elle fit un pas dans sa direction… Une bouffée de son parfum envahit ses sens. C'était toujours le même. Toujours ce mélange obsédant et magique de fleurs et d'agrumes qui évoquait l'été et ses nuits chaudes, dans les bras de Tina. Rien que d'y penser, il en avait la respiration coupée.

— Voilà qui est honnête, concéda-t-elle avant d'ajouter d'une voix dure : Pourquoi ?

Détachant ses yeux des siens, il la contourna pour s'emparer de son verre de vin. Il en avala tout le contenu frais et fruité puis, jetant un regard furtif par-dessus son épaule, il demanda :

— Que cherches-tu, Tina ?

En constatant qu'il fuyait son regard, cette dernière ressentit un immense vide, une infinie tristesse. Elle avait ruminé sa colère tout l'après-midi, impatiente de se retrouver en tête à tête avec l'intrigant. Et maintenant qu'il était là, devant elle, tout ce qui l'obsédait, c'était ce curieux manque de naturel qui caractérisait désormais leur relation. Et pourtant, il était indéniable qu'ils étaient toujours attirés l'un par l'autre.

S'il s'imaginait qu'elle n'avait pas remarqué son regard de convoitise, tout à l'heure, quand il était entré dans le salon ! Un trouble puissant avait alors balayé son être… Dans le même temps, un paradoxe l'avait frappée : alors qu'il se trouvait tout près d'elle, à portée de main, elle avait l'étrange impression qu'elle ne pourrait plus jamais l'atteindre. Brian possédait un art bien à lui pour prendre de la distance, elle le savait.

Qu'à cela ne tienne ! Elle allait lutter. Elle ne lui permettrait pas de la malmener et de la chasser de Baywater comme une vulgaire criminelle. Elle tiendrait bon et ne partirait pas d'ici avant d'avoir obtenu ce qu'elle attendait de lui. Oui, d'une façon ou d'une autre, elle finirait bien par venir à bout de ses résistances.

— Dois-je absolument chercher quelque chose ? reprit-elle alors d'un ton un rien provocant. Ne peut-on pas être simplement amis ?

Un rire sec échappa à Brian.

— Nous n'avons jamais été amis, Tina, lui rappela-t-il, en reposant sans ménagement le verre sur la table.

Elle avait du mal à l'admettre, mais Brian disait vrai. Dès leur première rencontre, ils avaient été amants. Il n'y avait pas eu de période d'amitié entre eux. Non, tout de suite, les étincelles et les feux d'artifice avaient fusé entre eux. L'urgence, le désir, la passion… C'était cela qui caractérisait leur rapport.

S'ils avaient été amis, peut-être que leur relation aurait pu perdurer. Peut-être que Brian aurait renoncé moins facilement à elle.

— Nous pouvons le devenir, à présent.

— Pourquoi ?

— Parce que tu as compté pour moi, répondit-elle.

Elle priait pour qu'il ne comprenne pas que c'était toujours le cas. Sur une impulsion, elle ajouta :

— Parce que nous avons été heureux ensemble.

— Cela appartient au passé, Tina.

Cette réponse brutale la terrassa, mais elle réussit à n'en rien laisser paraître. Au prix d'un énorme effort sur elle-même, elle parvint à lui dissimuler à quel point cela la blessait de savoir qu'il ne souhaitait qu'une chose : qu'elle s'en aille.

Et tout à coup, elle décida de lui poser la question qui la hantait depuis cinq ans. Après tout, s'il avait décidé d'être distant, il lui devait au moins une explication ! Oui, il pouvait bien lui dire aujourd'hui pourquoi, une demi-décennie plus tôt, il lui avait annoncé sans prévenir qu'il voulait divorcer, tout en refusant de lui fournir le moindre éclaircissement sur sa décision !

— Notre relation appartient au passé, Brian, parce que *tu* en as décidé ainsi, lui dit-elle avant de demander, en appuyant sur chaque syllabe : Pourquoi, Brian ?

Elle vit ses beaux yeux bleus s'assombrir, son expression se durcir. Non ! se promit-elle, elle ne ferait pas machine arrière.

— Explique-moi pourquoi tu as tout détruit, et alors je réfléchirai peut-être à mon départ.

Bien sûr, elle n'en ferait rien, mais il n'avait pas besoin de le savoir.

— C'est du passé, Tina, n'en parlons plus, s'entêta-t-il.

— Ainsi, tu persistes à ne rien vouloir me dire ? Même si une explication pourrait te permettre de te débarrasser de moi ?

A cet instant, Brian releva un coin de sa bouche sensuelle… L'estomac de Tina se contracta et, instantanément, les images du passé resurgirent. Les souvenirs de ce que cette bouche était capable de faire. Des souvenirs qui envahissaient à présent tout l'espace de son cerveau, lui coupaient la respiration, accéléraient le battement de son cœur…

— Je sais que tu ne partiras que lorsque tu l'auras décidé, déclara Brian.

— C'est vrai, admit-elle dans un sourire rêveur, encore sous l'emprise de ses souvenirs.

— Tu as toujours la tête aussi dure.

— Venant de toi, je prends volontiers cette insulte pour un compliment !

— Ce n'était pas une insulte ! protesta-t-il avant d'ajouter à brûle-pourpoint : Sais-tu que j'ai toujours aimé nos disputes ?

A ces mots, une bouffée de chaleur submergea Tina et elle s'efforça de respirer rapidement pour ne pas se laisser envahir par l'émotion.

— Si notre mariage te plaisait tant, Brian, pourquoi as-tu…

— Pourquoi es-tu ici ? l'interrompit-il, refusant tout net d'évoquer le passé.

Tout en la fixant intensément, il s'appuya contre le comptoir : son regard était menaçant, dangereux… N'était-ce pas cette expression de pirate qui l'avait séduite, autrefois ? Ah ! Ses cheveux noir de jais, ses yeux bleus comme la nuit, ses larges épaules, ses hanches étroites et cette façon unique de porter les jeans…

Brian Reilly exerçait un terrible pouvoir sur elle.

Tina sentit sa gorge se serrer. Luttant contre son trouble, elle répondit à la question qu'il lui avait posée d'un ton persifleur :

— Il fallait bien que quelqu'un s'occupe de Muffin et Pêche pendant l'absence de Nana ! Et ce n'est pas à toi qu'elle pouvait demander ce service, étant donné les relations délicates que tu entretiens avec « ses filles ».

Imperméable à son humour, il la fixa d'un œil suspicieux avant de reprendre :

— Est-ce l'unique raison ? N'aurais-tu pas eu une petite discussion avec mes frères, par hasard ?

— Comment ça, une discussion avec tes frères ? répondit-elle, l'air surpris. Le seul Reilly que j'ai vu, à part toi, c'est Connor ! Et encore, parce que tu me l'avais envoyé !

En dépit de ses protestations, Brian ne paraissait pas convaincu. Ce qui ne laissa pas d'intriguer Tina. Pourquoi lui avait-il posé cette dernière question ? A quoi diable voulait-il faire allusion ? se demanda-t-elle. Y avait-il une histoire dont elle n'était pas au courant ? Si tel était le cas, il ne fallait pas qu'elle compte sur Brian pour l'éclairer. Elle devrait se débrouiller autrement pour obtenir des informations.

A l'évocation de Connor, son complice, Brian avait eu la décence de baisser la tête, gêné.

— Je suis navré, dit-il. Je savais que cela ne marcherait pas, et pourtant je l'ai laissé faire. Note bien, si cela peut te consoler, qu'il a passé un sale quart d'heure, tu as bien eu ta revanche.

Cette remarque arracha un sourire à Tina, qui confirma :

— Effectivement, c'est une forme de consolation. Mais tu n'as toujours pas répondu à ma question, Brian. Pourquoi tiens-tu tant à ce que je parte ?

A cette question, le visage de Brian s'assombrit avant de se fermer définitivement. Un mur invisible mais infranchissable venait de se dresser entre eux.

— Cela n'a plus d'importance, déclara-t-il durement.

— Pour moi, si !

Sans répondre, il tourna les talons et se dirigea vers la porte de derrière.

— Les chiennes sont dans la cour, lui précisa Tina.

— La barbe ! marmonna-t-il.

Tel un automate, il fit brusquement demi-tour pour prendre l'autre direction. Sans un mot, Tina lui emboîta le pas et, alors que Brian s'apprêtait à franchir le seuil de la porte, elle le saisit par le bras.

Il s'immobilisa, comme si une balle venait de l'atteindre. Ses yeux tombèrent sur la main qui le retenait, puis, avec une lenteur calculée, il fit remonter son regard vers le visage de Tina…

Non, elle ne retirerait pas sa main, se convainquit-elle avec force. D'ailleurs, ce n'était pas uniquement par entêtement qu'elle laissait sa main là où elle se trouvait, mais parce que ce contact lui procurait des vibrations extraordinaires. Electriques ! Elle avait la sensation que des étincelles s'allumaient sur toutes les parcelles de sa peau… Que cela plaise ou non à Brian, elle entendait savourer tranquillement ce moment de bonheur. Il y avait si longtemps que cela ne lui était pas arrivé !

— Je ne partirai pas, déclara-t-elle avec fermeté.

A cet instant, leurs regards s'enchaînèrent durement et, dans les yeux de Brian, Tina vit défiler une suite d'émotions qui se succédaient, hélas, bien trop rapidement pour qu'elle puisse les identifier.

— Je vais rester trois semaines ici, Brian. Il va falloir que tu t'habitues à ma présence, conclut-elle en s'arrachant à la force de son regard.

Pour toute réponse, il serra les mâchoires. Alors Tina comprit que non seulement il souhaitait qu'elle parte, mais qu'il ne supportait pas non plus qu'elle le touche.

Et pour cause…

Et cela, il ne pourrait pas le nier : Tina était convaincue qu'il avait ressenti la même excitation qu'elle lorsque ses doigts s'étaient refermés sur son bras. En d'autres termes, elle allait avoir moins de difficultés à le séduire qu'elle ne l'avait initialement cru ! A cette idée, elle se retint de pousser un cri de joie. N'était-ce pas précisément le but de sa présence à Baywater ?

Conduire Brian dans son lit.

Tomber enceinte.

Puis repartir.

Cette dernière idée lui était moins plaisante que les premières et elle préféra la chasser vivement de ses pensées par crainte que Brian ne lise des signes de désarroi sur son visage.

— Parfait ! fit-il, agacé.

Et d'un mouvement presque théâtral il franchit le seuil de la maison et sortit. Alors qu'il vissait sa casquette sur sa tête, il se retourna et lui jeta un regard biaisé en ajoutant :

— Trois semaines, dis-tu ? Je pourrai tenir.

Puis il descendit les marches de la terrasse et longea la maison de Nana pour rejoindre la sienne. Alors les premiers aboiements éclatèrent, et Tina ne put s'empêcher de rire en l'entendant maugréer :

— Fermez-la, sales petites pestes !

« Je pourrai tenir », avait-il dit. S'il le croyait, grand bien lui fasse. Pour sa part, elle était désormais convaincue qu'elle allait gagner le bras de fer. Oui, avant même la fin de la semaine, elle aurait obtenu ce qu'elle désirait de lui, paria-t-elle.

Une seule ombre au tableau subsistait : serait-elle capable d'assumer sa décision de repartir, lorsque les trois semaines seraient écoulées ?

Le lendemain, Tina se réveilla de bon matin. Le soleil brillait déjà de tous ses feux dans le ciel. Elle passa un pantalon en lin beige clair et un chemisier dans les tons fauves. Puis, après avoir pris un copieux petit déjeuner, elle mit leur laisse à Muffin et Pêche et partit pour une petite promenade.

Elle éprouvait une curieuse impression à se promener

tranquillement dans les rues de Baywater. En Californie, les gens ne marchaient jamais : ils prenaient leur véhicule même pour un trajet de cinquante mètres. Un réflexe qui expliquait pourquoi les embouteillages y étaient si monstrueux. Les Californiens aimaient trop leur voiture et leur indépendance pour penser par exemple au covoiturage. Ils voulaient conserver la liberté d'aller n'importe où, à n'importe quel moment.

Baywater était un monde si différent !

Les rues étaient peu encombrées et on pouvait se promener en toute quiétude sur les trottoirs rendus doucement sinueux par les racines des arbres. Tout le contraire de la Californie, où les trottoirs étaient rigoureusement nivelés, les habitants n'hésitant pas à couper les gros arbres pour en replanter de plus petits, avec des racines moins puissantes. Et, quand ces derniers devenaient gros, ils étaient à leur tour remplacés !

A Baywater, des arbres centenaires déployaient leurs lourdes branches sur la ville, formant d'épaisses marquises végétales au-dessus des trottoirs. Les enfants faisaient tranquillement du roller dans les rues, les gens jardinaient dans leurs jardins et possédaient tous une balancelle sur leur terrasse, d'où ils pouvaient tranquillement observer les passants et s'imprégner de la vie du Sud.

Comme cette existence paisible lui avait manqué !

— Bonjour, madame Donovan, dit-elle en passant devant une vieille dame qui taillait ses roses et venait de la saluer d'un geste de la main.

S'adressant aux deux petites chiennes qui trottaient gaiement devant elle, Tina affirma avec une certaine amertume :

— Ici, ça n'a rien à voir avec la Californie : les voisins vous parlent, vous sourient... Mais sur les autoroutes, là-bas, comment sourire à son voisin ?

Hum ! Les yorkshires paraissaient s'en moquer.

Jusque-là, Tina n'avait jamais réellement réfléchi aux différences qui existaient entre la Caroline du Sud et la Californie. En réalité, elle s'y était même refusée... Car, en se penchant sur la question, elle aurait certainement éprouvé le mal du pays. D'ailleurs, elle s'arrangeait toujours pour ne faire que de courts séjours ici, séjours toujours si remplis qu'elle n'avait pas le temps de se promener dans sa ville natale. D'en apprécier la beauté tranquille et l'atmosphère paisible. De se libérer de la frénésie liée à sa vie en Californie.

Or, ce matin, elle se sentait pénétrée par la douceur de vivre ambiante. Une douceur à laquelle il lui serait difficile de renoncer…

Heureusement que Muffin et Pêche l'empêchaient de sombrer dans la nostalgie pure et dure ! Dans leur enthousiasme, elles avaient tant tiré sur leur laisse que ces dernières étaient maintenant tout enchevêtrées. Amusée par leur manège, Tina se pencha pour les démêler.

— Il vous en faudrait une pour deux, fit-elle en souriant.

Mais ses pensées revinrent vite au sujet qui ne la quittait pas. Elle n'avait pas dormi de la nuit, ne cessant de penser à Brian et à ce qu'il lui avait dit. Ou, plus exactement, à ce qu'il ne lui avait pas dit…

Et, juste avant les premières lueurs de l'aube, elle avait compris qu'il ne lui restait qu'une chose à faire : discuter de toute urgence avec le seul des frères Reilly qui, en vertu de sa profession, ne lui mentirait pas.

Le père Liam !

5

Le presbytère de l'église de Saint-Sébastien était une bâtisse ancienne, de belle facture. Construit dans le même style que l'église, il ressemblait davantage à un petit château qu'à une humble demeure censée héberger un serviteur de Dieu. D'augustes magnolias envahissaient la cour et leurs larges feuilles soyeuses s'agitaient doucement sous la brise légère lorsque Tina s'approcha du presbytère.

Les pierres de la bâtisse semblaient absorber la lumière et diffuser une sensation de chaleur et de bienvenue. Les rayons du soleil miroitaient sur les carreaux des fenêtres et les pétunias, dans des pots en terre cuite disséminés sous la véranda, formaient autant d'îlots violets, rouges et jaunes qui tranchaient sur l'ombre.

Muffin et Pêche avaient accéléré l'allure et c'était elles qui entraînaient maintenant Tina dans leur sillage. Décidément, « les filles » avaient une personnalité haute en couleur, pensa cette dernière en riant. Lorsqu'elle sonna à la porte, une femme aux cheveux grisonnants et aux yeux verts perçants vint lui ouvrir.

— En quoi puis-je vous aider ? s'enquit celle-ci.

— Bonjour, commença poliment Tina, j'aimerais voir le père Liam.

La femme jaugea Tina de pied en cap puis, d'un signe de tête, l'invita à la suivre. Cette dernière rassembla les laisses dans une seule main, s'efforçant de tenir fermement les chiennes. Le salon respirait la quiétude provinciale avec ses meubles de bois foncé, ses tapis un peu passés, et les rayons du soleil qui projetaient des éclats d'or sur l'ensemble.

— Il est ici, déclara la femme, en désignant une porte close.

Puis elle s'empara d'autorité des laisses avant de poursuivre :

— Je vais mettre les chiens dans la cour, en attendant.

Tina n'eut pas le temps de réagir que son hôtesse s'éloignait déjà dans un long corridor étroit qui menait vraisemblablement à l'arrière-cour. Elle la regarda un instant, pensive, avant de se diriger vers la porte qu'on lui avait indiquée. Elle frappa et entra sans attendre.

Liam était assis dans un fauteuil en cuir rembourré, les pieds posés sur une table basse croulant sous les magazines. A sa vue, il laissa tomber le livre qu'il était en train de lire et, bondissant sur ses pieds, il s'écria dans un large sourire :

— Tina !

Deux secondes plus tard, il la prenait dans ses bras et l'y serrait très fort. Tina fut touchée de l'accueil chaleureux qu'il lui réservait. Brian avait fini par lui faire croire qu'elle n'était la bienvenue pour personne à Baywater. Or, la réaction de Liam lui prouvait le contraire et la consolait dans son amour-propre.

Après l'avoir enlacée, Liam la saisit par les épaules et l'observa longuement, le visage rayonnant.

— Tu es toujours aussi belle, conclut-il. Qu'il est bon de te revoir, Tina !

— Merci, Liam. Je suis moi aussi très heureuse de te voir.

— Viens, assieds-toi.

— Je ne te dérange pas en plein travail, j'espère ? dit-elle en jetant un regard circulaire sur les magazines qui jonchaient le sol.

— Absolument pas, lui assura-t-il. J'étais en train de lire un roman policier : je peux attendre un peu pour connaître le coupable !

Prenant place sur le canapé, à côté d'elle, Liam poursuivit :

— Depuis quand es-tu de retour à Baywater ? Et combien de temps comptes-tu séjourner parmi nous ?

— Je suis arrivée il y a peu, et je ne repartirai que dans trois semaines, répondit-elle en souriant.

Prêtre ou non, Liam Reilly était le genre d'homme qui attirait l'attention des femmes. Ses cheveux noirs, plus longs que ceux de ses militaires de frères, étaient épais et ondulés ; ses yeux bleu foncé étaient ourlés de cils fournis qui renforçaient la profondeur de son regard. Grand et élancé, il se déplaçait avec une grâce naturelle, et un sourire irrésistible éclairait toujours son visage, comme s'il cherchait en permanence à conquérir les cœurs. Il avait suscité de grands désespoirs dans la population féminine de Baywater lorsqu'il avait embrassé la religion.

Liam la scruta avec attention. Puis, inclinant légèrement la tête de côté, il demanda tout à trac :

— Qu'est-ce qui ne va pas, Tina ?

Elle émit un bref rire avant de répliquer :

— Tu devrais être médium, plutôt que prêtre !

— Je le suis un peu, lui assura-t-il toujours avec ce même sourire charmeur. Je connais bien l'âme de mes semblables, et mon instinct me dit que quelque chose contrarie la tienne.

— Et un point pour le père Liam ! Un ! s'écria Tina d'un air malicieux.

— Allons, dis-moi de quoi il s'agit, lui demanda-t-il gentiment.

Par où commencer ?

Au départ, il lui avait paru ingénieux de venir au presbytère afin de discuter avec Liam. Or, pour être prêtre, ce dernier n'en restait pas moins le frère de Brian. Prendrait-il réellement le parti de Tina contre sa famille ? Ou bien déciderait-il de se taire afin de ne pas trahir les secrets que Brian cachait ?

— Pourquoi réfléchis-tu si prudemment avant de parler ? demanda Liam, amusé. Je vois les pensées défiler dans tes yeux…

— Je me disais que j'avais peut-être eu tort de venir, admit Tina dans un soupir.

— Je peux t'assurer que non ! répliqua-t-il en prenant sa main dans la sienne. Surtout si quelque chose te tracasse !

A cet instant, on frappa à la porte et la femme qui avait accueilli Tina pointa le nez.

— Votre invitée prendra-t-elle du thé, mon père ?

Liam lança un regard à la dérobée à Tina. Elle avait manifestement parcouru un long trajet à pied. Aussi répondit-il :

— Oui, préparez-nous-en, s'il vous plaît.

Une fois la femme repartie, il ajouta :

— Il faut que je te dise que Mme Hannigan fait le plus mauvais thé de la terre…

— Oh, je suis désolée…

— Cela n'a pas d'importance, je m'y suis presque habitué, mais je préférais te prévenir.

— Je supporterai l'épreuve, lui assura-t-elle.

— En attendant, parle-moi de celle que tu traverses ! lui ordonna-t-il.

Alors, Tina passa aux aveux.

A tort ou à raison, elle avait décidé de venir consulter Liam, elle irait donc jusqu'au bout. Elle reprit tout depuis le début, en dégageant les points essentiels. Sa décision d'avoir un enfant avant qu'il ne soit trop tard et son désir que Brian en soit le père. Puis ses inquiétudes devant l'attitude de ce dernier, une fois à Baywater : il était incroyablement distant avec elle, se plaignit-elle.

— Pour résumer, conclut Tina, Brian a essayé de se débarrasser de moi par l'entremise de Connor ! Mais, quand je lui ai demandé pourquoi, il a refusé de répondre, et j'ai compris qu'il me cachait quelque chose. Le problème, c'est que je ne sais pas quoi.

A la grande surprise de Tina, Liam éclata de rire.

Pendant qu'elle lui racontait son histoire, il ne l'avait pas quittée des yeux, et il lui avait bien semblé voir briller une lueur d'amusement au fond de ses prunelles bleues. Mais de là à éclater de rire… Quelle réaction déplacée !

— Merci ! s'exclama-t-elle, froissée. Moi qui étais venue chercher du réconfort auprès de toi, voire quelques conseils, je ne suis pas déçue !

— Allons, allons ! fit Liam encore hilare.

A cet instant, Mme Hannigan entra dans le bureau, un plateau à la main. Il se leva pour le lui prendre des mains et le déposa sur la table basse. Quand ils furent de nouveau seuls, Liam versa un liquide d'une teinte peu engageante dans des verres remplis de glace. Lançant un regard circonspect à Tina, il lui en tendit un, non sans préciser :

— Bois cela, si tu en as le courage, et ensuite je t'expliquerai tout.

Elle obtempéra… Et manqua tout rejeter. Ce thé avait dû infuser pendant des heures ! Il était si épais qu'on aurait pu le mastiquer.

— Je t'avais prévenue, lui dit Liam.

— Effectivement, concéda-t-elle.

Néanmoins, elle ne perdait pas de vue son but. Si Liam croyait que le thé allait faire diversion, il était bien naïf. Reposant son verre, elle se tourna de nouveau vers son ex-beau-frère et déclara :

— Maintenant que j'ai passé l'épreuve du thé, j'attends tes explications.

Bon joueur, Liam s'exécuta. Quand il eut achevé son histoire, Tina le fixa d'un air abasourdi pendant une bonne minute.

— Tu as donc parié que tes frères ne pourraient pas s'abstenir de relations sexuelles pendant trois mois !

— Exact !

Un large sourire aux lèvres, il se cala contre le dossier du canapé au motif floral passé.

— Mais tu es prêtre ! s'exclama-t-elle.

Levant un doigt, il précisa d'un air malicieux :

— Je suis aussi un Reilly ! Et je connais mes frères : ils n'y arriveront jamais !

— Visiblement, cela t'amuse beaucoup de leur jouer un tour si pendable.

— Oh, oui ! confirma Liam en se frottant les mains. D'autant que, grâce à toi, le vent tourne en ma faveur.

— Que veux-tu dire ?

Un petit sourire narquois barra le visage de Liam.

— Allons, Tina, ne fais pas celle qui ne comprend pas. Brian et toi, vous êtes faits l'un pour l'autre.

— Je te rappelle que nous sommes divorcés, lui dit-elle à contrecœur.

Ce dernier mot la faisait toujours frissonner : cinq ans avaient beau s'être écoulés, elle n'avait toujours pas accepté la situation.

Bien sûr, pendant cette longue période, elle avait rencontré d'autres hommes. Mais Brian n'avait jamais quitté ni son cœur ni ses pensées. Il était l'ombre dont elle ne pouvait se défaire, le souvenir qu'elle ne pouvait oublier. Il était l'amour de sa vie.

Ou du moins, il l'avait été.

Liam agita vigoureusement la tête en signe de négation avant d'enchaîner :

— Vous êtes unis devant Dieu par le mariage, c'est moi-même qui m'en suis chargé au retour de votre escapade, et les mariages que je bénis ne peuvent pas être dissous.

— En théorie, soupira Tina.

Se levant pour donner plus de poids à ses propos, Liam déclara d'un ton sentencieux :

— Brian et toi êtes catholiques, et tu sais comme moi que les mariages catholiques durent toute la vie.

— Jusqu'à ce que l'Etat de Californie décrète qu'ils sont terminés, lui rappela-t-elle de façon pragmatique.

— Mon patron a bien plus d'influence qu'un gouverneur, répliqua Liam dans un sourire presque… diabolique.

Elle lui rendit vaguement son sourire avant de murmurer, peu convaincue :

— Si tu le dis…

— Ecoute-moi bien, Tina, reprit Liam d'un ton mystérieux en se rasseyant à côté d'elle. Brian est à cran. Tu peux très aisément le faire capituler.

— Hum, hum… Mon prêtre me suggère donc de séduire un homme qui n'est pas mon mari ?

— Selon l'Eglise, vous êtes toujours mariés. En outre, notre paroisse est pauvre et nous avons besoin d'une nouvelle toiture.

Malgré elle, Tina éclata de rire.

— Vous, les Reilly, vous êtes décidément incroyables !

— Merci, je le prends pour un compliment.

— Je doute que Brian soit aussi reconnaissant, objecta-t-elle d'un air songeur.

Machinalement, elle tendit la main pour reprendre son verre de thé — avant de se rappeler sa saveur ! Elle reposa aussitôt la main.

Passant affectueusement son bras autour des épaules de Tina, Liam déclara :

— Tu te trompes, Tina. Brian a commis une terrible erreur en te laissant partir. Peut-être le moment est-il venu de le lui démontrer…

S'abandonnant contre l'épaule réconfortante de Liam, Tina réfléchit longuement à leur conversation… Un sourire éclaira bientôt son visage. Si Brian redoutait tant sa présence à Baywater, c'était parce qu'il se méfiait de sa propre réaction. Conclusion : Liam avait raison. Il n'allait pas être bien difficile de le séduire !

Ce soir-là, lorsque Brian rentra chez lui, il était épuisé. Il l'avait bien cherché, se dit-il en s'extirpant à grand-peine de sa voiture : il avait fait tout ce qui était en son pouvoir, durant cette longue journée, pour être sur les genoux et dormir tranquillement, sans être hanté par les rêves qui avaient agité ses nuits précédentes.

Depuis que Tina était de retour à Baywater, il n'avait

pratiquement pas fermé l'œil. Et, dès qu'il le faisait, l'image de sa séduisante ex-femme s'imposait à lui. Une image si vivante qu'il pouvait toucher sa peau, entendre sa voix, sentir son odeur… Elle avait définitivement envahi son esprit et le tourmentait jusque dans son sommeil.

Trois nuits de suite, il avait été contraint de prendre une douche froide pour se calmer. Il était hors de question que les deux semaines et demie qui restaient se passent dans de telles conditions.

Aussi avait-il décidé de se noyer dans le travail jusqu'au départ de Tina, espérant que la fatigue contraindrait son esprit au repos. Aujourd'hui, après quelques manœuvres aériennes d'entraînement, il s'était rendu dans la salle de sports de la base pour soulever des poids, avant de convaincre trois collègues de se joindre à lui pour un jogging de vingt kilomètres. La chaleur moite de l'été avait rendu l'épreuve encore plus ardue.

Hélas ! Dès qu'il s'engagea dans l'allée qui menait à sa maisonnette, la fatigue accumulée dans la journée n'empêcha pas son corps de réagir à l'idée que Tina était à portée de main.

La maison d'Angelina était aussi illuminée qu'un gâteau d'anniversaire. Toutes les lampes du salon étaient allumées et la lumière de la cuisine débordait généreusement sur les fleurs de la cour. Une musique aussi douce qu'entêtante s'échappait d'une fenêtre entrouverte et se répandait dans l'air du soir. Tout contribuait à créer une atmosphère chaleureuse et conviviale, mais il savait qu'à l'intérieur de ce cocon couvait un grand danger.

Brian remonta l'allée, évitant soigneusement les découpes de lumière, préférant la protection de la pénombre. Malgré lui, il jeta un coup d'œil dans la cuisine d'Angelina…

Il se maudit aussitôt de sa faiblesse.

Tina se trouvait dans cette pièce, seule, dansant langoureusement au rythme de la musique.

A la vue de son corps svelte et bronzé, mis en valeur par son short aussi court que son petit haut moulant, la respiration de Brian se fit plus courte. Yeux clos, elle ondulait doucement des hanches, les bras levés, à la manière lascive d'une danseuse orientale. Il dut faire un gros effort sur lui-même pour ne pas se précipiter dans la cuisine et l'enlacer.

Fortement déstabilisé, il tenta de se ressaisir, mais c'était parfaitement impossible.

Quand il se trouvait à dix kilomètres du sol, dans le cockpit de son F-18, il avait l'impression de maîtriser la situation. Il était sûr de lui. Mais, dès qu'il avait le pied sur la terre ferme, avec Tina à Baywater, il avait la sensation de couler à pic.

Nom d'un chien, pourquoi était-ce si difficile ?

Si, cinq ans plus tôt, il lui avait demandé de partir, c'était parce qu'il jugeait, du fond du cœur, que c'était le meilleur service qu'il puisse lui rendre. Le meilleur service qu'il leur rendait à eux deux. Et il lui avait été assez facile d'en demeurer convaincu tant qu'elle se trouvait à l'autre bout du pays.

Mais aujourd'hui, elle était de retour à la maison, et toutes ses certitudes vacillaient…

Tandis que cette pensée s'insinuait dans son esprit, il tenta de rentrer chez lui en ignorant Tina, bien décidé à filer droit vers la salle de bains pour prendre une autre douche froide.

C'était compter sans les maudits yorkshires !

Une cacophonie assourdissante brisa bientôt la quiétude nocturne. Brian les gratifia d'un regard furieux : les affreux petits monstres venaient de le trahir !

Aussitôt, la porte de derrière s'ouvrit et Tina se matérialisa devant lui. Aussitôt, le cœur de Brian s'emballa et il lui fallut quelques secondes pour retrouver une respiration normale.

— Du calme, les filles ! ordonna-t-elle.

Instantanément, le silence retomba.

Un silence effrayant…

— Merci, dit enfin Brian. Je ne comprends toujours pas pourquoi elles me détestent.

— Peut-être qu'elles t'aiment mais qu'elles sont trop timides pour te le montrer, suggéra-t-elle, en s'appuyant contre le chambranle d'une façon désinvolte. Provocante, pensa-t-il.

— Oui, ce doit être ça, marmonna-t-il, sceptique.

Puis il entreprit de gravir les marches de sa terrasse d'un air déterminé.

— Brian ?

Il s'immobilisa et se retourna, la maudissant intérieurement de ne pas le laisser tranquille.

— Quoi ?

— Est-ce que cela te dérangerait de jeter un coup d'œil à la télévision de Nana ?

— Pardon ?

— L'écran de la télévision est brouillé et je n'arrive pas à obtenir une image nette.

Rentrer dans la maison avec elle ? Seule ? Dans l'état qui était le sien ?

Non, ce n'était pas une bonne idée !

Le voyant hésiter, Tina reprit la parole avant qu'il n'ait le temps de refuser sa proposition.

— Tu as peur de moi, n'est-ce pas ?

Il lui jeta un coup d'œil agacé. Oh, il savait parfaitement ce qu'elle était en train de faire : elle le provoquait ! Et elle savait pertinemment qu'il n'était pas à homme à ne pas relever le défi.

— Ne sois pas ridicule, commença-t-il, tendu.

— Parfait ! Dans ce cas, tu n'as qu'à faire le tour par-devant, comme ça tu n'auras pas à affronter les filles.

Puis elle rentra par la porte de derrière et vint l'accueillir dans le salon, où le disque jouait toujours sa lancinante musique. Une bouffée de son parfum lui monta aussitôt au nez. Quelle torture ! Le moindre de ses mouvements avait une répercussion sur ses sens. Il devait absolument cesser de respirer quand elle passait près de lui ! décida Brian.

— Qu'est-ce qu'elle a, cette télé ? demanda-t-il en se dirigeant vers l'appareil.

Il espérait pouvoir la réparer et repartir le plus vite possible.

— Si je le savais, je l'aurais réparée moi-même, répliqua-t-elle.

Elle se tenait tout près de lui, et du coin de l'œil, il voyait parfaitement ses jambes lisses et douces comme de la soie… Ah ! S'il commençait ainsi, il n'allait pas s'en sortir ! Il reporta toute son attention sur la télévision et se pencha pour mieux l'examiner.

Tina s'accroupit à ses côtés si bien qu'ils se trouvaient quasiment nez à nez. Ses yeux noisette chatoyaient dans la lumière de la lampe.

— Tu me caches la lumière, lui lança-t-il.

— Désolée, répondit-elle, sans pour autant bouger d'un pouce.

Marmonnant dans sa barbe, Brian appuya sur le bouton d'allumage. L'écran se couvrit aussitôt de neige grise. Pas d'image, pas de son. Super !

— Qu'en penses-tu ? demanda-t-elle.

— Je ne sais qu'en penser.

A ces mots, il tourna la tête vers elle — pour se rendre compte que sa bouche se trouvait à deux doigts de la sienne. Pourquoi se tenait-elle si près de lui ? Comment comptait-elle qu'il répare sa maudite télévision, alors qu'elle était pratiquement assise sur ses genoux ?

Il sentit son corps se raidir, son souffle devenir saccadé, et son cœur s'élancer au grand galop… Serrant les dents, il ajouta :

— Pousse-toi un peu pour que je puisse jeter un œil à l'arrière de l'appareil.

— Comme tu voudras, répondit-elle en haussant les épaules. Et la fine, trop fine bretelle de son T-shirt glissa sur son épaule.

Brian déglutit avec difficulté.

— Quel est le problème ? demanda-t-elle en ouvrant de grands yeux innocents.

— Rien, répondit-il rapidement.

Retirant le boîtier en plastique noir du téléviseur, il examina, dubitatif, les fils et les puces qui s'offraient à sa vue. Si son cerveau avait été en mesure de fonctionner, il aurait pu rapidement comprendre ce qui se passait ; malheureusement, il n'arrivait plus à penser, comme si une partie bien précise de son anatomie captait toute son énergie.

— Waouh ! fit Tina en se penchant pour examiner de plus près les entrailles du téléviseur. Je n'aurais jamais su par où commencer.

La longue chevelure de Tina obstruait pour moitié le champ de vision de Brian, effleurant sa peau, tandis que de subtiles senteurs florales envahissaient son esprit…

— Si tu t'éloignais un peu, je pourrais essayer de la réparer, marmonna-t-il sans la regarder.

— Oh, pardon ! s'exclama-t-elle.

Encore une fois, elle se contenta de sourire sans bouger. Bien au contraire : au lieu de s'éloigner, elle s'assit par terre et croisa les jambes. Un coude posé sur son genou, elle plaça avec nonchalance son menton dans sa paume et s'absorba dans la contemplation du réparateur.

— Tu as toujours été adroit, dit-elle d'un air pensif.

Non, il ne voulait pas s'engager sur ce terrain-là avec elle. Pas question de remonter le chemin des souvenirs, pas quand il se trouvait sur le sol tremblant !

— Toujours habile de tes mains, précisa-t-elle.

Il fallait faire cesser ce petit manège. Se redressant, il s'écria :

— Ecoute, je pense qu'il est préférable que tu appelles un technicien dès demain et…

Il s'interrompit subitement, fixant un point par-dessus l'épaule de Tina.

— Qu'y a-t-il ? demanda-t-elle avec le même regard innocent.

Plissant les yeux d'un air suspicieux, il se saisit d'un câble épais muni d'une prise en métal.

— Je crois que j'ai trouvé le problème, annonça-t-il.

— Vraiment ?

Un sourire malicieux naquit sur les lèvres de Tina tandis

qu'une lueur amusée s'allumait dans ses prunelles. Une lueur amusée et autre chose encore…

S'arrachant à l'emprise de son regard, Brian lui tourna le dos, brancha le câble… Instantanément, l'image et le son ressuscitèrent. En guise de remerciement, Tina éteignit la télévision.

— Pourquoi avais-tu débranché cette prise ? demanda-t-il d'un air agacé.

Au lieu de répondre, Tina haussa les épaules.

Décidément, cette manie qu'elle avait de hausser les épaules ! s'indigna Brian en silence, d'autant plus perturbé que le geste de Tina avait fait glisser la deuxième bretelle de son T-shirt sur son épaule. La seule chose qui retenait désormais ce haut minuscule, c'était la rondeur sensuelle de ses seins.

— Pourquoi m'évites-tu, Brian ? demanda-t-elle à son tour.

— Cesse de m'imiter et de répondre à une question par une autre !

— J'ai bien une réponse, mais je doute fortement qu'elle te plaise.

— Essaie, on verra bien.

— O.K., dit-elle en souriant, mais n'oublie pas que c'est toi qui l'auras voulu.

Alors, se penchant vers lui, elle prit son visage entre ses mains et l'embrassa jusqu'à ce que le souffle leur manque à tous les deux.

Pris entre l'enfer et le paradis, ne sachant de quel côté il allait osciller, Brian finit par se laisser aspirer par l'Eden. A quoi bon rejeter son plaisir et lutter contre ses instincts ? Telle fut la dernière pensée qui lui traversa l'esprit avant que ses sens ne prennent le contrôle de son être.

6

Tina se rendit compte presque aussitôt qu'elle avait commis une erreur.

Elle savait qu'il serait facile de faire en sorte que Brian l'embrasse : après tout, autrefois, elle avait eu l'occasion de s'entraîner à ce petit jeu avec lui.

Mais, dans ses calculs, un détail lui avait échappé : sa propre réaction au baiser ! Elle avait parié sur le fait qu'elle mènerait le jeu, la tête froide, sans émotion. Qu'elle contrôlerait parfaitement la situation, de bout en bout.

Or, leur baiser ressemblait à un bateau ivre. Il n'y avait plus de maître à bord et, à chaque seconde, le courant les emportait un peu plus loin du rivage.

Brian la maintenait tout contre lui, une main fébrilement pressée sur sa nuque. Le cœur de Tina battait à tout rompre, son pouls martelait ses tempes. Quant à son cerveau, il s'était tout simplement mis hors service.

Tout n'était plus que sensations…

Les lèvres de Brian sur les siennes. Sa langue explorant suavement sa bouche. Ses mains puissantes sur son corps, et sa respiration saccadée et brûlante dans son cou…

Il grognait doucement, tandis qu'elle frissonnait intérieurement. Il y avait si longtemps qu'elle n'avait pas ressenti de telles vibrations ! Si longtemps que son cerveau n'avait pas lâché du lest pour laisser la parole à son corps et à ses sens, délicieusement réveillés par ses baisers… Oui, si longtemps qu'elle avait l'impression que son sang pétillait dans ses veines. C'était comme si elle renaissait soudain à la vie dans un élan de griserie absolue.

Elle lui rendait son baiser avec une telle ardeur qu'on aurait cru que sa vie en dépendait. Leurs langues s'emmêlaient en une danse sauvage, et elle s'accrochait à lui désespérément, comme si la terre allait s'ouvrir sous ses pieds.

Les mains de Brian couraient sur son corps. Des mains possessives, impérieuses… Ce qu'elle aimait cette sensation ! Oui, ses paumes viriles caressaient sa chair sans relâche, faisant naître des frissons électriques le long de son dos.

Détachant subitement sa bouche de la sienne, Brian traça un long sillon dans son cou…

Tête rejetée en arrière, Tina retint sa respiration, priant en silence pour qu'il ne s'arrête pas en si bon chemin. Quand elle comprit qu'il irait plus loin, elle murmura doucement son prénom, comme une bénédiction.

Lentement, Brian fit glisser son T-shirt vers le bas… Lorsque sa poitrine fut libérée du tissu qui l'emprisonnait, Tina retint sa respiration, frémissante, haletante…

— Tina, murmura-t-il avant d'enfouir sa tête entre ses seins.

Brian approcha sa bouche de son sein gauche, et à petits coups de langue, il se mit à titiller son téton durci, pendant que, du pouce et de l'index, il pinçait doucement l'autre. Tina laissa échapper un petit cri de volupté… De délicieuses sensations vrillaient son corps, elle ne pouvait plus ni penser ni respirer.

De son côté, Brian semblait insatiable. Comme s'il ne parvenait pas à déguster toutes les subtilités de son corps. Comme si le goût de Tina était plus important que son propre souffle. De son autre main, il caressait ses fesses, ses hanches, ses cuisses… Bientôt, il pressait sa main contre son mont de Vénus, à travers l'étoffe de son short.

Tina sentit aussitôt la chaleur de sa main se répandre dans tout son être. Et comprit qu'elle en voulait davantage.

Oui, elle avait besoin de sentir sa peau contre la sienne, chair contre chair…

— J'ai envie de toi, murmura-t-elle en l'embrassant avec passion dans le cou.

A cet instant, Brian releva la tête pour reprendre sa respiration.

Il avait la sensation qu'un étau de fer comprimait son torse, que chaque inspiration était gagnée de haute lutte. La moindre parcelle de son corps était à vif, hurlait son désir. Tous ses instincts lui dictaient de la faire basculer sur le tapis et de la prendre, rapidement, passionnément…

Sans réfléchir.

De son côté, Tina se pressait contre la main de Brian, et son entrecuisse frémissant avivait le désir fou qui l'assaillait déjà. A travers le tissu, il pouvait sentir la chaleur qui émanait de son corps brûlant.

— Brian, s'il te plaît…

A cet instant, leurs regards se croisèrent et, durant quelques secondes, il se perdit dans les profondeurs mystérieuses de ses yeux…

Elle en voulait davantage.

Il en voulait davantage.

Il n'aurait pas dû être très compliqué de les satisfaire tous les deux, et pourtant…

Et pourtant Brian se sentit tout à coup en alerte.

Bien sûr, il y avait le pari. Il savait que, s'il passait une minute de plus dans ses bras, il jetait l'éponge et voyait ses chances de gagner quelques milliers de dollars s'envoler. Mais ce n'était pas cela : si cela avait été l'unique enjeu, il aurait certainement capitulé. Non, c'était autre chose…

Cela faisait cinq ans que Tina et lui étaient séparés. Cinq années difficiles, durant lesquelles il avait voulu se convaincre qu'il avait agi au mieux.

Allait-il prendre le risque de tout remettre en cause, de leur compliquer l'existence à tous les deux, dans l'unique dessein de se perdre en elle une fois de plus ?

Mais, de nouveau, Tina pressa ses hanches contre lui, et, pendant quelques secondes, plus rien d'autre n'exista. Il oublia le danger qui rôdait, s'enivra de la caresse de sa chevelure contre sa joue rugueuse, de la pression de ses seins contre son torse, de son souffle doux et sucré sur sa peau… Il connaissait la signification de ses moindres soupirs, savait ce que cachaient ses moindres gémissements.

Elle lui avait tant manqué !

De sorte qu'il allait commettre l'irréparable, s'il ne tentait pas de se raisonner. De *la* raisonner, se dit-il dans un sursaut de lucidité.

— Tina…, commença-t-il.

— Chut ! Ne dis rien, lui ordonna-t-elle, comme si elle pouvait lire dans ses pensées… Reste avec moi, Brian, obéis à tes sens. Pourquoi vouloir nier ton désir ?

Impuissant, il continua à la caresser.

Parce qu'il le voulait.

Parce qu'il ne pouvait faire autrement.

Lorsque Brian glissa sa main sous le short de Tina, il la sentit frémir, prête à s'offrir.

— Caresse-moi, le pria-t-elle.

Cette douce injonction résonna à l'infini dans la tête de Brian, dans son cœur, semant la plus profonde confusion en lui… Il était à sa merci !

Doucement, Tina pivota sur elle-même et il plaqua son ventre dur contre ses reins, sans cesser de la caresser, ainsi qu'elle l'en avait conjuré. Elle ondulait sensuellement contre lui, attisant douloureusement son désir.

Brian était bien conscient qu'il jouait avec le feu, et pourtant il ne parvenait plus à se contrôler.

Ses doigts passèrent doucement sous la fine dentelle qui le séparait de la chair vibrante de Tina…

Lorsqu'ils entrèrent en contact avec son sexe brûlant, elle se cambra contre lui, murmurant son prénom. Incapable de mettre un terme à leurs jeux érotiques, il approfondit au contraire ses caresses. Ses doigts se firent de plus en plus pressants jusqu'à ce que les premières ondes de plaisir secouent le corps de sa compagne…

Plaquant ses mains sur les siennes, Tina se mordit la lèvre inférieure, ivre de désir… Puis elle cria son prénom et Brian la maintint fermement contre lui lorsque la jouissance balaya son être…

Quand Tina se retourna pour lui faire face, elle lui parut plus belle que jamais. Ses grands yeux noisette étaient consumés par un feu noir qui exprimait toute la satisfaction lascive qu'elle ressentait, et qui réclamait de nouveaux plaisirs.

Dieu qu'il aurait voulu lui procurer ces plaisirs ! Mais c'était impossible, il devait se faire violence et se reprendre avant qu'il ne soit trop tard.

— Il faut que je m'en aille, proféra-t-il d'un ton qu'il voulait ferme.

Et il la repoussa doucement.

Une intense douleur le traversa aussitôt. Jamais il n'avait ressenti une telle frustration. Et il doutait qu'une douche froide soit en mesure de l'apaiser : il aurait fallu tout un océan d'eau glacée pour calmer la souffrance qui l'étreignait.

— Tu plaisantes, n'est-ce pas ? dit-elle en remettant de l'ordre dans ses vêtements. Tu ne peux pas partir maintenant, comme ça…

— Justement si ! Il faut que je parte *maintenant*, répondit-il, tendu.

Ses mains le démangeaient de caresser de nouveau le corps brûlant de Tina. S'il restait une seconde de plus, il était un homme perdu. Dans un effort surhumain, il lui tourna le dos et se dirigea d'un pas décidé vers la porte.

— Etait-ce juste moi, Brian ? demanda-t-elle d'un ton aussi cinglant que désespéré.

Un ton qui l'obligea à se retourner.

Les prunelles de Tina reflétaient à la fois de la souffrance, de la confusion et de la colère. Un immense sentiment de culpabilité le submergea d'un coup. Il n'aurait jamais dû entrer dans cette maison, accepter de se retrouver seul avec elle !

— Etais-je la seule à désirer ce qui vient de se passer ? insista-t-elle cruellement.

Cette fois, le ton était indubitablement accusateur.

Par pure provocation, il eut envie d'acquiescer, d'affirmer que, pour sa part, il n'avait rien ressenti du tout. Cela n'aurait-il pas simplifié les choses ? Hélas, il savait que le détecteur de mensonges de Tina était déjà en marche et qu'il était en train de le sonder.

Impossible de lui mentir. Pas là-dessus.

— Non, répondit-il d'une voix rauque, tu n'étais pas la seule à le vouloir.

— Alors pourquoi t'en aller ? Si tu ressens ne serait-ce que le dixième de ce que j'éprouve, tu n'as pas le droit de partir !

— Tu ne comprends donc pas, Tina, que c'est précisément à cause de ce que je ressens que je m'en vais ?

Bras croisés, Tina le fixait sans en croire ses yeux ni ses oreilles.

— Cela n'a aucun sens, déclara-t-elle sèchement, tandis qu'il s'apprêtait à franchir le pas de la porte.

Le cœur brisé, Brian se retourna une dernière fois pour admettre, en un souffle :

— Oui, je sais.

Puis il disparut dans la nuit.

Durant les trois jours qui suivirent, Brian s'efforça de se tenir aussi loin de Tina qu'il était humainement possible. Il prit même la résolution de déménager sur la base pendant la durée de son séjour à Baywater, avant de finalement renoncer à ce projet. Bien sûr, il redoutait son voisinage dans la mesure où il n'avait aucune confiance en sa propre capacité de résistance, mais cependant… C'était plus fort que lui ! Il avait besoin de l'apercevoir de loin, de temps à autre.

Ce qui était fort stupide, il en convenait.

D'autant qu'il y avait désormais un précédent entre eux. Comment en étaient-ils arrivés là ? Il ne s'en souvenait plus précisément… Il y avait d'abord eu cette histoire de téléviseur prétendument en panne, et puis subitement les événements s'étaient enchaînés, sans qu'il n'ait plus aucune prise sur eux.

Tout ce qu'il se rappelait, c'était le contact troublant de Tina dans ses bras. Ses petits soupirs, son souffle doux… En un mot, la femme qui lui avait si cruellement manqué et qui, ce soir-là, se retrouvait comme par enchantement dans ses bras. Et qui plus est, incroyablement consentante…

— Quand vas-tu regarder les choses en face ?

La question arracha brutalement Brian à ses pensées, et le ramena sur terre.

— Pardon ? fit-il d'un air distrait.

Aidan adressa alors un clin d'œil à Liam, et déclara à l'adresse de ce dernier :

— Il n'est même pas capable d'avouer à ses frères qu'il a encore Tina dans la peau.

— C'est faux, prétendit Brian sans ressentir la moindre culpabilité.

Ce qu'il y avait entre Tina et lui ne concernait personne. Pas même ses frères. Ils n'avaient donc pas à se mêler de ses affaires.

— Vraiment ? fit Connor en prenant une poignée de cacahouètes dans le bol posé sur la table. Voudrais-tu nous faire croire que, si tu évites de rentrer chez toi ces derniers temps, c'est parce que tu détestes les chiens ?

— Parfaitement, je déteste les chiens ! renchérit Brian, l'air têtu.

— Curieusement, jusqu'à présent, ils ne t'avaient pas empêché de rentrer à la maison, que je sache !

Las de cette petite comédie, Brian leva les bras en signe de capitulation avant de marmonner un vague « O.K. ». Il avala une longue gorgée de bière, avant de redresser la tête pour déclarer, bravache :

— D'accord. Vous avez gagné, Tina me rend complètement dingue. Voilà, vous êtes contents, je présume ?

Et, tandis que ses frères, un grand sourire malicieux aux

lèvres, opinaient du chef, Brian laissa son regard dériver vers les autres tables du Lighthouse…

Les gens venaient ici en famille. Il y avait des enfants de tout âge, des parents, des grands-parents. C'était la première fois qu'il prêtait réellement attention à la clientèle de cet établissement où il venait pourtant régulièrement. Et sans doute avait-il de bonnes raisons de ne l'avoir jamais fait par le passé : le spectacle du bonheur familial faisait naître en lui de vifs remords, lui qui avait mis fin de son plein gré à son mariage.

Or, depuis quelques jours et sans qu'il comprenne pourquoi, il ne voyait que des familles autour de lui : celles de ses amis, par exemple, ou les femmes des militaires qui venaient faire leurs courses à Parris Island, entourées de bambins. Si Tina et lui n'avaient pas divorcé — s'il n'avait pas obstinément tenu à ce divorce —, auraient-ils eu des enfants, aujourd'hui ?

Cette question l'obsédait.

Et il essayait de se consoler en se persuadant que, grâce à la fin inopinée de leur mariage qu'il avait lui-même suscitée, il leur avait épargné, à Tina et à lui-même, de grandes douleurs.

Que se serait-il passé, en effet, s'ils avaient eu des enfants ensemble et s'ils avaient divorcé *après* ? Cela n'aurait-il pas terriblement compliqué la situation ? Quelle injustice pour les enfants de se sentir pris en tenaille entre des parents qui ne s'entendaient plus !

Et, pendant qu'il se laissait aller à ces tristes méditations, son regard tomba sur une fillette âgée de deux ou trois ans. Elle avait des cheveux noirs et courts, de grands yeux marron…

Et ressemblait à la fille qu'ils auraient pu avoir, Tina et lui. Oui, c'était exactement comme cela qu'il se l'était imaginée. Quelle enfant ravissante ! pensa-t-il encore, un rien nostalgique. Et, malgré lui, il ressentit un petit pincement au cœur.

— Je ne sais pas ce que vous en pensez, reprit Aidan en regardant tour à tour Liam et Connor, mais pour ma part cette nouvelle me fait plaisir.

— Et moi donc ! renchérit ce dernier. Il est rassurant d'apprendre que je ne suis pas le seul à souffrir.

— Quelle bande de petits joueurs vous faites ! s'exclama Liam avec un sourire narquois.

— Facile à dire, pour toi ! Ça fait des années que tu t'entraînes à l'abstinence ! argua Connor. Dieu merci, nous ne sommes que des novices…

— Allons, la torture va bientôt cesser pour certains d'entre nous, enchaîna Aidan en désignant Brian du menton. Et sans doute bien plus vite que prévu.

Ces propos eurent le don de hérisser Brian.

Oui, tout était bien plus difficile qu'il ne l'avait initialement pensé. Il reconnaissait qu'il avait été à deux doigts de perdre le pari, et de signer sa propre perte, l'autre soir, avec Tina. Néanmoins, en bon petit soldat qu'il était, il avait su rester fort.

Evidemment, il était également resté sur sa faim, mais cette frustration, il était le seul à la connaître, et il saurait s'en débrouiller. Coûte que coûte.

— Ne vous faites pas de souci pour moi, les gars, assura-t-il à ses frères, d'un ton dédaigneux. Je vais bien. Parfaitement bien.

— Tellement bien que tu passes tout ton temps à l'extérieur et que tu ne rentres chez toi que lorsque ta voisine dort à poings fermés !

Ignorant la raillerie de Connor, Brian se tourna vers Liam et déclara :

— J'espère au moins que tu t'amuses bien.

Je mentirais en prétendant le contraire, acquiesça ce dernier avant d'ajouter, l'air songeur : Au fond, le retour de Tina à Baywater n'est peut-être pas fortuit.

— C'est le destin, n'est-ce pas ? fit Brian d'un air vaguement excédé.

— Cela serait-il surprenant ?

— Je ne crois pas au destin, répondit son cadet d'un ton

catégorique. A l'époque, nous avons fait des choix et pris les décisions qui s'imposaient.

A ces mots, Aidan et Connor échangèrent discrètement une œillade, tandis que Liam insinuait :

— Et si tu avais pris de *mauvaises* décisions ?

— Il serait de toute façon trop tard pour revenir dessus, répondit Brian. J'en assumerais pleinement les conséquences, voilà tout.

— Comme en ce moment ?

— Allons, qu'est-ce que tu racontes ?

Malgré lui, Brian avait haussé le ton, de sorte qu'une cliente, à la table voisine, tourna la tête vers lui d'un air réprobateur. Tentant de maîtriser sa colère, il poursuivit d'une voix moins forte :

— Bon sang, Liam, je t'en prie ! Laisse Tina en dehors du pari.

— Ce n'est pas au pari que je faisais allusion, répondit doucement Liam comme s'ils étaient en tête à tête. Non, je pensais à l'erreur que tu avais commise en te séparant de ta femme.

— Il est inutile de revenir sur le passé, marmonna Brian, évitant soigneusement le regard de ses autres frères.

Il se mit alors à contempler l'étiquette de sa bière, tout en essayant machinalement d'en décoller les bords avec ses ongles.

— Permets-moi d'en douter, insista Liam. Tu peux difficilement nier que la présence de Tina juste à côté de chez toi te trouble.

Brian lui lança un bref coup d'œil avant de se tourner vers ses deux autres frères. Qui firent mine d'être absorbés par une scène fascinante, à une autre table…

Jurant dans sa barbe, Brian sortit son portefeuille de sa veste et posa un billet sur la table. Puis il se leva et scruta ses frères les uns après les autres avant de poser son regard sur Liam.

— J'essaie de rester à distance de Tina pour son bien, expliqua-t-il d'un ton qu'il aurait voulu plus convaincant.

— Si c'est ce que tu veux nous faire croire, libre à toi, commenta Liam.

— Que veux-tu dire, exactement ?

— Je pense que tu te mens à toi-même, Brian, déclara Liam.

Durcissant le ton, son cadet répliqua :

— Il ne me semble pas t'avoir demandé conseil, père Liam.

— C'est vrai, mon fils, concéda Liam.

Il adressa alors un paisible sourire à son frère pour lui prouver qu'il ne redoutait pas de le voir perdre son sang-froid.

— Malgré tout, continua-t-il, je vais t'en donner un gratuitement.

S'accoudant à la table, il plongea son regard dans celui de son frère et ajouta :

— Si tu évites Tina, ce n'est pas pour son bien, comme tu le prétends, mais pour le tien. Tu te tiens loin d'elle parce que tu ne veux pas admettre que tu as eu tort de divorcer.

— Foutai…

— Bravo ! Des grossièretés, à présent. Sais-tu que c'est l'arme des gens à court d'arguments ? lança Liam sans se départir de son petit sourire.

Enfonçant rageusement ses mains dans ses poches, Brian déclara à la cantonade :

— Vous me rendez encore plus cinglé que Tina.

Puis il s'éclipsa sans ajouter un mot.

Aidan héla la serveuse pour lui commander une nouvelle tournée, avant de décréter, d'un air sentencieux :

— Brian est un homme perdu.

— Tu as raison, il est fichu, approuva Connor.

— Buvons à sa santé, déclara Liam en levant son verre. En espérant que Tina le fasse souffrir un peu, avant de le reprendre.

— Amen ! répondirent les deux autres en riant.

Tina était assise sur le rebord de la baignoire, enveloppée dans un drap de bain. Tout en laissant son regard vagabonder le long des murs de la salle de bains, elle se mit à penser aux raisons qui l'avaient poussée à revenir à Baywater. A *la* raison.

Depuis son arrivée, elle se livrait chaque jour au même petit rituel : elle prenait sa température. Et chaque jour, elle se demandait si ce serait le bon. Chaque fois, elle ressentait un mélange de déception et de soulagement en découvrant que non.

Jusqu'à aujourd'hui…

Tina aspira une large bouffée d'air qu'elle expira doucement, très doucement de ses poumons.

Son estomac était tout contracté, mais elle s'efforçait d'ignorer sa nervosité. Car aujourd'hui, le thermomètre avait rendu un autre verdict : *c'était le jour J pour mener à bien son projet.*

Bien sûr, l'embuscade romantique qu'elle était en train de tendre à Brian la rendait un peu nerveuse. Mais n'était-ce pas lui qui l'avait poussée à cette extrémité ?

Le matin, dès la première heure, il se glissait sans bruit hors de chez lui pour revenir après minuit, dans la plus grande discrétion. N'était-ce pas la preuve flagrante qu'il l'évitait ?

— Ai-je un autre choix ? s'interrogea-t-elle à voix haute pour entendre le propre son de sa voix résonner dans l'appartement vide de Brian.

Elle croisa les jambes, les décroisa, puis les recroisa dans l'autre sens. Elle avait la gorge nouée et était de plus en plus anxieuse.

— C'est stupide, murmura-t-elle encore comme pour s'en convaincre elle-même. Pour l'amour de Dieu ! Il ne s'agit que de Brian. Mon ancien mari. Ce n'est pas comme si nous n'avions jamais…

Elle se tut brusquement : les souvenirs, ceux d'hier et d'aujourd'hui, venaient d'inonder son cerveau.

D'abord les premiers mois de leur mariage, lorsqu'ils

s'aimaient à la folie, éperdument, et qu'ils ne pouvaient pas supporter d'être séparés l'un de l'autre. Puis les longues années sans lui… Et enfin les images de l'autre soir. Du long baiser qui l'avait laissée sur sa faim tout en ravivant un terrible désir en elle.

Brian était capable de l'amener sur la frange du plaisir bien plus vite et bien plus sûrement que n'importe quel autre. L'orgasme fulgurant qu'elle avait connu dans ses bras, l'autre soir, le prouvait assez.

Dieu qu'elle désirait de nouveau que les mains de Brian se promènent sur son corps ! Elle voulait sentir le désir monter en elle, grandir, gronder, avant de jaillir superbement.

Et, surtout, elle voulait un enfant !

Soudain, Tina tendit l'oreille : on venait d'ouvrir la porte d'entrée.

D'un bond, elle se leva et frotta ses mains moites sur la serviette bleue qu'elle avait nouée autour de sa poitrine et qui lui descendait jusqu'aux genoux. Inspirant profondément, elle ouvrit la porte et sortit d'un pas résolu de la salle de bains…

A sa vue, Brian sursauta et se transforma en statue de sel. Il voulut ouvrir la bouche, mais aucun mot n'en sortit.

— Surprise ! dit Tina dans un large sourire.

7

Brian la regardait fixement.

Il était incapable de parler, les mots restaient coincés dans sa gorge soudain toute sèche. Quel choc ! Dieu sait s'il ne s'attendait pas à la trouver à moitié nue dans sa chambre.

Il avait pensé à elle durant tout le trajet de retour, du restaurant jusque chez lui. Les propos de Liam résonnaient en boucle dans sa tête, au point qu'il avait fini par se demander s'il ne devait pas donner raison à son aîné. Et, si tel était le cas, cela signifiait qu'il avait gâché cinq ans de sa vie et de celle de Tina… C'était tout simplement affreux.

Liam avait forcément tort ! avait-il conclu dans une espèce de réflexe de survie. Son frère ne voulait pas comprendre que, s'il avait divorcé, c'était pour protéger Tina. Pour lui éviter des années de souffrance.

Naturellement, il regrettait leur séparation.

Et aujourd'hui plus que jamais…

Brian pouvait entendre le tic-tac de la vieille pendule s'égrener avec régularité, bien loin de l'affolement des battements de son cœur. Le clair de lune projetait un brouillard argenté dans la pièce plongée dans la pénombre. La silhouette de Tina se découpait en contre-jour sur la lumière de la salle de bains, derrière elle, et était entourée d'un halo presque irréel.

Pourtant, elle était bel et bien réelle !

Quant à lui, il était un homme perdu, pensa Brian dans un sursaut de lucidité…

Chaque millimètre de son corps était en alerte. Il avait la sensation d'être dans le cockpit d'un supersonique, prêt à faire rugir les moteurs et à subir le choc du décollage. Autant dire que l'adrénaline se déversait dans ses veines en flots continus.

Soudain, il s'aperçut que Tina était en train de lui parler et, dans un ultime effort, il tenta de se concentrer sur ce qu'elle lui disait.

— … Je me suis donc enfermée à l'extérieur après ma douche et…

— Attends un peu ! l'interrompit-il, retrouvant enfin la voix. Tu veux dire que tu es sortie de la maison dans cette tenue ?

Il paraissait indigné, mais au fond de lui-même l'idée lui semblait incroyablement sexy ! La preuve qu'il ne tournait plus rond.

Un sourire langoureux se dessina sur les lèvres de Tina qui répondit :

— Je suis tout à fait décente. Et puis, j'étais sur la terrasse, à deux pas de la porte, ce n'est pas comme si je m'étais aventurée dans l'avenue principale de Baywater ! D'ailleurs, même si ç'avait été le cas, ce grand drap de bain couvre largement mon corps…

En tout état de cause, il ne le recouvrait pas assez pour l'imagination déchaînée de Brian !

Tina était incroyablement belle. Appétissante. Irrésistible. Et bien d'autres choses encore. Ses cheveux noirs et bouclés caressaient ses épaules nues, ses yeux foncés brillaient d'impatience et un feu qu'il connaissait trop bien y brûlait avec une intensité redoutable.

A son grand dam, il constata que ses mains le démangeaient d'explorer la douceur de ses cuisses bronzées. Et, quand elle lui souriait, ses lèvres s'élargissaient de façon si sensuelle qu'il ne parvenait plus à respirer régulièrement.

Le regard de Brian tomba sur la serviette nouée juste au-dessus de sa poitrine, et il retint son souffle devant le spectacle qui s'offrait à lui : le drap de bain était très nettement en train de glisser…

Qu'il glisse ! se surprit-il à souhaiter, et qu'il lui révèle enfin le merveilleux spectacle de ses seins dont il avait tant envie…

— Bref, reprit Tina en s'asseyant nonchalamment sur le lit, je sais que tu possèdes une clé de la maison et j'ai pensé que cela ne te dérangerait pas si j'attendais patiemment chez toi que tu rentres afin de me la remettre. Il commençait à faire un peu frais et ta porte n'étant pas fermée à clé…

L'avait-elle fait exprès ? se demanda Brian, perplexe. Son discours était-il cohérent ? Il était si troublé qu'il ne parvenait plus à réfléchir et la nouvelle position de Tina n'allait sans doute pas l'aider, car, depuis qu'elle s'était assise, la serviette remontait dangereusement sur ses cuisses… D'autant que, pour couronner le tout, la lune s'en mêlait en l'enveloppant d'une douce lueur argentée qui sublimait sa beauté naturelle.

Il avait envie de crier au complot, mais il se contenta de maugréer :

— Non, cela ne me dérange pas.

Décidément, il devait être victime d'un sortilège ! Son cerveau était paralysé, ses pensées embrouillées tandis que son corps, lui, vibrait d'une folle impatience. Il y avait réellement de quoi s'inquiéter…

Avec une désinvolture consommée, Tina s'allongea sur le lit et croisa les chevilles. Aussitôt, elle lui rappela une belle odalisque courtisée par la lune. Un tableau envoûtant, obsédant… Soudain, elle s'étira de tout son long, langoureusement, comme si elle était seule dans la pièce, comme si elle n'était pas à moitié nue sur un lit qui n'était pas le sien. Elle savait pourtant bien qu'elle était en train de le rendre fou de désir !

— C'est mignon, ici, fit-elle tout à trac en balayant la pièce du regard.

C'était la meilleure !

Comptait-elle lui faire la conversation, à présent ? pensa-t-il, furieux. Il était sur le fil du rasoir et elle lui parlait de son mobilier ! En d'autres termes, elle le torturait délibérément. Oh, elle se moquait éperdument de la décoration de sa chambre ! D'ailleurs, il n'y avait pas grand-chose à voir, et encore moins à commenter : une petite pièce sans prétention mais très pratique, et qui était tout sauf cosy. Amplement suffisant pour le célibataire qu'il était !

Enfin, jusqu'à maintenant…

Car, en l'occurrence, même un palais n'aurait pas été assez vaste pour instaurer une distance suffisante entre eux. Oui, même dans l'immense chambre d'un palace, il aurait été encore enivré par son parfum entêtant.

Il devait se ressaisir ! S'il voulait sauver sa peau, il fallait que Tina sorte de toute urgence de chez lui, mais il ne devait surtout pas la toucher, ni risquer que l'odeur de ses cheveux ou de sa peau ne le pénètre…

— Viens, marmonna-t-il en s'emparant des clés de Nana suspendues à un crochet, sur le mur. Je te raccompagne chez toi.

— Pourquoi es-tu si pressé ? lui susurra-t-elle alors.

A contrecœur, il regarda de nouveau dans sa direction.

Elle venait de se tourner sur le côté.

D'une main, elle soutenait sa tête, tandis que de l'autre, elle remontait progressivement la serviette sur sa cuisse, les yeux enchaînés à ceux de Brian.

Il sentit son cœur bondir dans sa poitrine, affolé. Il ne pouvait la quitter des yeux, comme hypnotisé, et il crut mourir d'excitation quand il vit le drap de bain glisser doucement le long du corps de Tina et dévoiler une courbe parfaite, affolante, qui avait un avant-goût de paradis.

— Tu veux ma mort, dit-il d'une voix rauque.

— Non, ce n'est pas du tout ce que je souhaite, répondit-elle sans chercher à se couvrir.

Brian passa nerveusement une main sur son visage, s'efforçant de se ressaisir. En vain.

— Ta serviette a glissé, se sentit-il obligé de préciser.

— Je sais…

— Je sais que tu sais !

Nom d'un chien ! Pourquoi agissait-elle ainsi ? Etait-ce par esprit de revanche ? Voulait-elle lui faire payer sa décision de l'avoir quittée ? Mais dans ce cas, pourquoi aurait-elle attendu si longtemps ?

Brian était perplexe : si Tina n'agissait pas par vengeance, sa provocation n'avait aucun sens. Sinon de lui faire perdre la tête… et les sens.

— C'est stupide, lâcha-t-il.

— Peut-être.

Il riva son regard au sien, évitant consciencieusement son corps incomparable, sa peau au grain parfait.

— Tu vas forcément le regretter, prédit-il.

— Pas si tu es toujours aussi doué que dans mes souvenirs, répondit-elle tranquillement, large sourire à l'appui.

Ces derniers mots firent mouche et le laissèrent tout pantelant. Il n'était qu'un être humain, après tout ! Un simple mortel… D'ailleurs, quel homme, si résistant soit-il, aurait été capable de sortir de cette maudite chambre, après y avoir vu Tina Coretti nue et alanguie sur le lit ?

Dans son désespoir, une idée lumineuse lui traversa subitement l'esprit, et il s'y accrocha comme à une ultime bouée de sauvetage.

— Je… Je n'ai pas de préservatif, bredouilla-t-il.

A cause du pari, il s'était débarrassé de son stock pour réduire les tentations.

— Aucune importance, répondit-elle sans manquer de sourire.

— Allons, Tina, bien sûr que si, c'est important !

— Brian, reprit-elle d'une voix si langoureuse qu'il sentit tout son être défaillir, si tu n'as pas contracté de maladies contagieuses pendant les cinq dernières années, il n'y a pas lieu de s'inquiéter.

Elle prenait donc la pilule, en conclut Brian.

L'ultime barrière venait de tomber.

Il ne voulait plus chercher à comprendre la raison de sa présence ici, ni ce qu'elle en attendait. Peut-être n'avait-elle rien calculé, au fond. Peut-être que, depuis son arrivée à Baywater, tous deux ne désiraient qu'une chose : se retrouver ici, dans ce lit… Sa belle voisine avait juste laissé le destin agir, sans le contrarier.

Du bout des doigts, Tina écarta l'autre pan de la serviette…

— Alors, reprit-elle dans un murmure lascif, es-tu toujours aussi doué qu'avant ?

Même un Marine sait quand l'heure de la capitulation a sonné, décida Brian. Déboutonnant sa chemise, il lui assura avec un sourire confiant :

— Je suis encore meilleur qu'avant, mon ange.

— Prouve-le-moi.

Quelques secondes plus tard, il avait retiré ses vêtements et s'allongeait près d'elle. Repoussant complètement la serviette, il recouvrit de sa paume un de ses seins.

— Brian, murmura-t-elle en se cambrant, j'ai terriblement envie de toi.

— Moi aussi, mon ange.

Il pencha alors la tête pour capturer son sein. Il le mordilla doucement, avant d'ajouter, dans un murmure étouffé :

— Je n'ai jamais cessé de te désirer.

A ces mots, Tina prit le visage de Brian dans ses mains et le força à lever les yeux vers elle.

Dans ses prunelles noisette, il pouvait lire la faim qui animait son ex-femme. La faim et quelque chose d'autre encore… Une curieuse lueur qu'il préféra refouler tout net.

L'attirant à elle, elle l'embrassa longuement avant de chuchoter d'une voix suppliante :

— Prends-moi !

Dans un grognement de plaisir, Brian posa ses lèvres sur

les siennes et introduisit délicatement sa langue entre ses lèvres sucrées…

Il l'enlaçait étroitement par les épaules, la serrant éperdument contre lui, lui prenant tout ce qu'elle avait à donner. Leurs langues, leurs souffles se mêlaient, se retrouvaient… Enfin, la chaleur de Tina l'enveloppait tout entier, lui qui s'était senti submergé par une vague de froid au moment du divorce. A l'époque, il n'avait pas voulu s'avouer que le fait de l'avoir perdue l'avait plongé au cœur de l'hiver.

Elle était la chaleur qui le réchauffait.

La lumière qui éclairait sa vie.

Oui, Tina Coretti était la pièce manquante de son existence et, même si ce n'était que pour une nuit, il était bon qu'elle fût de retour. Bon de sentir la complicité renaître instantanément entre eux. Bon de constater enfin qu'il n'y avait rien de plus important à ses yeux.

Pour une nuit, ils étaient seuls au monde.

Seuls avec la magie qu'à eux deux ils créaient…

Tina se pelotonna contre lui, faisant courir ses mains sur son dos, ses reins, griffant légèrement sa peau avec ses ongles. Il aurait aimé que ses griffures soient plus profondes, qu'elle le marque à jamais de son empreinte pour qu'il porte gravé en lui le souvenir de cette nuit. De ce moment si particulier.

Il ne pouvait plus réfléchir, aveuglé par le désir et une sorte de douleur qui remontait du plus profond de lui-même. Une douleur liée au remords ? Mais l'heure n'était plus aux interrogations.

Brian palpait, caressait, explorait le corps de Tina, en retraçait chaque ligne, chaque courbe. Puis, avec sa bouche, il vérifiait ce que ses doigts avaient déjà perçu. Sa compagne ondulait sous lui, languissante, frissonnante dans la nuit claire. Gémissante aussi…

Aucune musique n'avait jamais paru plus douce à ses oreilles que ses petits halètements.

Il la désirait à en mourir.

Descendant lentement le long de son corps, il embrassait

chaque parcelle de sa peau, tandis que Tina s'arc-boutait lascivement contre lui, hanches soulevées, tête enfoncée profondément dans les coussins. Brian était avide de la redécouvrir, de la prendre comme autrefois — et comme il en avait tant rêvé depuis leur séparation.

— Brian, murmura-t-elle d'une voix languide, viens !

— Pas encore, mon ange, dit-il en lui embrassant le ventre. Attends encore un peu…

Attendre encore ? Elle n'en pouvait plus d'attendre ! Contre toute attente, c'était lui qui l'avait prise au dépourvu. Elle croyait se rappeler leurs effusions, l'effet que cela faisait d'être l'objet de toutes les attentions de Brian : elle se trompait.

Les souvenirs n'étaient qu'un bien pâle reflet de la réalité et les sensations qui parcouraient son corps menaçaient de l'emporter dans leur flux impétueux. Son esprit était perdu dans le brouillard et elle se demandait si son cœur n'allait pas tout simplement cesser de battre, à force de bonheur et d'excitation…

Les fils argentés que le clair de lune jetait dans la chambre l'éblouissaient, sa vue vacillait et, pour garder prise avec la réalité, elle s'efforçait de se concentrer sur l'homme qui s'agitait fiévreusement au-dessus d'elle.

Elle aurait aimé qu'il remonte à sa hauteur, mais il n'en faisait qu'à sa tête, dégustant sa peau millimètre par millimètre. Elle frissonnait et frissonnait encore sous ses coups de langue magiques…

Non, elle ne s'était pas attendue à cela, pensa-t-elle, tandis que les mains de Brian couraient frénétiquement sur ses hanches, ses cuisses… Quand il enfouit soudain sa tête dans son entrejambe, elle crut manquer d'air.

— Brian…

— Tais-toi ! lui souffla-t-il en souriant.

Alors, nouant les jambes de Tina en collier autour de son cou, il explora avec sa bouche les parties les plus sensibles de son intimité. Sa langue lui procurait des sensations exquises, des caresses précises, inoubliables. Agrippée à la couette, elle sentit que tout vacillait alentour… Le regard de Brian, enchaîné au sien, était le seul lien qui la reliait au monde. Un regard hypnotisant, magnétique, provocant…

Le plaisir s'emparait de son être par ondes concentriques… Haletante, les mains enfouies dans les cheveux de son bel amant, elle sentit soudain la volupté la submerger avec une force inouïe.

Alors elle cria son prénom sur un ton éperdu…

Puis les secondes s'étirèrent avec langueur tandis que Tina redescendait les pentes du plaisir…

Quand elle rouvrit les yeux, elle se heurta au regard de Brian. Un regard convoiteur, avide de désir… Il remonta doucement le long de son corps.

— Tu m'as terriblement manqué, Tina, murmura-t-il en déposant un tendre baiser sur sa bouche.

— Oh, Brian ! Cette séparation a été bien trop longue, répondit-elle.

— Ne pensons pas à cela maintenant, répliqua-t-il en baisant doucement son front. Ne pensons à rien…

— Ne me laisse pas le temps de penser, lui dit-elle d'une voix ensorceleuse, avant de l'enlacer langoureusement.

Elle était offerte. Elle lui offrait tout ce qu'elle avait.

Lorsque Brian la pénétra, Tina se sentit redevenir une vraie femme. Pour la première fois depuis bien longtemps.

Aussitôt, ils furent rattrapés par la frénésie de leurs étreintes. Peau brûlante contre peau brûlante, cœur fou contre cœur fou, tous deux mus par le même désir dévastateur qui les consumait, les encerclait, les unissait.

Comme avant.

Jambes enroulées autour des hanches de son partenaire, Tina s'agrippait à lui tout en l'encourageant à s'enfouir toujours plus profondément en elle. Bougeant ses hanches au rythme des siennes, elle se pliait à sa cadence et s'abandonnait au plaisir émerveillé d'être dans ses bras vigoureux.

Son corps entier frémissait d'un désir renouvelé qui allait à la rencontre de celui qu'elle avait tant attendu. Brian reprenait possession de celle qui n'aurait jamais dû cesser d'être à lui, la pénétrant encore et encore, entrant en elle sans relâche, comme une vague toujours plus intense. Tina sentit alors toute la force de ce qu'ils avaient eu et perdu, de ce qui s'était dissous au fil des années sans qu'ils ne s'en aperçoivent, comme le clair de lune au lever du jour.

Son corps vibrait de plaisir mais son cœur s'emplissait de nostalgie, et plus ses sens se rapprochaient de l'extase, plus son âme se perdait sous un voile de tristesse. Et c'est avec une ferveur presque désespérée qu'elle se donnait tout entière à Brian, pour que ces moments restent à jamais gravés dans sa mémoire.

Lorsque les premiers frissons du plaisir secouèrent de nouveau son corps, Tina se pressa plus étroitement contre Brian… Et tous deux furent bientôt emportés par un orgasme qui dévasta les fondations de tout ce à quoi ils croyaient…

— Bon sang !

Tina fit doucement rouler sa tête sur la poitrine de Brian pour chercher son regard. Laissant ses doigts vagabonder sur ses larges épaules, elle lui sourit.

— Ce n'est pas tout à fait la réaction qu'une femme attend d'un homme après une nuit d'amour si incroyable ! lui fit-elle remarquer.

— Cela n'avait rien à voir avec nos effusions, lui assura-t-il.

Se lovant sensuellement contre lui, elle pressa ses seins durs contre le corps de son amant et décréta :

— Dans ces conditions, je ne veux pas en savoir plus. Pas maintenant, en tout cas.

— Non, nous ne sommes pas obligés de parler de cela pour…

Il ne put en dire davantage.

Tina, qui s'agitait déjà lascivement sur lui, traçait du bout de la langue des sillons sur son corps tout en descendant doucement vers son abdomen.

— Tina, arrête !

— Es-tu certain que ce soit ce que tu souhaites ? lui demanda-t-elle d'un ton cajoleur.

Et elle descendit un peu plus bas.

— Oui… Non…

Tina éclata de rire.

Elle ne voulait pas lui laisser le temps de réfléchir à ce qu'ils venaient de faire parce qu'elle voulait recommencer. Oui, elle voulait refaire l'amour avec lui. Encore et encore… La discussion, ce serait pour plus tard.

Et pas seulement parce qu'elle voulait sentir un enfant grandir en elle.

Naturellement, elle ne perdait pas de vue son objectif. Mais elle voulait également sentir Brian grandir en elle, la remplir, lui faire atteindre des sommets qu'elle n'avait plus côtoyés depuis si longtemps. Elle voulait qu'il la désire aussi fort qu'elle le désirait… Cette pensée l'obsédait. Ce fut alors qu'une vérité douloureuse s'imposa à elle.

Elle n'avait jamais cessé d'aimer son mari.

Elle n'avait jamais oublié Brian Reilly, n'avait jamais tourné la page pour passer à autre chose. Construire une autre histoire. Elle n'avait pas même essayé.

D'ailleurs, n'était-ce pas pour cette raison précise qu'elle voulait un enfant de lui ? Puisqu'elle ne pouvait pas faire en sorte que Brian fasse partie de sa vie, elle mettait tout en œuvre pour avoir au moins une part de lui-même à aimer.

— Tu me fais perdre la tête, lui reprocha-t-il gentiment.

— C'est très exactement ce que je cherche ! dit-elle en levant un regard fripon vers lui…

Avant de pencher de nouveau la tête pour se consacrer à sa virilité. Il poussa un grognement de plaisir.

— Viens là, ordonna-t-il.

La ramenant vivement à sa hauteur, il la fit rouler sous lui. Puis il l'embrassa longuement, prenant sa bouche, son souffle, lui donnant le sien en échange. C'était un baiser passionné, lourd de promesses.

— Ne parlons plus, dit-il en détachant ses lèvres des siennes.

— Qui parle de parler ? répliqua-t-elle, malicieuse.

Refermant ses bras autour du cou de Brian, elle nicha sa tête dans le creux de son épaule. Et elle comprit qu'il lui manquerait toujours un élément essentiel pour être heureuse : faire partie de la vie de Brian. Dormir dans le même lit que lui, pouvoir se pelotonner contre lui, chercher sa chaleur, sentir son désir.

Oh, comme Brian lui avait manqué !

Elle s'offrit de nouveau à lui et il plongea en elle comme si sa vie en dépendait. Comme si l'union de leurs corps lui était indispensable.

Dès qu'il fut en elle, Tina sentit les premières étincelles du plaisir crépiter sur son corps. Brian se mit alors à aller et venir en elle, ses coups de reins se faisant plus en plus puissants, provoquant chaque fois des ondes plus intenses qui électrisaient tout son être. Tina se cambra contre lui, enivrée par la sensation qu'il s'enfouissait de plus en plus profondément en elle, qu'il allait l'emporter dans des contrées encore plus sauvages, plus exquises…

La bouche de Brian ne quittait pas la sienne, renouvelant constamment ses assauts, tandis que leurs corps enchevêtrés dansaient un puissant galop d'amour.

Soudain, Brian poussa un grognement, qui fit frissonner Tina… Alors, étroitement enlacés, ils succombèrent de concert aux délices suprêmes de la chair.

8

Le reste de la nuit se déroula dans les magnifiques brumes de la passion. Pendant de longues heures, ils fêtèrent leurs retrouvailles, retraçant les chemins d'autrefois, en explorant de nouveaux, jusqu'à ce que le sommeil vienne à bout de leur résistance physique…

Les doigts magiques de l'aube commençaient à teinter l'horizon d'écharpes ocre et dorées lorsque Tina ouvrit les yeux. Instinctivement attirée par le spectacle, elle tourna la tête vers la fenêtre, avant de s'étirer. Seigneur, ses muscles endoloris lui donnaient l'impression d'avoir couru le marathon !

Brian avait largement été à la hauteur de ses souvenirs, et à vrai dire, les avait même dépassés en lui suggérant quelques petits jeux nouveaux. La seule ombre au tableau avait été d'apprendre qu'il avait connu d'autres femmes, durant leurs cinq ans de séparation. Bien sûr, elle s'était bien gardée de lui avouer cette petite déception. Elle enfouirait cette blessure au plus profond d'elle-même et n'en parlerait à personne… Force était d'admettre que, de son côté, qu'elle n'avait pas, à proprement parler, mené une vie de nonne !

Pourtant, aucun des hommes qu'elle avait rencontrés ne lui avait procuré de telles sensations. Avec les autres, il s'agissait uniquement de plaisir physique, alors que dans les bras de son ex-mari le corps et l'âme étaient inextricablement emmêlés.

Tournant son regard vers lui, elle sentit malgré elle un

sourire naître sur ses lèvres devant le spectacle de son bel Adonis endormi…

Elle le contemplait comme on admire une œuvre d'art : son torse musclé, d'un hâle soutenu en dépit de ses origines irlandaises, la fascinait toujours autant. Et pourtant, même endormi, Brian n'avait pas l'air innocent : une espèce d'aura dangereuse semblait émaner de son être, et de fait, Tina savait bien qu'il représentait un vrai danger pour elle.

Brian avait replié un bras derrière la tête et semblait sourire dans son sommeil. Un sourire qui n'était d'ailleurs pas dénué d'arrogance et d'autosatisfaction, songea-t-elle avec une certaine indulgence : n'était-elle pas la première à afficher ce genre d'expression ?

Une nuit avec Brian était plus précieuse que des milliers dans les bras d'un autre, conclut-elle, songeuse. Qu'il était rageant de découvrir une telle vérité, sachant qu'elle devrait le quitter bientôt ! Heureusement, cette fois, elle avait bon espoir d'emporter un peu de lui avec elle. En elle…

A cette pensée, Tina toucha machinalement son ventre, le recouvrant de ses doigts écartés comme si elle berçait déjà l'enfant qui s'y trouvait peut-être.

— Quand une femme sourit de cette façon, un homme doit s'inquiéter de ce qui nourrit ses rêveries.

Surprise, Tina sursauta. Tellement absorbée dans ses pensées, elle n'avait pas vu Brian ouvrir les yeux. Instinctivement, elle remonta le drap sur sa poitrine.

— Euh…, commença-t-elle, totalement prise au dépourvu.

— Belle réponse ! lança-t-il, moqueur, avant de se tourner vers elle et de repousser le drap qui masquait le corps de la belle. Délicatement, il effleura ses seins du bout des doigts : le corps de Tina réagit aussitôt sous les caresses, mais elle ne prononça pas la moindre parole.

— Te voilà toute timide, poursuivit-il sur un ton de doux reproche. Que se passe-t-il ?

— Cela n'a rien à voir avec la timidité, protesta-t-elle. Je suis simplement fatiguée.

— Pas étonnant ! Même moi — et je te rappelle que je suis quand même un Marine ! —, j'ai besoin d'un minimum de cinq heures de sommeil pour être en forme.

Combien d'heures avaient-ils dormi ? Deux, peut-être. Trois au maximum. Cette nuit, ils n'arrivaient pas à se rassasier l'un de l'autre ; quand l'un commençait à s'endormir, l'autre le réveillait avec ses caresses, et vice versa. Jusqu'à ce que, d'épuisement, chacun finisse par s'écrouler de son côté.

Même pour quelqu'un de fatigué, Tina était bien silencieuse, ce matin, s'étonna Brian. Plissant les yeux, il lui demanda :

— Tu es sûre que tout va bien ?

— Sûre ! répondit-elle un peu trop vivement.

Elle mentait.

Elle n'avait pas imaginé que sa mauvaise conscience viendrait la tourmenter de si bon matin, et elle s'efforçait tant bien que mal de refouler l'insidieux sentiment de culpabilité qu'elle sentait naître en elle.

— J'ai comme l'impression que tu ne me dis pas tout, insista Brian qui la connaissait bien.

Même lorsqu'il volait au-dessus des nuages, un pilote était capable de sentir les missiles qui bombardaient son porte-avions. Et c'était précisément ce sixième sens qui, en ce moment, le tenaillait. Comme une sorte de sonnette d'alarme au milieu de la tempête.

— Ce n'est rien, Brian, je t'assure, reprit-elle.

— Je ne te crois pas !

Non seulement il ne la croyait pas, mais l'attitude de Tina ne manquait pas de l'inquiéter. Toute la nuit, ils avaient parcouru ensemble les chemins de leur complicité d'antan, et après toutes ces années de solitude, il s'était enfin senti vivant. De nouveau. Or, il avait l'impression que, dès que Tina commencerait à parler, le sortilège serait rompu. Et pourtant, il voulait absolument savoir ce qu'elle avait sur le cœur. Ce qu'elle lui cachait. Ce qui l'éloignait de lui.

— Vas-tu finir par parler, oui ou non ? la somma-t-il alors d'un ton à la fois rieur et catégorique.

— Je ne suis pas sûre que ce soit une bonne idée, le prévint-elle.

— Tu vois bien que tu me caches quelque chose ! s'écria-t-il, l'estomac soudain contracté. Je t'en prie, dis-moi ce qui se passe.

— Non, je crois qu'il ne vaut mieux pas, déclara-t-elle d'un ton décidé.

Et, de façon tout aussi brusque, elle s'assit sur le bord du lit, scrutant la pièce à la recherche de sa serviette.

— Lorsque Tina Coretti refuse de parler, c'est qu'il y a un problème, affirma Brian d'un air sombre. Tina, je *veux* savoir de quoi il s'agit.

Par-dessus son épaule, elle jeta un bref regard dans sa direction. Une mèche de cheveux lui tomba sur les yeux et elle la repoussa vivement, presque fébrilement. Puis, comme à son habitude, elle haussa les épaules avec désinvolture, espérant donner le change.

— Il n'y a aucun problème, je t'assure. J'ai juste envie de prendre une douche et de m'habiller.

Elle n'avait pas du tout envie de parler *maintenant*. Hors de question : nul doute que, si elle lui avouait la vérité, leur discussion allait dégénérer en une terrible dispute. Or, elle ne se sentait absolument pas prête à subir une telle épreuve, pas après la délicieuse nuit d'amour qu'ils venaient de vivre. Elle devait d'abord reprendre ses esprits. Voir clair en elle.

Son corps bourdonnait encore des caresses de Brian, alors que son cœur se tordait déjà de douleur à l'idée qu'elle aimait un homme qui ne voulait pas d'elle. Conclusion : il lui était impossible de s'expliquer dans de telles conditions !

Bon ! Où était donc passée cette maudite serviette ?

— C'est drôle, mais je ne te crois pas.

A ces mots, Tina foudroya Brian du regard, tira sur le drap, s'enveloppa dedans et se leva enfin.

— Je n'y suis pour rien si tu es d'une nature suspicieuse, répondit-elle d'un ton enjoleur.

— Tina, je ne plaisante pas ! répliqua-t-il.

L'impatience qu'elle perçut dans sa voix la fit presque tressaillir. Oubliée leur nuit d'amour ! pensa-t-elle, amère, tout en furetant dans la chambre en quête de sa serviette introuvable.

— Au diable ma serviette ! finit-elle par dire en trébuchant dans les plis du drap. Si tu veux bien me prêter ce drap, je vais rentrer chez Nana enveloppée dedans. Je te le rapporterai ce soir.

Ce fut alors qu'elle commit l'erreur de se tourner vers lui…

Brian n'avait manifestement aucun problème avec sa nudité qu'il affichait en toute tranquillité. Telle une statue sculptée par un grand maître, il l'observait, redressé sur un coude. Mais à la différence d'une statue, ses yeux étincelaient.

— Il n'en est pas question, répondit-il.

— Comment cela ? s'emporta-t-elle. Tu refuserais de me prêter un drap ?

— Je me fiche pas mal du drap, Tina, répliqua-t-il.

En un bond, il fut debout et vint se planter devant elle. La regardant droit dans les yeux, il ajouta avec fermeté :

— Je veux savoir ce qui te tracasse et je peux te garantir que tu ne partiras pas d'ici avant de me l'avoir dit.

Instinctivement, elle recula d'un pas : avec Brian, il valait mieux être prudente. Et après tout, se dit-elle, pourquoi devrait-elle avoir honte de ce qu'elle avait fait ? Elle ne lui avait tout de même pas plaqué un revolver sur la tempe pour le forcer à faire l'amour avec elle ! Il était parfaitement consentant et y avait pris du plaisir, lui aussi.

Et plus d'une fois, d'ailleurs !

Et pourtant…

Une petite voix lui murmurait que, s'il avait été informé de ses projets, il n'aurait jamais couché avec elle.

Bon, elle admettait qu'elle avait eu tort d'agir en catimini. Mais n'était-ce pas précisément parce qu'elle redoutait son refus qu'elle s'était tue ? Parce qu'elle craignait que, renseigné sur ses intentions, il ne se dérobe.

Dans un ultime effort, Tina soutint son regard. Avant tout

pour ne pas se laisser distraire par la vigueur de son corps. Il ne servait plus à rien d'entretenir son désir, dans la mesure où elle savait parfaitement ce qui allait se passer quand Brian serait au courant de son projet… Il ne serait définitivement plus question de s'étreindre sur les draps froissés !

Leurs regards restèrent enchaînés pendant de longues secondes. Brian l'étudiait avec une attention inexorable. Insoutenable… Au point qu'elle fut contrainte de détourner les yeux.

Oh, oh. Voilà qui n'annonçait rien de bon.

— Hier soir, commença-t-il d'une voix dangereusement basse, lorsque tu m'as dit de ne pas m'inquiéter pour les préservatifs…

A ces mots, Tina redressa le menton et resserra le drap autour de sa poitrine, tout en ayant conscience qu'il s'agissait d'une armure bien ridicule.

— Oui ? dit-elle, nerveuse.

— Tu voulais bien dire que tu prenais la pilule, n'est-ce pas ?

— Pas exactement.

Instantanément, Brian se figea tandis qu'une émotion inconnue — la peur, la panique ? — déchirait son torse. Nom d'un chien ! La fautive n'arrivait même pas à soutenir ce regard. Son sixième sens ne l'avait donc pas trompé ! C'était décidément le plus sûr allié qu'il possédait.

— Pas exactement ? répéta-t-il d'une voix tendue.

Des sueurs froides dans le dos, il se rappela combien de fois ils avaient fait l'amour durant cette nuit torride. Combien de fois il avait multiplié les risques… L'air de la chambre lui parut soudain irrespirable, et il se mit à suffoquer, comme un noyé avide d'oxygène.

— Peux-tu m'expliquer ce que ça veut dire : « Pas exactement » ? parvint-il à ajouter.

— Cela veut dire que je ne prends pas la pilule, mais que tu ne dois pas te tracasser.

« Je ne prends pas la pilule. »

Six petits mots qui avaient le pouvoir de semer la panique la plus totale dans le cœur d'un homme. Il se sentit instantanément précipité au bord d'un gouffre, fixant avec terreur le ravin qui allait bientôt l'engloutir. Son impuissance à agir sur les événements le terrifia.

Cela ne devait pas le tracasser ?

Pour quel genre d'homme le prenait-elle donc ? Pensait-elle qu'il pouvait lui faire un enfant, puis disparaître de sa vie ? Ils avaient pourtant vécu ensemble ! Le connaissait-elle donc si peu ?

Oh, mon Dieu ! Un enfant…

Son pouls battait furieusement à ses tempes, ses oreilles bourdonnaient, en écho au sourd tambourinement de son cœur.

— Et pourquoi cela ne doit-il pas me tracasser ? demanda-t-il enfin.

L'heure des explications avait donc sonné, songea Tina.

Depuis le début, elle savait qu'elle ne pourrait pas éternellement lui cacher son projet et qu'il faudrait bien qu'elle finisse par lui avouer la vérité. Mais elle ne pensait pas que ce moment viendrait si tôt.

Lorsqu'elle avait savamment élaboré son plan, en Californie, et qu'elle en avait informé Janet, tout lui semblait d'une logique implacable. Elle avait bien réfléchi et ce qu'elle projetait de faire était parfaitement régulier : elle aurait l'enfant qu'elle avait toujours voulu avoir avec Brian, et quant à ce dernier ce serait à lui de décider s'il voulait ou non faire partie de la vie de ce bébé.

Oui, vues de Californie, les choses paraissaient fort simples… Mais, maintenant que son plan était accompli, un terrible sentiment de culpabilité l'étreignait, et elle regrettait de lui avoir menti, même si elle était toujours convaincue du bien-fondé de son entreprise. Pour rien au monde, elle n'aurait renié les heures qu'elle venait de passer dans ses bras. Et elle espérait ardemment qu'ils avaient conçu un enfant.

Un enfant qu'elle aimerait de tout son cœur.

Le problème, c'était qu'elle aimait aussi Brian. Et en

vertu de cet amour, elle s'en voulait de l'avoir dupé. D'avoir tiré avantage de l'alchimie magique qu'ils avaient partagée. Pourtant, si le prix à payer pour avoir un enfant était la culpabilité, il faudrait bien qu'elle l'assume.

Brian la fixait avec dureté, le visage sévère, les yeux brillant de colère… Et il était toujours redoutablement beau.

A l'extérieur, le soleil pointait doucement à l'horizon, répandant ses premiers rayons dans la chambre. Les oiseaux chantaient dans les arbres et le vent bruissait doucement dans les feuillages. Le jour suivait tranquillement son cours, alors qu'ici, dans la maison de Brian, le temps s'était tout à coup figé.

L'attrapant sans ménagement par les épaules, il lui ordonna :

— Dis-moi ce que tu mijotes, Tina ! J'ai tout de même le droit de savoir !

Elle s'efforça de ne pas paniquer, de retrouver une respiration régulière avant de répondre… Alors, rejetant ses cheveux sur ses épaules, elle affronta son regard et déclara posément :

— C'est en effet ton droit le plus strict. De toute façon, j'allais te mettre au courant, car je voulais que tu saches…

— Que je sache quoi ?

— Que je veux tomber enceinte.

Il ne s'attendait ni à une telle révélation ni à une telle franchise. Il écarquilla de grands yeux, voulut parler, mais referma finalement la bouche, attendant la suite.

Qui ne tarda pas à venir…

— Et j'espère vraiment que nous avons fait un bébé, cette nuit, ajouta-t-elle.

Il la relâcha si brutalement qu'elle manqua perdre l'équilibre. Il rivait maintenant sur elle des yeux aussi perçants qu'incrédules, comme si elle était une inconnue qui s'était retrouvée dans sa chambre par le plus grand des hasards.

— Un *bébé* ?

Tina frissonna légèrement en entendant les intonations horrifiées de sa voix, puis elle releva le menton et le défia du regard. Quoi qu'il arrive, une Coretti ne se dérobait pas devant ses responsabilités !

— Oui, avoua-t-elle. Tu as bien compris ! Non seulement je veux un bébé, mais je veux que tu en sois le père.

Dépité, Brian croisa les mains derrière son crâne comme pour le retenir d'exploser.

— Tu veux, tu veux ! reprit-il d'un air excédé. Et moi, tu ne crois pas que j'ai aussi mon mot à dire ?

A cet instant, un sourire passa furtivement sur les lèvres de Tina, puis son regard glissa de Brian au lit, avant de revenir à ce premier.

— Tu as dit oui, Brian. Plusieurs fois, et de ton plein gré, lui rappela-t-elle alors.

— J'ai dit oui pour le sexe, pas pour la paternité, se défendit-il durement.

Elle accusa le choc, sachant que c'était l'entière vérité. Sans doute était-ce pour cette raison que ses propos la frappaient si sévèrement.

— Je sais, admit-elle. Néanmoins, quand je t'ai dit que tu n'avais pas à te tracasser, c'était réellement la vérité.

— Bien sûr ! Je ne dois pas m'inquiéter ! pesta-t-il. Faites des enfants, et puis fuyez ! Est-ce la dernière théorie féministe ?

— Brian, je veux ce bébé !

— Arrête ! ordonna-t-il. D'ailleurs, il se peut fort bien qu'il n'y ait pas de bébé du tout.

A ces mots, Tina plaqua sa main sur son abdomen comme si elle voulait boucher les oreilles de la vie microscopique qui avait peut-être commencé à se développer en elle.

— J'espère bien que si ! répliqua-t-elle.

— Pour l'amour du ciel, Tina, qu'as-tu dans la tête ?

— Je viens de te le dire.

Il lui lança un regard noir, puis passant devant elle, attrapa son jean et l'enfila à la hâte, avant de lui lâcher, d'un ton dur et méprisant :

— Ton horloge biologique s'est mise à sonner et, dans l'affolement, c'est moi que tu as pris pour cible, n'est-ce pas ?

Blessée, elle resserra encore plus étroitement le drap autour de son corps. Comme elle se sentait vulnérable, tout à coup ! Allons, ce n'était pas le moment de faiblir. Aussi reprit-elle d'une voix sourde :

— Ne fais pas comme si je t'avais menacé avec un revolver pour que tu me fasses l'amour. Je crois me rappeler que je n'ai pas eu besoin de trop te pousser…

A l'évidence, il n'apprécia pas cette dernière remarque. Et le coup d'œil dont il la gratifia aurait suffi à terrasser une femme moins forte que Tina. Mais elle était habituée au tempérament des Reilly et d'ailleurs le sien était au moins aussi bien trempé que le leur.

— Tu m'as abusé, déclara-t-il d'une voix blanche.

— Je t'ai séduit, c'est différent, corrigea-t-elle, bien décidée à s'accrocher à cette distinction.

— Tu savais parfaitement ce que tu étais en train de faire et tu ne m'as rien dit. Cela s'appelle *tromper.* Mentir, abuser, duper, si tu préfères !

— Oh, je t'en prie, n'en rajoute pas !

Pour se donner une contenance, elle repoussa de nouveau une mèche de cheveux.

Brian était à présent habillé, ce qui la plaçait dans une position peu équitable : difficile de revendiquer ses droits avec dignité lorsqu'on n'avait pour tout vêtement qu'une sorte de pagne. Néanmoins, elle poursuivit avec détermination :

— Ne réagis pas comme une vierge effarouchée dont on aurait tiré profit ! Tu étais plus que consentant, notamment grâce à ce pari idiot que tu as passé avec tes frères !

L'allusion lui fit ouvrir de grands yeux.

— Pardon ?

— Et oui, je suis au courant pour le pari, affirma-t-elle d'un air bravache.

— Je mettrais ma main à couper que c'est Liam qui a vendu la mèche !

— Exact !

Cette fois, il pointa un doigt accusateur vers elle avant d'articuler avec lenteur :

— Tu as donc agi délibérément. Tu as profité de ma faiblesse.

— Où veux-tu en venir exactement ? demanda-t-elle, un sourcil relevé.

Plantant ses mains sur ses hanches, il répliqua d'un ton furieux :

— Tu aurais dû me faire part de tes projets !

Soudain, elle eut la sensation que tout l'air contenu dans ses poumons s'en échappait, comme un ballon de baudruche se dégonfle entre les mains d'un enfant turbulent. Naturellement, elle campait toujours sur ses positions. Et pourtant, elle reconnaissait qu'il venait de marquer un point. Un petit, tout petit point.

— Peut-être, concéda-t-elle.

— Non, il n'y a pas de « peut-être » qui tienne !

Il fallait qu'elle trouve un moyen de le convaincre qu'elle n'avait pas agi contre lui.

— Si je t'avais prévenu, tu n'aurais pas coopéré, se défendit-elle.

— Tiens donc ! fit-il d'un ton victorieux. Comme c'est curieux : c'est exactement ce que je pense !

Tina poussa un soupir…

Elle sentait les regrets monter en elle, et se répandre dans son être comme des tentacules glacés. Qu'il était triste qu'ils en soient arrivés, là, tous les deux ! Qu'il était consternant de penser que le feu qui les avait consumés quelques heures auparavant avait fait place à une froideur qui paraissait sonner le glas de leur relation.

— Brian, je n'exigerai rien de toi, lui assura-t-elle.

— Et pour cause, puisque tu as déjà obtenu ce que tu voulais de moi !

A cet instant, le rugissement d'un chasseur passant au loin dans le ciel fit vibrer les murs de la chambre. Et ces vibrations agirent comme une sorte d'électrochoc sur Tina.

Bientôt, songea-t-elle, elle serait de retour en Californie, seule, priant pour l'existence d'un enfant dont Brian ne voulait pas. Et lui, de son côté, vaquerait à ses occupations en Caroline du Sud, aux commandes de ses chasseurs, sur le qui-vive, prêt à entrer en action à tout moment, si on l'appelait en mission.

Un enfant commun, deux destins différents.

Encore une faille dans son plan, pensa-t-elle. Dans son plan idéal, il lui suffisait de coucher avec Brian, de faire un bébé, puis de s'éclipser afin de reprendre tranquillement le cours de sa vie, sans lui. Or, la vérité, c'était qu'elle ne pourrait jamais se libérer de Brian. Oui, c'était la pure et l'entière vérité.

Pas étonnant que les hommes avec qui elle était sortie durant ces cinq dernières années n'aient pas été en mesure de toucher son cœur. Car son cœur était resté ici, à Baywater, avec son ex-mari.

Elle ne pouvait tomber amoureuse d'aucun autre homme car elle était toujours amoureuse de Brian Reilly.

Alors, comme s'il percevait tout le chagrin que ressentait Tina, Brian déclara avec davantage de regret que de colère dans la voix :

— Ne peux-tu donc pas comprendre, Tina, que je ne veux pas être un père à mi-temps ?

— Je ne te demande pas de l'être, Brian, répondit-elle non sans douleur. Je n'attends pas une implication de ta part dans l'éducation de l'enfant. Tu feras comme tu le souhaites.

— Vraiment ? C'est maintenant que tu me donnes le choix ? C'est trop généreux de ta part, ironisa-t-il.

Sans se laisser ébranler par ses sarcasmes, elle répliqua :

— Quand j'affirmais que tu ne devais pas te tracasser, c'était cela que je voulais dire. Si tu le souhaites, tu peux même ne plus jamais me parler.

— Ah oui ? fit-il, toujours sur le même ton.

O.K., elle voulait bien admettre qu'elle avait peut-être commis une erreur. Que la situation était injuste pour Brian.

Mais elle n'allait tout de même pas faire son *mea culpa* devant lui !

— Oui, Brian, nous ferons comme tu voudras. Dois-je te rappeler qu'en cinq ans nous nous sommes parlé trois fois seulement ? Par conséquent, si l'on devait ne plus avoir de contacts du tout, cela ne ferait pas une grande différence.

— Ne mélange pas tout ! s'écria-t-il. Ce qu'il y a entre toi et moi, c'est une chose. Ce qu'il y aurait entre moi et un enfant en est une autre ! Penses-tu réellement que je pourrais avoir un enfant et ne pas l'inclure dans ma vie ? Faire comme si je n'étais pas père ?

— Libre à toi de décider ce que tu préfères.

— Ce n'est pas une question de préférence, mais de devoir ! s'exclama-t-il à bout de nerfs.

Avec le soleil, la température commençait à grimper dans la pièce. Et pourtant, un froid glacial était en train de s'installer dans le cœur de Tina. Pourquoi fallait-il qu'ils aient eu cette conversation au réveil ? Alors qu'elle ne savait pas encore si elle était enceinte : il s'énervait peut-être pour rien.

— Inutile de continuer cette discussion, déclara-t-elle. Je rentre chez moi.

Et elle se dirigea vers la porte.

— Je croyais que tu t'étais enfermée à l'extérieur, lui rappela-t-il d'un ton sarcastique.

Une main sur la poignée, elle s'immobilisa. Puis, tournant la tête vers lui, elle avoua :

— J'ai menti.

— J'en étais sûr !

Son ton sonnait comme une terrible condamnation. Pourtant, soutenant vaillamment son regard furieux, Tina déclara :

— Je suis désolée que tu sois en colère, Brian. Mais je ne regrette pas ce qui s'est passé entre nous, cette nuit. Pas plus que je ne regrette d'avoir peut-être conçu un enfant avec toi.

Ouvrant la porte, elle ajouta alors :

— Je suis en revanche navrée que, *toi*, tu le regrettes.

Puis elle franchit le seuil et referma doucement la porte derrière elle, le laissant seul dans une chambre maintenant inondée de soleil.

Et pourtant il n'avait jamais eu aussi froid de sa vie.

9

Tard dans la matinée, Brian eut l'occasion de prouver qu'il méritait sa réputation de cow-boy. Lors des vols, les pilotes se voyaient en effet attribuer un surnom. Un de ses amis était appelé « Trop cool », un autre « Goliath ». Pour sa part, Brian avait été surnommé « Cow-boy », en raison de sa conception tumultueuse du vol.

De fait, il adorait effectuer des loopings ou des vrilles à des centaines de mètres du sol. Quand il était aux commandes d'un chasseur, il se vidait la tête de toute pensée, pour se consacrer uniquement aux exercices de haute voltige. N'était-il pas préférable d'être bien concentré sur ce que l'on faisait quand on dépassait la vitesse du son ?

Malheureusement, aujourd'hui, la concentration était difficile. Tina était montée avec lui dans le chasseur. Impossible de la chasser de ses pensées.

Elle était à ses côtés, dans le minuscule cockpit.

Elle était dans son sang, dans son cerveau, et pour l'en déloger il allait devoir mener une bataille redoutable. La pire qu'il ait jamais dû affronter.

— Elle m'a trompé ! répéta-t-il.

Il ne parvenait toujours pas à se faire à l'idée que son ex-femme avait jeté son dévolu sur lui pour qu'il soit le père de son enfant.

— Pardon ?

La voix venait du siège juste derrière lui où se trouvait Sam Holden, alias « Hollywood », son copilote.

— Rien, éluda Brian.

— Très bien, capitaine, répondit Hollywood. Si tu ne veux pas parler, c'est ton affaire. Seulement… Quand tu auras terminé de me donner la nausée, peut-être pourras-tu penser à remettre cet engin à l'endroit et à rentrer à la base ?

— Qu'y a-t-il, Hollywood ? Tu n'as pas la forme, ce matin ? La nuit dernière aurait-elle été trop courte ?

— Tout le monde n'a pas fait un pari stupide, répondit son ami en riant.

Grommelant dans sa barbe, Brian secoua la tête et fixa les nuages qui défilaient à toute allure autour du chasseur. Impossible de garder le moindre secret, sur cette maudite base ! Du moins ce genre de secrets. Evidemment, pour tout ce qui touchait à l'espionnage ou aux plans de bataille, pas de problème : c'était motus et bouche cousue. Mais pour les dessous de la petite histoire c'était une autre paire de manches ! Surtout quand l'histoire en question était bien croustillante… comme la sienne !

Ah ! Jamais il n'aurait dû s'embarquer dans cette histoire, se lamenta-t-il intérieurement. S'il avait envoyé Liam sur les roses dès le début, il n'aurait pas été dans un état aussi vulnérable quand Tina était arrivée à Baywater. Et jamais il n'aurait passé une nuit entière à explorer son corps. Ou du moins à le redécouvrir.

Pourtant… il ne parvenait pas à regretter sa nuit, même si elle s'était mal terminée.

Quoi qu'il en soit, Hollywood méritait une bonne leçon. Plutôt brûler en enfer que d'être la risée de ses collègues !

— Es-tu bien accroché ? demanda-t-il au copilote en laissant fuser un rire diabolique.

Et, sans attendre sa réponse, il manœuvra pour que le chasseur se retrouve sur le dos. Alors il ajouta :

— Nous allons rentrer à la base en position inversée.

— Par pitié, murmura Hollywood, sachant qu'il ne serait pas entendu.

— J'ai tout gâché, déclara Tina à l'intention de Muffin et Pêche d'un ton fataliste. Pourtant, je n'éprouve pas véritablement de regret. Après tout, j'ai obtenu ce que je voulais, non ?

Elle s'était affalée sur son lit, et les deux chiennes s'étaient aussitôt pelotonnées contre elle. Après un moment de réflexion, elle se releva et se mit à faire les cent pas dans la chambre. Comme autrefois lorsqu'elle était adolescente et qu'elle se posait des questions existentielles, du type : devait-elle se faire couper les cheveux ? Aurait-elle un jour un petit ami ? Réussirait-elle son devoir de maths ?

Naturellement, le temps avait passé et les problèmes étaient devenus plus graves. Mais sa méthode pour les traiter demeurait la même : faire les cent pas dans sa chambre et se parler à haute voix.

— Ce n'est pas comme si je lui avais forcé la main, reprit-elle en jetant un regard à Muffin.

Pêche, la petite traîtresse, certainement lasse de ses discours, s'était endormie et ronflait maintenant sans complexe !

— Non, il était consentant, reprit-elle. Plus que consentant, d'ailleurs !

A cet instant, Muffin poussa un jappement, comme si elle approuvait les paroles de sa maîtresse.

— Par conséquent, pourquoi est-ce que je me sens si pitoyablement coupable ?

En réalité, elle connaissait la réponse, mais elle préférait ne pas s'attarder dessus… Elle se sentait coupable parce qu'elle s'était servie de Brian, un point c'est tout. La vérité était aussi simple que cela.

— O.K., je suis vraiment la plus mauvaise personne de la terre. Qu'on m'apporte la corde pour me pendre !

S'arrêtant au pied du lit, elle le fixa un instant avant de

se jeter par dépit sur le matelas. Puis elle poursuivit d'une voix geignarde :

— C'est juste que je voulais…

Quoi ?

Un bébé ?

Oui, bien sûr. Mais était-ce tout ?

Non… Elle voulait également que Brian lui revienne. Et, si avant son arrivée à Baywater, elle avait été incapable de se l'avouer, il lui était désormais impossible de le nier !

Elle ne voulait donc pas uniquement un enfant de Brian.

Elle voulait aussi le cœur de Brian.

Manque de chance : c'était l'unique chose qu'elle ne pouvait pas obtenir !

Désemparée par cette idée, elle se releva d'un bond et se précipita sur le téléphone pour composer le numéro qu'elle connaissait par cœur.

Au bout de deux sonneries, on décrocha à l'autre bout du fil.

— Allô ?

— Janet !

Heureusement, son amie et confidente était à la maison ! Se penchant pour prendre Pêche dans ses bras, Tina s'assit sur le rebord du lit.

— Si tu savais comme je suis heureuse t'entendre ta voix, poursuivit-elle.

— C'est un plaisir réciproque, affirma Janet avec entrain. Eh bien, comment vas-tu, Tina ?

— Pas très bien, avoua d'emblée cette dernière.

— Dois-je en conclure que tu n'es pas arrivée à le convaincre de…

— Si ! l'interrompit Tina en jouant nerveusement avec le cordon du téléphone. Je suis arrivée à mes fins. Mission accomplie !

Un long silence s'ensuivit.

— Vraiment ? reprit enfin Janet. Je veux dire… Tu as vraiment couché avec ton ex-mari ?

— Non, répondit Tina sur un ton pince-sans-rire, je lui

ai demandé un don de sperme que j'ai apporté dans une clinique spécialisée où l'on a procédé à une insémination artificielle sur ma personne.

Janet éclata de rire, avant d'observer finement :

— Pour quelqu'un qui a obtenu ce qu'il désirait, je te trouve bien cynique.

— Désolée, c'est juste que je suis furieuse contre moi et il faut bien que je passe mes nerfs sur quelqu'un.

— Ravie de pouvoir t'aider !

— Oh, Janet, soupira Tina, rien ne s'est passé comme je l'espérais.

— Pourquoi ? N'était-ce pas aussi bien que dans tes souvenirs ?

— Tu n'y es pas du tout ! C'était encore bien mieux que dans mes souvenirs !

— Eh bien, alors… Où est le problème ?

— Je lui ai tout dit, et il n'a pas apprécié, déclara-t-elle dans un souffle.

Fermant les yeux, Tina revit la tête de Brian au moment de l'aveu. La sensation d'avoir été trahi que reflétaient ses yeux, la colère que trahissaient ses traits…

Pouvait-elle réellement l'en blâmer ? C'était lui qui, autrefois, avait demandé le divorce. S'il n'avait pas voulu qu'elle reste sa femme, pourquoi aurait-il consenti à ce qu'elle soit la mère de son enfant ?

Un enfant qu'il avait par ailleurs conçu à son insu.

Enfin, peut-être conçu…

— Tu ne t'attendais tout de même pas à ce qu'il te saute au cou en apprenant la nouvelle ! lui fit remarquer Janet avec beaucoup de bon sens.

— Non, bien sûr, admit Tina.

Les yeux songeurs, elle caressa Pêche machinalement, avant de poursuivre d'une voix lente, hésitante :

— Mais je ne savais pas que je…

— L'aimais encore ? compléta Janet.

— Oui, concéda-t-elle d'un ton dépité.

— Ma chérie, si tu le prends de façon si tragique, tu vas terriblement souffrir.

— Je sais…

Bien malgré elle, les pensées de Tina la ramenèrent à la nuit qu'elle venait de vivre. Elle se rappela la passion, le désir, l'urgence qui les avaient tous deux submergés et balayés. Leurs étreintes avaient été bien plus fortes, plus intenses que tout ce qu'ils avaient partagé durant leur mariage.

Etait-ce parce qu'ils avaient été séparés pendant cinq ans ? *Ou parce qu'ils étaient destinés l'un à l'autre ?*

— Que comptes-tu faire à présent ? s'enquit Janet avec le pragmatisme qui la caractérisait.

— Que puis-je faire ? questionna à son tour Tina, impuissante.

— Récapitulons, Tina, reprit Janet d'une voix si claire que Tina eut la sensation qu'elle était avec elle, dans sa chambre d'adolescente, et non à des milliers de kilomètres de la Caroline du Sud. Tu aimes Brian, et tu t'apprêtes malgré tout à le quitter de nouveau ?

— Je ne suis pas partie de mon plein gré, la première fois, c'est Brian qui m'y a poussée, objecta vigoureusement Tina.

— C'est vrai. Mais tu l'as laissé prendre unilatéralement une décision qui vous concernait tous les deux.

— Oui, mais…

Janet ne la laissa pas finir.

— Et si, cette fois, vous discutiez réellement tous les deux de ce qui vous arrive ? suggéra-t-elle.

Excellente idée… En théorie ! Tina avait encore en tête le regard buté de Brian, lorsqu'elle avait quitté sa maison ce matin. Un regard qui indiquait clairement qu'il n'allait pas être très ouvert au dialogue.

— Pour nous dire quoi ? objecta-t-elle.

— Je ne sais pas, moi… Pourquoi pas : « Je t'aime », par exemple ?

Ces trois mots résonnèrent longuement dans son esprit… D'un air songeur, elle tourna la tête vers la fenêtre. A l'extérieur, le soleil étincelait dans le ciel, et l'horizon se fondait dans des tons de lavande et de pourpre.

— Je le lui ai déjà dit, il y a cinq ans, murmura Tina, découragée, en se rappelant la pénible scène de rupture. Cela n'a servi à rien.

— Lui rappeler ne peut pas être totalement inutile, insista Janet.

— Peut-être, répondit Tina du bout des lèvres, avant de changer brusquement de sujet.

A quoi bon perdre son temps à parler d'une histoire sans issue ? Rien n'avait vraiment changé entre elle et Brian. Et, même si elle l'aimait encore, et l'aimerait sans doute jusqu'à la fin de ses jours, elle ne lui avouerait pas ses sentiments.

A quoi cela lui servirait-il ? A subir une nouvelle humiliation quand il lui annoncerait, pour la deuxième fois, qu'il ne voulait pas qu'elle fasse partie de sa vie ? Non, se dit-elle. La passion était une chose, l'amour en était une autre. Et, durant la longue nuit qu'ils avaient passée ensemble, Brian n'avait pas une fois fait allusion à l'amour.

Lorsque Janet se mit à lui parler de sa grossesse et de ses projets concernant son bébé, Tina posa instinctivement une main sur son ventre plat. En silence, elle priait pour qu'à l'intérieur, une vie soit en germe.

Si la chance daignait lui sourire, une petite part de Brian ferait pour toujours partie de sa vie. Et personne ne serait en mesure de lui retirer ce trésor.

— Je suis hors jeu ! annonça Brian.

Connor, Aidan et Liam le dévisagèrent d'un air tellement stupéfait qu'il fut contraint de baisser les yeux devant leurs regards appuyés. Puis il fit rebondir le ballon plusieurs fois de suite avant de pivoter sur lui-même et de le lancer dans le panier. Rebondissant contre le panneau métallique, le ballon manqua sa cible et vint atterrir sur le beau parterre de fleurs qui longeait l'allée menant au presbytère.

— Il ne me manquait plus que ça ! grogna-t-il, amer.

Il n'était même plus capable de viser juste ! Preuve qu'il filait un mauvais coton. En maugréant, il alla ramasser le ballon, et quand il releva la tête, il se heurta à trois paires d'yeux malicieux, qui semblaient prendre un malin plaisir à le narguer.

— Tu n'as même pas tenu un mois, lança Connor.

— C'est pitoyable, renchérit Aidan.

Là-dessus, il lui prit le ballon des mains et le lança négligemment vers le panier. Droit dans le mille !

— Que s'est-il passé ? demanda Liam, manifestement plus compatissant.

Du revers de la manche, Brian essuya son front en sueur et regarda son aîné.

Une ampoule extérieure éclairait l'allée du presbytère, où ses frères et lui avaient l'habitude de disputer des matchs de basket, un ou deux soirs par semaine. Des matchs qui obéissaient à des règles revues par les frères Reilly et particulièrement sévères.

— C'est bon, Liam, répondit-il en s'efforçant de garder son calme. Je ne vais quand même pas te donner des détails croustillants !

— Quelle bonne nouvelle ! s'exclama Aidan en lançant de nouveau le ballon. Je sens déjà l'argent gonfler mon portefeuille.

— Attention ! Ne commence pas à le dépenser avant de l'avoir réellement en poche, lui dit Connor, avant de s'élancer pour rattraper le ballon.

Aidan se précipita pour le lui reprendre et les deux frères se disputèrent sportivement l'enjeu.

L'air préoccupé, Brian les observait. Un bruit métallique résonnait dans l'allée chaque fois que le ballon rebondissait contre le rebord du filet. C'était une belle soirée d'été. Le ciel était clair et la lune lumineuse. Une agréable odeur de jasmin flottait dans l'air. Hélas, Brian se sentait aux antipodes de cet environnement harmonieux.

— Tu n'as pas l'air en forme, reprit Liam.

— Et pour cause, je viens de perdre le pari.

— Ne détourne pas la conversation, Brian. Je sais bien qu'il ne s'agit pas du pari, renchérit son aîné.

— Ah bon ? Et de quoi s'agit-il selon toi, père Liam ? demanda Brian sur un ton agacé.

Un sourire barra les lèvres de Liam, puis il secoua la tête, comme s'il avait affaire à un gamin de cinq ans.

— Il s'agit de Tina. Et de toi, lui répondit-il alors sans détour.

Depuis l'aveu de Tina, les questions et les doutes occupaient en permanence le cerveau de Brian. Au travail, il parvenait à se concentrer au prix de gros efforts, mais il évitait de rentrer chez lui avant 2 heures du matin. Il n'était pas prêt à l'affronter. Pas maintenant. Il n'était pas disposé à se rappeler leur nuit fantastique et la trahison qui y était inextricablement liée. Ce n'était pas possible, elle ne pouvait pas porter son enfant !

Son enfant…

A cette pensée, sa gorge se noua d'émotion…

Mais il se força à se ressaisir, bien décidé à ne pas se laisser emporter par les événements.

— Tina et moi n'avons plus rien à faire ensemble, déclara-t-il d'une voix sourde.

— Tu as tort de penser cela, répondit tranquillement Liam. Le destin te donne une seconde chance, Brian. Il faut que tu la saisisses.

— Il m'a donné l'occasion de passer pour un crétin et de finir en bas résille, ça oui !

— Brian, contra Liam, je ne te parle pas du pari ! Pourquoi ne me prêtes-tu pas attention ?

Tout en parlant, ils étaient arrivés au bout de l'allée. Dans la rue, des enfants jouaient et riaient, et du blues s'échappait d'une fenêtre.

Soudain, Liam désigna du doigt une rangée de maisons abritées par des arbres et demanda à son frère :

— Que vois-tu ?

— Maple Street, répondit ce dernier, avec agacement.

— Et quoi encore ?

En soupirant, Brian ajouta :

— Des maisons. Des arbres. Des chiens.

— Des familles, Brian, des foyers.

Se grattant nerveusement la joue, ce dernier regarda Liam droit dans les yeux et l'interrogea à son tour :

— Où veux-tu en venir ?

— Combien de ces tranquilles pavillons abritent des familles de militaires, selon toi ?

— Qu'est-ce que ça peut faire ?

— Pour certains, toute la différence.

— Bon sang, Liam, à quoi joues-tu ? Tu es un prêtre ou Confucius ? Pour l'amour du ciel, dis-moi clairement ce que tu as à dire et qu'on en finisse !

— Tu n'es qu'un imbécile, Brian, s'exclama Liam en lui assenant une grande claque dans le dos.

Brian chancela et, quand il eut retrouvé sa stabilité, il leva aussitôt un poing menaçant vers son frère en demandant :

— Tu veux en découdre ? Parfait, allons-y !

Le lampadaire les encerclait dans un rond de lumière qui jetait de larges ombres sur leurs visages respectifs. Brian devina alors plus qu'il ne vit une expression de dédain dans les yeux de son frère.

— Je n'ai nullement l'intention de me battre avec toi, répliqua Liam. J'essaie simplement de te faire comprendre qu'au lieu d'être là, avec nous, tu ferais mieux de retourner chez toi pour discuter avec Tina.

Son envie de bagarre s'évapora aussi vite qu'elle lui était venue. Laissant son regard dériver vers la rue et les maisons alentour, Brian répondit d'un ton sombre :

— Nous avons déjà discuté, elle et moi.

— De la même manière qu'il y a cinq ans ? Tu lui as fait valoir ton point de vue sans l'écouter ?

— Tu ne sais pas de quoi tu parles, rétorqua froidement Brian.

— Mais je te connais, toi, répliqua Liam. Et je sais aussi que Tina était ce qui pouvait t'arriver de mieux. Tout comme je suis convaincu que tu l'aimais et que vous étiez heureux ensemble, jusqu'à ce que tu décides de tout envoyer promener.

— C'est mon problème ! riposta Brian.

— Je n'en doute pas. Ce que je constate, c'est que le destin t'offre une deuxième chance et qu'il serait idiot de lui tourner le dos.

— Je n'ai jamais demandé une deuxième chance.

— C'est pour cela que tu devrais apprécier ton bonheur, espèce de crétin !

— Quel vocabulaire choisi ! indiqua Brian ironiquement. Est-ce celui des prêtres d'aujourd'hui ?

— Si c'est au prêtre que tu veux t'adresser, viens me voir à la sortie de la messe et nous discuterons de tout cela. Ce soir, c'est le frère qui te parle à cœur ouvert.

Brian le fixa sans réellement le voir pendant de longues secondes. Les rires et les éclats de voix de ses deux autres frères lui parvenaient comme à travers un épais brouillard. Lentement, il tourna la tête vers Maple Street…

Alors, pour la première fois, il réfléchit à ce que Liam venait de lui dire.

Il était fort probable que la moitié de ces coquettes habitations, entourées de gazons soigneusement tondus et bordées de parterres tout aussi scrupuleusement entretenus, fût occupée par des familles de militaires. Le mari ou la femme — souvent les deux à la fois, d'ailleurs — menait une vie en fonction des impératifs de la base, partant en mission quand il en recevait l'ordre, sans avoir jamais l'assurance totale de revenir.

Et pourtant…

Brian prêta l'oreille aux aboiements excités d'un chien, au rire contagieux d'un enfant, aux bruits tranquilles de la vie que la brise du soir charriait jusqu'à lui. Oui, d'une manière ou d'une autre, ces familles parvenaient à vivre.

Cinq ans plus tôt, il avait estimé qu'il ne pouvait pas exiger que Tina se plie aux aléas d'une vie dictée par les besoins militaires. A l'époque, il pensait fermement qu'il était injuste qu'elle subisse de telles contraintes. Injuste de lui faire mener une vie de nomade, en fonction de ses mutations d'une base à une autre, n'importe où dans le pays. Injuste de lui imposer une vie de femme de marin, quand ses missions l'appelaient à l'étranger pour quatre mois.

Non, selon lui, il n'était pas loyal de lui faire subir un mariage dans lequel le mari avait toutes les chances de ne pas revenir à la maison. Alors il lui avait demandé de partir. Pour son salut à elle.

Il lui avait fallu rassembler tout son courage, toute sa force, pour sortir Tina de sa vie et, après cela, il n'avait connu que les affres de la solitude.

Or, depuis la réapparition de Tina, ce sentiment de solitude se faisait ressentir de façon plus aiguë. Et cette sensation creusait une blessure de plus en plus profonde au fond de son être, au fond de son cœur…

Tina voulait un enfant. Un enfant de lui.

Avait-il commis une erreur irréparable, cinq ans auparavant ?

Etait-il réellement le « crétin » que Liam lui avait reproché d'être ?

10

Deux jours plus tard, Brian réfléchissait toujours. Une réflexion qui le rongeait intérieurement.

Jusque-là, il avait été en mesure d'éviter Tina, mais il savait que cela n'allait pas durer. Son ex-femme n'était pas une personne qui se laissait facilement oublier. Malgré lui, un sourire naquit sur ses lèvres lorsqu'il repensa à la soirée précédente… Il avait d'abord entendu des pas dans l'escalier, puis des coups à la porte et enfin la voix de Tina le priant de lui ouvrir pour discuter.

Naturellement, il n'avait pas bougé. Il lui avait simplement crié, à travers la porte, de s'en aller. Elle avait fini par jeter l'éponge.

Mais cette trêve armée ne pouvait pas durer éternellement…

Brian se gara dans l'allée, jetant un regard circulaire pour vérifier que le champ était dégagé. Mon Dieu ! Où allait donc le monde si un marin devait s'introduire et sortir de chez lui en catimini afin d'éviter une femme ? se demanda-t-il, désabusé.

La nuit commençait à tomber et l'air à se rafraîchir à mesure que la brise se levait sur l'océan. De la rue montaient les habituelles et rassurantes odeurs de barbecue ainsi que des cris d'enfants jouant au ballon.

Une situation tout à fait normale, en somme.

Pourquoi alors se sentait-il noué et à cran, comme s'il allait s'envoler pour un raid dans une zone de guerre ? pensa-t-il en coupant le moteur de sa voiture.

Il eut très vite la réponse à sa question : la porte grillagée de la maison voisine s'ouvrit et Tina se matérialisa devant lui, talonnée par deux yorkshires très excités, qui fondirent aussitôt vers la voiture.

Trois menaces à la fois, c'était beaucoup pour un seul homme ! Même un Marine.

Tina avait les yeux rougis, observa-t-il, et une expression de détermination farouche empreignait ses traits lorsqu'elle se dirigea à son tour vers lui… Que faire ? Redémarrer, descendre l'allée en marche arrière et fuir en quatrième vitesse ? Oh oui, la tentation était grande ! Mais n'était-ce pas reculer pour mieux sauter ?

Courage, cow-boy ! se dit Brian. Et il sortit de la voiture.

Bien sûr, Muffin et Pêche se précipitèrent vers lui : sans doute le considéraient-elles comme un jouet géant qu'elles pouvaient mastiquer à loisir ! Soudain, le ballon des enfants qui jouaient à deux pas atterrit dans l'allée et Pêche, tel un lion miniature, fonça dessus, comme s'il se fût agi d'une gazelle. Elle avait presque atteint sa cible lorsque l'un des enfants jeta une pierre dans sa direction, qui l'atteignit à la patte arrière. La petite chienne trébucha, puis se laissa rouler à terre en poussant un gémissement.

— Hé ! s'écria Tina, furieuse.

Elle courut vers Pêche.

Effrayé, l'enfant voulut prendre la fuite, mais Brian s'élança aussitôt derrière lui. Les gémissements de la petite bête avaient fait naître une terrible colère en lui : Dieu sait pourtant si Pêche et lui n'étaient pas des amis intimes, mais il ne pouvait pas supporter l'idée qu'elle fût blessée.

En quelques enjambées, il rattrapa le garçonnet et ses deux mains s'abattirent sur ses petites épaules… Il n'avait pas plus de dix ans, pensa Brian en le faisant pivoter sur lui-même. Le petit chenapan, au bord des larmes, semblait terrorisé.

— Pourquoi as-tu fait une chose pareille ? demanda sévèrement Brian.

— C'est mon ballon, c'est tout, bredouilla le gamin en jetant un regard furtif du côté de Tina.

Agenouillée dans l'herbe, elle consolait Pêche en la caressant.

— Croyais-tu que ce petit chien allait le dévorer ? s'enquit Brian.

— Non, répondit l'enfant d'une voix presque aussi aiguë que les gémissements de Pêche.

— Tu as jeté une pierre à un chien qui pèse à peine trois livres, lui reprocha durement Brian, s'efforçant de prendre une voix terrifiante pour impressionner le gamin.

— Je ne voulais pas le blesser, protesta ce dernier.

Son camarade avait fui sans demander son reste, constata alors Brian. Il redoutait certainement d'être puni lui aussi. Le petit fauteur de troubles que Brian tenait toujours fermement par les épaules tremblait pour sa part de tous ses membres.

— Penses-tu que ta mère sera contente d'apprendre que tu martyrises des animaux ?

— Oh non, monsieur, je vous en prie ! Ne dites rien à ma mère. Je suis vraiment désolé, je ne recommencerai plus, c'est juré.

Brian entendit son ton désespéré. Qui lui rappela bien des souvenirs… Quand lui et ses frères avaient dix ans, ils auraient été prêts à tout pour que leurs parents ne soient pas mis au courant de leurs sottises.

— C'est bon, je ne dirai rien, promit-il. A condition que tu ailles vérifier que le chien n'est pas blessé et que tu t'excuses auprès de la dame. Tu pourras alors récupérer ton ballon.

Brian le relâcha enfin, et il put entendre l'enfant pousser un soupir de soulagement. Tout en reniflant, celui-ci s'avança lentement vers Tina et Pêche, comme si ses souliers pesaient des tonnes. Tête baissée, il lança un rapide coup d'œil à Brian avant de s'adresser à Tina.

— Je ne voulais pas le blesser, dit-il d'une voix peu assurée.

— Et pourtant, tu lui as jeté une pierre, riposta Tina, mécontente.

— Je regrette, dit l'enfant.

Alors il s'agenouilla et se mit à caresser doucement Pêche entre les oreilles. Levant de nouveau les yeux vers Tina, il déclara :

— Je ne recommencerai plus jamais, je le jure.

Tina regarda Brian qui lui sourit en hochant la tête.

Le garçonnet avait été suffisamment traumatisé pour ne pas recommencer. Après tout, quel enfant n'avait pas lancé une pierre, au mauvais moment, au moins une fois dans sa vie ?

— Parfait, dit Tina en voyant Pêche lécher la main de son petit tortionnaire. Si Pêche te pardonne, moi aussi.

— Oh, merci, madame ! s'écria-t-il.

En un rien de temps, il s'empara de son ballon et se redressa. Puis, non sans avoir répété avec une maladroite solennité qu'il était désolé, il s'enfuit en courant, comme s'il craignait que les adultes ne changent d'avis.

Brian le regarda s'éloigner, songeur. Il portait un jean baggy, des baskets usées et un T-shirt passé. Alors l'espace d'une minute, il se demanda quel effet cela lui ferait d'avoir un enfant…

Seigneur, un enfant ! C'était bien là le cœur de son problème…

Il repensa à sa nuit avec Tina et à l'enfant qu'ils avaient peut-être conçu. Pour la première fois, cette possibilité lui parut réelle. Il pouvait même se représenter le visage de l'enfant. Un fascinant mélange des traits de Tina et des siens…

L'émotion lui serra le torse.

Un bébé.

Brian Reilly, père d'un enfant.

Tout à coup, cette idée ne lui semblait plus si curieuse ou terrifiante que deux jours auparavant.

— J'avais réellement envie de le gifler, déclara Tina.

— Allons, il était suffisamment secoué, répondit Brian en s'agenouillant à son tour. Comment va Pêche ?

— Ça va. Heureusement, ce n'était pas une très grosse pierre, lui répondit-elle. Dieu merci !

A cet instant, Muffin vint se coller contre Brian qui, sans même penser à ce qu'il faisait, se mit à caresser son doux pelage. Alors Pêche se releva et, se soustrayant aux caresses de Tina, elle vint poser son museau sur les genoux de Brian, avant de le fixer d'un air de parfaite adoration.

Brian jaugea d'un air sceptique les deux chiennes qui avaient été le cauchemar de son existence durant ces dernières années… Il n'arrivait pas à le croire : aucune d'elles ne tentait de lui trancher la jugulaire !

— On dirait qu'elles sont amoureuses, ironisa Tina.

— Pardon ?

— Tu es devenu leur héros.

Brian fixa de nouveau les « filles » en sourcillant. Ces dernières poussèrent un petit soupir. Etait-ce un soupir de contrition ? se demanda-t-il, presque amusé.

— Je n'arrive pas à y croire, dit-il, médusé.

— Regrettes-tu déjà le temps où elles te montraient les crocs ?

— Au moins, je savais à quoi m'attendre.

— Est-ce si important ? demanda Tina.

La regardant droit dans les yeux, il lui rétorqua sévèrement :

— Oui ! Je déteste les surprises.

— Brian…

— Non, Tina, la coupa-t-il, je ne veux pas reparler de cela maintenant.

— *Reparler* ? Mais nous n'avons pas eu la moindre discussion digne de ce nom ! riposta-t-elle.

Pêche tentait à présent de grimper sur les genoux de Brian. Ce dernier la prit gentiment dans ses bras et, après une ou deux caresses, la reposa par terre. Muffin en profita pour se presser plus fortement contre lui.

A vrai dire, Brian ne leur prêtait plus grande attention, trop concentré qu'il était sur Tina. Tina, qui le fixait de ses grands yeux noisette : il voyait déjà les premières étincelles de l'indignation s'allumer dans ses prunelles.

O.K., il devait contenir le feu !

— Bon, si tu insistes, parlons ! finit-il par concéder. Mais à l'intérieur, ce sera mieux.

— Entendu ! répondit-elle avant d'ajouter à l'adresse des chiennes : Allez, les filles, on rentre.

Aucune des deux ne fit le moindre mouvement.

— Muffin ? Pêche ?

Brian les regarda d'un air sévère, et elles laissèrent aussitôt échapper un soupir. Il se retint d'éclater de rire et se releva, et les vit lui emboîter le pas. Brian s'efforça d'ignorer l'expression stupéfaite de Tina quand, entouré de sa cour, il entra chez Angelina.

— Je suis désolée de t'avoir piégée, déclara Tina dès qu'elle eut refermé la porte derrière eux.

— Tu me l'as déjà dit, répondit Brian.

Il prit place sur le canapé, rejoint sans tarder par ses deux nouvelles amies qui sautèrent sur ses genoux en même temps.

Tina observait le trio d'un air vexé.

Les « filles », ces petites traîtresses, avaient donc reporté leur affection sur Brian ! Elle avait la désagréable impression d'être une laissée-pour-compte. Cachant dignement son agacement, elle s'assit dans le fauteuil qui faisait face au sofa.

— Je tenais à te le redire, précisa-t-elle, car j'ai bien réfléchi à ce que j'ai fait, Brian, et je pense que j'ai eu tort de te prendre par surprise.

— Merci, lui dit-il en repoussant gentiment les encombrantes petites sangsues pour se redresser un peu. Néanmoins, cela ne change rien au fait que nous devrons régler l'affaire tous les deux.

— On dirait que tu parles d'un contrat, murmura-t-elle en secouant tristement la tête. Quel sang-froid ! C'est admirable.

— Préférerais-tu que je me mette à hurler et à m'agiter dans tous les sens ?

— Pour être franche, oui !

— Ça ne sert à rien de s'énerver. D'ailleurs, je l'ai déjà fait, lui rappela-t-il.

Oh ! Comme elle détestait son calme ! Ce ton indifférent. Elle regrettait profondément leurs disputes épiques. Un caractère irlandais et un tempérament italien pouvaient faire beaucoup de bruit quand ils s'énervaient l'un contre l'autre. Et la beauté de la tempête en valait la peine.

— Je pensais réellement ce que je disais, l'autre soir, reprit-elle. Si je suis enceinte…

Elle le vit se renfrogner devant cette hypothèse, mais elle s'efforça d'ignorer sa réaction.

— Si je suis enceinte, poursuivit-elle vaillamment, j'en assumerai toutes les conséquences. Tu ne dois pas…

— Si tu es enceinte, l'interrompit-il, il s'agira de *notre* enfant, et nous réglerons le problème ensemble.

— Qu'est-ce que tu entends exactement par « régler le problème ensemble » ? demanda-t-elle, suspicieuse.

Tina avait peur de comprendre.

— Cela veut dire que je m'en occuperai aussi, bien sûr. Tu ne croyais quand même pas que j'allais suggérer de… ?

Il avait l'air hors de lui. Elle avait donc enfin réussi à le faire réagir, se dit-elle, un peu soulagée : elle préférait nettement cette réaction, de loin beaucoup plus saine.

— Je peux élever un enfant seule, Brian, lui assura-t-elle.

— Non ! Pas *mon* enfant ! Tu ne l'élèveras pas seule, protesta-t-il.

Pendant quelques secondes, Tina se prit à rêver…

Et si elle lui avait manqué autant qu'il lui avait manqué ? Peut-être allait-il lui proposer de tout effacer et de recommencer. Ils avaient peut-être un futur, ensemble. Parfois, la route du bonheur était plus tortueuse qu'on ne le croyait.

Hélas, la réalité reprit bien vite ses droits !

— J'ai bien réfléchi à ce qui nous arrive, lui dit-il. Si tu es enceinte, je prendrai des dispositions.

— Des dispositions ? répéta-t-elle, sur ses gardes. Quel genre de dispositions ?

D'un ton absent, un peu comme s'il pensait à voix haute et que le fruit de ses réflexions ne lui plaisait pas, il déclara :

— Je quitterai sans doute l'armée pour trouver un travail dans le civil. Dans l'aviation, par exemple.

— *Pardon* ?

Scandalisée, elle se leva pour venir se planter juste devant lui et lui déclara d'un ton catégorique :

— Il est impossible que tu quittes les Marines.

— Je n'ai jamais dit que ce serait de gaieté de cœur, mais…

— Brian, ne sois pas stupide ! Etre Marine, c'est bien plus qu'un métier pour toi, c'est une véritable raison de vivre, une manière d'être !

— Tina…, commença-t-il en se levant lentement.

— Non, *toi*, écoute-moi ! Je ne te demanderai jamais de quitter l'armée, tu m'entends ! Je sais trop ce qu'elle représente pour toi, et je n'accepterai jamais que tu fasses un tel sacrifice.

— La vie de famille, ce n'est pas toujours facile, mais pour les familles de militaire, c'est encore plus dur, déclara-t-il d'un ton grave.

A ces mots, elle lui jeta un regard déconcerté, comme si elle se retrouvait devant un inconnu. Depuis quand Brian tenait-il de tels propos ?

— J'ai vu des familles éclater, poursuivit-il, tendu. J'ai vu mes amis quitter leurs femmes pendant de longs mois. L'épouse d'un Marine ne récolte que les mauvais côtés de la fonction. Elle déménage au gré des missions de son mari. Elle est souvent seule et doit tout gérer : la tenue du foyer, l'éducation des enfants, les factures…

Subitement, il s'était mis à faire les cent pas dans la pièce, et les mots s'échappaient en flots continus de sa bouche, comme s'il les avait retenus depuis très longtemps et qu'ils devaient enfin sortir.

— Une femme de Marine n'a personne sur qui compter. C'est terriblement dur, pour elle. Sans compter l'inquiétude, l'angoisse permanente dans laquelle elle vit lorsque son mari est à l'étranger. Un Marine peut être envoyé dans des zones de guerre, parfois sa femme ne sait même pas où il est.

— Brian…

Il l'arrêta de la main et continua :

— Elle l'attend pendant de longs jours, seule. C'est une vie difficile. Or, je voulais que tu mènes une meilleure existence. Je voulais que tu sois heureuse. L'idée que tu passes ton temps à m'attendre, à t'inquiéter pour moi, à te demander où je pouvais bien être m'était insupportable…

Tina s'était mise à trembler.

Les regrets et la colère l'envahissaient progressivement tandis qu'elle écoutait l'homme qu'elle aimait lui expliquer pourquoi il avait mis fin à leur mariage, cinq ans plus tôt.

Brian n'avait même pas évoqué le présent. Non, à la place, il lui avait donné les réponses qu'elle attendait au moment de leur divorce.

Et, maintenant qu'elle les connaissait, elle était tout simplement furieuse.

— Es-tu en train de me dire que tu as demandé le divorce parce que tu voulais faire mon bonheur ? cria-t-elle d'une voix étranglée de colère.

S'arrêtant brusquement de marcher, Brian plongea son regard dans le sien et déclara d'un ton solennel :

— Oui, je l'ai fait pour toi.

— C'est crétin.

— Il paraît. C'est la deuxième fois qu'on me dit cela, cette semaine. Et je dois dire que je n'apprécie guère.

— Je m'en fiche bien que ça ne te fasse pas plaisir ! répliqua Tina.

Se campant devant lui, elle posa un index accusateur sur son torse et poursuivit :

— Si je te suis bien, tu as divorcé pour mon propre salut, parce que tu as estimé que je ne serais pas une bonne épouse de Marine.

— Non, ce n'est pas du tout ce que j'ai dit.

— Si, c'est exactement ce que tu as dit ! répliqua-t-elle, d'un ton rageur. Tu pensais que je n'aurais pas le cran de supporter cette vie. Que j'étais trop vulnérable, ou trop stupide pour prendre soin de moi-même pendant que mon fort et puissant époux serait en mission pour protéger son pays !

— Non, Tina, je…

— Tu considérais que tu ne pouvais pas me faire confiance pour l'éducation des enfants, pour le paiement des factures en temps voulu, pour les éventuels déménagements ou que sais-je encore !

— Je n'ai pas…

— Tu t'imaginais que, sans mon mari à mes côtés, je m'effondrerais et passerais mon temps à pleurer !

— Ecoute…

— Avais-tu donc une si petite estime de moi ?

— Je t'aimais.

— Drôle d'amour ! De toute évidence, tu n'avais aucun respect pour moi.

— Bien sûr que si !

— C'est faux ! Sinon, tu n'aurais pas agi de cette façon, tu ne m'aurais pas traitée comme un enfant que l'on renvoie dans sa chambre !

Elle s'arrêta pour reprendre sa respiration. Sa tension artérielle devait atteindre des sommets inquiétants, pensa-t-elle au passage. D'ailleurs, sa vision en était presque troublée.

— Tu nous as trompés, tous les deux, Brian, conclut-elle, furibonde.

— Pardon ?

— Tu as décrété à ma place que j'avais besoin d'être protégée. Tu as jugé que je n'étais pas une femme assez forte pour épauler mon mari.

— Non, je…

— Tu as estimé que je n'étais pas digne d'être la femme d'un Marine.

— Allons, Tina, tu confonds tout !

— Oh non ! J'ai au contraire parfaitement bien compris.

Parviendrait-elle à se calmer un jour ?

Ils avaient gaspillé cinq ans de leur vie.

Cinq ans !

Pendant tout ce temps perdu, ils auraient pu construire une famille, passer du temps ensemble, s'aimer. Or, toutes ces heureuses perspectives s'étaient envolées d'un seul coup parce que Brian Reilly en avait décidé ainsi.

D'une voix tremblante d'exaspération, elle reprit :

— Tu t'es trompé sur toute la ligne, Brian… J'étais si fière de toi. Si fière d'être la femme d'un Marine. Crois-tu que je ne sais pas ce que représente ton métier pour toi ? Bien sûr, ce n'aurait pas été facile tous les jours, surtout quand nous aurions été séparés. Mais je suis forte, Brian, bien plus que tu ne le crois. Et, tant que nous nous serions aimés, j'aurais pu faire face à mon destin.

— Justement, je ne voulais pas t'imposer un tel destin !

Subitement, la douleur se mêla à la colère dans son cœur et elle eut envie de pleurer sur tout ce qu'ils avaient perdu.

— Pour éviter que nous soyons séparés quelques mois par an, provisoirement, tu as opté pour une séparation permanente, dit-elle avec une profonde tristesse. Admirable logique ! Choix judicieux !

— J'ai agi selon ma conscience, protesta-t-il.

— Elle t'a mal guidé.

Ebranlé, Brian fit un geste dans sa direction, mais Tina recula vivement. Elle ne voulait pas qu'il la touche ni qu'il la prenne dans ses bras. Elle refusait de recevoir le moindre réconfort de sa part.

Ce qu'elle voulait, c'était son respect.

Et son amour.

— Va-t'en, Brian, lui dit-elle doucement.

— Nous n'avons pas parlé du bébé, reprit-il.

— Si bébé il y a, nous en reparlerons en temps voulu. Pour l'instant, laisse-moi. Cette discussion m'a épuisée.

Une semaine s'était écoulée et Brian ne cessait de repenser aux propos que Tina lui avait tenus. Avait-il eu tort ? Etait-ce si répréhensible de vouloir protéger une personne que l'on aimait ?

Hélas, il ne pouvait partager ses tourments avec personne ! Pas même avec Liam, parce qu'il ne supporterait pas qu'il le traite de nouveau de crétin. D'ailleurs, son intuition lui soufflait assez clairement qu'il ne fallait pas qu'il compte sur le soutien de sa famille dans cette histoire…

Au fond, il ne méritait peut-être aucune compassion. Durant ces derniers jours, il avait étudié attentivement ses amis et leurs familles. Cinq ans auparavant, seules les difficultés de leurs relations lui avaient sauté aux yeux. Il n'avait pas vu la complicité qui unissait les couples qui l'entouraient.

Aujourd'hui, il constatait que le mariage de ses amis était solide. Les rires résonnaient dans leurs maisons, chacun faisait confiance à l'autre et le respectait. Et, lorsque les circonstances de la vie se durcissaient, alors ils s'épaulaient.

Pourquoi, à l'époque, n'avait-il pas perçu cet aspect positif des familles de militaire ?

Aujourd'hui, alors qu'il attendait de savoir si Tina portait réellement son enfant, Brian était contraint de repenser aux décisions qu'il avait prises cinq ans plus tôt. Et en se penchant de la sorte sur le passé, il était bien obligé de s'interroger sur l'avenir : quel tour allait prendre son existence si Tina était enceinte ?

Si tel était le cas, une chose était certaine : il ferait partie de la vie de l'enfant. Là-dessus, il ne transigerait pas. Il ne pourrait pas continuer à vivre en sachant qu'il y avait, quelque part dans le monde, un enfant qui était le sien et qu'il ne connaissait pas.

Seulement…

Comment faire partie de la vie de son enfant sans faire partie de celle de Tina ?

11

Quelques jours plus tard, assise à la table de la cuisine, Tina avait bloqué le téléphone entre son menton et son épaule afin de prendre des notes tandis que son assistante lui parlait.

— Les Mannerly comptent emménager dans une semaine, déclara Donna de sa voix haut perchée. Penses-tu être rentrée à temps pour assister à leur crémaillère ? Ils tiennent tant à ce que tu y assistes.

Une semaine ? Logiquement, Angelina serait de retour, et elle s'entendit répondre d'un ton catégorique :

— Dis-leur qu'ils peuvent compter sur moi et que j'assisterai volontiers à leur petite fête.

Oui, dans quelques jours, elle serait de retour à la maison, à L.A., songea-t-elle. De retour dans son appartement bien rangé, dans son petit monde bien ordonné, dans une vie bien tranquille ponctuée de temps à autre par une invitation au restaurant ou au cinéma.

Avec toutefois une petite différence : elle serait peut-être enceinte…

— Formidable, répondit Donna avec enthousiasme. Suzanna Mannerly a téléphoné ce matin. Elle tient encore à te remercier pour lui avoir permis de dénicher la maison de ses rêves. A propos, sais-tu qu'elle est enceinte ? C'est génial, non ? Elle est tout excitée.

— Je n'en doute pas une seconde, répondit Tina d'un ton morne.

Elle ne devait pas céder à la tristesse ! Se reprenant, elle s'efforça de laisser échapper les exclamations de circonstance tandis que Donna poursuivait :

— Suzanna m'a annoncé qu'elle allait suivre tes conseils en ce qui concerne la nursery. Elle va l'installer à l'endroit que tu lui avais suggéré, la première fois que vous aviez visité la maison ensemble et qu'elle t'avait confié son vœu d'avoir rapidement des enfants…

Les yeux dans le vide, Tina écoutait Donna d'une oreille distraite.

Elle revoyait l'immense demeure victorienne de Manhattan Beach. Suzanna Mannerly avait eu le coup de foudre pour la maison de maître dès qu'elle en avait franchi le seuil. Coup de foudre qui n'avait pas échappé à Tina. Depuis trois ans, elle réalisait le meilleur chiffre d'affaires de l'agence immobilière… Avec Suzanna Mannerly, elle avait immédiatement compris qu'elle tenait une vente.

Tandis qu'elle poursuivait la visite de la splendide bâtisse avec sa cliente, lui montrant la nursery qui avait abrité des générations d'enfants, Tina avait eu une révélation. Le genre de révélation qui l'avait ramenée en Caroline et l'avait conduite à « piéger » son ex-mari pour tomber enceinte.

En effet, en écoutant le joyeux babil de Suzanna Mannerly, Tina avait pris conscience que, pendant des années, elle avait aidé des familles à dénicher la maison idéale, à construire des rêves et investir dans l'avenir… tout en négligeant le sien.

Pendant que Suzanna poussait des cris d'admiration devant la nursery, ses larges bow-windows et son plafond conique, Tina avait entendu le tic-tac de son horloge biologique résonner en elle, comme autant de coups de tonnerre. D'instinct, elle avait aussi compris que ce n'était pas dans la frénésie de Los Angeles qu'elle obtiendrait ce à quoi elle aspirait.

Car ce dont elle avait besoin de toute urgence, ce dont

elle mourait d'envie, c'était de fonder une famille. Avoir des enfants. Un mari.

— Merci, Donna, dit-elle en interrompant gentiment son assistante.

Tina sentait monter en elle une terrible migraine.

Non, décidément, elle n'avait aucune envie de disserter sur les rêves d'autrui qui devenaient réalité, comprit-elle alors. Peut-être n'était-ce pas un sentiment très honorable, mais il l'aurait été encore moins de se mentir.

— Tranquillise Suzanna et assure-lui que je suis ravie pour elle.

Et qu'elle aurait été encore plus ravie qu'il lui arrive la même chose ! ajouta-t-elle en silence.

A peine eut-elle raccroché que l'on sonna à la porte. Repoussant bruyamment sa chaise, Tina se dirigea d'un pas lourd vers la porte. Elle n'était pas réellement d'humeur à recevoir de la visite.

Surtout s'il s'agissait de Brian.

Il venait à la maison tous les jours, pour se renseigner sur l'état de son cycle. La questionner sur d'éventuelles nausées. Lui rappeler qu'ils devraient prendre une décision.

Qu'il aille au diable ! pensa-t-elle. Pour l'instant, elle n'avait pas encore ses règles ! Et, même si une partie d'elle-même espérait fortement être enceinte, l'autre redoutait cette éventualité.

Comment allait-elle gérer le fait d'avoir un enfant de Brian, sans avoir Brian ?

A posteriori, elle commençait à penser qu'elle avait agi avec une bien grande légèreté. Penser qu'elle pouvait tomber enceinte de Brian et repartir sans ressentir ni culpabilité ni regret avait été une pure chimère. Janet avait eu raison de la mettre en garde.

Mais pourquoi diable n'avait-elle pas écouté sa meilleure amie ?

Elle ne pouvait plus se voiler la face : en revenant à Baywater, elle avait compris qu'elle aimait toujours Brian.

Comment faire, à présent, pour vivre sans lui ? A des milliers de kilomètres de lui ? Dans un monde si différent de la douce Caroline du Sud…

Dépitée, Tina ouvrit la porte avec plus de brusquerie qu'elle n'aurait voulu… et manqua pousser un cri en découvrant la femme qui se tenait sur le seuil : *son ex-belle-mère !* Ignorant l'air interloqué de Tina, elle la gratifia d'un immense sourire.

— Maggie ! s'écria Tina comme si elle n'en croyait pas ses yeux.

— Tina, ma chérie ! Je suis si heureuse de te revoir, s'exclama à son tour Maggie, en s'engouffrant dans la maison, aussi ravie qu'une enfant devant un sapin de Noël.

Maggie Reilly était de petite taille et, avec l'âge, elle commençait à prendre de l'embonpoint. Elle avait les mêmes yeux bleus que ses fils et ses cheveux noirs étaient coupés presque aussi court que ceux de ses cadets. Son visage respirait la bonhomie. D'un seul coup, la nostalgie s'empara de Tina : compréhensive, chaleureuse, le cœur sur la main, Maggie était vraiment la belle-mère idéale. Son entrain et sa bonne humeur avaient souvent manqué à Tina, depuis le divorce.

Muffin et Pêche ne manquèrent pas de venir saluer la visiteuse. Comme elles tournaient autour d'elle pour exprimer leur joie, Maggie se pencha pour leur accorder quelques caresses, avant de se redresser et de regarder Tina de son regard franc et bienveillant.

— J'étais en Nouvelle-Angleterre avec mon groupe de voyage, sans quoi je serais venue te voir plus tôt, lui expliqua-t-elle en croisant les bras. Es-tu revenue dans le but de remettre un peu de plomb dans la cervelle de Brian ?

Tina éclata de rire. Elle retrouvait bien là Maggie et son franc-parler. Ce rire défit le nœud qui lui étreignait la gorge et, du même coup, débloqua les larmes qu'elle retenait depuis des jours. Maggie l'enlaça tendrement et lui murmura doucement :

— Allons, ne t'inquiète pas, ma chérie, je me chargerai de lui en remettre un peu.

Son accent irlandais prêtait de douces inflexions à sa voix et conférait à ses propos un rythme aussi apaisant qu'une berceuse.

— Viens, lui dit-elle en l'entraînant dans la cuisine.

Maggie la fit asseoir sur une chaise, puis remplit la bouilloire d'eau et la plaça sur le feu.

— Nous allons faire un thé pour nous réconforter, poursuivit-elle, et tu pourras tout me raconter sur mon idiot de fils et sur ses derniers exploits.

A travers ses larmes, Tina parvint à esquisser un faible sourire puis cligna des yeux pour y voir plus clair.

— Vous m'avez manqué, Maggie, déclara-t-elle alors avec sincérité.

— Toi aussi, Tina !

Aussi à l'aise dans la cuisine d'Angelina que dans la sienne, Maggie sortit des tasses, du thé, la théière et une boîte de cookies.

— Heureusement que Angelina me donnait régulièrement de tes nouvelles et des nouvelles de ta vie à Hollywood, ajouta-t-elle en préparant la théière.

— Pas Hollywood, Los Angeles, répondit gentiment Tina.

— Si tu veux mon avis, c'est du pareil au même, répliqua Maggie en haussant les épaules. Tous ces gens chics et beaux et leurs fêtes… Je lis la presse, tu sais, je suis au courant !

Tina se mit de nouveau à rire. Elle se sentait déjà bien mieux. Il était si réconfortant de prendre le thé en compagnie d'une femme aussi compréhensive que Maggie Reilly.

— Brian aussi prenait régulièrement de tes nouvelles, déclara t-elle alors.

— Vraiment ?

— Je t'assure ! Ah, quel entêté ! De tous mes fils, Liam est celui qui a le plus de bon sens.

— C'est lui que j'aurais dû épouser ! lança Tina mi-ironique, mi-attristée.

Un sourire sacrilège éclaira aussitôt le visage de Maggie qui répondit :

— Je ne sais pas si l'Eglise aurait donné sa bénédiction…

A ces mots, Tina voulut elle aussi sourire mais, de nouveau, elle se sentit au bord des larmes.

— Oh, Maggie, je n'aurais jamais dû revenir ! gémit-elle.

— C'est là que tu te trompes, ma chérie. En réalité, tu n'aurais jamais dû partir.

— Brian ne voulait plus de moi.

— Absurde !

— Il a divorcé.

— Il t'aime.

— Curieuse façon de me montrer son amour ! fit Tina avec amertume.

— Bah, ce n'est qu'un homme, et nous connaissons toutes les faiblesses de ces messieurs, déclara Maggie en secouant la tête, fataliste.

A cet instant, la bouilloire se mit à siffler et Maggie versa l'eau bouillante dans la théière. Puis elle vint s'asseoir en face de Tina. Lui prenant la main, elle continua :

— Dieu sait si j'aime mes fils. Même s'ils ont la tête dure et s'ils sont orgueilleux. Je ne suis pas le genre de mère à nier les défauts de ses enfants. Non, je les vois tels qu'ils sont, et non pas tels que j'aimerais qu'ils soient.

Elle avait prononcé cette dernière phrase dans un long soupir, comme si le constat la faisait souffrir.

— Ce qui veut dire ? s'enquit Tina.

— Ce qui veut dire que Brian est terriblement malheureux depuis votre divorce.

— Vous croyez ?

— J'en suis convaincue, Tina, répondit Maggie.

Elle lui pressa gentiment le bras avant de s'emparer de la théière pour leur verser du thé à toutes deux. Puis elle poursuivit :

— C'est une forte tête, comme son père l'était. Mais tu peux me croire, Tina, il a perdu son âme quand tu as quitté la Caroline du Sud. Il n'a jamais voulu me dire pourquoi il avait pris la décision de divorcer, et malgré tous mes efforts, je n'ai pas réussi à lui arracher la moindre confidence. Et Liam pas davantage, et Dieu sait pourtant s'il a tenté plus d'une fois de le faire parler. Pourtant, malgré cela, je peux t'affirmer une chose : depuis ton départ, il n'est plus du tout le même, et c'est comme si la vie lui pesait terriblement.

Maigre réconfort ! pensa tristement Tina.

Curieusement, elle aurait préféré que Brian se soit remis de leur séparation. Qu'il ait rencontré une autre femme. Ainsi, elle aurait eu la sensation qu'il l'avait quittée parce qu'elle n'était pas l'épouse qui lui convenait.

Apprendre que l'homme qu'elle aimait l'avait laissée partir tout en l'aimant encore était insupportable. Comment pouvait-elle retrouver la paix, dans ces conditions ?

Impossible !

— Je ne sais pas ce que je dois penser de tout cela, déclara Tina en fixant la tasse en porcelaine qu'elle serrait entre ses paumes.

— L'aimes-tu encore ?

Toute surprise par cette question, Tina releva la tête et fixa un instant la mère de Brian.

— Cela n'a rien à voir, murmura-t-elle, troublée.

— Ce n'est pas une réponse, marmonna Maggie en secouant vivement la tête, au point que ses longues boucles d'oreilles en argent se mirent à tinter. Décidément, vous êtes aussi entêtés l'un que l'autre !

Sa constatation arracha un petit sourire à Tina, mais Maggie ne désarma pas.

— Je te repose la question, Tina, et j'aimerais cette fois que tu y répondes : aimes-tu toujours Brian ?

— Oui, je l'aime toujours, avoua-t-elle gravement.

— Dans ces conditions, le problème est réglé ! s'exclama Tina.

— Non, Maggie, rien n'est réglé du tout, objectaTina. L'amour ne suffit pas. En tout cas, pas pour Brian.

— Sornettes ! rétorqua Maggie avant de pousser un long soupir agacé.

Puis, faisant mine de s'absorber dans la contemplation de ses ongles, elle continua :

— L'amour, ma chérie, c'est la seule chose qui compte réellement dans la vie ! Ce qu'il faut savoir, c'est la façon dont, *toi*, tu entends t'y prendre.

— A propos de quoi ?

— De Brian.

— Mais que puis-je faire ? demanda Tina, impuissante.

Maggie avala une gorgée de thé avant de déclarer :

— Tina, un Irlandais a la tête aussi dure que du bois. Mais parfois il suffit d'un petit rien pour entamer sa cuirasse.

Tina se surprit à rire : ce n'était encore qu'un tout petit rire, un peu tremblant, mais c'était déjà mieux que les larmes, songea-t-elle, un peu apaisée.

— Que me conseillez-vous exactement ? De me munir d'une arme tranchante pour le convaincre de m'écouter enfin ?

— Non, une mère ne peut pas te donner un tel conseil. Encore que…

Maggie semblait si confiante ! Manifestement, elle ne mesurait pas à quel point la situation était bloquée entre eux. Comme si elle devinait ses pensées, son ex-belle-mère ajouta :

— Tina, dans la vie, il faut parfois prendre le taureau par les cornes et faire entendre raison à l'autre. Et par la force, s'il le faut !

— Sinon ?

— Sinon, ma chérie, toi et Brian serez condamnés à mener des vies tristes et mornes loin l'un de l'autre, alors qu'il ne tient qu'à toi qu'il en soit autrement.

Brian remonta l'allée plongée dans la pénombre, puis s'arrêta devant le portail. Juste derrière, il entendait des gémissements excités et des coups de griffes contre les panneaux de bois, comme si ses deux petites groupies avaient bon espoir de passer à travers le portail.

Il soupira, bien incapable de dire si ce nouvel accueil lui

plaisait plus que l'ancien… Sans doute pas, en fait, songea-t-il en ouvrant le portail avec précaution.

— C'est bon, c'est bon, je suis là, leur dit-il d'une voix rassurante.

Il se baissa pour les caresser et reçut aussitôt des coups de langue reconnaissants. Tandis que les petites chiennes le fêtaient joyeusement, la porte arrière s'ouvrit. Un flot de lumière se déversa dans la pénombre, comme si quelqu'un venait de braquer un gros projecteur sur lui.

Il entrevit la silhouette de Tina qui se dessinait sur le seuil. Elle n'avait pas l'air particulièrement accueillant. Devait-il s'en étonner ? Pas vraiment ! Entre eux, c'était plutôt la guerre froide, ces derniers temps. Et il était le premier à le déplorer : sa conversation lui manquait, sa voix, ses yeux, sa silhouette de rêve… Tina Coretti lui manquait.

Chaque nuit, son esprit le torturait en faisant défiler en boucle sur l'écran de sa mémoire les images de la nuit qu'ils avaient passée dans les bras l'un de l'autre. Avec une netteté claire comme du cristal, il se remémorait chaque caresse, chaque soupir, chaque murmure… Et, durant ces longues heures d'insomnie, il s'interrogeait : pourrait-il un jour oublier cette fabuleuse nuit d'amour ? Se passerait-il une nuit sans qu'il ne rêve d'elle ? Sans qu'il ne se rappelle ce qu'il avait perdu, non pas une, mais deux fois ?

— Je t'attendais, lui dit Tina.

Sa voix était rauque, comme si elle avait pleuré.

Aussitôt, le cœur de Brian se serra et il se releva. Les chiennes avaient beau s'agiter à ses pieds, il ne les voyait plus. Pour se donner une contenance, il enfouit ses mains dans les poches de son jean, et l'observa tandis qu'elle s'avançait vers lui.

Ses cheveux dénoués tombaient librement sur ses épaules. Elle portait un T-shirt moulant à bretelles et un short délavé, avec des franges. Ses longues jambes hâlées étaient nues et un bracelet en argent brillait à sa cheville droite. Cette image se grava immédiatement dans sa mémoire sans qu'il cherche à la retenir…

A n'en pas douter, Tina Coretti continuerait de le hanter jusqu'à la fin de ses jours.

Brian déglutit avec difficulté. Elle se tenait à quelques mètres et pourtant, elle semblait bien plus loin de lui qu'elle ne l'avait jamais été. Et sans qu'il ait le temps de la repousser, une pensée troublante lui traversa l'esprit : comment aurait-ce été entre eux, aujourd'hui, s'il n'avait pas demandé le divorce ? Quel effet cela aurait-il fait de rentrer à la maison, le soir, et d'entendre les enfants jouer dans la maison ? De savoir que la lumière extérieure brûlait à son intention, afin de le guider vers la chaleur du foyer.

Et il se demanda subitement où il puiserait la force de rentrer chez lui, soir après soir, dans un appartement vide et obscur, pour le restant de sa vie. Comme dans un flash, il entraperçut soudain son avenir s'étalant clairement devant lui, et tout ce qu'il pouvait discerner, c'était le vide absolu, comme un trou noir dans l'espace. La conclusion le terrifiait, mais il n'y en avait pas d'autre : il était un homme perdu.

S'ils étaient restés mariés, il aurait condamné Tina à une vie infernale, mais en lui redonnant sa liberté, il s'était condamné lui-même à une vie sans espoir.

Assez ! s'ordonna-t-il. C'était une décision qu'il avait prise longtemps auparavant, et désormais, il devait vivre avec. Comme pour se convaincre lui-même de sa force, il redressa les épaules et lui posa la question qu'il lui adressait tous les jours, depuis une semaine :

— Tout va bien ? Comment te sens-tu aujourd'hui ?

— Je vais bien.

Brian hocha la tête d'un air pensif. Conscient qu'elle ne souhaitait pas qu'il s'attarde, il s'apprêtait à rebrousser chemin quand la voix de Tina, s'élevant de nouveau dans la nuit, l'immobilisa.

— Je vais bien, répéta-t-elle. Mais nous n'aurons pas d'enfant.

Sa main s'agrippa violemment au portail, si violemment qu'il n'aurait pas été surpris de sentir le bois céder sous la pression. Il sentit son estomac se nouer d'un seul coup, douloureusement. Il chavirait.

Sans savoir comment, il parvint à rester d'aplomb, et tournant la tête vers elle, il lui demanda :

— En es-tu sûre ?

— Mes règles ont commencé cet après-midi, expliqua-t-elle d'une voix absente. Donc, inutile de t'inquiéter : tu es hors de tout danger.

Vraiment ? Il n'en était pas aussi certain qu'elle.

Pas d'enfant.

Ils n'auraient jamais d'enfant, elle et lui.

Pourquoi avait-il subitement la sensation d'être en deuil ? Pourquoi la douleur étreignait-elle son cœur comme un étau, broyait-elle son être ? Etaient-ce les regrets ?

Pourtant… Ne venait-elle pas de lui annoncer la nouvelle qu'il attendait ?

Tina n'était pas enceinte. Tout n'était-il pas pour le mieux ? Sans doute… Mais dans ce cas, n'aurait-il pas dû se sentir heureux ? Soulagé ?

Au lieu de quoi, il avait l'impression que la terre venait de s'ouvrir sous ses pieds et qu'il marchait le long d'un gouffre qui menaçait à tout instant de l'aspirer !

Au prix d'un immense effort sur lui-même, Brian parvint à relâcher le portail et avança délicatement vers elle.

— Je ne sais pas quoi dire, avoua-t-il.

Il n'y a rien à dire, Brian, répondit-elle doucement. Il n'y a plus rien à dire.

Puis elle claqua dans ses doigts et les chiennes abandonnèrent Brian à contrecœur. Le trio monta lourdement l'escalier. Avant de pénétrer dans la maison, Tina se retourna une dernière fois…

L'espace de quelques secondes, il crut qu'elle allait parler.

Mais, visiblement, elle se ravisa et, rentrant dans la maison, referma la porte derrière elle.

La cour fut de nouveau plongée dans l'obscurité.

La promesse de chaleur envolée.

Et Brian se retrouva seul, dans le noir.

12

A midi, le lendemain, Angelina Coretti revenait tambour battant à Baywater, entourée d'une armada de bagages. Son retour déclencha une véritable hystérie chez ses deux « filles ». Néanmoins, tout cet entrain retomba bien vite lorsqu'elle découvrit Tina assise parmi ses vêtements, occupée à boucler ses valises.

— Pourquoi pars-tu déjà ? Reste encore un peu, lui demanda-t-elle d'un ton insistant.

Agenouillée sur le tapis, Angelina couvrait de caresses ses deux petits trésors, veillant scrupuleusement à n'en défavoriser aucune.

— C'est impossible, Nana, répondit Tina. Je ne peux pas rester, je te l'ai déjà dit. Inutile d'insister, j'ai déjà réservé mon billet pour Los Angeles.

Se relevant prestement — comme si elle avait encore vingt ans — Angelina s'approcha de sa petite-fille qui s'appliquait à plier un short pour le placer dans sa valise, et lui demanda de but en blanc :

— Est-ce à cause de Brian ?

Et de qui d'autre cela aurait-il pu être la faute ?

Oui, c'était toujours la faute de Brian si elle faisait ses valises pour partir, pensa Tina tandis qu'une nouvelle vague de tristesse lui déchirait le cœur. Dieu sait pourtant si elle ne partait pas de gaieté de cœur… Elle n'avait pas fermé l'œil de la nuit, torturée à l'idée du départ.

Hélas, elle ne pouvait pas faire autrement.

Sa conversation avec Maggie ne l'avait guère aidée. Au contraire ! Une fois son ex-belle-mère repartie, elle s'était sentie encore plus misérable. Elle n'arrivait pas à se remettre d'avoir appris que le divorce avait rendu Brian malheureux. Cette nouvelle l'avait profondément déprimée. S'il avait souhaité la séparation parce que leur vie commune ne lui convenait pas, naturellement, elle aurait eu du mal à l'accepter, mais elle y serait parvenue. Au moins, leur divorce aurait-il pu se justifier.

Enfin, en partie…

Mais apprendre que son maudit ex-mari ne désirait personne d'autre qu'elle et qu'il avait pourtant demandé le divorce, cela lui brisait définitivement le cœur.

Comment discuter avec un homme si résolument décidé à fuir l'amour ? Fuir le bonheur à portée de main ? Fuir l'avenir qu'ils auraient pu construire ensemble ?

C'était parfaitement inadmissible. Injustifiable !

Impuissante face au mutisme de sa petite-fille, Angelina poussa un profond soupir et s'assit sur le bord du lit. Machinalement, elle se mit elle aussi à plier les vêtements de Tina.

— Je croyais que vous auriez fini par vous réconcilier, tous les deux, durant ces quelques semaines, avoua-t-elle à brûle-pourpoint.

— Nana ! s'écria Tina.

A la fois indignée et stupéfaite, elle se mit à fixer sa grand-mère…

Angelina Coretti était grande et élancée. En dépit des années, elle n'avait perdu aucun centimètre, ni pris le moindre gramme. Ses cheveux argentés étaient toujours longs et épais ; elle les attachait en une longue natte qui lui tombait dans le dos. Et, si des rides sillonnaient son visage, son sourire n'avait rien perdu de son éclat. En outre, elle possédait toujours le même regard réconfortant qu'autrefois, comme quand Tina était petite fille.

— Bah ! Crois-tu que je n'ai pas compris pourquoi tu t'arrangeais toujours pour me rendre visite quand Brian était absent ? reprit Nana en hochant la tête. Crois-tu que je n'ai pas deviné que tu étais toujours éprise de lui ?

En soupirant, Tina mit sa trousse de maquillage dans sa valise, puis vint s'asseoir près de sa grand-mère.

— Décidément, je ne peux jamais rien te cacher, constata Tina, mi-triste, mi-amusée.

— Je suis surtout étonnée que tu essaies encore ! répondit Angelina en lui pressant affectueusement le bras, avant d'ajouter, des regrets dans la voix : Brian était fait pour toi. Et vice versa !

— Cela n'a plus d'importance, maintenant, répliqua Tina du bout des lèvres.

La jeune femme luttait avec courage contre la douleur qui menaçait de la submerger. Elle refusait catégoriquement d'alarmer sa grand-mère en lui montrant qu'elle était malheureuse. N'aurait-elle pas tout le temps de verser des larmes et de ruminer ses regrets, une fois rentrée à la maison ?

— Bien sûr que si ! se récria Nana. Si quelque chose a de l'importance, c'est bien cela ! Je croyais que tu avais plus de discernement, ma chérie.

— Nana, commença Tina avec patience, même si pour moi notre relation a de l'importance, elle n'en a aucune aux yeux de Brian. Or, pour se marier et mener une vie commune, il est nécessaire que les deux parties soient consentantes. Ce n'est pas une décision qui se prend de façon unilatérale.

— Décidément, vous êtes aussi entêtés l'un que l'autre ! s'exclama Angelina, un rien agacée.

— Merci, Maggie me l'a déjà dit hier.

— Voilà une femme qui a du discernement, elle !

Préférant abréger la conversation, Tina enlaça sa grand-mère et lui déclara dans un soupir :

— Tu vas me manquer, Nana.

— Oh, ma chérie, toi aussi, tu vas me manquer ! Es-tu bien certaine que tu ne veux pas rester encore un peu ? Pourquoi renoncer si facilement ? Cela ne te ressemble pas. D'autant que tu sais aussi bien que moi que tu ne te sentiras jamais chez toi, en Californie. Ta maison, tes racines, sont ici.

Nana avait raison.

A Baywater, elle se sentait à la maison. Toutes les personnes qui lui étaient les plus chères vivaient ici : Nana, Maggie, Liam… Sans parler de ce style de vie au ralenti qui était tellement envoûtant, en Caroline du Sud. Tina avait oublié à quel point elle en aimait le rythme ! Ici, il y avait des brises chaudes, des magnolias en fleurs et l'odeur du jasmin. Ici, aucune rue n'avait de secret pour elle. Elle les avait tant parcourues, enfant.

Et puis ici il y avait Brian…

Et c'était précisément pour cette raison qu'elle ne pouvait pas rester ! se rappela-t-elle vivement.

Elle était revenue à Baywater dans l'espoir de tomber enceinte et fort impatiente de revoir enfin Brian. Après tout ce temps… Or, trois semaines plus tard, toute l'excitation était retombée, et ses illusions, ses souhaits, ses rêves étaient partis en fumée.

Il était urgent qu'elle reparte. Qu'elle fuie l'endroit qui avait vu mourir ses espoirs et qu'elle prenne de la distance avec tous les événements qui s'étaient écoulés ces dernières semaines. Au sens propre comme au figuré.

Si seulement cinq mille kilomètres de distance lui suffisaient à y voir plus clair ! espérait-elle secrètement.

— Je ne peux pas, dit Tina d'une voix tellement lourde de regrets qu'elle en devenait tremblante. J'espère que tu me comprends, Nana. Et, même si ce n'est pas le cas, je dois partir.

Sa grand-mère poussa un soupir et resserra encore un peu son étreinte.

— Je comprends, ma chérie, dit-elle en finissant par se lever.

— Merci, Nana.

Lui lançant un regard en biais, cette dernière demanda à brûle-pourpoint :

— Iras-tu au moins dire au revoir à Brian ?

— Non, répliqua promptement Tina en se levant à son tour pour s'emparer d'une chemise sur un cintre.

— Avoue que tu as bien trop peur de le rencontrer !

— Non, je suis trop fatiguée.

Brian quitta la base de bonne heure, mais ne rentra pas directement à la maison.

Il n'était pas encore prêt à affronter Tina.

Il était bien conscient que, pour un Marine, il ne faisait pas preuve d'un courage exemplaire. Malheureusement, il ne pouvait pas agir autrement.

Il prit donc la direction du Lighthouse, où il retrouva ses frères. Devant le feu roulant de leurs questions, il regretta amèrement son choix : comment avait-il pu penser que venir ici lui ferait du bien ? Son manque de jugement se retournait encore une fois contre lui.

— Tu la laisses donc repartir, une fois de plus ? demanda froidement Connor.

— Je ne la laisse rien faire du tout ! protesta Brian. Tina va où elle veut et fait ce qu'elle veut. Je n'ai pas de pouvoir sur ses décisions.

— Hum, hum, fit Aidan, sceptique. Et elle part parce que… ?

— Comment le saurais-je ? l'interrompit vivement Brian, d'un ton agacé.

Evidemment qu'il savait pourquoi Tina repartait ! Il ne le savait que trop bien.

Parce qu'il n'y avait pas de bébé. Pas de futur avec lui. Et après tout c'était mieux ainsi ! Elle serait bien plus heureuse sans lui. Loin de lui… Vouloir partager l'éducation d'un enfant à tant de kilomètres de distance, ç'aurait été une véritable gageure. Et, ce défi-là, il n'aurait peut-être pas été en mesure de le relever.

Sans s'en rendre compte, Brian porta la main à son torse, du côté du cœur, là où cela faisait si mal. A présent, il était presque habitué à la douleur permanente qui irradiait dans cette région. Elle était venue s'y loger lorsque Tina lui avait annoncé qu'ils n'auraient pas d'enfant ensemble. Qu'elle partait. Et qu'il ne la reverrait plus jamais.

Du cran, Reilly ! se commanda-t-il intérieurement. N'était-il donc pas habitué à vivre loin d'elle, après cinq années d'absence ? Il n'aurait qu'à se réhabituer.

Fort de cette pensée, il héla la serveuse pour qu'elle lui resserve une bière.

— Allons, tu as bien une petite idée de la raison qui a motivé son départ, non ? le provoqua Liam en lui donnant un coup de coude.

— Si tu as envie d'une confession, je te suggère de retourner dans ton église, répondit Brian en rongeant son frein.

— Oh, oh, susceptible avec ça ! fit Connor en riant.

— C'est pitoyable ! renchérit Aidan. Pitoyable que tu ne puisses pas te l'avouer à toi-même.

— M'avouer quoi ? demanda sèchement Brian.

A cet instant, la serveuse déposa une chope de bière fraîche et mousseuse devant lui. Il la remercia avant d'en avaler une longue gorgée, les yeux dans le vide. Ah ! Comme la vie aurait été simple, s'il avait été un enfant unique, pensa-t-il furtivement. Au lieu de quoi, il devrait affronter un trio déchaîné. Même si, après tout, il était venu de lui-même se jeter dans la gueule du loup !

— Que tu l'aimes, espèce d'idiot ! précisa affectueusement Liam.

A ces mots, la respiration de Brian se bloqua dans sa cage thoracique, comme si un étau de glace lui broyait subitement le cœur… Comment ces simples petits mots pouvaient-ils avoir un tel pouvoir ?

Le pouvoir d'anéantir un homme.

Et pourquoi, de son côté, éprouvait-il tant de difficulté à regarder en face leur signification ? En toute objectivité ?

Brian balaya le café du regard. Il était entouré de visages familiers, de familles qu'il connaissait. D'enfants qui demandaient à leurs parents la permission de se lever pour aller jouer, de couples qui se blottissaient sur les banquettes, parlant à voix basse et échangeant des promesses avec les yeux.

Soudain, une vérité le frappa : en matière d'amour, il n'y avait aucune objectivité. On ne pouvait raisonnablement décider de rien.

Soit on en ressentait, soit on n'éprouvait rien.

Soit on le recherchait, soit on le fuyait.

Soit on l'appréciait, soit on le rejetait.

Bon sang ! C'était cela la réalité !

Lançant un regard oblique à Liam, Brian déclara :

— Tu sais, j'en ai vraiment assez que tu me traites d'idiot en permanence.

— Ne sois pas stupide !

— C'est la façon dont on vous apprend à consoler vos semblables, dans tes séminaires ?

— Tais-toi ! intervint sévèrement Connor.

Brian le foudroya du regard. Un regard qui signifiait que, s'il cherchait la bagarre, il allait la trouver ! Connor ne se trompa pas sur le message et poursuivit :

— Si tu crois que tu me fais peur, tu te trompes.

— Qu'est-ce que je fais ici ? s'interrogea subitement Brian à voix haute.

— Tu es ici, parce que tu es un abruti et que tu refuses d'admettre que ta place est auprès de Tina, lui répondit Connor sans hésitation.

— Tu as déjà perdu le pari, petit frère, alors qu'est-ce qui te retient ?

Les derniers mots d'Aidan résonnèrent un instant dans l'esprit embrumé de Brian.

— Il ne s'agit pas du pari…, commença-t-il vaillamment.

— De quoi s'agit-il, alors ? le coupa Liam.

— De justice.

— Envers qui ? s'enquit Connor.

— Envers Tina, déclara solennellement Brian en scrutant ses frères l'un après l'autre. Etre la femme d'un Marine, c'est difficile. Bien plus difficile que toute autre profession, et vous êtes bien placés pour le savoir.

— Où veux-tu en venir, exactement ? demanda Aidan.

— Tina mérite bien mieux que la vie d'une femme de Marine.

— Et d'après toi qu'y a-t-il de meilleur que d'aimer et d'être aimé ? demanda à son tour Liam.

Brian se recroquevilla contre la banquette tout en faisant tourner son verre de bière entre ses mains. Secouant la tête, il murmura d'un air entêté :

— Elle mérite mieux que cela.

Connor poussa un grognement sceptique.

Aidan voulut ouvrir la bouche, mais Liam lui imposa le silence d'un geste impérieux avant de déclarer d'une voix tranquille :

— Tina mérite qu'on lui donne la possibilité de choisir *elle-même* ce qu'elle désire. Elle mérite que l'homme qu'elle aime la respecte suffisamment pour lui offrir ce choix.

— Tu ne compr…

— En t'épousant, elle n'ignorait pas que tu étais au service de ton pays, poursuivit fermement Liam. Elle a grandi dans une ville militaire. Elle sait ce que signifie le fait d'être une femme de Marine. Et malgré tout elle a choisi de t'aimer. De t'épouser.

Brian s'imprégna lentement de ces propos…

Et soudain, comme malgré lui, quelques lueurs se mirent à scintiller dans la nuit qui avait enveloppé son être depuis quelques jours. Après tout, l'espoir n'était peut-être pas encore entièrement mort. Des images de Tina germèrent alors dans son esprit. Des images concrètes et joyeuses… Les yeux brillants de Tina, sa bouche souriante, ses bras se nouant autour de son cou… Il entendit son rire de cristal retentir encore et encore à ses oreilles, il sentit son souffle doux et sucré sur sa joue et se rappela comme il était bon de la trouver à côté de lui, au réveil.

Et il comprit subitement ce qu'il avait toujours su sans vouloir se l'avouer : difficile ou non, la vie ne valait pas la peine d'être vécue sans Tina Coretti.

— Il faut que j'y aille ! murmura-t-il en cherchant son portefeuille.

Il en sortit quelques billets qu'il posa sur la table, puis il se leva. Jetant un ultime coup d'œil à ses frères, il ajouta :

— Je dois parler à Tina.

— Je te conseille de te dépêcher, lui dit Connor en levant son verre dans sa direction, comme s'il portait un toast à la sage décision de son frère.

— Oui, renchérit Aidan, avant qu'elle ne te file entre les doigts.

Et, tandis que Brian fonçait vers la sortie à travers le bar bondé, les trois autres Reilly levèrent leurs verres à sa réussite.

Cela faisait trois jours que Tina était de retour en Californie et elle savait ce qu'il lui restait à faire. En réalité, elle le savait avant de prendre son vol pour revenir au pays du soleil et de la brume perpétuels.

Néanmoins, elle se devait de revenir une dernière fois à Los Angeles pour bien s'assurer qu'elle n'aurait pas de regrets…

De fait, elle était certaine maintenant qu'elle n'en aurait pas. Cette pensée la réjouit.

Un sourire satisfait aux lèvres, elle entreprit de rassembler les papiers qui encombraient son bureau et les plaça dans un dossier marqué « Urgent ». Janet s'occuperait de tout cela ! Elle connaissait aussi bien que Tina les affaires dont cette dernière s'occupait.

Oui, tout irait pour le mieux. Et surtout pour elle !

— Es-tu bien sûre de toi ? demanda Janet en caressant son ventre gonflé, comme si elle effleurait tendrement un talisman. Tu viens juste d'arriver. Peut-être aurais-tu besoin d'un peu plus de temps pour…

Tina l'interrompit d'un petit sourire.

Oh, bien sûr, Janet allait lui manquer ! pensa-t-elle le cœur légèrement serré. Mais elles compenseraient en se téléphonant régulièrement et en échangeant des e-mails. Et puis elles se rendraient visite.

— Oui, j'ai bien réfléchi, répondit Tina, et je sais désormais ce que j'ai à faire.

— Bon, fit Janet en soupirant tristement, j'ai compris, je n'insiste pas. Mais, ici, ça ne va plus être la même chose sans toi…

A ces mots, Tina fit le tour du bureau pour enlacer tendrement son amie.

— Toi aussi, tu vas me manquer, Janet, lui dit-elle.

Brian détestait Los Angeles. Depuis toujours.

Au tout début de sa carrière, il avait été muté pendant deux ans sur la base de Pendleton, et jamais il n'avait pu se faire à la sensation d'étouffement qu'il ressentait dans cette région : il y avait bien trop de monde par ici, et bien trop de voitures surtout ! Il n'avait jamais compris pourquoi tous les Californiens s'entêtaient à circuler aux mêmes heures, provoquant de gigantesques embouteillages.

Et tandis que, bloqué dans l'un d'entre eux, il faisait du surplace dans sa voiture son cerveau semblait fonctionner à cent à l'heure.

Quand il avait quitté ses frères, il était bien déterminé à discuter avec Tina. A s'excuser, à faire tout ce qui serait en son pouvoir pour qu'elle écoute ce qu'il avait à lui dire : qu'il l'aimait, et qu'il n'avait jamais cessé de l'aimer. Il avait enfin compris que l'amour n'était pas uniquement un sentiment fragile qu'il convenait de protéger. C'était également un lien puissant, sur lequel on pouvait s'appuyer lorsque l'on traversait des difficultés. Et Tina n'était-elle pas la personne la plus forte qu'il connaissait ?

Obsédé par l'idée de prendre soin d'elle, il en avait oublié que, dans un couple, chacun devait prendre soin de l'autre.

Hélas ! Quand il était rentré à la maison, il était tombé sur Angelina, de retour d'Italie, qui lui avait annoncé sans détour et sur le ton du reproche que Tina était repartie à Los Angeles.

Partie. Envolée !

Sans un mot.

Sans prévenir.

En toute honnêteté, ne l'avait-il pas mérité ? Pris de panique, Brian s'était rué vers l'aéroport dans l'espoir de la rattraper, mais son avion avait décollé avant même qu'il n'arrive.

Il aurait pu tenter de la joindre au téléphone, mais ce qu'il souhaitait lui dire ne pouvait s'exprimer à distance. Non, il devait se trouver en face d'elle, pour qu'elle puisse voir la sincérité de ses propos dans ses yeux. Pour qu'il puisse établir un contact physique avec elle, au cas où les explications se compliqueraient. La toucher, lui serrer le bras…

Par conséquent, il avait demandé un congé de deux jours à son supérieur, puis était monté à bord d'un avion militaire qui se rendait sur la base de Pendleton. Il se retrouvait à présent en plein embouteillage, dans un véhicule de location sans climatisation, par une chaleur atroce. De surcroît, la radio du camion garé tout près de lui hurlait à tue-tête.

Mais au beau milieu de ce chaos une seule pensée le poursuivait, sans relâche : pourvu qu'il n'ait pas attendu trop longtemps ! Pourvu qu'il ne soit pas trop tard…

Tina regarda une dernière fois son bureau vide et esquissa un sourire. Fini ! Elle avait rangé ses affaires, elle était prête.

Prête et impatiente de partir pour commencer une nouvelle vie.

— Tina !

Au son de cette voix, elle sursauta et porta instinctivement sa main à sa gorge. Brian…

— Bon sang ! l'entendit-elle crier de l'autre côté de la porte. Je suis ici pour voir Tina Coretti et je peux vous garantir que je ne repartirai pas avant de l'avoir vue.

Le cœur battant à tout rompre, incapable de toute pensée logique, Tina se précipita vers la porte…

Elle n'avait pas rêvé. Brian était bien ici, à l'agence… Dans son uniforme de Marine. Si grand, si beau, si impressionnant que tous ses collègues masculins qui l'encerclaient faisaient pâle figure, en comparaison.

Dès qu'il aperçut Tina, son visage passa de la colère au désespoir.

— Tina, explique à ces rustres qui je suis ! la conjura-t-il.

— Laissez-le passer, lança Tina à la cantonade, sans prêter attention aux regards interrogateurs qui se tournèrent d'un coup vers elle. C'est mon ex-mari.

Surpris, ses collègues s'écartèrent et Brian se dirigea vers Tina.

— Wouah ! lâcha Janet qui se tenait tout près de son amie.

Dans son bel uniforme, Brian en imposait. Ses épaules paraissaient encore plus larges que d'ordinaire et les médailles épinglées du côté gauche brillaient de mille feux.

Ses yeux bleus perçants étaient rivés sur Tina, ses mâchoires serrées.

Il s'arrêta à un pas d'elle et lui reprocha d'emblée :

— Tu es partie sans m'avertir !

— Pardon ? fit-elle, stupéfaite.

— Tu m'as parfaitement bien entendu.

L'agence, qui, d'habitude, ressemblait plutôt à une immense ruche, était plongée dans le plus grand silence et la voix de Brian y résonnait comme dans une pièce vide. Il poursuivit néanmoins :

— Quand je suis allé chez Angelina pour discuter avec toi, tu étais déjà partie.

— Tu savais bien que je n'allais pas rester ! objecta-t-elle en jetant un regard de côté à ses collègues qui ne perdaient pas une miette de la scène.

— Oui, admit-il au bout de quelques secondes, mais je voulais que tu restes.

— Brian…

— Je suis venu te chercher pour te ramener à la maison, l'interrompit-il sans ambages.

A cet instant, Tina sentit le monde vaciller légèrement sous ses pieds et, pour une fois, cette sensation fit naître en elle un agréable vertige.

— Tu es sérieux ?

— Je ne peux pas vivre sans toi, Tina. Je ne peux plus. Pas un jour de plus.

Et, comme pour être sûr qu'elle n'allait pas s'enfuir, il posa ses mains sur les épaules de la jeune femme et l'étreignit fermement.

Comme si elle avait envie de fuir !

— Pas un jour de plus ? répéta-t-elle, sans en croire ses oreilles.

Avait-elle bien entendu ? Etait-il possible que Brian ait enfin prononcé les mots qu'elle attendait depuis cinq ans ?

— Je croyais avoir pris la bonne décision, lorsque je t'ai demandé de partir, reprit-il. C'est très difficile d'être la femme d'un Marine et tout le monde n'a pas cette force.

Il avait baissé la voix et son murmure ne concernait plus qu'eux deux.

— J'aurais été à la hauteur, tu sais, lui dit-elle doucement, désireuse qu'il se rende compte qu'il avait commis une erreur.

— Je sais, je l'ai enfin compris, concéda-t-il. Tu es très forte, tu es plus que cela même.

D'une main, il souleva le visage de Tina vers lui et se mit à lui caresser doucement la joue avant d'ajouter :

— Plus forte que moi, parce que tu as accepté de partir, tandis que, de mon côté, je n'ai pas pu t'oublier.

Tina sentit des larmes remonter du plus profond de son cœur, lui nouer la gorge, lui brouiller les yeux…

— Je suis partie la mort dans l'âme, avoua-t-elle tristement.

— Reviens à la maison, Tina, lui dit-il doucement. Rentre avec moi. Je n'ai jamais cessé de t'aimer et je t'aimerai toujours.

— Brian…

Il ne lui laissa pas le temps de s'exprimer. Dans un élan fougueux, il l'attira à lui et l'enlaça étroitement. Si étroitement qu'elle eut soudain la sensation qu'il n'y avait plus que lui et elle au monde. Le cœur de Brian tambourinait lourdement et son écho venait se perdre dans la poitrine de Tina.

— Faisons des enfants ensemble, Tina. Beaucoup d'enfants.

Une première bouffée de joie la submergea. Le bonheur arrivait par vagues, à l'image des ondes concentriques que créent, à la surface d'un lac, les ricochets d'un galet.

Tina s'agrippait éperdument à Brian, lui rendant la force de son étreinte.

— Je t'aime, Brian Reilly, murmura-t-elle tout contre son oreille. Je t'ai toujours aimé et je t'aimerai toujours. J'ai toujours été fière d'être la femme d'un Marine. Et encore plus fière d'être ta femme.

Brian ressentit un soulagement tellement violent qu'il en perdit presque l'équilibre. Il chancelait, mais de bonheur cette fois. Jamais il n'avait ressenti un bonheur si parfait. Se détachant légèrement de Tina pour pouvoir plonger ses yeux dans son beau regard mouillé de larmes, il lui demanda :

— Combien de temps te faudra-t-il pour emménager en Caroline du Sud ?

— Pourras-tu attendre jusqu'à demain ? répliqua-t-elle, malicieuse.

Brian la jaugea longuement, stupéfait.

— Demain ? répéta-t-il.

En éclatant de rire, Tina lui prit la main et, sans prêter la moindre attention à la petite assemblée qui avait assisté à toute la scène, elle l'entraîna dans son bureau, dont elle referma soigneusement la porte. Alors elle se jeta dans ses bras et, suspendue à son cou, lui adressa un sourire lumineux.

— J'ai revendu mes parts à mon associée, lui annonça-t-elle. Et les déménageurs viennent chez moi demain à la première heure pour prendre mes cartons.

— Tu… Mais… Comment…

Il n'arrivait même plus à s'exprimer, tant le bonheur qu'il ressentait était fort.

Toujours aussi rayonnante, Tina se hissa sur la pointe des pieds pour poser un long baiser sur la bouche de Brian, avant d'enchaîner :

— Il y a deux jours, j'ai pris la décision de rentrer en Caroline du Sud, car j'ai compris que je ne pouvais plus vivre sans toi.

A ces mots, le cœur de Brian fit un bond de joie dans sa poitrine et il la pressa fortement contre lui.

— J'avais la ferme intention de te faire comprendre que l'on ne pouvait pas vivre l'un sans l'autre, lui dit-elle d'un ton langoureux.

— Inutile de plaider, mon ange, je suis tout convaincu, répondit-il avec un petit sourire entendu, avant de la couvrir d'ardents baisers.

Quand leurs lèvres finirent par se séparer, Brian laissa échapper un petit soupir et déclara d'un air faussement contrit :

— Tu es bien consciente que tu vas épouser un militaire qui va devoir défiler en bas résille sur sa base ?

— J'apporterai une caméra pour filmer ce morceau de bravoure, répliqua-t-elle en éclatant de rire.

— Et je te promets que je poserai pour toi, car je n'ai jamais été aussi heureux de ma vie de perdre un pari.

Et ils s'étreignirent de nouveau, fougueusement, en un baiser qui les transporta de volupté…

Par la fenêtre entrouverte, une petite brise s'engouffra bientôt, apportant un peu de fraîcheur dans le bureau de Tina où régnait une chaleur toute californienne. Une petite brise revigorante qui rappelait la Caroline du Sud, à la tombée du jour, quand chacun s'apprête à regagner sa maison. D'ailleurs, cette petite brise ne charriait-elle pas dans son sillage l'odeur des magnolias et du jasmin ?

L'odeur d'un bonheur apaisé et infini…

La joie de l'amour retrouvé.

Oui, cette brise était un clin d'œil du destin qui, après les avoir mis à l'épreuve, les avait de nouveau réunis.

MAUREEN CHILD

Les surprises de l'amour

INTÉGRALE

ORGUEIL ET TENTATIONS

Traduction française de

FLORENCE MOREAU

• SAGAS •

HARLEQUIN

Titre original :
WHATEVER REILLY WANTS…

Ce roman a déjà été publié en 2012.

© 2005, Maureen Child.
© 2012, 2018, HarperCollins France pour la traduction française.

1

— Et de un ! Plus que deux à éliminer…

Fort de cette affirmation, le père Liam Reilly adressa un sourire radieux à ses trois frères cadets avec lesquels il buvait une bière dans leur brasserie préférée. Il lança un clin d'œil à Brian, puis leva son verre en direction des deux autres triplés, avec un air de défi.

— Attention aux faux espoirs ! le prévint Connor Reilly.

Avalant à son tour une gorgée de bière, ce dernier désigna du menton le troisième triplé, assis à côté de Liam, et ajouta :

— Ce n'est pas parce que Brian n'a pas pu tenir la distance que nous n'en sommes pas capables !

— Entièrement d'accord, approuva Aidan.

— Qui vous dit que je n'ai pas *pu* tenir la distance ? demanda Brian en s'emparant d'une chips.

Il se cala sur la banquette et décocha un sourire tranquille à ses frères avant de reprendre :

— Je n'ai pas *voulu* tenir la distance, nuance. Le jeu n'en valait plus la chandelle.

A ces mots, il leva lentement la main gauche et l'anneau en or qui ornait son annulaire capta la lumière et scintilla comme un clin d'œil adressé au reste de la petite assemblée.

— J'en suis très heureux pour toi, déclara Liam. D'autant que ton mariage augmente mes chances de gagner le pari.

— Ne compte pas là-dessus, Liam, déclara Aidan en

prenant une poignée de chips. Non que je refuse une toiture neuve à l'église… Mais tu sais comme moi qu'un Reilly ne peut pas renoncer à son pari.

Connor hocha la tête, approuvant tout à fait les propos de son frère.

Une fois par semaine, les frères Reilly venaient dîner au Lighthouse, une brasserie familiale et sympathique, au centre-ville de Baywater. Ils aimaient se retrouver entre frères et passer un bon moment autour d'un verre.

Cependant, depuis le mois dernier, toutes leurs conversations tournaient autour d'un unique sujet : *le pari.*

Un grand-oncle, lui-même issu d'une lignée de triplés et récemment décédé, avait légué la coquette somme de dix mille dollars à Aidan, Brian et Connor. Au départ, les triplés avaient pensé partager la somme en quatre, afin que Liam reçoive lui aussi une part équitable. Informé de leur résolution, ce dernier avait alors émis l'idée du pari, le vainqueur empochant l'intégralité de la somme.

Les triplés Reilly étant dotés d'un sens aigu de la compétition, Liam ne doutait pas un instant qu'ils accepteraient de relever le défi. Un défi qui allait pourtant sérieusement leur compliquer la vie : soulignant qu'en tant que prêtre catholique il avait fait vœu de célibat, Liam invitait ses frères à demeurer chastes pendant quatre-vingt-dix jours d'affilée — le dernier en lice décrochant les dix mille dollars. Si les trois échouaient, la somme reviendrait à Liam, qui pourrait de la sorte offrir une nouvelle toiture à l'église de la communauté…

Tout à coup, Connor lança un regard suspicieux à son frère. Son intuition lui soufflait que Liam avait déjà fait établir des devis par des couvreurs de Baywater ! Se renfrognant, il porta sa chope de bière à ses lèvres et laissa dériver son regard vers Brian…

Un mois auparavant, les triplés avaient tous été volontaires pour le pari, mais, entre-temps, Brian avait abandonné la partie en se réconciliant avec son ex-femme, Tina. Il ne restait donc plus que deux candidats en lice : Connor et Aidan.

— Je ne sais pas comment tu t'en sors, mais, pour ma part, j'ai trouvé un moyen radical : j'évite systématiquement la compagnie des femmes, déclara Aidan à Connor, avant de lui donner un coup de coude.

— Te méfierais-tu de toi-même ? ironisa Liam.

— Avoue que ce pari te procure un malin plaisir ! fit Connor, un brin agacé.

— Pourquoi le nierais-je ? rétorqua son aîné en riant. Vous regarder vivre tous les trois a toujours été l'un de mes passe-temps favoris, mais il ne m'a jamais autant diverti que depuis un mois.

— Je ne fais plus partie du lot, lui rappela Brian.

— Quand je pense que tu n'as même pas tenu un mois, fit Aidan en hochant la tête avec une tristesse feinte.

Le sourire satisfait que lui adressa Brian à cet instant constituait à lui tout seul une réponse sans ambiguïté.

— Je n'ai jamais été aussi heureux de perdre un pari que cette fois-ci, déclara-t-il.

— Tina est un ange, c'est incontestable, concéda Connor, quelque peu irrité par le sourire de bienheureux qui flottait en permanence sur le visage de Brian depuis son mariage. Mais n'oublie pas que tu as non seulement renoncé à ta part d'héritage, mais que tu as aussi mérité un gage… et quel gage !

Brian haussa les épaules et déclara en se redressant :

— Et alors ? L'amour de Tina vaut bien que je défile sur la base militaire en jupe et en bas résille ! Je ne regrette rien.

— Il l'a vraiment dans la peau, observa Aidan d'un air moqueur.

— Riez si cela vous amuse, répliqua Brian en se penchant sur la table pour mieux fixer chacun de ses frères, l'un après l'autre. Il n'empêche que je suis le seul d'entre vous à pouvoir me targuer d'avoir des rapports sexuels réguliers et… grandioses.

— Ce n'est pas fair-play de te vanter de tes exploits ! s'indigna Aidan.

— Pense à nous, tu pourrais être un peu plus charitable, protesta Connor.

Liam se mit à rire, puis se frotta les mains.

— Si vous ne pouvez plus tenir, il est temps de capituler, leur suggéra-t-il.

— N'y compte même pas, répondit Aidan.

— Nous tiendrons jusqu'au bout, n'est-ce pas ? renchérit Connor en tendant la main à Aidan. Si Dieu nous prête vie jusque-là…

Aidan lui serra la main avant d'ajouter :

— Ou si tu ne craques pas avant.

— Tu peux toujours rêver !

Connor n'avait jamais perdu de pari et ce n'était pas aujourd'hui qu'il allait commencer. Bien sûr, l'enjeu était plus élevé et le défi bien plus excitant que lors de tous les challenges précédents, mais, au fond, cela ne comptait pas vraiment. Non, tout ce qui importait, c'était l'honneur. Et il préférait brûler en enfer plutôt que de se faire battre par Aidan.

— Allez, je vous offre une autre tournée, lança ce dernier.

Excellente proposition ! pensa Connor. Une autre bière lui ferait le plus grand bien. Tout ce qu'il lui restait à faire, c'était d'éviter les hanches de la serveuse… Il fit alors glisser son regard d'Aidan à Brian avant de fixer Liam.

— Les jeux sont loin d'être faits, lui assura-t-il.

— Je te rappelle que tu as encore deux longs mois devant toi, répliqua son aîné.

— Et moi, à ta place, je ne commanderais pas trop vite les nouvelles tuiles pour la toiture !

— Les échantillons arrivent demain, répondit Liam en souriant.

Connor poussa un long soupir. Assis en plein soleil, à côté du garage Jacobsen, il se sentait écrasé par la chaleur du mois de juillet. Dieu sait pourtant s'il avait l'habitude du climat de la Caroline du Sud. En temps normal, il se serait réfugié sur la plage, ou aurait trouvé un arbre à l'ombre duquel dormir. Mais aujourd'hui il n'avait envie de rien. Même pas de partir en vacances : quel intérêt, puisqu'il ne pourrait pas sortir avec une femme ? Il soupira de nouveau. Ces deux semaines de permission allaient être bien dures à supporter…

Encore deux longs mois… Allait-il survivre à ce désert ? Connor aimait passionnément les femmes. Il aimait leur odeur, leur façon de rire et de bouger. Il aimait danser avec elles, se promener en leur compagnie, et par-dessus tout leur faire l'amour.

Et, parce qu'il les aimait toutes, il n'avait jamais trouvé *la* femme de sa vie.

Il était vrai qu'il n'avait jamais prétendu la rechercher…

Sa mère, Maggie, aimait raconter à ses enfants la cour éclair que lui avait faite son mari avant de l'épouser. Connor connaissait tous les détails du coup de foudre qui avait frappé Maggie et Sean Reilly alors qu'ils étaient à peine sortis de l'adolescence : le bal où Sean avait fait tournoyer Maggie, lors de la fête annuelle organisée par la municipalité de Baywater, la rapidité à laquelle ils étaient tombés amoureux l'un de l'autre, leur mariage dans la foulée. Neuf mois plus tard, Liam venait au monde, et les triplés deux ans après.

Maggie croyait dur comme fer au coup de foudre et avait toujours prédit qu'un jour il frapperait aussi ses fils… A l'exception de Liam, bien sûr.

Pour sa part, Connor avait pris grand soin de l'éviter.

— Tu as l'air d'avoir le moral à zéro, je me trompe ?

Il sursauta et vit Emma Jacobsen, la propriétaire du garage, s'asseoir à côté de lui sur le banc.

Connor lui sourit. Emma était la seule femme avec laquelle il n'avait pas besoin de se méfier de lui-même. La seule qu'il ne voyait pas comme… comme une femme.

Elle portait un bleu de travail et un T-shirt blanc. Ses

longs cheveux blonds étaient tressés en une natte unique qui retombait dans son dos. Son front était souvent maculé de graisse et sa casquette cachait à moitié ses yeux bleus. Cela faisait deux ans qu'ils étaient amis, et il ne l'avait jamais vue dans une autre tenue qu'en salopette.

Avec Emma, il était en sécurité.

— C'est à cause de ce maudit pari, répondit Connor d'une voix éteinte.

Il posa ses coudes sur le dossier du banc, étendit les jambes devant lui et soupira une nouvelle fois.

— Pourquoi as-tu accepté de le relever ? demanda la jeune femme.

— Tu me vois refuser un défi ? dit-il d'un ton pince-sans-rire.

Elle éclata de rire.

— Mon Dieu, où avais-je la tête ?

— Je me le demande ! Hélas, l'épreuve est plus ardue que je ne le croyais. Entre nous soit dit, Emma, je passe le plus clair de mon temps à éviter les femmes. Je les fuis comme la peste. Sais-tu qu'hier j'ai même changé de trottoir pour ne pas croiser une sémillante rousse qui semblait foncer droit sur moi ?

— Mon pauvre chou !

— Ce n'est pas très sympa de te moquer de moi, s'écria Connor, vexé.

— Mais si tentant !

Lui adressant un sourire, Emma lui donna une bourrade amicale dans le dos avant de demander :

— Si tu évites les femmes, pourquoi viens-tu errer du côté de chez moi ?

A ces mots, Connor se redressa, puis il passa son bras autour des épaules d'Emma et l'étreignit gentiment, avant de répondre :

— Parce qu'ici c'est merveilleux ! Je me sens en sécurité.

— Pardon ?

Voyant la confusion envahir les traits de sa meilleure amie, Connor crut bon d'expliquer :

— Je peux rester en ta compagnie sans avoir à m'inquiéter pour le pari. Je t'adore, mais je n'ai jamais éprouvé de désir pour toi. Ici, j'ai l'impression d'être dans une zone démilitarisée, alors que la guerre fait rage tout autour.

— Tu n'as jamais éprouvé de désir pour moi, répéta-t-elle comme un automate.

— On est *potes*, Emma, dit Connor en la serrant de nouveau contre lui pour lui prouver tout le bien qu'il pensait d'elle. Avec toi, je peux parler de mécanique, par exemple. Tu n'attends pas de moi que je t'achète des fleurs ou que je te tienne la porte. Pour moi, tu n'es pas une femme, mais un mécanicien.

Emma Virginia Jacobsen considéra un instant l'homme assis à ses côtés. Qu'est-ce qui la retenait de se mettre à hurler ?

Il ne l'avait jamais désirée ? Elle n'était pas une femme ?

Cela faisait deux ans que Connor venait régulièrement lui rendre visite au garage dont elle avait hérité à la mort de son père, cinq ans auparavant. Pendant deux ans, elle l'avait écouté lui narrer ses conquêtes. Ils avaient ri et plaisanté ensemble, et elle avait toujours cru qu'il était un homme différent des autres. Elle pensait qu'il ne voyait pas uniquement une femme en elle, mais une femme et une amie à la fois.

Et voilà qu'elle découvrait qu'il ne la considérait *pas du tout* comme une femme !

Une terrible fureur s'empara de son être, une fureur contre laquelle il eût été vain de lutter. Que les choses soient claires ! Pas une seule fois durant ces deux années d'amitié, il ne lui était venu à l'idée de sortir avec Connor. Non qu'il ne fût pas séduisant d'ailleurs, bien au contraire…

Et, tandis qu'il parlait, inconscient de la colère qui animait Emma, elle l'observa avec attention.

Ses cheveux noirs étaient coupés court, à la militaire,

comme il se devait pour un Marine. Ses traits étaient réguliers et bien dessinés, ses pommettes hautes et ses mâchoires carrées. Ses yeux bleus brillaient lorsqu'il riait. Il portait un T-shirt kaki qui moulait son torse puissant, et un short de la même couleur, qui laissait voir ses longues jambes bronzées et musclées.

C'était indéniable, songea-t-elle, Connor Reilly était un homme séduisant ! Cependant, en raison de leur amitié, Emma n'avait jamais songé à lui comme à un éventuel partenaire. Comme elle se félicitait aujourd'hui de ne jamais lui avoir proposé d'aller au cinéma ou au restaurant ! Car il lui aurait sans doute ri au nez…

A cette pensée, elle sentit la colère l'envahir de nouveau, et elle dut faire un effort pour se contenir.

— Tu comprends pourquoi il est si agréable pour moi d'avoir un havre où je puisse me réfugier, disait-il. Si je veux gagner ce pari — et telle est bien mon intention —, je dois demeurer vigilant.

— Je comprends, murmura-t-elle.

Toujours sous le choc, elle ne parvenait pas à détacher les yeux de Connor… Ne voyait-il donc pas la fureur qu'il avait déclenchée en elle ? Bien sûr que non ! se dit-elle, rageuse. Il l'avait côtoyée pendant deux ans sans la voir. Pourquoi les choses auraient-elles changé aujourd'hui ?

— Je ne plaisante pas, Emma, dit-il en se levant tout à coup pour venir se planter devant elle. Sans toi pour écouter mes confidences et mes lamentations, je crois que j'aurais déjà perdu la tête.

— Ou ce qu'il en reste, maugréa-t-elle.

— Pardon ?

— Rien…

— Bon, dit-il en désignant son bureau, attenant au garage, je boirais bien un petit soda, moi… En as-tu un au frais dans ton minibar ?

— Va te servir, je t'en prie, parvint-elle à articuler.

— Je t'en rapporte un ?

— Non, merci…

Il hocha la tête et se dirigea vers le bureau.

Emma le regarda s'éloigner. Joli postérieur, songea-t-elle, étonnée par ses propres pensées. Elle n'avait jamais prêté attention à son anatomie jusque-là. Pourquoi se mettait-elle soudain à le jauger de cette façon ?

Tout simplement parce que Connor venait de modifier les règles qui prévalaient entre eux. Et, dans sa déplorable inconscience, cet idiot ne s'en était même pas rendu compte !

Pendant que le soleil pénétrait chaque pore de sa peau et que l'air chaud et humide rendait sa respiration plus difficile, le cerveau d'Emma fonctionnait à toute allure. Elle n'avait pas ressenti une telle colère depuis des années. Mais, au-delà de la fureur justifiée qui la faisait bouillir, elle se sentait humiliée…

Humiliée et blessée.

Trois ans auparavant, elle avait permis à un homme de franchir toutes les limites. Résultat : il lui avait brisé le cœur… Et voilà qu'à son tour, et sans même s'en apercevoir, Connor avait rejoint la liste des hommes qui l'avaient sous-estimée. C'en était assez ! *Contrairement aux autres, il n'allait pas s'en tirer à bon compte.* Elle allait le lui faire payer. Oui, il paierait pour ceux qui l'avaient dévalorisée. Et pour toutes les fois où elle-même avait douté de sa propre féminité.

Connor allait devoir s'accrocher, car elle n'allait rien lui épargner !

Quelques heures plus tard, Emma se sentait toujours très en colère contre Connor, mais elle était plus calme. Dans son appartement climatisé, elle s'offrit une tasse de thé malgré la chaleur. En temps ordinaire, son thé lui aurait procuré un grand réconfort mais, ce soir, elle aurait eu besoin d'un remontant plus fort.

Même une fois Connor parti, elle avait été incapable de cesser de penser à lui et à ce qu'il lui avait dit. La colère s'était muée en un sentiment d'humiliation, puis de douleur, qui à son tour avait fait renaître sa colère.

Une seule personne au monde pouvait comprendre ce qu'elle ressentait, pensa Emma tout à coup. Elle reposa la tasse en porcelaine qu'elle tenait à la main — une des rares pièces qui lui restaient d'un service hérité de sa mère — et décrocha le téléphone. Elle appuya sur le premier numéro en mémoire…

Au bout d'une sonnerie, elle entendit une voix familière s'écrier :

— Allô ?

— Mary Alice, commença Emma en sentant les mots se bousculer sur ses lèvres, tu ne vas pas le croire ! Connor Reilly m'a dit aujourd'hui même qu'il ne me considérait pas comme une femme. Je suis son pote, un mécanicien, comme il dit ! Tu te souviens de ce pari dont je t'ai parlé ? Un pari complètement stupide qu'il a passé avec ses frères…

Elle n'attendit pas la confirmation pour enchaîner :

— Eh bien, aujourd'hui, il m'a dit que, s'il venait si souvent au garage ces derniers temps, c'était parce qu'il se sentait en sécurité en ma compagnie. Il ne me désire pas, donc je suis un territoire neutre. Est-ce que tu t'imagines ? Il m'a regardée droit dans les yeux et il m'a affirmé que je n'étais pas une femme !

— Qui est à l'appareil ? interrompit une voix féminine d'un ton amusé.

— Très drôle, dit Emma en souriant, malgré sa colère.

Puis elle se laissa tomber sur le vieux sofa familial du salon et regarda son reflet dans le miroir qui se trouvait au-dessus de la cheminée.

— Tu as entendu ce que je t'ai dit ?

— Bien sûr, répondit Mary Alice, je n'en ai pas perdu une miette. Veux-tu que je demande à Tommy d'envoyer un de ses amis casser la figure de ce goujat ?

— Non, ce ne sera pas la peine, dit Emma en riant. Merci quand même.

Quatre ans plus tôt, Mary Alice Flanagan — la meilleure amie d'Emma depuis la sixième — avait épousé un Marine, Tom Malone, récemment muté en Californie.

C'était grâce à Mary Alice qu'Emma avait découvert les rudiments de la féminité.

La mère d'Emma étant décédée alors que cette dernière était encore toute petite, son père l'avait élevée seul. Un homme formidable qui adorait sa fille, mais ne s'était jamais soucié de l'aider à devenir femme. La mère de Mary Alice avait donc éduqué la fillette puis, quand Emma et Mary Alice avaient été plus grandes, cette dernière avait pris le relais, en initiant son amie à l'art de la séduction. Art qui l'avait conduite à rencontrer l'homme qui devait lui briser le cœur…

Depuis le déménagement de la famille Flanagan sur la côte Ouest, les deux femmes communiquaient régulièrement par téléphone ou e-mail. Pourtant, ce soir-là, Emma aurait aimé que sa vieille amie soit à Baywater et la prenne dans ses bras pour la réconforter…

— Bon, si tu ne souhaites pas sa mort, que veux-tu alors ? demanda Mary Alice.

Emma fixa son image dans le miroir et vit ses traits se durcir…

— Je veux qu'il regrette ses propos. Qu'il regrette d'avoir cru que notre amitié était acquise pour toujours. Qu'il regrette même de m'avoir rencontrée un jour.

— En es-tu bien certaine ? objecta son amie d'une voix qui trahissait son inquiétude. Je veux dire… Regarde comme la situation a dégénéré avec Tony.

Emma frémit à cette pensée

Tony DeMarco ne lui avait pas seulement brisé le cœur. Il avait ébranlé la confiance toute nouvelle qu'elle avait en elle et lui avait à jamais retiré la possibilité de faire confiance à un homme.

Allons, avec Connor, la situation était toute différente ! Aussi répondit-elle d'un ton ferme, sans savoir au juste qui, de Mary Alice ou d'elle-même, elle cherchait à convaincre :

— Ce n'est pas la même chose. J'aimais Tony. Je n'aime pas Connor.

— Tu veux juste le rendre malheureux ?

— Oui, je veux qu'il morde la poussière, assura-t-elle, rageuse.

— Et comment comptes-tu t'y prendre ?

— Je vais le rendre fou de moi, annonça Emma.

A ces mots, un sourire éclaira son visage. Elle voyait déjà Connor Reilly ramper à ses pieds, la suppliant de lui accorder une seconde d'attention.

— Hum, hum…

— Je vais lui faire perdre son pari.

— En dormant avec lui ?

— Dormir ne fait pas exactement partie de mon plan, répondit Emma, avec une pointe de provocation.

Tout en prononçant ces mots, elle ressentit un curieux frémissement au fond de son être. Comme si la perspective de passer la nuit avec Connor Reilly la touchait bien plus qu'elle ne l'aurait imaginé…

2

L'église de Saint-Sébastien avait l'air d'un petit château planté au cœur de la Caroline du Sud. Elle était construite en pierres et ses fenêtres à petits carreaux étincelaient sous le soleil du matin. Les pots en terre cuite alignés sur la terrasse du presbytère débordaient de pétunias rouges, violets et bleus qui égayaient le décor. Les vieux magnolias plantés dans la cour de l'église créaient des zones de fraîcheur sur la pelouse entretenue avec soin.

La porte de l'église était grande ouverte, prête à accueillir toute personne désireuse d'entrer pour prier ou admirer l'architecture. Emma dépassa l'église et s'engagea dans l'allée qui menait au presbytère.

Quand elle descendit de voiture, l'air humide de l'été l'enveloppa immédiatement, mais Emma n'y prit garde. Elle avait été élevée dans le Sud et avait l'habitude de la canicule estivale qui, en revanche, faisait fuir les touristes.

En outre, si son but avait été d'éviter la chaleur, elle aurait pu rester dans la fraîcheur de son bureau climatisé et prier l'un de ses mécaniciens de rapporter sa vieille voiture au père Liam. Toutefois, elle ne voulait pas manquer l'occasion d'échanger quelques mots avec le frère aîné de Connor.

Depuis leur conversation — fort édifiante — de la veille, elle ne décolérait pas. Et ne cessait de réfléchir. Une combinaison explosive. Elle était restée éveillée une bonne partie de la nuit, déchirée entre l'humiliation et la fureur, et même maintenant elle ne savait pas encore très bien quelle émotion l'emportait en elle.

Elle avait cru que s'entretenir avec Liam l'aiderait à y voir plus clair. Or, à présent qu'elle se trouvait au presbytère, elle n'avait pas la moindre idée de ce qu'elle allait lui dire…

Plongée dans ses pensées, elle avait remonté l'allée bordée de roses et se tenait à présent devant la porte d'entrée du presbytère.

Elle frappa et, presque aussitôt, une imposante vieille femme aux cheveux roux grisonnants et aux yeux verts perçants vint lui ouvrir la porte. Sa bouche, pincée, lui donnait un air de perpétuel agacement.

— Mademoiselle Jacobsen, déclara-t-elle en inclinant la tête d'un air sec.

— Bonjour, madame Hannigan, dit Emma, sans s'offusquer de l'accueil si peu chaleureux.

Mme Hannigan semblait tout droit sortie d'un vieux roman gothique. Une vraie caricature de gouvernante ! Aussi Emma ne prit-elle pas son air renfrogné pour un reproche personnel.

Emma entra et balaya la pièce du regard. Un sourire naquit sur ses lèvres à la vue du mobilier ciré avec soin, des tapis anciens mais aux couleurs encore vives, et des minuscules taches de soleil qui piquaient le superbe plancher d'éclats semblables à des diamants.

— J'ai rapporté la voiture du père Liam, déclara Emma. Je souhaite lui remettre les clés et la facture.

— Il est dans la bibliothèque, répondit la gouvernante qui se dirigeait déjà vers la cuisine. Allez l'y rejoindre, je prépare le thé.

— Oh, ce n'est…

Trop tard ! La gouvernante s'était déjà engouffrée dans la cuisine, sans prendre garde aux protestations d'Emma. Cette dernière se sentit consternée : tout le monde à Baywater se débrouillait toujours pour refuser de prendre le thé au presbytère, car Mme Hannigan concoctait le plus infâme breuvage de la terre.

Pestant contre elle-même, Emma traversa le vestibule et ouvrit la porte de la bibliothèque sans frapper. Puis elle attendit sur le seuil que le jeune prêtre remarquât sa présence…

Le père Liam posa le roman policier dans lequel il était plongé, puis lui adressa un large sourire. Emma dut faire un effort sur elle-même pour se rappeler qu'il était prêtre, et qu'il avait fait vœu de chasteté… Elle était d'ailleurs convaincue que toutes les femmes devaient se soumettre à la même petite gymnastique mentale quand elles se retrouvaient face au père Liam.

D'une taille aussi imposante que ses frères, il n'avait rien à leur envier côté séduction. Ses cheveux noirs, plus longs que ceux des triplés qui, métier oblige, les portaient court, étaient épais et ondulés et ses yeux bleus étaient ourlés de cils épais. Un sourire flottait en permanence sur sa bouche généreuse, ce qui mettait tout de suite ses interlocuteurs à l'aise.

— Emma ! Ta présence ici signifie que tu es parvenue à réparer ma voiture, n'est-ce pas ?

S'approchant de la visiteuse, il passa le bras autour de ses épaules en un geste amical et la conduisit vers un fauteuil rembourré, près de la cheminée. En été, un seau en cuivre rempli de roses fraîches remplaçait le feu, dans l'âtre.

— Je l'ai ramenée de justesse à la vie, annonça Emma.

Elle sortit alors la facture de sa poche et la lui tendit avant de s'asseoir.

— Mais elle est sous respirateur artificiel, précisa-t-elle encore. Il va vraiment falloir penser à la remplacer.

— Je sais, fit Liam en jetant un rapide coup d'œil à la facture. Mais tu sais ce que c'est. Il y a toujours quelque chose d'encore plus urgent à remplacer… Et Connor m'a promis de refaire le moteur quand il aurait un peu de temps, alors j'attends ses prouesses.

Connor.

L'homme dont elle était précisément venue lui parler. Seulement… Que dire à Liam ? Comment informer un prêtre que l'on avait l'intention de se venger de son frère ?

— Quelque chose ne va pas ? s'enquit Liam en s'installant dans le fauteuil en face d'elle.

— Pourquoi me poses-tu cette question ?

Liam sourit avant de répondre :

— Parce que, dès l'instant où j'ai prononcé le nom de Connor, ton expression s'est figée et tes yeux ont lancé des éclairs.

— Je ferais une piètre joueuse de poker, qu'en dis-tu ?

— Entièrement d'accord avec toi, répondit-il en secouant la tête. Veux-tu me confier tes soucis ?

Au moment où Emma se décidait enfin à ouvrir la bouche, la porte de la bibliothèque s'ouvrit.

— Voici le thé, mon père, annonça Mme Hannigan.

Un grand plateau dans les mains, elle fit une entrée solennelle dans la pièce et déposa sur la table basse un pichet rempli d'un liquide marron, deux grands verres, un bol de glaçons et des biscuits.

— Il était inutile de vous donner cette peine, madame Hannigan, s'écria Liam dans un élan sincère.

— Je vous en prie, répondit la gouvernante d'une voix peu audible.

Puis elle tourna les talons et sortit de la pièce avec une raideur quasi militaire.

— Nous devons le boire, dit Liam en soupirant.

— Je sais, répondit Emma.

Elle le regarda verser la boisson douteuse dans les grands verres tout en tâchant de se raisonner. Allons, ce n'était pas la mer à boire. Juste quelques centilitres…

— C'est une brave femme, reprit Liam en considérant d'un air découragé son propre verre. Je ne comprends pas pourquoi le concept de thé lui échappe à ce point.

Emma décida de se débarrasser sans tarder de l'épreuve. Courageusement, elle se saisit de son thé, l'avala d'un trait, sans respirer, avant de reposer le verre sur le plateau. Elle toussota avant de reprendre d'un ton hésitant :

— A propos de Connor…

— Qu'a-t-il fait ? insista Liam.

Le prêtre avait adopté une stratégie moins radicale concernant le breuvage de sa gouvernante. Il venait d'avaler une minuscule gorgée de thé et reposa son verre… sans pouvoir retenir une grimace de dégoût.

— Comment sais-tu qu'il a fait quelque chose ? demanda Emma, intriguée.

— Quelqu'un a forcément allumé la colère qui brille dans tes yeux, Emma.

— Bien vu !

A ces mots, elle bondit hors du fauteuil bien trop étroit pour contenir la rage qui l'animait et se mit à faire les cent pas dans la bibliothèque. Elle avait un besoin impérieux de bouger.

— Tu as raison, il a fait quelque chose, ou plutôt il a *dit* quelque chose qui m'a rendue si furieuse que j'ai eu envie de lui décocher un bon coup de poing. Mais je me suis contenue, car il n'aurait pas compris pourquoi je le frappais et cette idée me rend encore plus furieuse. Même si moi-même je ne comprends pas pourquoi… Crois-moi, Liam, je n'ai jamais été dans une telle rage de ma vie et il ne s'en est même pas rendu compte !

Elle tournait en rond dans la pièce et, à la suivre du regard pour tenter de bien saisir ses propos et leurs significations cachées, Liam se sentit gagné par un certain vertige…

— Emma, vas-tu moi aussi me détester si je t'avoue que je n'ai pas la moindre idée de ce dont tu me parles ?

Cette dernière laissa échapper un long soupir, puis se campa devant la large porte-fenêtre qui donnait sur la pelouse ombragée… L'odeur des roses se mêlait à la senteur de cire et de citron qui émanait du mobilier étincelant. A l'extérieur, une brise légère berçait les feuilles des magnolias et deux gamins, insensibles à la chaleur, passaient devant l'église en courant, des battes de base-ball sous le bras.

— C'est un idiot, déclara Emma en se tournant vers Liam. Connor, je veux dire.

— Ce n'est pas moi qui vais te contredire, affirma Liam en la gratifiant d'un beau sourire qui eut le pouvoir de calmer quelque peu sa colère. En fait, tous mes frères sont des idiots, à part Brian, peut-être… Il s'est ravisé à temps avant que Tina ne lui échappe une deuxième fois. Mais Connor et Aidan…

Il poussa un soupir avant d'ajouter :

— Ils sont vraiment désespérants. A leur décharge, il faut bien reconnaître qu'ils sont sous pression, en ce moment.

— Tu fais allusion au pari ?

— Comment se fait-il que tu sois au courant ? demanda Liam, étonné.

— C'est l'unique sujet de discussion de Connor depuis un mois !

— Vraiment ? fit Liam tandis que son sourire s'élargissait. Cela le rend fou, n'est-ce pas ?

Emma lui adressa, elle aussi, un sourire, en dépit de la colère qui continuait à bouillir en elle.

— Et toi tu t'amuses bien, n'est-ce pas ? demanda la jeune femme.

— Tu crois que je ne devrais pas ?

— Je ne sais pas, répondit Emma. Tu es prêtre, quand même… Enfin, tu es avant tout un Reilly, j'imagine.

— Je plaide coupable, admit Liam. D'ailleurs, c'est le Reilly qui sommeille en moi qui tient à savoir ce que Connor a commis de si répréhensible pour provoquer une telle colère chez toi.

— Il m'a mise hors jeu.

— Pardon ?

Emma haussa les épaules, comme si elle tentait de se débarrasser du poids qui l'accablait, puis enfonça ses mains dans les poches de son jean. Elle soupira, se rendant compte qu'il était bien plus difficile d'en parler qu'elle ne l'avait cru.

Car cela impliquait de revivre la scène, de revoir les yeux rieurs de Connor lui annonçant qu'elle était son *pote*.

Dans un ultime effort, Emma déclara :

— Il m'a dit qu'il n'éprouvait pas de désir pour moi, donc qu'il ne courait aucun danger en ma compagnie.

— C'est vraiment un idiot, déclara Liam, consterné.

— N'est-ce pas ?

De nouveau bouleversée par les propos mordants de Connor, Emma tourna la tête vers la fenêtre et concentra son attention sur le tronc noueux d'un vieux magnolia… Toute furieuse qu'elle était, elle n'en était pas moins mortifiée. Et c'était cette douleur-là qui la tourmentait le plus ! Depuis trois ans, elle avait tenu les hommes à distance afin de ne pas être blessée. Or, le fait que Connor détienne ce pouvoir sans même en avoir conscience la rendait folle.

— Il va me le payer, murmura-t-elle.

C'était une promesse solennelle.

— Emma ?

Elle demeura immobile, le regard toujours rivé sur le magnolia. Oh ! Elle appréciait la sollicitude qu'elle entendait dans la voix de Liam, mais elle n'en avait pas besoin. Non, vraiment, elle allait bien, elle n'avait besoin de personne. Elle avait l'habitude de se débrouiller seule. Quand Connor aurait reçu la bonne leçon qu'il méritait, tout rentrerait enfin dans l'ordre.

— Je vais faire en sorte qu'il perde le pari, Liam.

Ce dernier soupira et elle l'entendit se lever pour venir la rejoindre près de la porte-fenêtre.

— Bien sûr, je serais heureux que l'église bénéficie d'une nouvelle toiture, déclara-t-il en arrivant à sa hauteur. Néanmoins, il est de mon devoir de te mettre en garde.

— Contre quoi ? demanda-t-elle en lui lançant un regard oblique.

— Parfois, on se retrouve pris à son propre piège, Emma, lui rappela-t-il avec douceur. Oui, même les meilleures chausse-trapes peuvent se refermer sur ceux qui les activent.

« Pas si le piégeur est prudent ! » pensa Emma avant de répondre :

— Ne t'inquiète pas pour moi, Liam, je sortirai indemne de l'histoire.

— Hum, hum… Toi et Connor êtes amis depuis longtemps, je crois.

— Et alors ? demanda-t-elle avec impatience.

Elle ne voulait pas renvoyer d'elle l'image d'une enfant capricieuse, mais, en entendant Liam prononcer le mot fatidique, elle n'avait pas pu se contrôler. C'était justement le fait qu'ils aient été *amis* qui avait rendu les propos de Connor si intolérables.

— Et alors, enchaîna Liam, de l'amitié à l'amour, il n'y a qu'un pas.

A ces mots, Emma éclata de rire et déclara :

— Désolée de rire, Liam, mais je peux t'assurer qu'il n'y a pas le moindre danger que cela se produise entre nous.

Pour commencer, elle n'avait pas du tout l'intention de tomber amoureuse de qui que ce soit. Côté amour, elle avait déjà donné et son cœur en portait toujours les stigmates. Par ailleurs, Connor ne recherchait pas l'amour, lui non plus. D'ailleurs, en ce moment, il évitait au contraire la compagnie féminine. Et il était manifeste, pensa-t-elle en se raidissant, que, s'il était en quête du grand amour, ce n'était pas auprès d'elle qu'il viendrait le chercher. De ce côté-là, aucun danger !

— Allons, finit-elle par dire en se retournant, il est temps que je retourne au garage. Ne te donne pas la peine de me raccompagner, Liam, quelques pas me feront le plus grand bien.

Une fois sur le seuil de la porte, elle pivota et se retourna pour saluer une dernière fois Liam de la main. Ce dernier la fixait, une expression préoccupée sur son beau visage.

— Ne t'inquiète pas, lança-t-elle. Je vais t'aider à obtenir une nouvelle toiture.

— Pas au prix d'un cœur brisé, Emma. Cela n'en vaut pas la peine.

Agacée, elle ignora le frémissement intérieur qui la traversa. Liam était certes bien intentionné, seulement… la situation lui échappait. En l'occurrence, il ne s'agissait pas d'amour, mais de désir. Elle allait faire en sorte que Connor la désire à la folie, puis elle le laisserait tomber.

Il s'agissait de prendre une revanche !

— Mon cœur ne sera pas impliqué dans l'histoire, déclara-t-elle.

— Pour ton salut, je l'espère, murmura Liam en la regardant s'éloigner d'un air soucieux.

Deux jours plus tard, Connor errait comme une âme en peine.

Il avait évité avec soin les lieux où il se rendait d'habitude — sauf le garage Jacobsen, même si Emma n'avait guère eu de temps à lui consacrer durant ces deux derniers jours. Au point qu'il aurait presque pu croire qu'elle l'évitait, mais cela n'aurait eu aucun sens…

Pour tuer le temps, il avait arraché les mauvaises herbes dans le jardin de sa mère, joué au basket avec Liam et était allé dîner chez Brian et Tina. Sa belle-sœur était presque devenue un cordon-bleu ! Le couple l'avait d'ailleurs réinvité pour le soir même, mais il ne pouvait se résoudre à passer une nouvelle soirée chez eux… pour la simple et bonne raison qu'il avait du mal à supporter les minauderies de ces jeunes amoureux.

Ah ! Ce fichu pari le rendait presque jaloux d'un homme marié, et qui plus est son propre frère. Une catastrophe sur toute la ligne !

— La chasteté nuit à l'intelligence, murmura-t-il en coupant le moteur de sa voiture.

Aussitôt, la climatisation s'arrêta et la température monta dans l'habitacle…

Les soirées d'été n'étaient guère plus fraîches que les journées et le taux d'humidité rendait l'air difficilement respirable. A travers son pare-brise, Connor se mit à fixer le Off Duty Bar… Mon Dieu ! S'il avait eu deux sous de jugeote, il aurait remis le contact, fait demi-tour et serait rentré chez lui, dans son appartement vide.

Mais il était à bout. Tentation féminine ou non, Connor avait envie de passer quelques heures dans un bar à écouter de la musique sympathique, boire de la bière fraîche et discuter avec des amis.

— Je ne cours aucun danger, se répéta-t-il comme une incantation en ouvrant la portière et en se préparant à affronter l'air étouffant de l'extérieur.

Des notes assourdies de musique parvinrent jusqu'à lui, portées par une brise bien trop faible pour procurer de la fraîcheur. Quant à l'odeur des jasmins qui émanait des bosquets plantés le long du parking, elle était à la fois suave et capiteuse.

Connor claqua la porte, enclencha le système d'alarme de la voiture, puis se dirigea vers le bar. Comme il s'en approchait, un couple en sortait. L'homme, qui enlaçait sa compagne par les épaules, déposa un baiser sur ses cheveux au moment où ils se croisèrent…

Devait-il tout de suite faire demi-tour ? pensa Connor, aux abois. Allons ! L'attrait de l'air climatisé fut plus fort que tout. Il ouvrit la porte… et fut aussitôt happé par la musique, tandis que les effluves de parfum, de bière et de cigarettes mêlés lui montaient au nez.

Il pénétra dans la pièce peu éclairée et serra des mains en se dirigeant vers le bar.

— Une bière pression, déclara-t-il à l'intention du barman.

Il posa un billet sur le bar et, dès que le serveur déposa un verre devant lui, en avala un grand trait.

Le liquide frais qui coula dans sa gorge le calma aussitôt. Il balaya le bar du regard… C'était un débit de boissons qui remontait aux années 1950, dont le mobilier d'époque avait été conservé. L'endroit regorgeait de souvenirs militaires : de vieux casques, des baïonnettes dans des fourreaux effilochés et même une épée de cérémonie, objet appartenant à l'actuel propriétaire, un adjudant-chef à la retraite. L'atmosphère avait été conçue pour que les militaires s'y sentent en terrain connu. Les Marines, surtout.

Une douzaine de tables rondes étaient disposées en un large cercle dont le centre faisait office de piste de danse. Le juke-box, lui aussi d'époque, passait des tubes anciens mais également des plus récents. Au fond de la salle principale, on apercevait une table de billard.

La plupart des habitués du Off Duty Bar étaient des Marines qui venaient se divertir après une rude journée de travail ou s'arrêtaient quelques minutes pour boire une bière avant de rentrer chez eux. Bien sûr, l'endroit n'était pas réservé aux militaires. On y trouvait aussi des civils.

Et des femmes…, songea Connor avec un soupir.

Soudain, Connor fut comme terrassé par une vision incroyable. Un groupe venait de s'asseoir au fond du bar, dégageant tout à coup la vue sur les billards. Et, autour d'une des tables de jeu, Connor venait d'apercevoir une grande blonde moulée dans une jupe si courte qu'elle en était presque indécente.

La gorge sèche, il vit la sculpturale créature se pencher sur la table pour s'apprêter à jouer. Ses longs cheveux blonds formaient un rideau d'or qui venait flirter avec le creux de ses reins… Soudain, elle inclina la tête de côté et la masse de sa chevelure vint caresser son épaule. A cet instant, Connor se sentit subjugué par la chevelure de la jeune femme, cascade dorée et soyeuse aux reflets changeants. Comme si certaines mèches avaient été exposées plus longtemps au baiser du soleil…

La sublime apparition portait un haut bleu clair sans manches, qui épousait son buste telle une seconde peau. Sa jupe en jean remontait dangereusement chaque fois qu'elle se penchait sur la table pour viser… Le hâle de ses jambes leur conférait une texture confondante de douceur, sans compter leur longueur tout aussi troublante… Elle était juchée sur des escarpins d'une hauteur vertigineuse, qui soulignaient ses chevilles graciles et ses cuisses sexy.

Sexy ?

Cette femme était plus que sexy ! C'était une vraie bombe !

Stupéfait, Connor accentua sa pression sur sa chope. Jamais une femme n'avait suscité en lui une telle réaction. Passant une main sur son front, il la vit, médusé, relever lentement son pied droit pour le frotter contre sa cheville gauche avec une sensualité achevée.

Connor se sentit gagné par un désir irrépressible.

Sa respiration devint saccadée et son cœur se mit à battre de façon anarchique.

L'homme qui se tenait près de la table — sans doute son partenaire de jeu — se pencha alors vers elle pour lui murmurer quelque chose à l'oreille. Connor se retint de foncer vers lui et de l'expulser de la salle sans autre forme de procès.

Du calme !

« Respire, Reilly », s'enjoignit-il.

Il aspira une large bouffée d'air et voulut se convaincre qu'il réagissait de cette façon à cause de sa traversée du désert…

Erreur ! Ce n'était pas seulement le fichu pari. Cette femme possédait quelque chose qui le mettait en transe. Quelque chose qui l'attirait comme un aimant vers le fond du bar. Quelque chose qui lui donnait envie de lui taper doucement sur l'épaule et de la prendre dans ses bras pour l'emmener dans… dans une grotte où il pourrait se repaître d'elle à son aise. Où il pourrait entendre ses gémissements et tester ses soupirs…

Il avala une nouvelle gorgée de bière, espérant que la boisson fraîche apaiserait le feu qui le consumait. Mais pourquoi diable était-il venu se jeter dans la gueule du loup ? Jamais il n'aurait dû pousser la porte du Off Duty.

Captivé, Connor ne pouvait détacher ses yeux de la blonde divine. Il la vit se redresser avec lenteur, puis, tout en éclatant de rire, se déhancher avec sensualité. Terriblement provocante ! Sa jupe courte et étroite épousa le mouvement.

Elle repoussa sa longue chevelure dans son dos et, encore une fois, Connor se sentit ensorcelé par la masse soyeuse couleur miel qui dansait sur ses reins.

Il déglutit avec difficulté.

Puis elle renversa la tête en arrière en donnant une tape amicale à l'homme qui avait murmuré à son oreille…

Foudroyé sur place, Connor laissa échapper sa chope de bière.

Celle-ci vint se briser à ses pieds, tandis que son contenu éclaboussait ses voisins. Mais il ne s'en rendit même pas compte. Ses yeux étaient rivés sur la bombe sexuelle qui se tenait au fond du bar…

Emma ?

3

Emma entendit le verre se briser par-dessus la musique du juke-box.

Depuis qu'elle avait vu Connor entrer dans le bar, elle était aux aguets… Elle avait savamment étudié la pose à prendre, très consciente de l'image qu'elle lui offrait d'elle-même en se penchant ainsi sur la table verte.

Elle se sentait à cran, son estomac était noué et son champ de vision presque brouillé, mais elle irait jusqu'au bout. Elle le devait ! Il était trop tard pour modifier ses plans.

Adressant un sourire à son partenaire, elle fit mine d'ignorer la sensation que lui procurait le regard de Connor qu'elle devinait sur ses reins…

— Tu me dois vingt dollars, Mike, annonça-t-elle. Veux-tu rejouer ou arrêter ?

L'imposant Marine qui répondait au nom de Mike lui rendit son sourire tout en lui tendant un billet de vingt dollars.

— Je te propose de prendre un verre, lui dit-il alors.

— Et moi, je te propose de déguerpir !

La voix de Connor retentit comme un ordre.

Emma tourna lentement la tête vers lui… et dut se retenir de sourire devant son expression déconfite. Parfait ! Elle avait réussi à capter son attention.

— Tiens, Connor ! dit-elle en feignant la surprise. Je ne t'avais pas vu.

Décontenancé, ce dernier se mit à se frotter le cou d'un geste nerveux, puis laissa retomber sa main…

— Moi, en tout cas, je t'ai repérée dès mon entrée dans le bar, répliqua-t-il.

— Un de tes amis ? s'enquit alors Mike.

Emma reporta son regard sur l'homme qu'elle venait de battre au billard. Il était grand et séduisant et, un tout autre jour, elle aurait été intéressée. Dommage… Ce soir, chacune de ses pensées était focalisée sur Connor. Et Mike n'avait pas l'air d'être du genre à partager.

Un petit groupe s'était formé autour d'eux, sans doute attiré par la montée de testostérone dans l'air… Emma trouvait la situation un peu ridicule. Pourtant, au fond d'elle-même, elle en tirait une certaine satisfaction.

Après tout, elle avait passé toute une partie de son existence à être ce que Connor avait décrété qu'elle était : un *pote*. Bien sûr, elle était consciente d'y avoir contribué en négligeant sa part de féminité dans sa tenue vestimentaire. Mais elle avait toujours cru ne pas y être obligée. Une femme qui possédait une entreprise florissante devait être acceptée telle qu'elle était, sans avoir à prouver quoi que ce soit à grand renfort de talons aiguilles et de minijupes.

— Emma, dit Mike en l'interrompant dans ses pensées, tu connais ce type ?

— Oh que oui ! dit-elle, en lançant un regard subreptice à Connor.

Elle ressentit une immense satisfaction de le voir dévisager son rival d'un air renfrogné, les yeux plissés.

— Connor et moi sommes de vieux amis, ajouta-t-elle.

— Et nous avons besoin de parler, reprit Connor d'un ton presque menaçant, en fixant le Marine droit dans les yeux. Aussi, pourquoi ne vas-tu pas voir ailleurs si j'y suis ?

— Il ne me semble pas que l'on t'ait invité à te joindre à nous, rétorqua ce dernier.

A ces mots, Connor redressa le menton. Emma vit Mike se raidir et serrer les poings et elle eut soudain la sensation de regarder un documentaire animalier sur une chaîne du câble. Les deux hommes ressemblaient à deux coqs prêts à livrer bataille.

Alors, en dépit de la colère qu'elle éprouvait toujours envers Connor, une bouffée purement féminine de plaisir la submergea… Elle se ressaisit bien vite. Elle n'allait quand même pas tomber dans le même piège que ces deux mâles qui semblaient revenus à l'âge des cavernes !

S'interposant entre eux deux, Emma décocha un beau sourire et déclara :

— Il n'y a pas de problème, j'ai besoin de discuter avec Connor, donc…

Elle laissa sa phrase en suspens et haussa les épaules en guise d'excuse.

A en juger à son expression, Mike n'apprécia pas d'être congédié, mais il alla néanmoins rejoindre ses amis au comptoir sans insister. Connor le regarda s'éloigner d'un air presque féroce avant de reporter son attention sur Emma.

Avec un calme qu'elle était loin de ressentir, Emma plia le billet de vingt dollars qu'elle venait de gagner et le glissa habilement dans son soutien-gorge. Elle savait que ce genre de provocation donnerait encore plus de relief à son décolleté…

Elle sentit une sensation de chaleur l'envahir. Sans doute une réaction naturelle face au regard admiratif d'un homme, songea-t-elle. Encore qu'elle n'avait pas vraiment frémi sous celui de Mike…

Peu importe !

Tout ce qui comptait, c'était que son plan fonctionnait comme prévu.

Inclinant la tête, elle interpella Connor :

— Eh bien, de quoi voulais-tu me parler ?

La dévisageant de pied en cap, il lui demanda alors :

— Tu plaisantes, n'est-ce pas ?

Appuyant une hanche contre la table, elle se mit à pianoter sur la queue de billard d'un air désinvolte.

— Il y a un problème ?

— Un *problème* ?

Connor écarquilla les yeux et fit un drôle de mouvement avec la bouche, comme s'il essayait de parler mais sans parvenir à articuler le moindre son. Il finit par se ressaisir et, s'approchant d'Emma, lui murmura d'un ton tendu :

— Bon sang, Emma, regarde-toi ! Quand tu t'es penchée sur cette fichue table de billard, j'ai presque vu…

Elle releva un sourcil tout en retenant un sourire de satisfaction.

— Presque vu quoi, Connor ?

— Ce que *moi* j'ai vu, c'est sans importance, déclara-t-il en reprenant sa respiration. En revanche, tous les hommes de cette fichue salle avaient eux aussi les yeux braqués sur toi, ce qui est plus gênant.

A ces mots, Emma ressentit un léger embarras.

O.K., le but du jeu était d'attirer l'attention de Connor, mais elle n'était pas dupe : en jouant les séductrices, elle risquait aussi de susciter l'intérêt de *quelques* autres. Néanmoins, l'idée que *tout* un bar de Marines ait profité du spectacle ne lui procurait pas tout à fait le genre de frisson qu'elle recherchait. Elle se sentait légèrement… en minorité.

Allons, elle devait assumer, d'autant qu'il était exclu de faire part de ses impressions à Connor !

— En quoi cela te regarde-t-il ? renchérit-elle.

— Eh bien…

Il hésita, balaya l'endroit d'un regard circulaire, mettant au défi quiconque d'oser s'approcher de la table de billard. Puis il dirigea de nouveau son regard vers Emma.

— … Nous sommes amis, Emma. Il est normal que je veille à ce qu'il ne t'arrive rien. C'est tout.

— Est-ce la seule raison de ton intervention ?

Elle ne croyait pas un traître mot de ce qu'il affirmait. La lueur sombre et dangereuse qui brillait dans ses yeux n'avait pas grand-chose à voir avec l'amitié dont il se réclamait.

— Oui, pourquoi ?

Qu'à cela ne tienne ! S'il s'obstinait à nier son trouble, c'était son problème ! En réalité, elle avait tout à y gagner. Plus il feindrait d'agir au nom de leur amitié, plus elle lui rendrait la tâche ardue…

Se redressant, elle fit courir ses doigts le long du décolleté de son bustier, qu'elle souleva plusieurs fois de suite en faisant mine de s'éventer. Satisfaite, elle vit le regard de Connor s'attarder là où elle espérait l'amener…

— Dans ces conditions, merci, Connor, dit-elle en humectant ses lèvres du bout de sa langue. J'apprécie ta sollicitude.

A cet instant, il serra les dents et elle le vit se contracter.

— Pas de problème, dit-il. En fait, si tu le veux bien, je vais te raccompagner chez toi. Pour être sûr qu'il ne t'arrivera rien.

Emma lui décocha un large sourire — en dépit de son envie de lui donner un coup de queue de billard sur la tête ! Se rappelant son rôle, elle posa une main sur le torse de Connor et sentit les battements de son cœur, sous sa paume…

— Comme c'est gentil, lui susurra-t-elle. Je te remercie sincèrement, mais je n'ai pas l'intention de rentrer si tôt chez moi.

— Allons, Emma…

— Tu sais quoi ? l'interrompit-elle en passant devant lui.

Durant quelques secondes, elle se retrouva entre la table de billard et le corps de Connor. Un corps aussi dur qu'un roc… Pour sa plus grande satisfaction, elle l'entendit respirer plus fort.

— Maintenant que tu as fait partir mon partenaire, tu veux prendre le relais ?

— Le relais ? demanda-t-il, gorge serrée.

— Au billard, Connor, précisa-t-elle en faisant claquer ses doigts devant lui pour le ramener à la réalité. Veux-tu disputer une partie de billard avec moi ?

— Oui. Le billard. Bien sûr…

Il se frotta le visage avec les mains, puis la considéra

de nouveau en clignant des yeux, comme s'il cherchait à accommoder son regard.

— Enfin, j'aurais préféré que nous partions et…

— Rentre si tu veux ! dit-elle en balayant la salle du regard, comme si elle était déjà en quête d'un nouveau partenaire parmi les mâles de l'assemblée. Je trouverai bien un autre volontaire.

— Je n'en doute pas, fit-il d'un air sombre, avant d'ajouter avec fermeté : Ecoute, Emma, je pense que tu ne devrais pas t'attarder ici. Pas ce soir, du moins. Pas dans cette tenue.

A ces mots, elle lui lança un regard interrogateur. Puis elle se livra de nouveau à ce petit déhanchement qui avait manqué lui faire perdre la tête, tout à l'heure… Autour d'eux, les gens riaient et discutaient. Des danseurs occupaient à présent la piste réservée à cet effet, dans le cercle que formaient les tables rondes.

— Qu'est-ce qu'elle a, ma tenue ? Ne te plaît-elle donc pas ?

— Ce n'est pas cela… Disons qu'elle est… Enfin, tu n'as pas l'habitude de te vêtir ainsi.

Elle se tourna vers la table pour dissimuler son sourire. Mission accomplie ! pensa-t-elle en jubilant. N'y avait-il pas lieu de s'en féliciter, après l'humiliation qu'il lui avait infligée, au garage ?

Un sentiment de pouvoir la traversa. Sentiment auquel elle comptait bien s'accrocher.

C'était une sensation tout à fait grisante pour un *pote*.

S'emparant du triangle qui était accroché sur le côté de la table, elle le disposa sur le feutre vert. Puis, sans même le regarder, elle déclara :

— Je ne suis pas née en salopette, tu sais.

— Bien sûr, je sais, dit-il en récupérant les boules afin de les placer à l'intérieur du triangle. Simplement…

Emma soupira.

Elle avait voulu le surprendre, et y était parvenue, soit ! Cependant, l'initiative demeurerait un coup d'épée dans l'eau s'il continuait à la regarder comme… Comme si elle avait été un chien qui se serait tout à coup mis à parler ! Comment parvenir à séduire Connor Reilly — et à lui faire perdre son fichu pari — si elle ne réussissait pas à métamorphoser sa stupeur en désir ?

Elle passa devant lui en le frôlant. Face à lui. Le regard de Connor fut une fois encore attiré comme un aimant vers son décolleté… et y resta rivé. Il avait tout l'air d'apprécier la vue.

N'était-ce pas ce qu'elle recherchait ?

— Ecoute, dit-elle, moi, j'ai envie de jouer au billard. Si ce n'est pas ton cas, je peux demander à Mike ou à un autre de faire une partie avec moi et…

— Laisse ce Mike et les autres en dehors de l'histoire ! ordonna Connor en relevant les yeux vers elle avant d'annoncer sur un ton presque solennel : Je vais jouer avec toi.

Jouer à quoi ? se demanda un instant Emma, toute renversée par son nouveau rôle. Etant donné la tension qui imprégnait la discussion, la réponse était presque ambiguë. Jouer au billard… ou bien à tout autre chose ?

— Vingt dollars pour huit boules, déclara-t-elle cependant avec assurance.

— Entendu. Tu commences.

— Comme tu voudras, dit-elle en faisant le tour de la table pour se retrouver en face de lui. A toi de placer les boules dans le triangle.

— O.K.

Connor ne parvenait pas à détacher ses yeux d'Emma.

Bon sang ! Qui aurait pensé que la petite Emma Jacobsen cachait des armes secrètes ?

Et quelles armes !

Ses seins tendaient l'étoffe de son minuscule top. Ses hanches chaloupaient sensuellement au moindre de ses mouvements et l'ourlet de sa jupe bien trop courte recouvrait à peine les portes du paradis. Quant à ses jambes…

Ah, mon Dieu, ses jambes !

Dans son trouble, il fit tomber une boule par terre et dut par conséquent se baisser pour la ramasser. Mouvement qui lui offrit un panorama sans pareil sur ses jambes sublimes… Et comment se faisait-il qu'il n'ait pas encore remarqué l'adorable courbe de son postérieur ?

D'où venait que tous ses attraits lui avaient échappé jusqu'alors ?

Il se sentait excité comme jamais, à cran, pas loin de perdre le contrôle de lui-même…

Il avait commis une erreur fatale en venant ici. Oh, bien sûr, dès qu'il avait mis les pieds dans ce lieu de perdition, il se doutait qu'il allait être soumis à des tentations… Mais pas à LA tentation incarnée ! En même temps, s'il n'était pas venu au Off Duty, ce soir, il n'aurait pas découvert cette facette inconnue d'Emma…

Plus il la regardait, et plus il se sentait tiraillé par un désir incontrôlable.

Il s'efforça de se raisonner. « Allons, c'est Emma, se rappela-t-il. Juste Emma, cette bonne vieille Emma… » Son pote. Son amie de longue date.

Il osa un regard vers elle et sa gorge se serra… Ses yeux bleus semblaient plus grands qu'à l'accoutumée. Et sa bouche si appétissante ! Sa peau bronzée et douce avait la couleur du miel chaud et semblait tout aussi délectable que ce fabuleux nectar.

Quel supplice… !

Emma l'observait d'un air curieux. Comment aurait-il pu l'en blâmer ? Cela faisait deux bonnes années qu'ils se connaissaient et jamais il ne s'était trouvé pris de court en sa présence. Tout comme il n'avait jamais remarqué que ses seins avaient juste la taille qu'il fallait pour remplir la paume d'un homme…

Nom d'un chien !

Elle tenait sa queue de billard dans sa main gauche et laissait ses doigts courir le long du bois poli, assez lentement pour le rendre fou à l'idée des merveilles que ses doigts pourraient exercer sur lui…

— Allons, Reilly, ressaisis-toi, se murmura-t-il à lui-même, en espérant que le son de la musique recouvrirait ses propos.

Il ne souhaitait vraiment pas qu'Emma sache que le simple fait de la regarder éveillait du désir en lui. Tout cela, c'était à cause du pari qui le frustrait au point de lui faire perdre la tête.

Mais il devait bien reconnaître qu'elle était sexy en diable !

— Combien de temps te faut-il pour installer les boules ? demanda-t-elle d'une voix moqueuse.

— Un peu de patience ne nuit pas, répliqua-t-il en lui lançant un bref regard.

Elle se mit à rire et le son de son rire rauque et profond parut rebondir sur les conversations du bar et danser au rythme de la musique. Connor sentit ce rire résonner dans sa tête, le prendre à la gorge, et aiguillonner encore un peu plus son désir.

— C'est toi qui me recommandes la patience ? fit-elle, une fois calmée.

Ses doigts se promenaient toujours sur sa queue de billard et il dut détourner le regard. Malheureusement, croiser ses yeux n'était pas une meilleure solution. Avaient-ils toujours été d'un bleu aussi soutenu ? On aurait dit un coin de ciel d'été…

Connor serra les dents.

— Je peux être patient quand il le faut, répliqua-t-il.

« Comme maintenant », ajouta-t-il pour lui-même. Cela faisait un mois qu'il patientait. Un long mois. Ce stupide pari malmenait son corps, ses instincts, mais il était plus patient qu'Emma ne le croyait. Et il tiendrait encore pendant deux mois…

Si elle ne s'allongeait pas de nouveau sur cette maudite table de billard pour viser !

— Ah bon ? Et au billard, l'es-tu ? fit-elle en rejetant ses cheveux sur le côté d'un air provocant.

A cet instant, il retira le triangle qui maintenait les boules, puis il se concentra pour avoir l'air nonchalant et haussa les épaules en répondant :

— Tu vas voir…

— Vingt dollars la partie, lui rappela-t-elle.

— Une grosse mise.

— Et alors ? dit-elle, tandis que les coins de sa bouche se relevaient avec malice. Aurais-tu peur ?

La dignité de Connor reprit aussitôt le dessus.

— Bien sûr que non ! s'écria-t-il aussitôt. Je peux t'emporter facilement.

— L'emporter ou m'emporter ? ironisa-t-elle.

Beau lapsus !

Sans attendre sa réponse, elle se pencha sur la table, plaça sa queue de billard sur le rebord, puis la fit aller et venir entre ses doigts tout en se concentrant pour viser juste.

Un temps de concentration qui donna tout loisir à Connor d'apprécier la vue de ses seins qui semblaient prêts à jaillir de son haut moulant. Aïe ! Il s'en serait bien passé.

Cette fois, lui-même était au bord de l'explosion…

Et soudain, il sut où il aurait aimé l'emporter.

Une arrière-salle.

Une surface plane.

Comme la table de billard…

Il se passa les mains sur le visage, près de se gifler. Il désirait Emma. Il voulait la prendre sur-le-champ. Il ne se souvenait pas d'avoir éprouvé un désir si puissant pour une femme, auparavant.

Le seul détail qui l'arrêtait, c'était qu'il était à peu près certain que cela ne fonctionnerait pas entre eux. Ce n'était pas parce qu'il se sentait comme un animal en rut que ses sentiments étaient partagés. Or, il y avait encore pire que d'abandonner la partie et de perdre le pari : c'était d'accepter l'idée de perdre le pari… et d'essuyer un refus auprès d'Emma.

Emma visa le triangle de boules qui s'égaillèrent sur la surface en feutre vert. Elle tourna ensuite la tête vers Connor et le gratifia d'un sourire. Un sourire qui lui coupa la respiration.

— Es-tu bien certain de vouloir risquer vingt dollars ? demanda-t-elle, moqueuse.

— Je ne redoute pas le défi, rétorqua-t-il d'une voix rauque. Et toi ?

— Ne t'inquiète pas pour moi, Connor. Je t'assure que je suis capable de le relever.

— Vraiment ? Et quand j'aurai remporté les vingt dollars, que parierons-nous ?

Emma s'apprêtait à viser de nouveau. Elle s'interrompit et lui lança un regard oblique.

— Je suis certaine que nous parviendrons à trouver quelque chose, lui assura-t-elle.

4

Emma Jacobsen le poussait à bout.

Et Connor aurait mis sa main au feu qu'elle y prenait un malin plaisir.

Il avait déjà perdu deux parties, et les rires moqueurs de la poignée de personnes qui observaient le jeu ne l'atteignaient même pas. D'ailleurs, il préférait ne pas y réfléchir, sinon il aurait été obligé de rire à ses propres dépens et de voir ce qu'Emma faisait de lui : un individu ridicule battu au billard par une bombe sexuelle.

Qu'y pouvait-il ?

Comment un homme était-il censé se concentrer alors que toute son attention était focalisée sur la poitrine d'une femme ? Sur ses jambes ? Sur son rire ? Sur les ondulations de ses hanches quand elle se déplaçait ?

Nom d'un chien !

Emma se dirigea vers le mur, accrocha sa queue de billard au crochet avant de revenir lentement vers lui. Tendant la main, elle attendit qu'il y dépose son dernier billet de vingt dollars.

— Tu as recouru à des armes secrètes, lui reprocha-t-il à voix basse.

Puis il déposa le billet dans sa paume, en prenant garde de ne pas l'effleurer. A la simple idée que ses doigts puissent entrer en contact avec la peau d'Emma, son cœur frémissait dans sa poitrine : voilà pourquoi il était préférable de s'abstenir… S'il commençait à la toucher, il n'était pas certain de pouvoir s'arrêter.

— Ah bon ? fit-elle dans un sourire.

Un sourire débordant de vitalité et d'assurance. Encore un détail qu'il n'avait jamais remarqué chez Emma. Durant ces deux dernières années, elle lui avait pourtant souri des centaines de fois ! Pourquoi sa large bouche sensuelle ne l'avait-elle jamais frappé jusque-là ? A se demander s'il n'était pas aveugle.

— Oh, oui ! lui assura-t-il avec amertume. Tu peux me croire quand j'affirme que la bataille n'a pas été loyale.

Secouant la tête, elle éclata de rire et répondit :

— Pour ma part, je pense tout simplement que j'ai mieux joué que toi.

— Rendez-vous pour une autre partie, une autre fois, dit-il alors d'un ton chargé de défi…

… A condition qu'elle soit enveloppée dans un épais anorak qui lui descende jusqu'aux pieds !

— Je suis prête à relever le challenge, répondit-elle en glissant le billet de vingt dollars dans son décolleté.

Il regarda le billet disparaître tout en sentant sa gorge s'assécher…

Derrière eux, deux hommes prirent le relais autour de la table de billard. Emma se mit alors à le fixer pendant au moins une bonne minute sans que le cerveau de Connor ne soit en mesure de réagir… Il était pourtant conscient qu'il devait dire quelque chose. Lui prouver — ou se prouver à lui-même — qu'il n'était pas le crétin qu'il semblait être !

Hélas, ses neurones l'avaient entièrement déserté, ce soir !

Juchée sur ces talons aiguilles, elle était bien plus grande que d'habitude. Sa bouche était si proche de la sienne qu'il aurait pu y déposer un baiser — et la tentation si grande, qu'il aurait pu y céder ! Il sentait déjà le goût de ses lèvres rouge cerise et brillantes… La perspective le troubla si fortement qu'il dut serrer les poings pour éviter de la prendre dans ses bras.

Par pitié !

C'était *Emma.*

Allons, sa confusion était due à ce maudit pari !

Soudain, elle ouvrit la bouche. Elle s'exprimait d'une voix si douce qu'il devait tendre l'oreille pour entendre ses propos par-dessus le bruit ambiant du bar. Sans compter les battements de son cœur qui l'assourdissaient…

— Pourquoi me fixes-tu de cette façon ?

— Je ne te fixe pas, objecta-t-il contre toute évidence.

— O.K., dit-elle avec un sourire moqueur. Tu es en train de fixer le mur derrière moi et il se trouve que je suis dans ton champ de vision. C'est bien cela, n'est-ce pas ?

Connor passa une main sur son visage, dans l'espoir de s'arracher à l'espèce de torpeur sexuelle dans laquelle elle avait plongé son esprit et tout son être. Rien à faire !

— Désolé… J'étais perdu dans mes pensées, marmonna-t-il.

Des pensées dans lesquelles il la faisait basculer sur le feutre vert de la table de billard et lui retirait ses vêtements si provocateurs. Incroyable ! Sa capacité d'imagination était si aiguisée qu'il sentait déjà les sublimes jambes d'Emma s'enrouler autour de ses hanches…

Il était vraiment perdu à tous les sens du terme !

— Hum, hum, fit-elle d'un air dubitatif, avant d'ajouter : Cette partie était fort divertissante, Connor, mais il faut que je rentre, à présent.

Ces mots à peine prononcés, elle tourna les talons.

Elle partait…

Il aurait dû lui en être reconnaissant.

Or, ce n'était pas du tout le cas !

— Pourquoi es-tu si pressée ? lui demanda-t-il d'une voix tendue.

Elle se retourna et le regarda d'un air étonné.

Il cherchait quoi lui dire, en vain… Comment la convaincre de rester quelques minutes encore auprès de lui ? Il avait envie qu'elle le torture encore un peu avec ses charmes. Envie d'aller de surprise en surprise avec Emma…

En soupirant, il finit par dire :

— Je t'aurais bien offert un verre, mais une certaine personne a empoché tous mes billets de vingt dollars, de sorte que je n'ai plus d'espèces sur moi.

Un sourire malicieux passa sur le visage d'Emma. La seconde d'après, il avait disparu.

— Si j'étais bonne joueuse, je t'offrirais une bière, c'est bien cela que tu insinues ?

— En quelque sorte.

Une bière ou ce qu'elle voulait, d'ailleurs…

Il accepterait tout ce qu'elle était prête à lui offrir. Ce qu'il ne voulait pas, c'était qu'elle parte et le laisse seul. Il désirait encore profiter de sa compagnie, même si ce souhait était tout à fait déraisonnable. Parmi toutes les odeurs qui flottaient dans la salle, son parfum se distinguait nettement des autres. Une senteur fraîche et citronnée, qui évoquait une longue nuit d'été sous un ciel étoilé.

Il n'arrivait toujours pas à croire que c'était Emma Jacobsen qui éveillait des sensations si puissantes en lui. Peut-être était-ce d'ailleurs pour cette raison qu'il voulait la retenir, pensa-t-il, en quête d'un motif susceptible d'expliquer son comportement. Pour se convaincre que ce n'était pas Emma elle-même qui le troublait, qu'il aurait pu s'agir de n'importe quelle autre femme. En d'autres termes, qu'il était juste un Marine torturé par ses hormones et que toute créature douée des mêmes atouts qu'Emma aurait été la goutte qui faisait déborder le vase.

Sans conteste, Emma était belle. De face, de dos ou de profil, elle faisait chanceler ses sens…

— Navrée, lui répondit-elle. Il est tard et je travaille demain. Il faut que je rentre.

A ces mots, elle fit volte-face et se dirigea vers la sortie d'un pas déterminé. Les hommes se retournèrent sur son passage pour admirer son avantageuse anatomie. Il n'aurait plus manqué qu'ils la sifflent ! pensa Connor. La colère grondait en lui et il avait une forte envie de distribuer des coups de poing à la cantonade.

De quel droit la jaugeaient-ils avec tant d'insistance ?

Au bout de quelques secondes, il réagit enfin et lui emboîta le pas. Mais il dut lutter pour se frayer un chemin à travers la foule masculine qui, il l'aurait juré, essayait de le séparer d'Emma en entravant son allure. Les maudits !

Une fois à l'extérieur, il repéra de nouveau sa silhouette.

L'odeur douceâtre et entêtante des jasmins flottait toujours dans l'air vespéral. La porte se referma derrière lui et le silence envahit la nuit… Un silence qui, après les décibels du bar, paraissait d'ailleurs presque étrange. Seuls les pas d'Emma crissaient sur les graviers.

Les siens leur firent bientôt écho…

Alors, sans crier gare, Emma se retourna et brandit vivement la main en serrant le poing. Ses clés pointaient entre ses doigts, comme une arme.

— Tout doux ! fit Connor, en levant les bras, comme en signe de capitulation.

Emma poussa un soupir d'exaspération et baissa la main.

— Bon sang, Connor ! s'écria-t-elle sur un ton de reproche. Tu m'as fait une peur bleue.

— Je suis désolé. Telle n'était pas mon intention.

Pas un instant il ne lui avait traversé l'esprit qu'il pouvait l'effrayer. Emma, angoissée par l'idée que quelqu'un puisse la pourchasser sur le parking ? Ne rentrait-elle pas seule chez elle, après sa journée de travail, à la nuit tombée ?

A cette pensée, il se figea. D'où lui venait cette subite envie de la protéger en prenant conscience de tous les dangers qu'elle courait ?

Oh, mon Dieu… !

La situation empirait à chaque minute.

— Que veux-tu, Connor ?

Au lieu de répondre, il se saisit de sa main droite, celle qui avait brandi les clés, et se mit à la contempler… Tout en tâchant d'ignorer la chaleur que ce contact diffusait à tout son corps.

— J'ignorais que les clés de voiture pouvaient constituer une arme. Tu étais prête à te défendre, n'est-ce pas ?

— Bien sûr, fit-elle en se dégageant. Une femme intelligente doit toujours être prudente et ne pas prendre le moindre risque. Pourquoi me poursuis-tu jusqu'ici, Connor ? As-tu oublié de me dire quelque chose ?

— Non, répondit-il en passant son bras sous le sien. Je voulais juste te raccompagner jusqu'à ta voiture.

Son corps était tout chaud, tout doux, si tentant…

Emma considéra la main de Connor sur son bras. Avait-elle ressenti la même onde sensuelle lorsqu'il avait touché sa main ? s'interrogea-t-il aussitôt.

— Ce n'est pas nécessaire, lui assura-t-elle en désignant sa voiture du doigt. Je suis garée là-bas.

Regardant dans la direction indiquée, il repéra sa petite berline gris métallisé, éclairée par un réverbère. Bon emplacement, pensa-t-il. Emma était décidément une femme intelligente. Mais, cela, il le savait déjà.

Il reporta son regard sur elle et l'impact de ses yeux bleu ciel le frappa de plein fouet.

— Tu prétends ne pas avoir besoin de moi et, moi, j'estime pourtant qu'il est de mon devoir de te raccompagner.

— Je suis assez grande pour prendre soin de moi-même, Connor ! J'ai l'habitude.

— Je sais.

Il n'avait jamais songé à s'inquiéter pour elle, auparavant, et voilà qu'il s'en voulait presque pour cette désinvolture ! Il était vrai qu'à ses yeux Emma avait toujours été une amie avec qui il pouvait bavarder aussi librement qu'avec un Marine de la base. Jamais il n'avait fait attention à la femme en elle.

Cette soirée avait brouillé toutes les données. Plus jamais il ne pourrait la considérer autrement que comme une femme. Et qui plus est, une femme très sexy…

— Fais-moi plaisir, accepte ma compagnie jusqu'à ta voiture, implora-t-il.

— En quel honneur devrais-je te faire plaisir ?

Un sourire éclaira le visage de Connor. Il retrouvait enfin Emma telle qu'il la connaissait. Entêtée, prête à en découdre, peu encline à accepter de l'aide si elle estimait qu'elle pouvait s'en sortir seule. Et elle estimait toujours qu'elle pouvait s'en sortir seule !

— Tu me dois bien cela, répondit-il en laissant courir ses doigts sur l'avant-bras d'Emma. Tu m'as battu au billard devant une centaine de témoins. Tous les Marines que je connais vont se moquer de moi pour cette partie de billard perdue.

— *Cette* partie ? Il s'agissait de trois parties, précisa-t-elle. Mais qui a pris la peine de compter ?

— Deux, répliqua-t-il en s'approchant un peu plus d'elle. Moi, je compte.

Elle n'en doutait pas.

Connor avait toujours eu un esprit de compétition fort développé. C'était d'ailleurs pour cette raison qu'il s'était retrouvé embarqué dans ce stupide pari.

Le pari.

La raison qui justifiait cette tenue de… Seigneur, elle préférait ne pas penser à l'image qu'elle renvoyait d'elle-même ainsi vêtue. Elle avait eu la sensation d'être nue toute la soirée. Du moins jusqu'à l'arrivée de Connor. A partir de ce moment-là, elle s'était sentie comme galvanisée…

Emma aspira une longue bouffée d'air, tout en s'ordonnant de se reprendre. Plus facile à dire qu'à faire. La main de Connor toujours posée sur son avant-bras la troublait, submergeant son cerveau d'un trop-plein d'émotions qui l'empêchait de penser…

Elle avait pourtant cru que ce serait un jeu d'enfant.

Qu'il suffirait de l'exciter, de le séduire, et puis de lui dire qu'elle avait orchestré toute l'intrigue dans l'unique dessein de lui faire perdre son pari.

C'était sans compter sur sa propre confusion, sur son incapacité à rester concentrée sur son but initial : la vengeance.

Pendant les deux heures qui venaient de s'écouler, le regard perçant de Connor fixé sur elle l'avait tellement troublée qu'elle ne respirait plus qu'avec difficulté. D'ailleurs, depuis qu'il l'avait rejointe en dehors du bar, sur ce fichu parking, elle sentait sa respiration s'emballer un peu plus.

Il fallait dire qu'il lui avait fait une peur bleue en la suivant ! Mais à présent, il était là. Tout près… Si près que, dans ses prunelles, elle voyait sa propre image se réfléchir.

— Eh bien, acceptes-tu que je joue les chevaliers servants, ce soir ? demanda-t-il d'une voix douce. Ou vas-tu me forcer à te suivre à distance pour m'assurer qu'il ne t'arrive rien ?

Elle se sentit fléchir… avant de se ressaisir bien vite !

Bien sûr, elle appréciait qu'il se soucie d'elle au point de vouloir la raccompagner jusqu'à sa voiture. Néanmoins, si elle avait désiré ou éprouvé le besoin d'une escorte, elle se serait adressée à l'un des videurs du Off Duty. Le fait que, tout à coup, Connor veuille jouer les anges gardiens était à la fois flatteur et agaçant.

Agaçant parce qu'il la traitait comme une femme seulement quand, selon lui, elle était habillée *comme une femme*. Toutefois, si elle avait été logique avec elle-même, elle aurait dû jouer le jeu, et continuer à instiller le trouble en lui en affirmant qu'elle était bien la pauvre et faible femme pour qui il la prenait.

Mais c'était au-dessus de ses forces.

— Je veux d'abord savoir quelque chose, lui dit-elle alors.

— De quoi s'agit-il ?

— Comment se fait-il que tu ne m'aies jamais proposé de me raccompagner avant ce soir ?

Passant une main dans ses cheveux, Connor bredouilla :

— En toute honnêteté, je me suis posé la même question…

Elle le jaugea un instant, admirant au passage sa musculature parfaite sous son T-shirt moulant.

— Et as-tu trouvé une réponse ?

A cette question, il redressa les épaules et plongea ses yeux dans les siens de façon si pénétrante qu'elle finit par voir, dans ce regard d'un bleu aussi profond que l'océan, des sensations qu'elle n'aurait jamais cru y distinguer un jour…

— Oui, murmura-t-il en resserrant son étreinte et en l'entraînant vers sa voiture.

Les réverbères qui bordaient le parking paraient l'obscurité de taches de lumière, rendant l'atmosphère presque irréelle.

— Et quelle est-elle ?

Elle accéléra le pas pour soutenir le rythme de Connor.

A cet instant, il s'arrêta et la regarda.

— La réponse est que je suis un idiot, dit-il.

Un sourire s'afficha sur les lèvres d'Emma.

— Réponse acceptée.

Le visage de Connor s'inscrivait en contre-jour à cause du réverbère placé juste derrière lui, et pourtant Emma sentait son regard rivé à elle. Un regard qui la déshabillait…

— Tu m'as stupéfié, ce soir, Emma, reprit-il.

Sa voix était plus douce que la brise qui, à cet instant, souleva d'un même mouvement quelques mèches de leur chevelure.

Emma sentit sa gorge se nouer.

— Pourquoi ?

— Je n'avais jamais pensé à toi comme à…

S'il lui redisait qu'il n'avait jamais pensé à elle comme à une femme, c'était bien simple, elle le giflait !

— Comme à quoi ?

Il hésita, parut réfléchir. Puis il finit par murmurer en secouant la tête :

— Comme à une joueuse de billard si redoutable.

Un vif sentiment de déception la submergea. Il aurait pu choisir « sexy » ou « belle ». Mais non. Apparemment, il ne s'était pas encore remis du choc. Parfait. Elle ne le séduirait pas ce soir, quelle importance ? Elle avait le temps… De toute façon, elle finirait par le conduire dans son lit !

— On en apprend tous les jours, n'est-ce pas ? dit-elle en ouvrant la portière de sa voiture.

Se glissant derrière le volant, elle baissa la vitre et leva les yeux vers lui.

— A bientôt, Connor, ajouta-t-elle.

— C'est ça, à bientôt, répondit-il d'une voix étranglée.

Elle fit marche arrière pour sortir de sa place de parking. Lorsqu'elle repassa en première, elle jeta un coup d'œil dans son rétroviseur… Connor était toujours là où elle l'avait laissé : il la regardait s'éloigner.

Et le fait qu'elle eût envie de faire demi-tour pour aller l'embrasser ne signifiait rien du tout !

« Pour l'amour du ciel, c'est Emma ! » se répéta Connor.

Il attrapa le ballon et se mit à dribbler d'un air absent.

— Tu joues, oui ou non ?

Tout en posant cette question, Aidan s'empara du ballon, pivota sur lui-même et le mit dans le filet.

— Il a sûrement quelque chose en tête, fit Brian en essuyant d'un revers de manche la sueur qui coulait sur son front.

— Serait-ce Emma ? demanda Liam en attrapant le ballon au vol et en le lançant… dans l'allée du presbytère.

Connor tourna la tête vers lui. Comment diable son aîné pouvait-il bien savoir ce qui le préoccupait depuis deux jours ? D'autant que lui-même ne savait pas très bien pourquoi il était dans un tel état.

Dès l'instant où Emma était montée dans sa voiture, sur le parking du Off Duty, et s'était éloignée, elle n'était plus sortie de ses pensées. Et Dieu sait quelles pensées elle lui inspirait !

— Je l'ai vue l'autre soir, répondit-il.

Aussitôt, l'image d'Emma moulée dans sa jupe courte et serrée s'imposa à lui et renforça ses tourments.

— Et alors ? demanda Aidan en s'approchant de Brian pour lui prendre la bière qu'il tenait à la main.

— Hé ! protesta ce dernier.

— On va t'en donner une autre ! répliqua son frère sur le ton agacé que l'on prend avec un enfant impatient.

Le soleil qui inondait l'allée se reflétait sur le ciment de sorte qu'une chaleur étouffante montait du sol, cernant les joueurs. Pas un souffle de vent ne bougeait les feuillages et il n'y avait pas le moindre nuage en vue. Chaleur ou pas, les frères Reilly avaient décidé de jouer au basket aujourd'hui, et tant pis si c'était au prix d'une déshydratation !

Brian prit une nouvelle cannette de bière dans la glacière et s'éloigna d'Aidan. Tout en se désaltérant, il observa tour à tour Connor et Liam, puis déclara à l'adresse de ce dernier :

— On dirait qu'un deuxième frère va tomber.

A ces mots, Connor se raidit et lui répondit en fronçant les sourcils :

— Sûrement pas. Je pourrai tenir, *moi*. Pas comme d'autres…

— Il est vrai que je n'aurai pas d'argent, mais j'ai de larges compensations, rétorqua aussitôt Brian. Qui dureront toute la vie, elles, contrairement à une poignée de dollars.

— Crétin ! s'écria Aidan. Entre nous, je ne comprends pas ce qu'une femme aussi formidable que Tina peut bien te trouver.

— Elle n'aime que le premier choix, lui assura Brian.

— C'est ça, fit Aidan en lui lançant le ballon.

Brian le rattrapa et se mit à dribbler en direction du filet.

Tandis que ce dernier et Aidan s'éloignaient, Liam se rapprocha de Connor et lui tapota l'épaule :

— Ne veux-tu rien me confier ? En ma qualité de frère ou de prêtre, j'accepte toutes les confessions.

— Je doute que tu sois en position de me donner des conseils sur les femmes, Liam. Il se peut que je sois sur la touche pendant deux mois, mais toi tu l'es pour la vie.

Liam eut un petit rire et prit deux nouvelles cannettes dans la glacière.

Il en tendit une à Connor avant d'en ouvrir une pour lui.

— Je n'ai pas toujours été prêtre, tu sais.

— C'est vrai, je me rappelle.

— Eh bien ? Envie de parler ?

— Non !

Connor avala une longue gorgée de bière.

Le liquide froid qui coulait dans sa gorge lui procura une apaisante sensation de fraîcheur… Hélas, il savait que l'impression serait de courte durée. Depuis sa fatale rencontre avec Emma au Off Duty, il ne parvenait pas à calmer le feu intérieur qui le consumait. Penser à elle lui causait mille tourments. Et pourtant, sa démarche chaloupée, son sourire sensuel, son odeur subtile ne cessaient de le hanter. Ces souvenirs étaient devenus une partie de lui-même.

Voilà pourquoi il se tenait à distance du garage depuis deux jours ! Il avait besoin d'espace, de temps. Il devait comprendre ce qui lui était arrivé, l'autre soir. Tant qu'il ne le saurait pas, il ne serait pas en sécurité en compagnie d'Emma.

Il entamait le deuxième mois d'abstinence, et se sentait sur le fil du rasoir. Il se sentait flirter avec le danger. Il suffisait qu'on le pousse, oh, juste un peu, et il tombait…

Et Emma était celle qui pouvait provoquer sa chute.

— En es-tu bien sûr ? insista Liam.

— Liam, reprit Connor sur un ton agacé, le jour où j'aurai besoin des conseils d'un prêtre au sujet d'une femme, ce jour-là tu pourras me raser la tête et m'envoyer à Okinawa.

— Tu es un Marine, espèce d'imbécile, lui rappela Liam, en reposant sa bière pour rejoindre les autres qui disputaient un match en duel. Tu as déjà la tête rasée, et tu es déjà allé à Okinawa.

Connor sourcilla.

Au fond, il avait peut-être besoin des conseils d'un prêtre !

5

— Il n'est pas revenu !

Emma s'adossa au fauteuil de bureau qui avait autrefois appartenu à son père et qui était aujourd'hui à elle.

— T'attendais-tu à le voir revenir en courant ? demanda Mary Alice à l'autre bout du fil.

— En toute franchise, oui !

Emma ne pouvait s'empêcher de jouer avec le cordon du téléphone. Elle venait d'ailleurs de l'entortiller si étroitement autour de ses doigts que ces derniers commençaient à bleuir. Elle le déroula.

— Si tu l'avais vu littéralement « baver » d'envie devant moi, tu aurais cru la même chose, je t'assure, ajouta-t-elle.

— Hum, hum, fit Mary Alice. Et que faisais-tu pendant qu'il *bavait d'envie* devant toi ?

— A part détruire ma réputation ?

— Oui. Est-ce que, toi aussi, tu *bavais d'envie* ?

— Un peu, peut-être, concéda-t-elle.

Un peu ? Quel euphémisme ! Difficile cependant d'avouer à Mary Alice qu'elle aussi était consumée de désir. D'autant que son amie l'avait mise en garde contre les aléas de son plan. Et, en vérité, il se pouvait qu'elle ait fait preuve de clairvoyance…

Depuis deux jours, Connor occupait ses pensées jusqu'à l'obsession. Il faisait partie de sa vie depuis deux ans, et jusqu'alors, elle ne l'avait *jamais* imaginé nu dans un lit avec elle. D'ailleurs, force était d'admettre que cette image était des plus réjouissantes…

— Je le savais, reprit son amie en soupirant. Je le savais bien que tu allais te laisser prendre au piège, encore une fois. Franchement, Emma…

— Cette fois, c'est différent ! protesta cette dernière.

Qui, de son amie ou elle, cherchait-elle à rassurer ? se demanda-t-elle alors. Malgré elle, elle se rappela ses fiançailles rompues, trois ans auparavant, mais elle refoula bien vite ce souvenir pour ajouter :

— Je ne suis pas en quête du grand amour. Juste d'une aventure qui s'inscrit dans le cadre d'une vengeance.

— Mouais…

— Cesse d'être aussi sceptique, s'indigna Emma.

— Permets-moi de te dire, Emma, que tu n'es pas le genre de femme à rechercher des aventures pour une nuit.

— Je peux le devenir, fit cette dernière en se raidissant.

— Oui, et je pourrais devenir top model si je perdais dix kilos ! ironisa Mary Alice.

— Très drôle !

— Je n'essaie pas d'être drôle. Je voudrais juste que tu reviennes à la raison avant de te retrouver engagée dans une relation qui te brisera de nouveau le cœur.

— Ma parole, vous vous êtes tous donné le mot ! Le père Liam m'a aussi mise en garde contre ma tentative de séduction qui pouvait, selon lui, dégénérer en amour !

Emma s'interrompit pour pousser un soupir d'agacement avant de reprendre :

— Mon cœur est en sécurité. Ce sont mes hormones qui sont aux commandes.

Ces ultimes paroles firent exploser Mary Alice, qui déversa aussitôt une avalanche de mises en garde dans le combiné.

Tout en attendant que l'orage passe, Emma inspectait du regard le petit « empire » Jacobsen…

Le bureau était rempli de plantes vertes, et de la vigne

vierge retombait des paniers en macramé suspendus aux angles de la pièce. Les immenses baies vitrées brillaient sous l'éclat du soleil, offrant à Emma un panorama imprenable sur les parterres de fleurs alignés devant le garage. Les zinnias et les pétunias, par leur couleur et leur senteur, accueillaient avec convivialité la clientèle qui ne s'attendait pas à découvrir ce genre de raffinement dans un garage.

Son père avait fondé le garage trois décennies auparavant, sans jamais se soucier de rendre le lieu agréable. Il l'était devenu de lui-même, au fil des ans. John Jacobsen était davantage affairé à asseoir sa réputation, possédant pour cela deux atouts majeurs : sa compétence dans son domaine, et la pratique de prix raisonnables. A son décès, il avait laissé un commerce florissant entre les mains expérimentées de sa fille.

Cette dernière connaissait en effet tous les secrets d'un moteur — difficile d'être élevée dans un garage et de rester insensible à la mécanique — même si aujourd'hui elle passait plus de temps à s'occuper de la comptabilité et à régler les questions administratives, dans le bureau, qu'à réparer des voitures. Pourtant, elle adorait toujours retaper de vieilles guimbardes.

Les deux mécaniciens qu'elle employait exerçaient leur travail avec une conscience professionnelle exemplaire et, détail non négligeable, acceptaient sans difficulté d'être commandés par une femme. Surtout une qui était capable d'effectuer une révision de moteur en moins d'une demi-heure.

— Allô ? Ici la Terre…

— Pardon ?

Emma sursauta avant d'enchaîner dans un soupir :

— Désolée… J'ai décroché pendant quelques secondes.

— Je m'efforce de te donner des conseils et tu ne m'écoutes pas ! C'est vexant, à la fin.

— Allons, j'ai bien entendu ce que tu m'as dit ; seulement, je crois que tu exagères un peu.

— Sûrement pas ! Tu n'as pas assez d'expérience avec les hommes pour savoir comment te protéger.

— Merci, m'man !

— C'est toi qui m'as appelée pour me parler de cette histoire, il me semble, répliqua Mary Alice d'un ton de reproche.

O.K., pensa Emma en repoussant avec nervosité une mèche de cheveux derrière son oreille. Dans un moment de désespoir, elle avait téléphoné à sa meilleure amie, car la situation ne prenait pas le tour espéré. Elle était censée rendre Connor fou de désir — *pas l'inverse.*

— Je sais, répondit-elle enfin.

— Dans ces conditions, parle !

— Je t'ai déjà raconté ce qui s'est passé l'autre soir.

— J'aurais donné cher pour te voir jouer au billard juchée sur des talons hauts, déclara Mary Alice.

— Je sais bien mieux marcher dans des escarpins qu'avant, lui assura Emma.

Un sourire éclaira son visage. Elle se rappelait les nombreuses fois où elle avait manqué se tordre la cheville, tandis que Mary Alice tentait de lui inculquer les rudiments de la marche avec des talons aiguilles. Cela remontait à quatre ans, lorsqu'elle avait décidé d'améliorer son look dans l'espoir de tomber amoureuse, et vice versa. Or, elle s'était vite rendu compte qu'en amour il importait que le partenaire tombe amoureux de la *véritable* femme que l'on était, non de celle que l'on voulait être.

— Au moins, mes leçons n'ont pas été vaines, fit Mary Alice en riant. Donc, Connor était fou de désir, n'est-ce pas ?

— Comme un homme assoiffé devant une fontaine d'eau claire.

— C'est un point positif.

— Oui. Sauf que je ne l'ai pas revu depuis !

Et dire qu'elle était certaine qu'il viendrait au garage le lendemain de leur rencontre au Off Duty. A la façon dont il avait louché sur sa poitrine, ses jambes, elle aurait parié qu'il était complètement dingue d'elle.

Elle aurait perdu…

— Et s'il t'évitait ?

— C'est l'impression que j'ai.

— Alors il convient de t'inquiéter pour lui.

Ces paroles firent naître un sourire sur les lèvres d'Emma. Elle se redressa.

— Hé… Je n'avais pas envisagé la situation sous cet aspect-là.

— S'il n'ose plus s'aventurer chez toi, je crois que tu n'es pas loin de lui faire perdre son pari.

— Bien vu !

Emma était si contrariée par le fait que Connor garde ses distances qu'elle n'avait pas réfléchi à la raison qui motivait son attitude. Peut-être ne la considérait-il plus comme un *pote*, et en concevait-il de l'inquiétude. Peut-être que sa jupe trop serrée et son corsage trop moulant avaient réalisé des prodiges…

Prodiges, prodiges !

Dans ces conditions, pourquoi ne revenait-il pas à la charge ?

Elle se leva, contourna son bureau, tirant sur le cordon du téléphone pour se rapprocher le plus possible de la baie vitrée. A l'extérieur, le soleil inondait les rues de Baywater, la chaleur faisait chatoyer l'air, conférant à la petite bourgade un aspect un peu irréel. Sur l'avenue principale, quelques voitures circulaient sans hâte, tels des paquebots croisant au large… Soudain, elle repéra un 4x4 noir qui s'engageait dans l'allée du garage.

Un frisson balaya son corps, et elle voulut se convaincre que c'était l'effet de la climatisation. Mais elle savait bien que non !

Humectant ses lèvres devenues toutes sèches, elle déclara dans le combiné :

— Il est là !

— Pardon ?

— Connor ! précisa Emma, tandis que ses doigts se resserraient sur le téléphone.

Elle le vit descendre de voiture et grimacer lorsque la

chaleur extérieure l'assaillit. Il était vraiment beau gosse ! En dépit de la chaleur quasi insupportable, il portait un jean délavé qui soulignait ses longues jambes et un T-shirt blanc épousant de près son torse imposant. Il serra les mâchoires en mettant ses clés dans la poche de son jean avant de se diriger vers le bureau.

C'est-à-dire vers elle.

A cette idée, elle tressauta de joie.

— Quelle tête fait-il ? demanda Mary Alice.

— Il a l'air d'un homme au supplice ! répondit Emma. Bon, je te laisse.

Et, sans même attendre que son amie lui dise au revoir, elle raccrocha.

Elle s'appuya avec nonchalance contre le bureau, pour faire comme si de rien n'était… Ce qui était loin d'être évident, avec sa gorge nouée et son cœur qui battait la chamade.

Elle le regarda s'approcher à travers la baie. A quel moment le petit jeu qu'elle avait initié s'était-il donc retourné contre elle ? C'était Connor qui devait devenir sentimental, pas elle ! Et pourtant elle continuait de l'observer avec convoitise, scrutait ses jambes musclées qui traversaient le parking. Elle aurait même souhaité qu'il se retourne pour pouvoir le contempler de dos, et admirer son joli postérieur !

A cette pensée, Emma sentit son estomac descendre en piqué, et elle posa d'instinct la main sur son ventre lorsque Connor ouvrit la porte et pénétra dans le bureau. Aussitôt, la petite pièce lui procura une sensation aiguë de claustrophobie.

Connor serra les dents lorsque son regard croisa Emma…

Il n'aurait jamais dû revenir, songea-t-il, en colère contre lui-même.

Après avoir quitté ses frères, il était passé chez lui prendre une douche, sans toutefois parvenir à se calmer. La pensée d'Emma ne cessait de le torturer, et il avait fini par comprendre qu'il n'avait plus qu'une chose à faire : s'il voulait conserver son amitié, il devait à tout prix l'éviter jusqu'à la fin de ce stupide pari.

Il n'allait tout de même pas prendre le risque de perdre une belle amitié, sous prétexte que ses hormones brouillaient son jugement. Emma était son amie. S'il se comportait comme un imbécile avec elle, c'était à cause du pari ! Que diable ! Il n'était plus un adolescent pour succomber aux charmes de la première jeune fille qui passait. Il était un Marine. Il tiendrait bon.

Son regard glissa sur le corps de la jeune femme… Elle était vêtue d'une salopette short vert clair qui laissait voir ses longues, très longues jambes bronzées. En guise de haut, elle portait un T-shirt rose foncé à bretelles, bordé de dentelle. Elle avait tressé ses cheveux en une natte qui retombait du côté droit de son visage. Une natte qu'il avait envie de défaire afin d'enfouir ses mains dans la masse soyeuse de sa chevelure…

Il déglutit avec difficulté.

Il se raidit, se préparant mentalement à la bataille. Tout son corps lui disait de battre en retraite, et pourtant il savait qu'il avait pris la bonne décision en venant au garage. Il devait l'informer qu'il ne pourrait pas la voir durant les deux prochains mois. Lui expliquer que…

Que quoi ? Qu'il ne se faisait pas confiance en sa compagnie ? Que, depuis peu, il passait tout son temps à fantasmer sur son adorable corps ? Qu'il mourait d'envie de mordiller ses épaules et de promener sa langue sur chaque parcelle de sa peau ?

Bravo !

— Emma, nous devons parler.

Son ton était un peu plus sévère que prévu, mais il serrait tellement les mâchoires que chaque mot ressortait d'un effort de volonté.

— Ah bon ? fit-elle dans un sourire désarmant en se redressant.

Elle portait des sandales blanches, ornées de quelques

marguerites de couleur. Ses orteils étaient vernis en rose foncé, le même rose que son bustier. Un bracelet en or brillait à sa cheville. Sapristi ! Les mécaniciens n'étaient pas censés exhiber de tels bijoux !

— Depuis quand portes-tu un bracelet à la cheville ? demanda-t-il en sourcillant.

Emma regarda sa cheville un instant puis, relevant la tête, répondit d'une voix très tranquille :

— Trois ans.

— Oh…

Il se passa une main sur le visage. Encore un détail qui lui avait échappé. Ou bien, s'il l'avait vu, il n'avait pas retenu son attention parce qu'Emma était son amie. Son pote. Mais c'était autrefois. Aujourd'hui…

— A propos de l'autre nuit…, reprit-il.

— Oui ? fit-elle en s'approchant de lui.

Une bouffée de son parfum flotta alors jusqu'à ses narines. Une odeur suave et obsédante. Il déglutit avec difficulté. Se retrouver tout près d'elle était risqué… Il aurait dû téléphoner. Garder ses distances. Il avait pourtant tenu à venir en personne, il devait bien le reconnaître.

Qu'est-ce qui lui arrivait ? se demanda-t-il, dérouté. Jamais il n'avait perdu du temps à fantasmer sur une femme *en particulier*. Pour lui, toutes les femmes étaient désirables, l'astuce étant de ne jamais s'attarder auprès d'une afin de ne pas se lasser. Il croyait dur comme fer à la théorie selon laquelle, en amour, le changement épiçait la vie.

Or, depuis qu'il avait vu Emma au Off Duty, elle ne lui était pas sortie de l'esprit. Il ne parvenait pas à l'en chasser. Il n'avait même pas été en mesure d'essayer…

— Tu m'as stupéfié, articula-t-il enfin.

Elle fit un pas de plus vers lui, et l'odeur de son parfum fut encore plus présente — pour sa plus grande torture. Il avait la sensation qu'elle l'enveloppait tout entier et qu'il ne pouvait plus respirer sans inhaler une partie d'elle-même.

— Je sais, tu me l'as déjà dit.

— Exact…

Il venait de répéter mot pour mot la phrase qu'il avait prononcée sur le parking du bar, lorsqu'il avait tenté de la convaincre et surtout de se convaincre lui-même que c'étaient ses prouesses au billard qui l'avaient ébloui. Il sourcilla, secoua la tête et baissa le regard vers elle… Ses yeux couleur de ciel étaient immenses et d'un bleu incroyable. Un homme aurait pu s'y perdre rien qu'en en contemplant les profondeurs. Et il refusait de s'avouer perdu…

— Veux-tu aller déjeuner quelque part ? demanda-t-il à brûle-pourpoint.

Elle le considéra d'un air ingénu.

— Tu m'invites à déjeuner ?

— N'en ai-je pas le droit ? répliqua-t-il… tout en se maudissant.

Pour l'amour de Dieu, on ne se débarrassait pas d'une femme en l'invitant à déjeuner. Il ajouta cependant :

— Deux amis ne peuvent-ils donc pas partager un repas sans qu'on en fasse toute une affaire ?

A ces mots, un sourire lascif éclaira le visage d'Emma et il ressentit une petite secousse électrique au fond de lui-même.

— Qui en fait toute une affaire ?

— Personne, protesta-t-il. Il ne s'agit d'ailleurs pas d'une affaire, mais d'un déjeuner. Alors ? Cela t'intéresse-t-il ?

— Bien sûr. Laisse-moi juste le temps de dire à mes gars que je m'en vais.

Emma se dirigea vers la porte intérieure qui communiquait avec le garage, et Connor ne put s'empêcher de la suivre du regard… Mon Dieu ! Même dans cette salopette elle était sexy ! Et le regard qu'il riva sur ses reins à ce moment-là n'était pas celui d'un ami, loin de là ! Il avait conscience de s'enfoncer un peu plus…

Le restaurant Delilah était un endroit cosy et accueillant. Les touristes et la population locale s'y côtoyaient en toute sérénité, et l'endroit bourdonnait de conversations amicales. Des tables étaient alignées contre le mur, près des fenêtres donnant sur Pine Avenue. Les autres étaient réparties dans le reste de la pièce, qui comportait aussi un grand comptoir. Les serveuses s'affairaient avec diligence et répondaient avec bonne humeur aux clients qui les interpellaient.

Emma se cala contre la banquette et croisa les bras. Connor ne lui avait pas adressé un mot depuis qu'ils avaient quitté le garage. Et maintenant, il donnait l'impression d'avoir envie d'être n'importe où sauf ici !

Comment était-elle censée interpréter sa réaction ?

Alors qu'ils attendaient que la serveuse leur apporte leur commande, Emma se servit un verre d'eau, en avala un long trait et demanda :

— Comptes-tu rester muet pendant tout le repas ?

— Pardon ?

— Tu as dit que tu voulais me parler, mais tu n'as pas ouvert la bouche depuis que nous avons quitté le garage, précisa-t-elle.

— Le son de ma voix te manquerait-il ? demanda-t-il tout en lui décochant un sourire.

Un sourire qui la fit frémir intérieurement. Elle reprit une gorgée d'eau pour dissiper son émotion.

— Que se passe-t-il, Connor ?

— Rien, c'est juste que…

La serveuse choisit cet instant précis pour venir les servir. Elle déposa la salade du chef et un verre de thé glacé devant Emma puis servit à Connor le hamburger et les frites qu'il avait commandés, en prenant soin de bien le frôler. Emma observa son manège d'un air mi-amusé, mi-agacé.

— Merci, dit Connor en adressant un sourire charmeur à la belle rousse.

— Je vous en prie, répondit celle-ci en jetant un bref coup d'œil à Emma. Si vous avez besoin de quoi que ce soit, n'hésitez pas à m'appeler. Mon nom est Deborah.

— Entendu, Deborah, intervint Emma d'une voix sèche,

ramenant la serveuse à la réalité. Nous vous appellerons si nécessaire.

Deborah fronça les sourcils en direction d'Emma puis, reportant son regard vers Connor, elle le gratifia d'un grand sourire et s'éloigna comme à regret.

— Incroyable, marmonna Emma.

— Qu'y a-t-il ?

— N'as-tu donc rien remarqué ?

Se saisissant de son hamburger, il y mordit à belles dents, puis demanda, avant de se mettre à mastiquer :

— Qu'aurais-je dû remarquer ?

— Je rêve ! s'exclama Emma que cette réponse ne surprenait pourtant pas du tout. Cela doit t'arriver si souvent que tu n'y prêtes même plus attention.

— Pour l'amour du ciel, de quoi parles-tu ?

— De la serveuse ! Il suffisait que tu le lui demandes, et elle s'allongeait sur la table !

Il éclata de rire.

— Tu ne crois pas que tu exagères un peu ?

De son côté, Emma piqua sa fourchette dans sa salade au poulet… alors que c'était la main de Connor qu'elle avait envie de prendre pour cible ! Pas étonnant qu'il n'ait jamais fait attention à elle, avec toutes les femmes qui lui tournaient autour ! Ce redoutable séducteur les attirait comme un aimant ! Toute femme âgée de quinze à cinquante ans se retournait sur son passage.

— Pas du tout !

— Elle me prend sans doute pour Aidan, expliqua-t-il. Il vient souvent déjeuner ici.

Pour sa part, Emma n'avait jamais eu de difficulté à différencier les triplés. Bien sûr, ils étaient presque identiques, mais chacun possédait une petite caractéristique. Chez Connor, par exemple, c'était la façon dont il relevait le coin droit de la bouche quand il tentait de garder son sérieux alors qu'il avait envie de rire.

— Comment était-ce de grandir avec deux personnes qui avaient la même tête que toi ? lui demanda-t-elle tout à trac.

A ces mots, il arbora cette fameuse expression. Une expression qu'elle aimait tant chez lui.

— Amusant. Nous nous en sommes donné à cœur joie tous les trois. Avec Liam aussi, avant qu'il n'entre au séminaire…

Il s'interrompit et la jaugea un instant avant d'ajouter :

— Je n'arrive pas à imaginer ce que c'est que d'être enfant unique, comme toi.

Prenant une autre bouchée de salade, elle répondit :

— J'ai eu une enfance heureuse, j'étais bien, toute seule avec mon père.

— Oui, tu m'as l'air équilibrée, concéda-t-il en souriant. Seulement, aux examens, tu n'avais personne avec qui échanger ta place.

— Non ! Vous ne faisiez pas une chose pareille, tout de même ?

— On ne se gênait pas ! assura Connor en riant.

Ses yeux se mirent à briller à l'évocation de ses souvenirs.

— C'était Aidan, la tête du trio. Il venait aux examens à notre place.

A son tour, Emma se mit à rire et secoua la tête :

— Je n'arrive pas à le croire…

— Je t'assure que c'est vrai. On a fonctionné sur ce mode pendant deux ans, au lycée. Jusqu'à ce qu'un professeur remarque que nous avions répondu tous les trois la même chose à l'examen…

— Que s'est-il passé alors ?

— Disons que ma mère a pris la situation en main et que, pendant un mois, aucun de nous quatre n'a vu le monde extérieur.

— Même Liam ? s'enquit Emma en buvant un peu de thé glacé. Il était innocent, pourtant.

— Vrai, mais en tant qu'aîné, ma mère estimait qu'il aurait dû nous dissuader d'agir ainsi.

Tandis que Connor parlait de ses frères, Emma s'efforçait de se rappeler qu'elle n'était pas censée en apprendre plus sur sa vie. Il ne s'agissait pas d'une histoire d'amour fondée sur l'échange de confidences, mais d'une manœuvre de séduction. D'une intrigue destinée à lui faire perdre son pari et regretter de l'avoir mise hors jeu, un jour fatal…

Mais il lui sourit et elle en oublia son plan.

Il éclata de rire et les ricochets de son rire se répercutèrent en elle, lui procurant de délicieux frissons.

Sous la table, la jambe de Connor effleura la sienne et un frisson remonta le long de sa cuisse pour venir mourir dans un endroit un peu trop brûlant pour la paix de son esprit…

Connor aussi ressentit cette onde. Elle l'aurait juré.

Il enchaîna son regard au sien, et le rire s'éteignit bientôt dans ses yeux pour laisser place à un autre éclat, celui du désir. Un éclat qui enflamma le sien.

— Que sommes-nous en train de faire, Emma ? demanda-t-il d'une voix rauque.

— Déjeuner, non ? dit-elle en s'efforçant de respirer normalement.

— Quoi d'autre ?

— Y a-t-il autre chose, Connor ?

— Je ne le souhaite pas, même si je ne peux pas faire comme si de rien n'était.

Une pointe de déception lui pinça le cœur, mais cela ne suffit pas à apaiser l'ardeur qui la consumait.

— C'est flatteur ! fit-elle d'un ton désabusé.

— Emma, nous sommes amis, dit-il en se penchant sur la table pour lui saisir la main.

Alors, avec son pouce, il se mit à caresser sa paume… Emma se sentit traversée par un nouveau frisson, encore plus intense que le précédent. Elle soupira, mais ne retira pas sa main. Elle aimait la sensation de ses doigts enchevêtrés aux siens. Elle aimait le feu qu'il allumait en elle…

— Et les amis ne sont pas censés coucher ensemble, n'est-ce pas ? demanda-t-elle alors.

— En général, non, admit-il à contrecœur.

Elle hocha la tête et, très lentement, retira sa main de la sienne.

— Dans ces conditions, il suffit que nous cessions d'être amis. Qu'en penses-tu, Connor ?

6

Cesser d'être amis ?

La suggestion d'Emma lui fit l'effet d'un violent coup de poing.

— C'est précisément ce que j'essaie d'éviter, murmura-t-il.

Sa main lui paraissait abandonnée depuis qu'Emma avait retiré la sienne. Il frotta ses doigts contre sa propre paume, comme pour retenir la sensation toute douce de sa peau sur la sienne… Bon sang ! Il n'avait pas assez d'amis intimes pour se permettre d'en perdre. Et surtout pas Emma. Elle et lui avaient passé de si bons moments ensemble. Avec elle, il pouvait aborder n'importe quel sujet, rire sans retenue et lui ouvrir son cœur.

Quand les nouvelles recrues dont il avait la charge le faisaient sauter au plafond, Connor savait qu'il pouvait se réfugier chez Emma et oublier le monde en sa compagnie. Quand ses frères l'exaspéraient, elle en riait avec lui. Quand la terre entière lui paraissait hostile, le sourire d'Emma le réconciliait avec lui-même.

Non, il n'était pas prêt à renoncer à une amitié si précieuse.

— Dans la vie, on ne peut pas toujours avoir ce qu'on veut, dit-elle en haussant les épaules — petit geste qui fit glisser la bretelle de sa salopette sur son épaule gauche.

Il la regarda en sourcillant. Que voulait-elle dire ? Souhaitait-elle mettre un terme à leur amitié telle qu'elle existait et essayer un nouveau mode de relation avec lui ? Ou cherchait-elle à lui faire comprendre qu'elle n'était pas intéressée par une aventure avec lui ?

Ah, c'était tout de même rageant ! Pourquoi les femmes ne pouvaient-elles jamais dire clairement ce qu'elles pensaient ?

— Ne commence pas à me faire la morale, la prévint-il, méfiant.

— Serait-on susceptible ? ironisa-t-elle.

— Non, pas susceptible, juste surpris que tu sois prête à sacrifier notre amitié sur l'autel d'une partie de jambes en l'air.

— Ce n'est pas ce que j'ai dit.

— Explique-moi alors ce que *tu as dit*, fit-il en se renfrognant encore plus.

— Pas grand-chose, en fait, répondit-elle d'un ton amusé. Juste que, si tu veux dormir avec moi, nous devons cesser d'être amis. Mais, si tu ne le souhaites pas, alors notre amitié demeurera intacte.

— Tout dépend-il donc de moi ?

Ça, il n'était pas près de le croire ! Dans un couple, c'était toujours la femme qui était aux commandes, tous les hommes le savaient bien, même s'ils prétendaient le contraire pour que l'honneur soit sauf.

Une raison, entre autres, pour laquelle il avait toujours fui la vie de couple ! Une fois qu'une femme vous avait mis le grappin dessus, toute votre vie s'en trouvait chamboulée. Vous deviez aller voir des films sentimentaux au cinéma et prendre garde à mettre un sous-verre sous votre chope de bière.

Non, tout cela n'en valait pas la peine. Il laissait la vie conjugale à des hommes comme Brian, par exemple. Pour sa part, Connor n'avait qu'une devise : aimer et partir vite.

Emma secoua la tête, et il regarda, fasciné, sa tresse aussi dorée que les blés qui oscillait tel un pendule dans le creux de son cou.

— Ne tire pas de conclusions hâtives, lui répondit-elle. Il me semble bien t'avoir entendu dire que tu ne souhaitais pas qu'il y ait quoi que ce soit entre nous.

— Oui, mais…

Nom d'un chien ! Il était déloyal de retenir les propos d'un homme contre lui !

— Où est le problème ? fit-elle.

Connor poussa un profond soupir… Quelque chose ne tournait pas rond ! Sans s'en rendre compte, il avait dû perdre le fil de cette fichue conversation. Il ne savait plus quelle position il défendait. Un homme avait vraiment besoin d'un plan de bataille pour faire face à un adversaire aussi redoutable qu'une femme.

Surtout quand cette femme s'appelait Emma Jacobsen.

Emma lui sourit et inclina la tête de côté, sans cesser de le fixer. Son épaisse tresse blonde glissa sur son épaule… De nouveau, il dut résister à la tentation de tendre la main, de retirer l'élastique et de libérer cette superbe chevelure pour pouvoir enfouir ses doigts dedans.

— Te rendrais-je nerveux, Connor ? demanda-t-elle d'un ton amusé.

— Non !

La réponse avait été aussi prompte que sèche, comme s'il cherchait surtout à s'en persuader lui-même. S'emparant de son hamburger, il mordit dedans à pleines dents et tenta de se concentrer sur la conversation. O.K., il avait perdu le fil du dialogue, mais il allait le rattraper !

— Je ne suis pas nerveux, affirma-t-il après avoir avalé sa bouchée.

— Alors quel est le problème ?

Le problème ?

Mon Dieu, par où commencer ?

Il y en avait tant, des problèmes ! Qu'il se sente excité rien qu'en déjeunant avec une femme qui était censée n'être qu'une amie, par exemple. Que l'odeur de son parfum le trouble plus que de raison, l'enivre même.

Non, il ne pouvait pas décemment lui avouer le genre de problèmes qui le tracassaient. Tout comme il était impossible de lui confier que des images érotiques d'elle le tenaient éveillé une bonne partie de la nuit. Cela mettrait fin à l'amitié qu'il se battait avec tant d'énergie pour conserver.

Tout cela, c'était la faute de ses frères. Tous, autant qu'ils étaient, étaient responsables. Brian, à cause de sa vie conjugale si réussie dont il se vantait tous les jours. Aidan, en raison de sa détermination farouche à remporter le pari. Et Liam qui, depuis la ligne de touche, se moquait de la chasteté que ses frères tentaient d'observer pendant trois mois, alors que lui en avait fait vœu pour la vie.

Jamais il n'aurait dû se laisser emberlificoter dans ce stupide pari.

Depuis le début, cela avait été une grosse erreur.

Et la situation n'allait pas s'arranger !

— C'est à cause du pari, finit-il par articuler. Tu sais bien que c'est la cause de tout.

— Hum, hum…

Il sourcilla face à son scepticisme.

Emma prit une nouvelle bouchée de salade et, du bout de la langue, rattrapa une goutte de vinaigrette qui menaçait de couler sur son menton. Connor se raidit. Toutes les cellules de son corps étaient en feu… Jamais il n'avait mené une si dure bataille contre lui-même.

— Ecoute, dit-il en se penchant vers elle afin que le reste de la clientèle ne profite pas de leur conversation. Nous savons tous les deux que ce pari me rend dingue. Tout comme nous savons que nous sommes amis, rien de plus.

— Si tu le dis…, fit-elle en souriant.

Il prit une longue bouffée d'oxygène… Son estomac était tout noué. Il considéra un instant son hamburger et une sorte de dégoût le submergea. Il se sentait incapable d'avaler une bouchée de plus. Repoussant son assiette, il appuya les deux coudes sur la table et enchaîna son regard à celui d'Emma.

— Je t'aime beaucoup, lui dit-il.

— Merci, Connor, dit-elle en grappillant un morceau de poulet. Moi aussi, tu sais.

— Très bien !

Et, pour ponctuer cette affirmation, il donna un violent coup sur le rebord de la table. Le thé glacé frémit dans leurs verres et déborda un peu… Quelques personnes tournèrent la tête vers eux et Emma éclata de rire.

— C'est ce que je disais, dit-il en jetant un regard circulaire avant de baisser la voix, comme un agent secret dans un film de série B. Nous nous apprécions bien trop pour dormir ensemble.

— Entendu.

— Comment ça, « entendu » ? dit-il en se reculant sur son siège.

Elle haussa de nouveau les épaules et, cette fois, la fine bretelle de son bustier vint rejoindre celle de sa salopette, sur son épaule. Connor cligna des yeux pour dissiper le brouillard que le désir engendrait chez lui.

— Si tu ne veux pas, parfait, je suis d'accord, précisa-t-elle.

— Ah bon ? fit-il, agacé.

Un sourire aux lèvres, elle lui demanda alors :

— Quelle réaction attendais-tu au juste ? Pensais-tu que j'allais me jeter à tes pieds pour te supplier ?

Et pourquoi pas ? pensa-t-il en silence. Il avait cru qu'elle ressentait le même trouble que lui. Qu'elle le désirait tout autant qu'il la désirait. De toute évidence, il avait fait fausse route… Et cette conclusion le frustrait énormément !

— Navrée de te décevoir, Connor, reprit-elle. Mais je survivrai, même si nous ne partageons pas la même couette, toi et moi.

A cet instant, elle releva avec désinvolture ses deux bretelles.

— Je sais, maugréa-t-il.

Encore une fois, il ne comprenait pas comment les rôles avaient pu s'inverser à ce point. Comment avait-il réussi à se faire piéger et être celui que l'on congédiait ? D'où venait que, soudain, c'était elle qui disait non ?

— Bien, conclut-elle.

Elle avala une autre bouchée de salade et, si quelques secondes auparavant elle ne lui avait pas affirmé qu'elle n'était pas déçue à l'idée qu'ils ne couchent pas ensemble, il aurait pu croire qu'elle se léchait les lèvres de façon provocatrice. Sa langue glissait lentement, très lentement dessus… Tout le corps de Connor était aussi tendu qu'un arc.

Elle but ensuite une gorgée de thé glacé et Connor fixa sa gorge… Sa vision se troubla. Reposant son verre, Emma regarda sa montre et s'exclama :

— Oh, mon Dieu ! Il faut que je file.

— Maintenant ? Mais pourquoi ?

— Parce qu'il est l'heure, dit-elle en accrochant la bandoulière de son sac à son épaule. Mais je t'en prie, reste encore un peu. Le garage est à deux pas d'ici.

Devant son mutisme, elle ajouta :

— Connor, voulais-tu me dire autre chose ?

— Non, non…

— Parfait ! Je dois m'atteler à la réparation d'un carburateur, précisa-t-elle en riant.

Il lui adressa un pâle sourire et se saisit de son verre de thé glacé qu'il fit tourner entre ses paumes, laissant la fraîcheur pénétrer sa peau…

Alors Emma se leva et lui décocha un de ses plus beaux sourires avant de toucher amicalement son épaule. Il aurait juré qu'il sentait la chaleur de sa main à travers le tissu de son T-shirt.

— A plus tard, alors ? lui dit-elle. Et merci pour le déjeuner.

— O.K., à plus tard, répondit-il du bout des lèvres.

Incapable de s'en empêcher, il se tordit le cou pour la regarder s'éloigner. Et retint un grognement lorsque son regard glissa sur ses reins… Puis il tourna la tête et soupira avec un air pitoyable.

La serveuse qui s'était occupée d'eux se précipita vers lui et demanda :

— Puis-je vous être utile ?

Sans prendre la peine de lever les yeux vers elle, il lui tendit son verre vide. Il n'irait nulle part tant que son corps ne se serait pas calmé un peu. Cela ne devrait pas durer plus d'une heure… Comme il ne pouvait pas prendre de douche froide, il allait boire des boissons bien fraîches.

— Un autre thé glacé, s'il vous plaît. Un double.

Tard ce soir-là, Connor se rendit à la base. Agacé par sa propre compagnie, il décida d'aller vérifier si son assistant sergent instructeur s'en sortait sans difficulté avec les nouvelles recrues, ce qui lui permettrait de penser à autre chose qu'à lui-même.

Il s'agissait de tout jeunes gens, découvrit-il en arrivant. A peine sortis de l'adolescence. Ils venaient de rentrer à la base de Parris Island, après une longue marche dans les marais et l'herbe haute. Le parcours avait été choisi en fonction des obstacles qu'il présentait. Non pour les désorienter, mais en guise d'entraînement. Pour leur rappeler qu'ils formaient une équipe, une famille qui subissait les épreuves ensemble. Ils faisaient désormais partie d'une instance supérieure et la vie qu'ils avaient laissée derrière eux ne comptait plus.

A travers la fenêtre de la caserne, Connor observait son assistant Jeff McDonald qui inspectait deux longues rangées de lits superposés. Chaque recrue se tenait devant son lit, tête fraîchement rasée, épaules redressées, menton relevé.

Soudain, McDonald s'arrêta devant un jeune garçon aussi mince que grand.

— Hé toi ! J'ai cru te voir sourire.

— Non, mon commandant !

Connor réprima un sourire devant l'air dédaigneux qu'affecta alors McDonald.

— Tu crois peut-être que tu es là pour t'amuser ?

— Non, mon commandant !

McDonald se rapprocha de lui à le frôler. Posant un doigt sur sa poitrine, il déclara :

— Je te conseille d'arrêter de sourire ou je vais finir par croire que tu te moques de moi.

Le jeune homme prit un air horrifié à cette idée.

— Non, mon commandant !

Tapi dans l'ombre, Connor approuvait en silence. McDonald faisait du bon travail. Il intimidait les recrues, leur enseignait ce qu'elles devaient savoir pour survivre et, à la fin, emporterait leur respect.

Oui, les gamins étaient à bonne école avec lui. Et ceux qui n'étaient pas à la hauteur ne seraient pas gradés. Mais la plupart gagneraient leurs galons. S'ils étaient ici, c'était parce qu'ils attendaient quelque chose de plus de la vie, et qu'ils étaient résolus à travailler pour l'obtenir.

Connor secoua la tête, mit les mains dans ses poches et s'éclipsa. La nuit d'été était chaude et étoilée, l'air chargé des senteurs du Sud, et l'humidité bien présente, une réalité incontournable.

Tout fonctionnait comme sur des roulettes, ici, pensa-t-il. On n'avait pas besoin de lui. McDonald n'avait pas de temps à perdre à discuter avec lui. Par ailleurs, il n'était pas d'humeur à descendre en ville pour rencontrer d'autres amis…

Bon sang ! Il était en vacances ! Il aurait dû avoir une folle envie d'aller prendre une bière au Off Duty ! Malgré lui, il fit la grimace.

Il avait la nette impression qu'il ne pourrait plus jamais mettre les pieds dans ce bar sans revoir Emma se pencher langoureusement sur la table de billard, pour viser. Une image à jamais gravée dans sa mémoire. Enfouissant son visage dans ses mains, il secoua tout son corps, comme un chien qui s'ébroue…

Ils n'avaient rien réglé au déjeuner.

Au contraire. Tout était encore plus confus qu'avant.

La seule façon de tirer les choses au clair, c'était d'aller de nouveau chez Emma. Discuter avec elle. Comprendre ce qui l'attirait tellement chez elle pour pouvoir y mettre un terme.

Une petite voix intérieure tenta bien de le mettre en garde et lui conseilla de rester à l'écart d'Emma Jacobsen. Mais il n'y prêta pas attention.

*
* *

Emma était assise sur le rebord de la terrasse, à même le sol. Pieds dans le vide, elle contemplait le ciel.

Les jasmins embaumaient l'air chaud et humide, une brise légère poussant leur senteur jusqu'à la terrasse avant de l'emporter dans sa course. Et de recommencer. Poussant un soupir, Emma s'adossa à un pilier, et étendit les jambes, de sorte que ses pieds touchent l'herbe. Puis elle attrapa le verre de margarita placé à côté d'elle et en but une gorgée.

Il était rare qu'elle s'offre un verre.

Ce soir, elle estimait l'avoir mérité. Elle avait eu une journée plus qu'ardue : d'abord, son déjeuner avec Connor qui se passait de commentaire, puis un après-midi passé à réparer un carburateur récalcitrant et, enfin, sa conversation déprimante avec Mme Harrison.

Cette dernière était une vieille dame qui, depuis deux ans, s'obstinait à la décevoir. Tout cela à cause d'une Chevrolet Corvette qui rouillait au fond de son garage depuis quarante ans, c'est-à-dire depuis le décès de son mari. Dès le moment où ses yeux s'étaient posés sur le trésor, Emma avait souhaité la lui racheter. Elle rêvait de la retaper à son rythme dans son garage.

Hélas ! Mme Harrison refusait catégoriquement de s'en séparer !

— Bah, fit Emma en se saisissant de nouveau de son verre, une réponse négative de plus ou de moins dans cette maudite journée, quelle importance ?

Et, tandis que l'alcool glacé lui coulait dans la gorge et la faisait frissonner, elle poursuivit ses lamentations intérieures. Connor ne la désirait pas assez pour perdre son pari, et Mme Harrison s'accrochait à cette Chevrolet comme s'il s'était agi de la dépouille de son défunt mari.

Décidément, la vie était bien hostile, aujourd'hui !

Sur une impulsion, Emma se leva pour marcher un peu dans le gazon, devant la terrasse. L'herbe mouillée l'apaisa quelque peu tandis qu'elle errait, nu-pieds, dans l'ombre. Elle perçut soudain des éclats de voix… Nul doute que ses voisins profitaient eux aussi de la vague fraîcheur du soir. Des rires d'enfants se détachèrent, suivis d'aboiements et du son assourdi d'une radio, le tout restant en suspens dans l'air.

Une brusque bourrasque de vent souleva ses cheveux de sa nuque, leur faisant exécuter une danse aussi brève que sauvage. Le vent siffla alors une sorte de carillon et elle sourit, en dépit de tout.

— A quoi penses-tu ?

La voix profonde et familière s'éleva tout près d'elle, dans l'obscurité, et l'estomac d'Emma se contracta violemment quand Connor sortit de l'ombre.

— Tu m'as fait peur, lui dit-elle, bien que ce ne soit pas tout à fait exact.

Il l'avait surprise, oui. Mais effrayée, non. C'était plus une bouffée de désir que de peur qui l'avait traversée. Curieux ! Jusque-là, elle n'avait pas remarqué l'effet que sa voix lui faisait. Quand est-ce que tout cela avait commencé ?

— Désolé d'être arrivé à pas de loup, dit-il en s'approchant. Tu avais l'air plongée dans tes pensées et, tout à coup, tu t'es mise à sourire. Cela m'a intrigué.

Il portait le même jean et le même T-shirt blanc que le matin. Et il était toujours aussi séduisant. Assez séduisant pour alimenter ses rêves pendant des nuits et des nuits… A cette pensée, elle s'empara de son verre, sur le rebord de la terrasse, et en avala une gorgée, consciente que cela n'était pas d'une grande utilité.

— Je venais d'entendre le carillon du vent, expliqua-t-elle.

Comme s'il n'attendait que ce signal, le vent émit de nouveau ce son si doux aux oreilles d'Emma.

— Superbe, murmura-t-il.

— N'est-ce pas ?

— Je parlais de toi, précisa-t-il.

Elle sentit le rouge lui monter d'un coup aux joues.

Et ce n'était pas l'effet de l'alcool. Elle n'en avait pas bu assez pour que cela lui donne des bouffées de chaleur. Non, c'était à cause de Connor… Inutile de se voiler la face ! Dans le clair de lune, il était incroyablement beau. Ses yeux brillaient comme des saphirs, et elle pouvait voir le reflet des étoiles y danser. Sa bouche était en revanche figée dans un curieux rictus, comme s'il regrettait ses derniers mots.

Tant pis pour lui !

Il les avait prononcés, et il ne pouvait plus les retirer.

— Merci.

— Emma…

— Connor, l'interrompit-elle en avalant une nouvelle gorgée de margarita pour se donner une contenance, si tu es venu pour me redire que je suis ton pote, et que tu ne veux pas perdre mon amitié… C'est bon, ne t'inquiète pas, j'ai compris. Tu peux t'en aller. Sois heureux. Tu es libre comme l'air.

Sans répondre, il laissa son regard dériver vers la cour… Oh ! Elle n'était pas dupe. Il n'était pas plongé dans la contemplation des parterres luxuriants, ni tombé sous le charme de la vigne sauvage qui poussait sur la clôture qui courait le long de la propriété. Il était abîmé dans ses pensées… Peut-être était-il torturé par les mêmes affres qu'elle…

Alors, l'espace d'un instant, Emma se demanda si elle avait eu raison de mettre toute cette machine en marche. Malheureusement, elle ne pouvait plus revenir en arrière. Il fallait désormais faire face aux conséquences.

Quand Connor tourna de nouveau les yeux vers elle, la jeune femme constata qu'il avait pris une résolution. Relevant le menton, elle s'apprêta à écouter ce qu'il allait bien pouvoir lui dire…

— Il ne s'agit pas de notre amitié, Emma, dit-il doucement. Il s'agit de ce qui me rend fou…

— Et… qu'est-ce qui te rend fou ?

Elle retint sa respiration, sur des charbons ardents…

— Si je ne t'embrasse pas dans les dix prochaines secondes, je crois que je vais perdre l'esprit.

Tout l'air de son corps fut aspiré d'un coup, remplacé par un feu ardent. De véritables langues de feu la dévoraient… Son corps était brûlant, avide… Les émotions régnaient en maître, sa réflexion avait abdiqué.

Dans un ultime effort, elle répliqua :

— Ton temps est donc compté…

Il l'attira brusquement à lui.

Elle en lâcha son verre dont le contenu se répandit sur l'herbe…

La pressant un peu plus contre lui, Connor plongea ses yeux dans les siens avec une telle intensité qu'elle osait à peine soutenir son regard.

Et puis il l'embrassa.

7

Connor étreignait Emma comme si sa vie en dépendait…

D'ailleurs, c'était bien le cas en cet instant précis.

Durant ces derniers jours, elle avait occupé son esprit en permanence. Son image était gravée dans chacune de ses pensées, chacun de ses rêves.

A présent, elle épousait son corps comme si elle avait été la pièce manquante de son puzzle intérieur. Et, même si quelque part dans un coin lointain de son cerveau, une sonnette d'alarme s'obstinait à résonner, il refusait d'y prêter attention.

L'attirant à lui encore plus étroitement, il l'enlaça tout entière. Ses mains couraient dans son dos tandis qu'il ajustait son corps contre le sien, pour qu'il puisse sentir les battements du cœur de la jeune femme résonner dans le sien. Sa bouche embrassait la sienne sans relâche, leurs langues se mêlant en une danse érotique qui enflammait tout son être et aiguisait en lui un appétit qu'il n'avait jamais ressenti auparavant.

Emma poussait de légers soupirs d'aise sous ses baisers, et il buvait son souffle tel un divin nectar. Bras noués autour de son cou, elle se pressait de plus en plus contre lui…

La pointe de ses seins durcis piquait délicieusement son torse, brûlait sa peau avec une intensité qui se communiquait à son âme. Poussant un grognement, Connor resserra son étreinte et la souleva légèrement du sol.

Leur baiser se prolongeait, intense, explosif, affolant. La bouche d'Emma était pimentée d'un léger goût de margarita auquel venait se mêler la saveur de secrets fascinants. Il ne parvenait pas à se rassasier d'elle.

Quelque part, au fond de son esprit, une voix lui rappelait que c'était Emma, son amie de toujours, qu'il tenait dans ses bras.

Son pote…

Et, en ce moment, une femme qu'il désirait comme un fou !

Quittant ses lèvres à regret, il reprit sa respiration avec difficulté, comme le rescapé d'une noyade. Il baissa alors les yeux vers Emma pour contempler ses traits familiers, empreints du rouge de la passion. Sa bouche était gonflée à cause des baisers qu'ils venaient d'échanger. Ses yeux couleur de l'été étaient consumés du même désir que celui qui le tenaillait. Sa respiration était saccadée… Nul doute que, dans sa poitrine, son cœur battait une folle chamade, tout comme le sien.

La jeune femme poussa un soupir de contentement, puis elle leva les yeux vers lui. Un merveilleux sourire éclairait son visage, le sourire d'une enfant qui, sous le sapin de Noël, découvre un cadeau inattendu.

Connor ne comprenait que trop ce qu'elle ressentait !

— Oui, je pense que cela résume assez bien la situation, dit-il.

— Qui l'aurait cru ?

Il la reposa à terre et desserra son étreinte. Peu désireux de rompre le contact entre eux, il se mit à caresser sa joue, l'effleurant délicatement du bout des doigts. Sa peau était aussi chaude qu'un rayon de soleil, aussi douce que du velours…

Emma tourna la tête vers la main de Connor et ferma les paupières pour mieux apprécier sa caresse. Puis elle poussa un léger soupir, rouvrit les yeux et demanda :

— Pourquoi es-tu venu chez moi ce soir, Connor ?

Bonne question ! Il n'était pas tout à fait certain d'en connaître la réponse. En toute honnêteté, il répondit alors :

— Je ne sais pas vraiment… Je suis venu, voilà tout. Je n'ai pas pris le temps de réfléchir à mon geste. Je n'avais pas planifié ma visite. J'ai juste suivi mes instincts et ils m'ont conduit chez toi.

— Tes instincts ?

Il acquiesça d'un mouvement de tête, tout en passant une main sur son visage. Difficile de lui avouer — et de s'avouer à lui-même — que c'était un besoin purement physique qui l'avait guidé jusqu'à la porte d'Emma. Pourtant, tel était bien le cas. En tant que Marine, il avait appris depuis longtemps à se fier aux intuitions qui le traversaient. Il ne se posait pas de question, ne les remettait pas en doute. Il les suivait, tout simplement. Cette confiance en son instinct l'avait plus d'une fois sauvé de situations délicates.

Et ce soir, ses instincts l'avaient conduit ici.

Jusqu'à Emma.

— Et que te dictent-ils de faire ? ajouta-t-elle.

S'il le lui disait, nul doute qu'elle prendrait ses jambes à son cou ! Il devait faire appel à toute la force de sa volonté pour ne pas lui retirer ses vêtements et la basculer sur l'herbe fraîche… Il mourait d'envie d'admirer la nudité de son corps. Il voulait le sentir sous lui, sur lui, à califourchon. Dans toutes les positions. Et, tandis qu'ils se tenaient là tous les deux, sous la lueur des étoiles, son désir ne cessait de grandir et de le tourmenter.

— Il est préférable que je ne te le dise pas, murmura-t-il alors.

A ces mots, elle se rapprocha de lui, si près qu'il sentit toute la chaleur de son corps irradier comme un mystérieux halo.

— Je veux savoir, insista-t-elle.

Son parfum s'éleva soudain jusqu'à lui et envahit ses sens. Le goût de ses lèvres flottait toujours sur les siennes… Son sang se mit à courir plus vite dans ses veines, son corps se raidit jusqu'à ce que la douleur de l'attente devienne aussi intense que le feu qui le consumait.

Vrai, il n'avait pas souhaité que la situation prenne ce

tour-là ! Il n'avait pas intentionnellement mis le feu au bâton de dynamite qui les reliait l'un à l'autre. A présent, pourtant, la mèche était allumée, et il n'était plus possible de l'éteindre. Et, même si sa raison lui soufflait avec insistance de réfléchir à la portée de ses actes, son corps, de son côté, ne l'écoutait pas.

Sa bouche avait de nouveau envie de goûter la sienne…

Ses mains brûlaient de la toucher encore, de caresser sa peau, de redessiner chaque courbe de son corps voluptueux, ce corps qui l'obsédait et dont la pensée n'avait cessé de le torturer…

— Si tu veux que j'arrête, dis-le-moi tout de suite, murmura-t-il d'une voix douloureuse.

Elle respirait aussi fort que lui. Sous la pâle lueur de la lune, il devinait la pigmentation de ses joues, l'éclat de son regard. Et il priait pour que la réponse qu'Emma allait lui donner soit celle qu'il avait envie d'entendre. Même si, comprit-il avec désespoir, quelle que soit la décision, ils seraient inévitablement poursuivis par le remords.

Parce que, après cette nuit, plus rien ne serait jamais comme avant entre eux — quoi qu'il arrive…

— Si je désirais que tu arrêtes, tu l'aurais compris lorsque tu m'as embrassée, répliqua-t-elle.

— C'est vrai, reconnut-il.

Pourquoi lui avait-il posé une question si stupide ? Pourquoi la suppliait-il presque de le repousser, alors qu'il n'aurait pas survécu à une éventuelle rebuffade ?

— Je suis sûre de moi, Connor, reprit-elle. Et toi ?

— Plus que jamais, mon ange.

Ces mots à peine prononcés, il la saisit par les épaules et, penchant la tête vers elle, recouvrit sa bouche de la sienne pour s'enivrer une nouvelle fois de son goût sublime et délicat. En l'entendant soupirer de satisfaction, Connor sentit le désir monter encore d'un cran en lui… Dans un râle, il s'arracha à ses lèvres et la fixa un long moment… Puis, sans crier gare, il la souleva de terre et la jeta par-dessus son épaule !

— Hé ! s'écria-t-elle, stupéfaite, en se débattant. Qu'est-ce que tu fais ?

— J'en ai assez de perdre du temps, Emma, dit-il avant de plaquer une main sur son postérieur pour la maintenir en équilibre.

Un large sourire éclaira alors son visage.

— Lâche-moi ! Tu te conduis comme un homme primitif ! protesta-t-elle.

— Un primitif, un Marine, choisis ce qui te plaît, répondit-il en riant.

— Pose-moi d'abord par terre !

— Pas question !

Il traversa la cour éclairée par la lumière argentée de la lune, puis franchit la terrasse avant d'ouvrir la porte qui menait dans la cuisine. Il ne prit pas garde à son aspect cosy, aux meubles vitrés de bois clair qui abritaient sa vaisselle, mais sourcilla en revanche devant la bouteille de margarita encore ouverte, sur la table…

Sans émettre le moindre commentaire, il se dirigea vers l'escalier, dans le vestibule. S'il connaissait le rez-de-chaussée de la maison, il n'était en revanche jamais monté à l'étage. N'avait jamais passé le seuil de sa chambre. N'y avait même jamais pensé. Ce soir, il s'apprêtait à franchir un nouveau cap…

— Connor, repose-moi ! répéta-t-elle sans cesser de s'agiter.

— Dès que je vois un lit, c'est promis, je t'y dépose, dit-il. Quelle direction dois-je prendre ?

Elle soupira, puis éclata de rire, et la beauté de ce rire cristallin emplit l'air d'une atmosphère magique.

— Monte l'escalier, espèce de sauvage ! dit-elle en plaisantant. Première porte à gauche.

— Compris !

Il gravit les marches deux à deux, ses longues jambes le portant allègrement. Il sentait les formes d'Emma rebondir contre lui… Ce qui lui faisait accélérer le pas. Il avait hâte d'atteindre son lit.

La première porte à gauche céda sous une légère pression du pied, et il se précipita à l'intérieur. Il ne prit pas le temps d'observer la chambre. Tout ce qu'il voyait, c'était le grand lit dans son cadre en fer forgé. Une couverture colorée et fleurie le recouvrait, elle-même surmontée d'une pile de coussins et d'oreillers de toutes les couleurs et de toutes les formes.

Chaque parcelle de son corps lui ordonnait de se dépêcher. De se jeter sur elle, et de la prendre ! De s'enivrer de sa saveur et de la déguster. Cédant à son impulsion, il la souleva de son épaule pour la faire basculer sur le matelas, où elle se laissa choir dans un éclat de rire.

— Tu es fou, lui dit-elle dans un beau sourire, éclairé par le clair de lune qui perçait par la fenêtre.

— On me l'a déjà dit, dit-il en se penchant sur elle.

A cet instant, elle prit son visage entre ses paumes avant d'enchaîner son regard au sien… Il eut alors la sensation qu'elle tentait de voir au-delà, de lire dans son âme… Et une part de lui-même se demanda ce qu'elle allait bien y trouver.

Mais, dès qu'il glissa la main sous l'étoffe fine de son T-shirt, ces questions se dissipèrent. Au contact brûlant de sa peau, il déglutit avec difficulté. La jeune femme poussa un léger soupir, puis il la vit fermer les yeux, offerte.

— J'ai envie de toi, Emma, murmura-t-il en déposant de petits baisers sur ses lèvres.

— Moi aussi, répondit-elle.

S'emparant de sa main, elle le guida contre sa peau, jusqu'à son sein… Il constata alors qu'elle n'avait pas de soutien-gorge. Connor trembla d'excitation. Puis il se mit à torturer délicieusement la pointe de son sein entre ses doigts… Elle se cambra sous la caresse, la respiration saccadée.

Sa peau était magique.

De la soie chaude.

Il s'éloigna un peu de son corps brûlant, puis la contempla un instant avant de lui retirer son haut et de le jeter par terre… Le clair de lune baignait Emma d'une lumière qui conférait une transparence lumineuse à sa peau.

Recouvrant ses seins de ses deux paumes, il fut parcouru par un frisson d'aise en les sentant se durcir à son contact. Emma se mit alors à caresser ses avant-bras, et chaque caresse l'excitait comme une langue de feu.

Connor se pencha sur sa poitrine pour la déguster. Il prit un premier sein dans sa bouche, puis l'autre, les titillant avec sa langue et ses dents jusqu'à ce qu'Emma se trémousse d'impatience sous lui.

Chaque mouvement de sa partenaire attisait son appétit. Chaque soupir qui lui échappait soufflait sur les braises de son désir. Chaque caresse avivait sa convoitise. Sa vision s'était troublée, son esprit avait rendu les armes et ses sens avaient pris les commandes.

Tout ce qui l'obsédait, c'était de se noyer en elle.

Sentir sa moiteur l'envelopper…

Voir son corps frémir de volupté…

Ivre de désir, il se mit à la mordiller un peu plus fort. Alors, dans un murmure passionné, elle cria son prénom puis s'agrippa à ses épaules en disant d'un ton suppliant :

— Oh oui ! Continue, continue…

— Tu peux compter sur moi, chuchota-t-il, prometteur.

Glissant subitement le long de son corps, il défit son short et le fit rouler sur ses cuisses avant de l'envoyer rejoindre son T-shirt sur le sol. Il fit subir le même sort à sa culotte de dentelle blanche… Lorsqu'il aperçut son intimité, son cœur se serra, comme s'il découvrait sa vulnérabilité…

Ce qu'il désirait le plus au monde était enfin à portée de main. Et il avait bien l'intention d'en profiter !

Le regard ardent de Connor rivé sur son sexe la faisait frissonner de désir, allumait des étincelles dans chaque recoin de son être, même les plus obscurs… Il caressait à présent ses chevilles, ses cuisses, sa main remontant toujours plus haut, ses caresses devenant de plus en plus sensuelles et…

Oh, mon Dieu ! Comment avait-elle pu vivre si longtemps sans ses merveilleuses caresses ?

Jamais elle n'avait ressenti une excitation si intense.

Sous les doigts experts de Connor, elle avait l'impression de redécouvrir le plaisir physique. Oui, elle avait la sensation que son corps allait prendre feu, que son âme allait s'envoler... Le désir qui la torturait était si puissant qu'il lui semblait que jamais elle ne retrouverait sa vie d'avant. Que jamais elle ne redeviendrait elle-même.

La bouche de Connor succéda bientôt à la caresse de ses doigts, puis la chaleur de son souffle se répandit au cœur de sa féminité.

Les mains enfouies dans la chevelure de son partenaire, Emma haletait sans retenue, consciente du feu qui la brûlait, ne cherchant absolument pas à le dissimuler.

Au contraire ! Elle en voulait davantage.

Comme s'il lisait dans ses pensées, Connor accentua ses caresses. Alors Emma cria son nom en se cambrant tandis qu'une pluie d'étincelles magiques se déversait sur son corps... Elle sentit le monde vaciller...

Ivre de plaisir, elle rouvrit les yeux et le regarda. Elle le voyait la caresser, la déguster, découvrir les secrets de son corps, et une vague de désir encore plus intense la submergea.

— Oh, Connor, Connor... !

Elle enfonça plus profondément ses doigts dans ses cheveux... Comment faisait-il pour savoir aussi bien la satisfaire ? Tout en la caressant, il murmurait d'une voix rauque des mots qui la transportaient. Et soudain, ce fut comme si un feu d'artifice éclatait en elle, d'une force inouïe, la renversant d'un plaisir qu'elle ne soupçonnait même pas.

Lorsque le dernier spasme eut secoué le corps d'Emma, Connor releva la tête.

Elle le regarda, éperdue de désir, et aussitôt, il s'allongea contre sa peau brûlante et, la fixant avec intensité, il plongea en elle. D'abord doucement, puis de plus en plus fort, et de nouveau des frissons de volupté l'envahirent.

— Que tu es belle, chuchota-t-il d'une voix rauque. Si belle...

Et en effet, sous son regard, elle se sentait belle, désirable.

Elle enroula ses jambes autour de ses hanches, et se pressa contre lui, fort, très fort. Elle s'abandonna. Connor allait et venait en elle, et son souffle emplissait la chambre comme une merveilleuse symphonie. Une symphonie intime.

Brusquement, il releva la tête, enchaînant son regard au sien. La faim qui dévorait ses prunelles lui prêtait des airs de guerrier. Oui, à cet instant, il ressemblait presque à l'homme primitif qu'il avait prétendu être.

Son torse immense et bronzé était aussi imposant que merveilleux ; elle le caressa du bout des doigts, avec tendresse et vénération. Puis Connor attrapa sa main et, enfouissant la tête dans son cou, il murmura :

— Partons ensemble, Emma… Pars encore une fois avec moi.

Ces simples paroles allumèrent de nouvelles flammes en elle et, cette fois, ils s'élancèrent tous deux dans une danse effrénée, consumés d'un même désir.

Et un même plaisir les emporta au-delà du monde, pour quelques secondes d'éternité…

8

Connor était toujours allongé sur Emma et elle aimait sentir le poids de son corps sur le sien. Elle aimait les petites vibrations qui s'apaisaient doucement en elle. Elle aimait se sentir femme sous ses caresses. Et elle aimait le caresser en retour, voir le désir à l'état pur briller dans ses yeux.

Mais peut-être employait-elle trop le verbe aimer quand elle pensait à Connor ? Cette idée la traversa comme un éclair et la fit revenir à la réalité.

Rouvrant les yeux, Emma se mit à fixer le plafond, tout en tâchant de comprendre les émotions qui la bouleversaient…

Dans le creux de l'oreille, elle entendait les ultimes halètements de Connor qui reprenait sa respiration, tandis que leurs deux cœurs battaient encore à l'unisson. Réfléchissait-il lui aussi à ce qui venait de se passer entre eux ?

Sans doute pas.

Les hommes ne perdaient pas de temps à s'interroger sur les répercussions de l'amour. Ils pensaient uniquement à le faire et, une fois rassasiés, n'avaient qu'une pensée en tête : recommencer.

La vie était décidément bien plus simple pour qui était doté du chromosome Y ! songea-t-elle avec envie. Pour elle, la réalité était bien plus complexe.

— Je t'écrase, non ? demanda-t-il en se soulevant un peu.

— Non, non, ça va, lui assura-t-elle, tout en se reprochant de ne pas être capable de répondre franchement.

Pourquoi jouer les mijaurées, alors qu'en effet il l'écrasait ? Sans doute parce qu'au fond elle n'avait pas du tout envie qu'il bouge. Ce qui voulait dire…

Seigneur ! Elle préférait ne pas réfléchir à ce que cela voulait dire.

A cet instant, elle se rappela les mises en garde du père Liam, comme un drôle de bourdonnement remontant du fin fond de son cerveau. N'avait-il pas souligné que « parfois, on se retrouve pris à son propre piège » et que « même les meilleures chausse-trapes peuvent se refermer sur ceux qui les mettent en place » ?

Emma ferma les yeux, s'efforçant de chasser ces idées rabat-joie.

Allons, son piège avait fonctionné à merveille ! Tout s'était passé ainsi qu'elle l'avait prévu. Connor ne se trouvait-il pas dans son lit ? Ne venait-elle pas de lui prouver qu'elle était une femme comme les autres ? A cause d'elle, n'avait-il pas perdu son pari ?

Pas de problème, donc !

Elle avait gagné sur toute la ligne.

Dans ces conditions, pourquoi n'avait-elle pas envie de fêter ce triomphe ?

Connor releva la tête, l'obligeant à croiser ses yeux… Sous l'impact de son regard perçant, Emma sentit son cœur bondir dans sa poitrine. Et des frémissements parcourir tout son corps, comme en écho à son trouble.

Elle était en train de perdre la tête…

— Emma…, murmura-t-il.

Il s'interrompit pour repousser une mèche blonde vers l'arrière de son front.

Ses traits étaient empreints de stupeur et Emma ne savait pas très bien si elle devait s'en sentir flattée… ou inquiète. Au fond, cela importait-il ?

— C'était… sidérant, poursuivit-il.

Oh ! oui, pour être sidérant, cela l'était ! pensa-t-elle tandis que le sourire de Connor lui procurait de doux frissons. Sidérant, stupéfiant, confondant… Emma se garda pourtant de surenchérir à voix haute. Hors de question de le complimenter sur ses exploits.

Elle n'était pas amoureuse de Connor Reilly. Elle ne voulait pas l'être. Cela ne faisait pas partie de son plan, se rappela-t-elle au prix d'un grand effort. Ses intentions étaient de lui faire perdre son pari pour le punir de l'avoir humiliée, et force était de reconnaître qu'elle signait là une belle réussite. Voilà tout ce dont elle devait se souvenir. Elle l'avait mis à genoux — au propre comme au figuré d'ailleurs…

Non, surtout ne pas repenser aux sublimes caresses qu'il lui avait prodiguées ! s'ordonna-t-elle. Elle se rendrait le plus grand service en les oubliant.

Dans ce dessein, et au prix d'un gros effort sur elle-même, elle le gratifia d'un sourire désinvolte et déclara :

— Alors, je suppose qu'à présent tu me considères comme une femme ?

A ces mots, Connor sourcilla et s'appuya sur un coude pour ne plus peser de tout son poids sur le corps de la jeune femme. Emma aurait préféré brûler en enfer au lieu d'avouer que la masse de ses muscles lui manquait déjà !

— Comme une femme ? répéta-t-il sans comprendre.

— Allons, ne te souviens-tu pas de ce que tu m'as dit il y a une semaine environ ? Tu as prétendu qu'avec moi tu étais en sécurité en ce qui concernait le pari.

— Ah bon ? Moi, j'ai dit une chose pareille ? déclara-t-il d'un air de plus en plus étonné.

Il s'écarta légèrement d'elle, et Emma sentit sa gorge se serrer en remarquant que le désir de Connor était loin de s'être éteint, même après leurs ébats passionnés…

« Concentre-toi sur la conversation ! s'ordonna-t-elle. Et n'oublie pas qu'il y a peu encore, il ne voyait pas une femme en toi. »

— Oui, je confirme, ajouta-t-elle.

Il voulut jouer avec ses cheveux, mais elle le repoussa gentiment, désireuse de ne pas se laisser distraire.

— Mais ce n'est pas tout, poursuivit Emma avec un petit gémissement de plaisir en sentant la cuisse de Connor presser contre la sienne. Tu as affirmé que je n'étais pas une femme mais un mécanicien.

— Hum, hum…

Elle le regarda, stupéfaite. Elle lui rappelait un des moments les plus humiliants de sa vie et tout ce qu'il trouvait à dire, c'était « hum, hum » ?

A présent, il était en train de dénouer sa tresse, et elle se sentait comme hypnotisée par le contact de ses doigts jouant dans ses cheveux… Elle devait se réveiller et garder à l'esprit qu'elle venait de remporter une victoire. Une victoire qui ne la concernait pas uniquement, elle, mais qui s'adressait à toutes celles qui ne brandissaient pas leur féminité en permanence comme un étendard.

— Tu t'en souviens, oui ou non ? demanda-t-elle.

— Pas vraiment.

— Ce sont pourtant des mots que tu as prononcés, insista Emma.

Connor se pencha de nouveau sur elle et murmura :

— Si tu le dis…

— Comment cela, si je le dis ? s'exclama-t-elle, bien décidée à ne pas se laisser distraire par les sensations exquises qu'elle sentait monter en elle.

Elle le fixait en tâchant de ne pas faire attention à la façon dont il répandait sa chevelure sur ses épaules… avant d'enfouir son visage dedans.

— Franchement, poursuivit-elle, tu ne te souviens vraiment pas ?

— A peine, concéda-t-il en traçant un sillon brûlant dans son cou.

— A peine ? se récria-t-elle.

— Tu tiens vraiment à aborder le sujet maintenant ?

demanda-t-il d'une voix étouffée, le nez enfoui dans sa chevelure.

Non, pour être honnête, elle n'y tenait pas particulièrement. Ce qu'elle voulait, c'était savourer les délices que lui procuraient les caresses de sa langue dans son cou. Elle se cambra contre lui et rejeta la tête en arrière, afin de lui faciliter la tâche. Elle devina un sourire sur la bouche de Connor.

A cet instant, un souffle de brise entra par la fenêtre ouverte, charriant une odeur de lilas. La nuit était douce et tranquille… Connor et elle étaient les deux seules personnes au monde. Auprès de lui, elle se sentait comme enveloppée dans un cocon de sensations incroyables…

Une fois de plus, il avait réussi à la distraire de son but, songea-t-elle.

Il était fort à ce petit jeu-là.

Hélas, tous les deux étaient hors sujet ! Elle avait tenté de lui dire qu'elle l'avait piégé dans le dessein de lui faire perdre son pari quand, de son côté, il était bien trop occupé à l'exciter pour l'écouter.

Assez ! pensa-t-elle tout à coup.

Posant ses mains sur les épaules de Connor, elle le repoussa avec détermination. Il releva la tête, et, d'un regard plein de convoitise, balaya son corps nu tout en lui lançant un sourire qui la fit fondre… Il fallait qu'elle se reprenne ! Elle ne devait pas se laisser impressionner de cette façon.

— Qu'est-ce qui ne va pas ? demanda-t-il.

Et sa voix profonde résonna dans la chambre comme un tonnerre d'été.

— Tout va bien, lui assura-t-elle, c'est juste que…

La barbe ! Comment avoir une conversation intelligible avec un homme qui n'avait qu'une obsession : vous posséder ! De la concentration ! s'ordonna-t-elle. C'était la seule façon de s'en sortir.

— Connor, je suis en train de t'expliquer que ce n'est pas un hasard si tu es dans mon lit. J'ai tout fait pour t'y attirer. Je t'ai piégé.

— Ah bon ? fit-il en souriant. Eh bien, merci.

Penchant la tête vers elle, il prit un de ses seins dans sa bouche et se mit à en mordiller le bout. Une sensation brûlante la saisit et elle laissa échapper un petit gémissement… Sa vision se troubla et elle dut lutter pour reprendre sa respiration. Dans un ultime effort de volonté, elle le repoussa et décréta d'un ton accusateur :

— Tu ne m'écoutes pas !

— Je préfère t'embrasser, admit-il en relevant la tête à regret pour l'envelopper de son regard envoûtant. Te déguster encore. Pourquoi tiens-tu absolument à discuter ?

Les yeux de Connor brillaient d'un désir renouvelé. Emma sentit son propre cœur s'emballer à l'idée de futures étreintes… Néanmoins, avant qu'ils ne succombent de nouveau à la tentation, elle devait faire une mise au point.

— N'as-tu donc pas compris, Connor ? demanda-t-elle en serrant son visage entre ses paumes pour obtenir de lui toute l'attention requise. Je t'ai délibérément tendu un piège et tu es tombé dedans.

Il émit un rire bref avant de demander :

— Faut-il que j'en sois désolé ?

— Tu as perdu ton pari, lui rappela-t-elle d'un ton impitoyable.

— Effectivement, admit-il en sourcillant.

— Je voulais que tu le perdes, dit-elle.

— Pourquoi ?

— Pour te donner une leçon ! décréta-t-elle d'un ton mutin.

Elle desserra alors son étreinte pour laisser glisser ses mains sur les épaules de Connor, le long de ses muscles durs et chauds, de sa peau si excitante…

— Afin de te démontrer que, pour être mécanicienne, je n'en suis pas moins femme, ajouta-t-elle.

Il la jaugea pendant quelques secondes, avant d'avouer, la gorge serrée :

— Tu as réussi, Emma. Pas de doute.

Un sourire éclaira alors le visage de Connor, puis il déposa un bref baiser sur sa bouche.

— N'es-tu pas en colère ? demanda-t-elle.

— Devrais-je l'être ?

Avec la souplesse d'un félin, il roula sur le dos, l'entraînant dans son mouvement, de sorte qu'elle se retrouva sur lui.

— Tu as perdu ton pari, je t'ai piégé ! lui rappela-t-elle une dernière fois.

— Mes compliments ! Tu as fait du beau travail, répondit-il.

Juchée sur lui, Emma sentait à présent à quel point il était excité. Presque malgré elle, elle commença à onduler des hanches, et se mit à rire lorsque la respiration de Connor se fit moins régulière… Les yeux rivés sur lui, elle guettait des signes de colère sur son visage, mais n'en trouvait pas la trace. De toute évidence, il n'était pas furieux d'avoir perdu le pari. Il ne lui en voulait pas de l'avoir piégé.

Et de toute évidence, il était insatiable.

— Mais l'argent, Connor ? argua-t-elle encore. Tu aurais pu le partager avec Aidan !

Sans répondre, il recouvrit ses seins avec ses mains et se mit à les caresser et à les titiller… jusqu'à ce qu'elle finisse par rejeter la tête en arrière, gémissant de plaisir.

— Crois-tu que j'accorde la moindre importance au pari, maintenant ?

Le souffle court, elle releva la tête et demanda :

— N'est-ce pas le cas ?

— Je n'aurais jamais dû faire ce pari. Pas avec toi dans les parages ! Et puis comment pourrais-je être furieux d'avoir perdu un pari, alors que le prix de ma défaite est le plaisir ?

Elle secoua la tête et ses cheveux glissèrent sur sa peau comme de la soie dorée.

— Nous y voilà !

A cet instant, il donna un coup de reins, et elle eut la sensation de se trouver à califourchon sur un cheval sauvage. En mieux, bien mieux encore… Tous les sens en alerte, elle se sentait sur le point de s'abandonner.

Pourtant, un détail la préoccupait encore…

— Connor, où tout cela va-t-il nous mener ?

Cessant de bouger, il la fixa avec intensité et plaqua ses mains sur ses hanches, comme s'il cherchait à imprimer l'empreinte de chaque doigt dans sa chair…

— Pourquoi devons-nous absolument aller quelque part ? demanda-t-il à brûle-pourpoint.

Sa voix était lente et basse. Emma dut faire un effort de concentration pour entendre ses propos par-dessus les battements tumultueux de son cœur.

— Pourquoi faudrait-il que cela soit plus qu'une nuit d'amour fantastique ? poursuivit-il.

Si sa réponse lui valut un pincement au cœur, elle prit garde de l'enfouir bien profondément en elle. Après tout, elle n'attendait aucune promesse. Elle ne recherchait pas l'amour. Elle avait déjà essayé une fois, et l'aventure s'était très mal terminée.

D'ailleurs, elle n'avait jamais eu l'intention de passer plus qu'une nuit avec Connor. Son imagination ne l'avait pas emportée si loin. Aussi devait-elle s'estimer heureuse que Connor soit ce qu'il était, c'est-à-dire un ami. Certes, un ami capable de faire monter le feu en elle. Mais avant tout un ami…

— Rien d'obligatoire, en effet, concéda-t-elle.

A ces mots, elle se déhancha légèrement pour qu'il s'enfouisse en elle… Toute frissonnante, elle ajouta :

— Va pour une nuit ! Ensuite, nous retrouverons notre mode de relation précédent.

— Oui, approuva-t-il, les yeux brillant de désir. Nous restons amis.

— Nous le resterons, répéta-t-elle comme une incantation, en s'abandonnant aux plaisirs de la chair.

Perdu dans un brouillard langoureux, Connor la regardait d'un air pensif s'agiter avec passion sur lui. Comment pouvait-il savoir où l'aventure allait les mener ? Et comment aurait-il pu être furieux d'avoir perdu son pari, alors qu'Emma, à califourchon sur lui, se mouvait si sensuellement, si lascivement ?

Ses cheveux détachés tombaient en cascade sur ses épaules et frôlaient la pointe de ses seins, qui se redressaient fièrement à travers les franges d'or. Elle était bien plus belle qu'il ne le croyait. Elle possédait bien plus de qualités qu'il n'aurait pu l'imaginer.

Son corps était un étui de velours qui l'emportait doucement, à chaque mouvement, vers le paradis. Il s'efforçait de résister pour prolonger les plaisirs qu'elle lui procurait… Il voulait étirer le temps qu'ils avaient à passer ensemble, profiter de chaque seconde passée dans cette chambre.

Demain, il avouerait à ses frères qu'il avait perdu le pari.

Demain, Emma et lui redeviendraient les amis qu'ils avaient toujours été parce que cette amitié lui était trop précieuse pour qu'il se permette de la perdre.

Mais cette nuit, c'était différent ! Cette nuit, ils étaient amants, et il n'allait pas gâcher son plaisir en se perdant dans d'inutiles réflexions.

Rejetant la tête en arrière, Emma poussa un long gémissement qui le fit frissonner jusqu'au plus profond de son être. Il resserra alors son étreinte sur ses hanches et se mit à bouger encore plus vite. Elle s'adapta aussitôt à son rythme, et tous deux sombrèrent dans le plaisir, comme mus par une sorte de transe.

Le clair de lune dansait sur sa peau nue, elle-même ressemblant à une danseuse lascive… Il savait qu'il ne tiendrait plus longtemps. Son corps était chargé d'une force électrique inconnue de lui. Il se sentait possédé par une étrange puissance qui le dépassait.

— Connor…

Ce prénom, prononcé avec urgence, fut comme le signal qui ouvrit les digues de la passion qui devait les balayer…

*
* *

— Je suis hors jeu ! annonça Connor en se laissant choir sur la banquette du Lighthouse.

Ses trois frères braquèrent aussitôt de grands yeux sur lui… Pour toute réponse, il haussa les épaules.

Bien sûr, il ne s'était pas imaginé dans une situation aussi humiliante. Non, il n'avait pas envisagé un seul instant qu'il se retrouverait contraint d'avouer à ses frères qu'il n'avait pas pu tenir pendant trois mois. Et pourtant, songea-t-il avec un sourire intérieur, perdre le pari avait représenté le meilleur moment de sa vie…

Lorsque cette pensée s'immisça dans son cerveau, il fronça les sourcils et s'efforça de la rejeter.

— Tu plaisantes ? fit Aidan en lui donnant un coup de coude.

Connor observa ses frères les uns après les autres et déclara :

— Non, c'est la vérité. Je suis bon pour la minijupe et les talons aiguilles.

— Super ! s'écria Aidan, radieux.

Puis il héla la serveuse pour qu'elle leur resserve des bières avant de déclarer :

— Je vous offre une deuxième bière pour fêter l'événement.

— Pas si vite ! lui rappela Connor. Ce n'est pas parce que j'ai perdu que tu as gagné.

— Connor a raison, renchérit Brian. Nous sommes hors course, mais tu as signé pour trois mois de chasteté. Tu as donc encore six longues semaines devant toi, mon vieux.

— Pas de problème ! assura Aidan en prenant une chips dans le bol posé sur la table. Je vais vous montrer, les gars, comment on gagne.

— Tu as raison, fit Liam avec ironie. Tu es seul à la barre, désormais.

— Tout à fait !

— Et tu n'es pas le genre à faiblir, comme tes deux acolytes, renchérit son aîné sur le même ton.

— Hé, se défendit alors Aidan, ce n'est pas sur moi qu'il faut se défouler, mais sur Connor ! Je vous rappelle que c'est lui qui vient de perdre le pari.

— Ça va, pas la peine d'en rajouter, déclara Connor.

Il adressa un sourire absent à la serveuse quand elle déposa les chopes devant eux. Puis il avala une longue gorgée et ressentit une sensation de bien-être quand elle coula dans sa gorge.

La journée avait été longue. Et chaude…

D'autant que, chaque fois qu'il pensait à Emma et à la nuit passée dans ses bras, sa température intérieure montait d'un cran.

— Eh bien ! fit Liam en rompant le silence. Allons-nous enfin savoir de qui il s'agit ?

Connor leva le nez de son verre… pour découvrir trois paires d'yeux rivés à lui ! Dire que, quelques semaines plus tôt, il était assis au même endroit et se moquait sans vergogne de Brian qui venait de leur avouer qu'il était hors jeu. La situation lui avait alors paru hilarante.

Ce qui n'était pas du tout le cas aujourd'hui.

— Emma, dit-il d'un ton tendu.

— Emma… La mécanicienne ? s'enquit Aidan, surpris.

Une bouffée de colère submergea Connor. Relevant la tête, il plongea son regard dans celui de son frère avant de le défier d'un ton menaçant :

— As-tu un problème avec Emma ? Ne convient-elle pas ?

— Je n'ai jamais dit une chose pareille, s'indigna Aidan en levant les bras en signe d'innocence. J'étais juste surpris, c'est tout. Cool, mon vieux !

— Serais-tu devenu susceptible ? s'enquit à son tour Brian.

— Où veux-tu en venir ? demanda Connor en foudroyant son autre frère du regard.

— Nulle part, c'était juste une remarque.

— Emma est adorable, déclara Liam d'une voix tranquille tandis que ses trois frères tournaient la tête vers lui. Oui, elle répare régulièrement ma voiture et je trouve que c'est un beau brin de fille.

Brian releva un sourcil et, dans un sourire mi-amusé mi-sévère, déclara :

— Liam ! Je te rappelle que tu es prêtre !

— Et alors ? Je n'en suis pas moins homme, non ? rétorqua son aîné avant de s'adresser à Connor. Donc, toi et Emma êtes ensemble, maintenant ?

A ces mots, un sentiment de panique envahit Connor. Il se recula sur son siège, comme pour prendre le plus de distance possible avec la question qu'on venait de lui poser.

— Ensemble ? Non, nous ne sommes pas un couple. Juste des amis.

— Des amis qui couchent ensemble, dit Aidan en riant.

— Il n'y a rien de mieux, assura Connor en se saisissant de son verre de bière.

— L'amitié, ça évolue, déclara Liam d'une voix sage.

Connor lui lança un regard en coin.

La même idée l'avait accompagné toute la journée, et pourtant l'amitié qu'il ressentait pour Emma était trop précieuse pour qu'il accepte qu'elle change. Ils s'entendaient si bien tous les deux ! Ils nourrissaient la même passion pour les voitures, les vieux films et les orages. Ils pouvaient aborder tous les sujets ensemble, et il lui accordait une confiance dont peu de ses amis pouvaient s'enorgueillir.

Les amis de Connor comptaient plus que tout dans sa vie. Et Emma était définitivement une amie.

— Quoi que tu puisses penser, oublie ! lui rétorqua Connor. Je n'ai pas l'intention de me marier comme ce pauvre Brian.

— Hé ! protesta ce dernier. A t'entendre, on croirait que je suis tombé dans un piège.

— Je n'ai pas dit cela, coupa Connor. C'est juste que le mariage, ce n'est pas pour moi.

Le mariage n'avait jamais été pour lui, et ne le serait jamais. Il ne voulait pas se marier. Il ne voulait pas qu'une femme dépende de lui. Ou vice versa ! Il refusait de changer pour devenir une autre personne.

Il aimait sa vie telle qu'elle était, avec le courant de femmes qui y entraient et en ressortaient, tels le flux et le reflux de la mer.

Emma était une femme superbe, mais elle n'allait pas être *l'unique* femme de sa vie.

Ce n'était pas ce qu'il recherchait.

Braquant ses yeux sur Liam, Connor reprit avec agacement :

— Ne commence pas à te faire des illusions sur Emma et moi. Ce n'est pas parce que nous couchons ensemble que nous allons nous marier.

— Je n'en suis pas aussi convaincu, frangin, intervint Aidan. Tu as tout de même renoncé à quelques milliers de dollars pour ses beaux yeux.

Passant une main sur son visage, Connor maudit tous ses frères. Que n'aurait-il donné à cet instant pour être enfant unique !

— C'est juste physique.

— En es-tu bien sûr ? demanda Liam.

— Certain ! affirma Connor.

Puis il s'empara de sa bière et en but un long trait.

Et, tandis que la conversation roulait sur un autre sujet, il tenta de lutter contre une pensée qui s'insinuait en lui et commençait à le tourmenter. Et s'il n'était pas aussi sûr de lui qu'il venait de l'affirmer ?

9

— Madame Harrison, enjoignit une nouvelle fois Emma en jouant avec le cordon du téléphone, si vous acceptiez de réfléchir à ma proposition, ne serait-ce que quelques secondes, vous verriez que vous avez tout à y gagner.

A l'autre bout du téléphone son interlocutrice soupira avant de répondre avec un accent traînant :

— Je sais que tout cela vous semble irrationnel, Emma, mais je ne parviens pas à me défaire de la voiture de Sonny. Il l'aimait tant.

— Justement ! renchérit Emma qui se trouvait à présent derrière la baie vitrée, le fil du téléphone tendu au maximum. Puisque Sonny aimait tant sa Chevrolet, ne pensez-vous pas qu'il apprécierait que quelqu'un lui redonne son prestige d'antan ?

— Eh bien…

Tandis que la vieille femme méditait sur sa suggestion, Emma contemplait Baywater depuis son poste d'observation vitré. Durant l'été, la circulation était aussi dense que l'humidité. Même à l'heure du coucher du soleil, les trottoirs étaient envahis de touristes et les voitures avançaient au pas, à cause des feux qui ne cessaient de passer au rouge. La ville résonnait de coups de Klaxon et de cris d'automobilistes furieux. Insensibles à la chaleur, des groupes d'adolescents juchés sur des skate-boards, souvent accompagnés de chiens, slalomaient entre les voitures et les piétons.

Une soirée d'été ordinaire et typique, en somme.

Dans ces conditions, pourquoi tout lui paraissait-il donc différent ?

Parce qu'elle était différente !

Poussant un gros soupir, Emma s'ordonna de se ressaisir. D'oublier… Mais comment oublier ? La nuit précédente, Connor et elle avaient vécu des heures torrides, aucun ne semblant en mesure de se détacher de l'autre. Il était resté à ses côtés jusqu'au lever du soleil. Lorsque de fines bandes violettes avaient strié l'horizon, il s'était fait violence pour quitter leur nid d'amour.

Elle l'avait regardé sortir de la pièce puis regagner sa voiture, résistant à la forte envie de le rappeler.

Il n'empêche que l'envie était bel et bien là.

Un besoin insidieux, enfoui en elle. Et qu'elle combattait de toutes ses forces, à cause de la promesse qu'ils s'étaient faite juste après leurs premières étreintes. Ces étreintes qui avaient dévasté leurs âmes et en avaient appelé d'autres.

Amis.

Ils avaient fait le vœu de rester amis, et elle le souhaitait de tout son cœur. Même si, en toute contradiction, elle voulait *aussi* qu'il revienne dans son lit.

La situation était encore plus compliquée qu'avant, songea-t-elle avec dépit.

— A vrai dire, je ne sais pas quoi vous répondre, ma chère, reprit Mme Harrison au bout du fil.

Comme Emma sut gré à la vieille dame de l'arracher à ses pensées !

— J'ai besoin de temps, vous savez. L'idée que la voiture sorte du garage me chiffonne, poursuivit cette dernière sur un ton ennuyé.

La réponse ne surprit guère Emma. Elle s'entretenait au moins une fois par mois avec Mme Harrison au sujet de la vieille Chevrolet Corvette. Sonny Harrison avait rendu l'âme depuis quatre décennies, mais sa femme ne parvenait toujours pas à se séparer de la voiture.

Très bien ! Pour aujourd'hui, Emma renonçait. Elle retenterait sa chance le mois prochain.

— Je comprends, dit-elle.

Et elle était sincère. Elle concevait tout à fait qu'il fût difficile de rompre les liens qui reliaient au passé, car le passé paraissait parfois plus réel que le présent. Elle-même avait vécu cette douloureuse épreuve : elle avait décidé, dans un geste salvateur mais coûteux, de renoncer à s'habiller de manière féminine après avoir découvert la véritable personnalité de son ex-fiancé, Tony DeMarco. Ainsi, elle était parvenue à surmonter la perte de ses rêves et nul doute qu'un jour. Mme Harrison y parviendrait elle aussi.

— Toutefois, ne m'en voulez pas si je retente prochainement de vous convaincre, précisa-t-elle.

— Pas du tout, ma petite Emma. Je serai heureuse de réentendre votre voix bientôt.

Après avoir raccroché, Emma ne put s'empêcher de sourire. Elle avait la sensation que la vieille dame ne lui vendrait jamais la voiture car, si elle cédait, elle n'aurait plus le plaisir d'entendre ses régulières plaidoiries.

Soudain, le téléphone retentit et, l'espace d'une seconde, Emma eut la faiblesse de penser que Mme Harrison s'était ravisée.

— Garage Jacobsen, j'écoute.

— Je viens aux nouvelles puisque tu ne m'as pas appelée pour me faire un nouveau compte rendu !

— Mary Alice ?

— Qui d'autre ?

Un sourire éclaira le visage d'Emma qui alla aussitôt s'installer dans son fauteuil.

Posant les pieds sur l'angle de son bureau, elle croisa les chevilles et répondit :

— J'avais l'intention de t'appeler.

— Hum, hum, fit son amie. Tout comme moi, j'ai l'intention de me mettre au régime.

— Aurais-tu trouvé une nouvelle méthode miracle ? ironisa Emma.

— N'essaie pas de changer de sujet, la prévint Mary Alice. Je ne t'appelle pas pour parler de mon cas. Bon, je veux tous les détails. La dernière fois que nous nous sommes parlé au téléphone, le magnifique M. Reilly s'approchait de ton bureau, avec des allures de cerise sur le gâteau.

— Ah… ! fit Emma en soupirant d'un ton évocateur.

— J'imagine que c'est une longue histoire, poursuivit Mary Alice.

— Si tu savais…

Elle avait eu l'intention d'appeler Mary Alice. Mais elle avait été tellement préoccupée par l'idée de piéger Connor et par les moyens d'arriver à ses fins qu'elle avait oublié.

Cette petite discussion avec Mary Alice était vraiment la bienvenue ! Elle allait lui permettre de remettre de l'ordre dans ses idées après une nuit qui avait eu un effet dévastateur sur sa petite vie si bien ordonnée jusque-là…

— Je t'écoute ! insista son amie.

— Par où dois-je commencer ? Par la première fois, ou la dernière ?

Emma entendit son amie étouffer un petit cri à l'autre bout du fil.

— Et combien de fois entre la première et la dernière ? s'enquit Mary Alice.

— Trois, répondit Emma d'un air détaché.

Ainsi qu'elle l'avait découvert pour son plus grand plaisir, Connor était un homme remarquable. D'une résistance à toute épreuve. L'armée pouvait se réjouir de compter un tel héros dans ses rangs.

Et elle aussi !

Sauf qu'il ne lui appartenait pas, songea-t-elle aussitôt. Ça y est, elle était encore en train de passer la ligne qu'elle s'était assignée…

Connor n'était pas à elle. Du moins jusqu'à nouvel ordre…

— Rien que ça ! fit Mary Alice en soupirant d'un air envieux. Attends une seconde, je reviens.

Au bout non pas d'une seconde mais d'une bonne minute, Mary Alice reprit le combiné.

— Je suis tout ouïe, annonça-t-elle. J'avais juste envie de siroter un petit verre de vin en écoutant ton récit. Commence par le tout début, ne saute aucune étape et ne m'épargne aucun détail.

Emma éclata de rire, et remercia silencieusement son amie pour son appel. Elle avait besoin de lui confier sa merveilleuse nuit.

— Mary Alice ! s'écria-t-elle. Que ferais-je sans toi ?

— Et moi donc ! fit cette dernière avant de lui ordonner : Allez, passe à table !

Connor avait bien l'intention de rester à l'écart.

Toute la journée, il s'était répété qu'il se tiendrait à distance. Que c'était la meilleure solution pour eux deux. La nuit dernière avait été fantastique, mais il devait relativiser.

Ou du moins se raisonner.

Emma était son amie. Le fait qu'elle fût aussi la femme qui avait mis le feu à son corps la nuit précédente était sans importance. Seule comptait leur amitié. Fort de cette pensée, il avait pris l'engagement solennel de ne pas lui rendre visite pendant quelques jours.

Il fallait qu'ils se laissent l'un à l'autre le temps de respirer. Qu'ils respectent leur espace vital.

Ils devaient y voir plus clair avant de passer de nouveau du temps ensemble.

Après la rencontre avec ses frères, Connor avait donc sagement pris la direction de son domicile… avant de faire demi-tour et de foncer chez Emma !

Quelle ne fut pas sa déception en constatant que sa maison était plongée dans l'obscurité ! Au fond, ne devait-il pas considérer cette absence comme un signe du destin ? se demanda-t-il. Une instance supérieure veillait sur lui. Faisait en sorte qu'il ne rencontre pas Emma même quand, contre toutes ses promesses, il la pourchassait.

Eh bien, il serait plus fort que le destin ! Chassant ses doutes et ses hésitations, il s'engagea d'un air déterminé dans la rue qui menait au garage.

Durant ces deux dernières années, il lui était souvent arrivé de donner un coup de main à Emma, le soir, pour une vidange, par exemple. Il était aussi courant qu'ils discutent dans le bureau, en sirotant une boisson fraîche. En réalité, il n'avait jamais pris conscience — jusqu'à ce qu'il cherche à l'éviter — du nombre d'heures qu'il passait en sa compagnie.

D'une façon ou d'une autre, sans qu'il ne s'en rende compte, Emma était devenue partie intégrante de sa vie. Elle était la première qui entendait ses complaintes quand une de ses recrues lui donnait du fil à retordre. Celle à qui il racontait les histoires drôles d'Aidan. Celle qui l'écoutait râler contre ses petites amies, son métier, sa vie…

Emma était plus qu'une amie.

Elle était sa meilleure amie.

« Et maintenant, tu as couché avec elle », ne put-il s'empêcher d'ajouter.

A cette pensée, des images érotiques d'Emma et de sa peau diaphane dans le clair de lune s'imposèrent à lui… Aussitôt, il se raidit et s'efforça de songer à autre chose.

Derrière lui, au feu rouge, il y avait une voiture remplie d'adolescents qui se taquinaient et s'interpellaient joyeusement. Les filles tentaient de se faire remarquer tandis que les garçons s'efforçaient de rester calmes. De la musique à tue-tête s'échappait des fenêtres ouvertes. Comme il enviait cette bande de jeunes insouciants, pensa-t-il avec nostalgie.

Les nuits d'été étaient parfaites pour faire un tour en voiture et rire aux éclats. Parfaites pour les baisers volés et les promenades à pied. Pour les soupirs et les murmures, et la promesse d'autre chose…

Autre chose, c'était précisément ce qu'il désirait. Oui, il attendait davantage d'Emma.

Enfin le feu passa au vert et il redémarra.

— Mon vieux, tu es dans de sales draps, murmura-t-il en s'engageant dans l'allée qui menait au garage.

Ses doigts agrippaient si fort le volant que ses jointures en étaient toutes blanches. Son estomac était tout contracté et son cerveau lui criait à le rendre sourd qu'il devait se tenir loin d'Emma.

Mais il ne l'écoutait pas.

Il ne le pouvait pas.

Repartir sans la voir ne constituait pas une solution plus raisonnable. Car, s'il ne la voyait pas, elle continuerait de l'obséder. Au contraire, espérait-il, une rencontre lui permettrait peut-être de relativiser.

Cette idée le rassura quelque peu et, pour se convaincre de sa justesse, il déclara à voix haute :

— C'est tout à fait cela ! Emma est ton amie. Donc, lui rendre visite est la preuve que tu peux faire comme si de rien n'était.

Hum, hum…

En se garant devant le garage Jacobsen, il remarqua de la lumière dans un renfoncement. Le rideau de fer de la porte principale était descendu et le clair de lune allumait des étoiles sur la tôle.

Coupant le moteur, Connor mit le frein à main… et prit conscience que, pour la première fois de sa vie, il avait envie de battre en retraite.

Cette seule pensée suffit à le propulser hors de la voiture. Il ne serait pas dit qu'un Reilly avait reculé devant un danger ! A peine eut-il mis un pied à l'extérieur que la chaleur de la nuit referma son étau autour lui. Sans y prendre garde, il se dirigea vers le bureau, comme un homme en partance pour une mission impossible.

Emma aimait travailler tard le soir. Elle aimait être seule. Cela lui permettait de réfléchir, avait-elle affirmé à Connor.

A quoi pouvait-elle bien réfléchir, ce soir ? se demanda-t-il en approchant de la porte du bureau.

Posant une main sur la poignée, il constata que la porte n'était pas fermée à clé. Mais où donc avait-elle la tête ? s'emporta-t-il. Bien sûr, cela lui permettait de la rejoindre en passant par la porte communicante, mais tout de même… Savait-on jamais qui pouvait s'introduire chez vous ?

Idiot ! se dit-il alors. Baywater était une bourgade tranquille, une petite communauté où tout le monde se connaissait et où il ne pouvait rien arriver. Pourtant, l'idée qu'Emma travaille tard le soir, dans un endroit ouvert aux quatre vents, ne lui plaisait pas. D'ailleurs, l'idée qu'elle soit seule non plus…

Il tenta de repousser ces pensées. Après tout, songea-t-il, ce n'étaient pas ses affaires. Il n'avait pas à s'en mêler.

L'année dernière, le mois dernier, la semaine dernière encore, cela ne le gênait pas !

Secouant la tête, Connor pénétra dans le bureau climatisé, et se dirigea vers la porte qui menait au garage. Il régnait ici une chaleur étouffante. Le garage n'était pas climatisé car la porte d'entrée était ouverte en permanence, dans la journée. Bien sûr, des ventilateurs étaient répartis aux quatre coins de la pièce, mais ils ne contribuaient pas vraiment à faire retomber la température.

Connor s'en fichait. Il en avait vu d'autres. Refermant la porte du bureau derrière lui, il pénétra dans la fournaise… pour découvrir que la radio fonctionnait à plein volume. En dépit de tous ses tourments, un sourire éclaira son visage. Emma écoutait du rock des années 1960 et, s'il ne se trompait pas, elle chantait en chœur, certaine qu'ici personne ne l'entendrait.

Fasciné, il s'immobilisa dans la pénombre pour savourer la vue qui s'offrait à lui…

Emma ne l'avait pas entendu arriver. Rien de surprenant étant donné la puissance des décibels. Elle portait une combinaison de mécanicien. Une combinaison standard à laquelle auparavant il n'aurait prêté aucune attention. Mais aujourd'hui, il n'était pas dupe. Il savait quel genre d'armes elle cachait derrière cet uniforme de travail trop lâche. Un frisson lui parcourut les reins.

Emma ondulait des hanches au rythme de la musique tandis que ses mains s'affairaient autour du carburateur en pièces détachées, sur l'établi. Sa queue-de-cheval rebondissait dans son dos.

Un sourire barra le visage de Connor lorsqu'il la vit s'emparer d'une clé à écrous et la brandir tel un microphone pour mimer le chanteur dont la voix s'échappait de la radio. Même si elle avait plus d'enthousiasme que de talent, Emma mettait tout son cœur dans cette chanson d'amour et d'illusions perdues. Connor se sentit fléchir…

Emma était d'une beauté à couper le souffle. Même dans cette salopette de travail.

Amis ? railla à cet instant une petite voix intérieure.

Passant une main sur son visage, il prit une profonde inspiration dans l'espoir de retrouver son calme et d'éloigner ses instincts qui lui soufflaient de la rejoindre sans attendre, de l'attraper par les épaules et de s'enfouir en elle aussi vite qu'il le pourrait.

Chaque parcelle de son corps était en alerte rouge. Quelle mauvaise idée il avait eue de venir ici ! Impossible pourtant de repartir à pas de loup, même si sa vie en avait dépendu.

Ce fut lorsqu'elle pivota sur elle-même pour ponctuer la fin de la chanson qu'elle remarqua sa présence. Se figeant brutalement, elle poussa un cri strident et posa vivement sa main sur son cœur.

— Connor ! s'écria-t-elle alors qu'elle luttait pour recouvrer son souffle.

Se précipitant vers la radio, elle en baissa le son avant d'ajouter :

— Tu m'as fait une peur bleue ! Pourquoi es-tu entré en catimini dans le garage ?

En catimini ? Telle n'était pourtant pas son intention…

— Désolé, je ne voulais pas te faire peur, marmonna-t-il en guise d'excuse.

— La prochaine fois, prononce quelques paroles pour annoncer ta présence, lui recommanda-t-elle. Bonjour, par exemple !

Toujours très agitée, elle reposa la clé à écrous sur l'établi puis se frotta les paumes l'une contre l'autre avant d'ajouter :

— Est-ce si difficile que cela ?

Bien plus qu'elle ne le croyait ! Les mots allaient-ils passer à travers le nœud qui lui étreignait la gorge ? Dans un ultime effort — et dans un timide sourire — il parvint à dire :

— Bonjour, Emma.

Elle lui rendit son sourire, puis inclina la tête de côté pour mieux le jauger…

— Quelque chose ne va pas ? demanda-t-elle.

Quelle question ! Toute la journée, il avait eu envie de coucher avec sa meilleure amie. Quelque chose ne tournait donc pas rond…

Pourtant, il répondit :

— Non, tout va bien.

— Je ne m'attendais pas à te voir aujourd'hui, fit-elle.

Elle s'essuya les mains à un chiffon propre avant de le jeter sur un banc, derrière elle. De la radio montaient à présent des sons de tambours, qui résonnaient dans le garage, comme un tam-tam envoûtant.

— Moi non plus.

Fourrant les mains dans sa salopette, elle lui demanda sans ambages :

— Dans ces conditions, que fais-tu ici ?

— Nous avons dit que nous restions amis. Or, si je n'étais pas venu te voir à cause de ce qui s'est passé l'autre nuit, cela signifierait que nous ne le sommes plus.

— Exact.

— De plus, admit-il, je voulais me prouver à moi-même que je pouvais venir ici, te voir, sans avoir envie de coucher avec toi.

A ces mots, il la vit froncer les sourcils. Il aurait juré que la température avait monté d'un cran dans le garage.

— Rien qu'à cette idée, je sens des frissons remonter le long de mes reins, murmura-t-elle d'un ton lascif.

— Tu te fais des idées !

— Je ne crois pas, répondit-elle sur le même ton.

— Bon sang, Emma, arrête ton cinéma !

Il lui adressa un regard en coin… avant de foncer subitement vers elle et de la saisir par les bras. Juste à côté, se trouvait une belle décapotable en réparation et dont la banquette ne demandait qu'à servir. La surplombant de toute sa hauteur, Connor riva son regard au sien et déclara :

— Je foule des contrées nouvelles avec toi, tu comprends ? En général, je ne fantasme pas toute la journée sur mes amies.

Elle lui décocha un lent sourire et il sentit toute la puissance de ce sourire le prendre à la gorge.

— C'est bon à savoir, dit-elle.

Il laissa glisser son regard sur ses traits, sur son petit nez tout droit, sur sa bouche bien dessinée, avant de revenir à ses yeux et leurs profondeurs attirantes…

Il expira lentement et répondit :

— Le problème, c'est que fantasmer sur toi m'empêche de penser à autre chose.

Ces derniers mots la firent frémir de plaisir.

Connor la relâcha et serra les poings. S'il la touchait maintenant, il était fichu. Il ne pourrait plus faire machine arrière, plus se contrôler, plus repartir.

— Eh bien, cesse de fantasmer sur moi, dit-elle en relevant le menton.

— Plus facile à dire qu'à faire !

— Oui, soupira-t-elle. Je sais…

— Ah, toi aussi ? fit-il en sentant l'étau qui lui serrait les poumons se relâcher un peu.

— Oui…

Elle s'écarta légèrement de lui comme si évoquer ses fantasmes renforçait le danger.

— Allons, avec le temps, cela passera, ne crois-tu pas ? ajouta-t-elle.

— Je n'en ai pas l'impression, répondit-il.

— Une seule journée s'est écoulée depuis la nuit dernière, lui rappela-t-elle.

— *Toute* une journée, tu veux dire.

— Exact !

Elle balaya le garage d'un regard circulaire, comme si elle cherchait l'issue la plus proche. Ce fut alors que, de guerre lasse, elle s'assit sur le capot de la voiture de sport rouge et ajouta :

— Ou vingt-quatre heures !

Il hocha la tête en se rapprochant d'elle :

— Ou des milliers de minutes…

— Autant dire une éternité, dit-elle. Il faut donc que nous recommencions, n'est-ce pas ?

— Je crois bien…

Il la désirait de toutes ses forces. Il n'avait jamais connu une telle faim auparavant, et il se demandait combien de temps cela allait durer. Etait-il donc impossible que les choses reviennent à leur état initial entre lui et Emma ? Et le souhaitait-il réellement ?

Non…

En même temps, il devait bien admettre que, s'ils ne pouvaient pas reculer, ils devaient forcément avancer. Le statu quo était exclu.

Après tout, ils pouvaient peut-être recommencer. Juste ce soir. Demain, ils auraient tout le temps pour réfléchir aux conséquences de leurs actes. Cette nuit, tout ce qu'il voulait, c'était revivre les heures merveilleuses qu'il avait passées en sa compagnie, la veille. Il voulait de nouveau se perdre dans le flux de ses saveurs, se laisser envelopper par sa chaleur, et voir ses yeux chavirer de plaisir…

Tout le reste pouvait attendre.

Alors, se penchant vers Emma, Connor l'enlaça et lui donna d'autorité un long et profond baiser. Sa langue explorait de nouveau sa bouche, désespérément, éperdument, comme s'il cherchait à lui voler un peu de son âme. Leurs souffles étaient emmêlés, leurs cœurs battaient au même rythme et, lorsqu'elle se cambra contre lui, l'esprit de Connor se vida d'un coup.

Seul résonnait en lui le désir violent qu'elle lui inspirait.

Avide de la toucher, de se noyer en elle, il mit la main sur la fermeture Eclair de la salopette d'Emma et chuchota d'une voix rauque :

— Je veux savoir ce que tu portes là-dessous.

A ces mots, un sourire mutin se dessina sur le visage d'Emma. Cependant, posant sa main sur la sienne, elle l'immobilisa.

— Que se passe-t-il ? s'enquit-il, croyant apercevoir l'ombre d'une gêne dans ses yeux.

— Rien, fit-elle d'un air détaché avant de laisser glisser son regard vers leurs mains. C'est juste que…

— Que quoi ? Mais enfin, Emma, parle !

Prenant son inspiration, elle leva le regard vers lui et répondit :

— Parfait… Quand je ferme le rideau de fer, il fait vraiment très chaud dans le garage et… Comme j'étais toute seule, alors…

— Alors quoi ?

Elle laissa retomber sa main et souffla.

— Alors, comme il fait très chaud…

— Au fait ! s'impatienta-t-il.

— Je ne porte rien en dessous !

Le sang de Connor ne fit qu'un tour dans ses veines. Son corps se raidit aussitôt et sa respiration se bloqua dans ses poumons…

Baissant les yeux vers elle, il lui adressa un sourire avide et fit coulisser la fermeture Eclair de la combinaison. Il eut alors tout loisir de contempler son délectable corps…

— C'est Noël, dit-il.

Emma éclata de rire, mais son rire tourna court lorsque

Connor plaqua ses deux mains sur ses seins. Elle eut la sensation de ne plus pouvoir respirer.

Ses mains…

Elle en avait rêvé toute la journée et, subitement, elles étaient sur sa peau, la tâtaient, la palpaient, enflammaient ses sens…

— Il faut que je te fasse l'amour, Emma, murmura-t-il.

Il la poussa alors en arrière, tout doucement, jusqu'à ce qu'elle se retrouve allongée sur la décapotable.

— J'ai envie de toi, Connor, répondit-elle. Maintenant, s'il te plaît !

Pour toute réponse, la bouche de Connor se referma sur son sein.

— Oh, oui… !

La main de son compagnon glissa le long de son corps, frôlant son ventre, pour se diriger vers un endroit bien précis… Des ondes la parcoururent, des ondes délicieuses et enivrantes… Mais insuffisantes !

— Prends-moi, dit-elle d'une voix suppliante. Je veux te sentir en moi.

— Entendu, mon ange.

Saisissant la salopette au niveau des épaules, il la fit aussitôt glisser par terre… Puis Emma bascula de nouveau sur le capot. Contre sa peau nue, le métal semblait tout frais, remarqua-t-elle. Une fraîcheur qui contrastait avec la température du garage et celle de leurs corps…

Elle le regarda retirer à son tour ses vêtements.

Son jean, puis son T-shirt…

Quel corps musclé et tonique il possédait !

Elle mourait d'envie de le toucher, d'enfoncer ses ongles dans son dos puissant… Elle voulait sentir son poids sur elle. Désirait plus que tout qu'il comble tous ses vides intérieurs.

Instinctivement, elle humecta ses lèvres avec sa langue, et il sourit devant son impatience. Un sourire lascif, confiant… S'emparant d'un préservatif dans sa poche, il s'empressa de satisfaire ses attentes.

La radio continuait de jouer en arrière-fond, et la musique rythmait le mouvement de leurs corps entrelacés, qui chaloupaient, infatigables, insatiables…

Sur le point de succomber, Connor plongea ses yeux dans ceux d'Emma… Qui elle-même se noya dans la brume de ses prunelles.

Et le plaisir les emporta.

10

— C'était une erreur ! déclara Emma dès qu'elle fut en mesure de parler sans tremblement dans la voix.

— Difficile de t'approuver, dans ma position, répliqua Connor en lui adressant un large sourire.

Un sourire qui représentait une arme redoutable, songea-t-elle en le regardant. Avec le corps de Connor encore pressé contre le sien, son désir à peine apaisé, elle n'était pas en mesure de défendre son point de vue. Pourtant, il fallait bien que l'un d'entre eux revienne à la raison.

— Relève-toi, Connor.

— Il n'y a pas d'urgence ! répondit-il d'une voix lascive.

Puis il enfouit sa tête dans le cou d'Emma et se mit à lui donner des petits coups de langue.

Aussitôt, elle frissonna et tout son corps s'enflamma… Seigneur ! Voilà qu'elle était à la merci de la moindre caresse de sa part ! Comment avaient-ils pu se côtoyer pendant deux ans sans se rendre compte de l'alchimie qui existait entre eux ? Et comment pourraient-ils revenir à leur relation initiale, maintenant qu'ils en étaient conscients ?

A l'idée qu'ils ne pourraient peut-être jamais retrouver leur amitié d'antan, elle sentit sa gorge se serrer. Peut-être qu'en découvrant cette alchimie si particulière, ils avaient dans le même temps perdu un trésor bien plus important.

Emma ferma les yeux.

Pourquoi la vie était-elle si compliquée ? s'insurgea-t-elle en silence.

Alors, serrant les dents et s'armant de tout son courage, elle répéta :

— Lève-toi, Connor, je suis sérieuse !

Et pour donner plus d'emphase à ses propos, elle lui donna une tape dans le dos.

— Aurait-on une âme de petit chef ? dit-il en la jaugeant d'un air amusé.

Un demi-sourire éclaira son visage et Emma dut se retenir de redessiner, du bout des doigts, la belle courbe que formaient ses lèvres.

— Comment se fait-il que je ne m'en sois pas rendu compte jusque-là ? ajouta-t-il.

— Il y a beaucoup de choses qui t'ont échappé, rétorqua-t-elle.

— C'est vrai, concéda-t-il, mais je rattrape vite mon retard.

Il glissa alors sa hanche contre la sienne, et elle se sentit fondre… Avant de succomber totalement, elle réitéra son ordre :

— Connor !

— Je bouge, je bouge ! concéda-t-il à grand-peine.

Il obtempéra. Très lentement, en la regardant droit dans les yeux. De toute évidence, songea-t-elle, il désirait la torturer un peu avant de mettre un terme à cette petite… séance.

Emma se mordit la lèvre inférieure pour ne pas le supplier de se recoucher sur elle. De lui refaire l'amour une dernière fois. Mon Dieu ! Elle devait avoir perdu la tête. Elle disposait d'un amant aussi séduisant que talentueux et voilà qu'elle le repoussait !

D'un côté, son cerveau lui criait d'être rationnelle ; de l'autre, son corps lui dictait tout autant de cesser de penser et de se laisser aller… Par peur que ce dernier ne l'emporte, elle se releva du capot, et ramassa à la hâte sa salopette de travail. Une fois rhabillée, elle y verrait sans doute plus clair. Ce n'était pas en restant dénudée qu'elle parviendrait à recouvrer ses esprits…

Le ventilateur soufflait un courant d'air chaud sur sa peau humide mais, curieusement, elle se surprit à frissonner. Pour rajuster sa salopette, elle choisit de tourner le dos à Connor. Elle ne se retournerait que lorsque sa fermeture Eclair serait remontée jusqu'au menton. Pur enfantillage, songea-t-elle, puisque, quelques secondes plus tôt, il avait eu tout loisir de contempler sa nudité…

Une fois rhabillée, elle prit une grande aspiration et, refoulant le bourdonnement des sens qui résonnait encore dans son être, elle se retourna.

Connor avait enfilé son jean, mais était encore torse nu. Quel spectacle tentant ! Elle sentit aussitôt l'eau lui monter à la bouche… Encore une fois, sa résistance était mise à l'épreuve. Elle eut le sentiment d'avoir ouvert une boîte de Pandore en initiant ce petit jeu. Si elle l'avait pu, elle se serait botté les fesses !

Ils étaient heureux, bons amis, tout allait bien. Puis elle avait pris la mouche et s'était sentie insultée parce qu'il avait affirmé qu'elle était comme un *pote* pour lui… Et voilà où les avaient conduits ses envies de vengeance : dans une impasse !

Comment s'en sortir ?

A moins que la question ne fût : voulait-elle s'en sortir ? Ce qui était bien plus préoccupant, songea-t-elle avec inquiétude. Parce qu'elle se sentait glisser, glisser…

Il suffisait que son regard se pose sur Connor pour que son cœur se serre. Si la situation avait été autre — ou plutôt si *elle* avait été différente — elle aurait pu se permettre de rêver un peu. Elle aurait pu laisser s'épanouir ce qui bourgeonnait en elle. Laisser place à l'espoir du grand amour auquel elle avait cru autrefois.

Hélas ! Fantasmer sur le futur était dangereux et les rêves s'apparentaient souvent à des vues de l'esprit. Elle était bien placée pour le savoir : n'avait-elle pas déjà payé le prix fort pour s'être laissé piéger ? Aussi, l'idée que plus rien ne serait comme avant entre elle et Connor l'emplissait de désespoir.

Leur belle amitié insouciante s'était envolée, consumée par un feu dont elle ne soupçonnait même pas l'existence quelques semaines auparavant.

— Je ne sais pas à quoi tu penses, mais cela m'a l'air bien sérieux, murmura-t-il alors.

Elle sursauta.

— Pardon ?

— Dois-je m'en inquiéter ? poursuivit-il.

Il enfila alors son T-shirt rouge et en émergea un peu ébouriffé. Elle ne put s'empêcher de lui lancer un regard admiratif.

— Un de nous doit l'être, murmura-t-elle, les yeux rêveurs, avant d'ajouter sur un ton plus ferme : On ne peut pas continuer ainsi.

Lui décochant un beau sourire, il affirma :

— Donne-moi cinq minutes et je te fais changer d'avis.

Nul doute qu'il le pouvait. Mais ce n'était pas le but du jeu.

— Connor, j'essaie de…

— Ah ! Eteignons cette radio, elle me tape sur les nerfs, lança-t-il brusquement.

Une fois la radio éteinte, le vrombissement des ventilateurs les renvoya à leur tête-à-tête avec plus d'acuité. Emma sentait courir de véritables vibrations électriques entre eux. Une vraie fournaise, ce garage… Fermant son cœur à toutes ces sensations trompeuses, elle déclara d'un ton résolu :

— Hier, c'était un accident de parcours. Mais ce soir nous avons la preuve que la situation nous échappe…

— O.K., je l'admets, le cours des événements s'est un peu emballé, ce soir.

— Un peu ! ironisa-t-elle.

Sans cesser de la regarder, il croisa les bras et écarta légèrement les jambes, comme s'il se préparait à livrer une bataille. Emma ne put s'empêcher de se demander contre qui il comptait la mener.

Contre elle ou contre lui-même ?

— Je n'avais pas cet objectif en tête en te rendant visite, il faut que tu le saches, déclara-t-il.

Il ne lui apprenait rien ! On ne planifiait pas de faire l'amour sur le capot d'une voiture, cela tenait à l'impulsion du moment, ils étaient bien d'accord là-dessus.

— Je sais, dit-elle en soupirant. Seulement…

— Je suis venu au garage parce que tu n'étais pas chez toi, poursuivit-il sans la laisser parler. Et puis…

Il s'interrompit et, lui jetant un regard plus sévère, déclara :

— A propos, ferme la porte à clé quand tu es toute seule ici, Emma.

— Pardon ?

— La porte de ton bureau ! Elle était ouverte. N'importe qui aurait pu s'introduire à ton insu.

— C'est ce qui s'est passé ! rétorqua-t-elle.

— Non, moi, tu me connais.

— C'est ce que je croyais.

— Qu'est-ce que c'est censé vouloir dire ?

Une bouffée de colère la submergea et elle s'y raccrocha comme à une bouée. La colère était un sentiment bien plus facile à gérer que tout ce qu'elle pouvait ressentir pour Connor en ce moment.

— Ce que je veux dire, c'est que cela me regarde si ma porte est ouverte ou fermée.

— Qui a dit le contraire ? soupira-t-il.

Elle le vit décroiser les bras et lever les mains en l'air comme s'il tentait de rattraper les fils d'une argumentation dont le contrôle lui échappait.

— Toi ! fit-elle d'un ton accusateur en plongeant ses yeux dans les siens.

Une dispute avec Connor !

Elle se sentait soudain en terrain bien plus familier et plus rassurant. Là, elle savait comment tirer son épingle du jeu — ce qui n'était pas le cas lorsqu'il lui manifestait de la tendresse. Elle était alors sur ses gardes, déstabilisée.

— Je suis parfaitement en sécurité, ici, poursuivit-elle avec assurance.

— Sans doute, concéda-t-il avant d'ajouter, d'un ton plus sec : Mais il est stupide de prendre des risques, Emma.

— Ecoute, je ne suis pas stupide et je n'ai pas besoin que tu me dictes ma conduite.

— Je n'ai jamais dit que tu étais stupide, dit-il.

— Si ! rétorqua-t-elle d'un ton chargé de rancœur. Il y a tout juste deux secondes.

— Ne déforme pas mes propos ! J'ai dit *qu'il* était stupide de ne pas fermer la porte.

— Et, si je suis ta logique, comme je ne l'ai pas fermée, *je* suis stupide.

— Bon sang, Emma, qu'est-ce qui te prend ? gronda-t-il.

Sa voix résonna d'une manière inquiétante aux oreilles de la jeune femme. Il semblait fou de rage.

Qu'est-ce qui lui prenait ?

Elle l'ignorait. Vraiment.

Pensées, émotions, sentiments, tout se mêlait au fond de son être en un cocktail dangereux… Le mélange était trop confus pour qu'elle soit en mesure d'identifier les divers ingrédients. Ce dont elle était certaine, en revanche, c'était qu'elle avait besoin d'être seule. Besoin de solitude pour réfléchir. Elle donnait le change mais elle sentait un sentiment de panique monter en elle de façon sournoise…

— Je n'aime pas qu'on me donne des ordres, finit-elle par répondre.

A ces mots, il s'efforça de garder son calme en se concentrant sur sa respiration, comme on le lui avait appris. Mais comme toujours, il se rendit compte que cela ne marchait pas du tout dans les situations extrêmes. Il se sentait toujours aussi confus, tourmenté.

Au bout d'un moment, il reprit la parole d'une voix basse et monocorde :

— Je ne te donne pas d'ordre, Emma. Je soulignais juste le fait que je m'inquiète pour toi quand je constate que tu es vulnérable, seule dans ton garage ouvert, et que tu ne t'en rends même pas compte.

Vulnérable ? Oh, oui, elle l'était, mais sûrement pas au sens où il l'entendait. Tout en elle bruissait d'envie et de fureur. Elle le désirait, mais ne pouvait pas l'avoir. Avait besoin de lui mais ne le voulait pas. L'aimait et…

Oh, mon Dieu !

Elle fit un pas en arrière.

Elle sentit le sang refluer de ses veines face à la révélation qui venait de la frapper.

Elle aimait Connor Reilly.

Emma se mit à respirer de façon saccadée. Son champ de vision se troubla et des papillons bleus et blancs vinrent y danser. Etait-elle en train de vivre cette fameuse expérience qui vous projette hors des limites de votre corps ? se demanda-t-elle soudain. Elle craignit un instant de s'évanouir… Toutefois, à la pensée de devoir se justifier lorsqu'elle reviendrait à elle, elle parvint à se ressaisir au prix d'un immense effort sur elle-même.

Un froid glacial étreignit son cœur.

Il s'agissait d'amour ?

Pitié, pitié !

Elle allait au-devant d'énormes difficultés.

Se passant une main sur le front, elle se rendit compte qu'elle souffrait d'une terrible migraine. Elle avait la sensation que sa tête allait éclater. Sa bouche était toute sèche, elle avait du mal à déglutir et, pourtant, elle devait reprendre la parole. Dire quelque chose pour qu'il ne se rende pas compte que ses nerfs étaient près de lâcher…

Elle aspira lentement, expira en s'efforçant de contrôler son souffle pour qu'il ne tremble pas, et déclara :

— Je ne t'appartiens pas, Connor. Tu n'as aucune raison de t'inquiéter à mon sujet.

Comment avait-il fait, se demanda-t-elle, pour passer, en quelques secondes, de l'amant langoureux au grand frère répressif ? Et pour l'amour du ciel, comment *pouvait*-elle l'aimer ?

— Ce n'est pas ce que j'ai dit, dit-il d'un ton amer. Tout ce que j'ai dit, c'est que…

Elle leva brusquement les mains en l'air, et s'aperçut qu'elles tremblaient. Alors, serrant les poings, elle déclara :

— Inutile de te répéter, j'ai entendu ! Que ma porte soit fermée ou non, cela ne te regarde pas.

Ce qui la faisait enrager, c'était qu'il avait raison.

D'habitude, elle s'enfermait toujours à l'intérieur du garage lorsqu'elle travaillait tard le soir. Baywater était une ville tranquille, mais on ne savait jamais ce qui pouvait arriver. Mais ce soir, elle avait oublié de fermer la porte.

Etait-ce un acte manqué ? En effet, si elle avait verrouillé cette maudite porte, Connor n'aurait pas pu s'introduire et la surprendre. Ils n'auraient pas refait l'amour et, par conséquent, elle n'aurait pas eu à affronter une nouvelle vérité tout à fait déconcertante, à savoir qu'elle était amoureuse de lui.

— N'ai-je donc pas le droit de m'inquiéter pour toi ?

Elle le foudroya du regard, irritée par sa propre stupidité.

— Te faisais-tu du souci pour moi avant que nous ne couchions ensemble ?

Il ouvrit la bouche pour répondre, puis la referma. Oh, elle se passerait de sa réponse ! Après tout, songea-t-il avec amertume, ne croyait-elle pas la connaître d'avance ?

— Non, tu ne t'en faisais pas ! répondit-elle à sa place, d'un ton catégorique.

Elle se sentit submergée par une vague de fureur, comme si sa colère lui échappait tout à coup, et s'amplifiait, sans qu'elle ne puisse plus la contrôler. Finalement, il était bien le même que Tony, comprit-elle, désarçonnée. Tout cela, c'était du déjà-vu ; or, elle ne voulait pas revivre les affres d'autrefois. Revivre la douleur, la déception et le regret d'avoir aimé un homme incapable de la comprendre. Ou qui n'en avait tout simplement pas envie.

Comme Tony, Connor ne voulait pas la voir telle qu'elle était.

— Quand nous étions juste amis, poursuivit-elle, la rage au cœur, tu estimais que je pouvais prendre soin de moi-même. Maintenant que tu as couché avec moi, c'est comme si, tout à coup, j'étais devenue demeurée !

— Assez, Emma ! fit-il en se rapprochant d'un pas. Cesse d'interpréter mes propos.

— Je n'interprète rien, je constate. Cela se lit sur ton visage. C'est presque gravé sur ton front !

— Mais enfin, de quoi parles-tu ?

— De toi, de moi, de ça…

Elle désigna alors la décapotable et un vague frisson courut sur ses reins. Se raidissant, elle ajouta alors :

— Je connais déjà la chanson, Connor. Et je peux te garantir que je ne succomberai pas une deuxième fois à ses accents langoureux.

— Ce qui veut dire en clair… ?

— Tu es comme Tony, c'est tout.

— Pour l'amour du ciel, qui est ce Tony ?

— Mon ancien fiancé.

Il se figea comme si la foudre venait de le frapper.

— Fiancé ? répéta-t-il, hébété. Toi, tu étais fiancée ? Et pourquoi n'étais-je pas au courant ?

— Tu ne m'as jamais rien demandé.

L'aveu était coûteux et, au lieu de l'apaiser, il l'avait profondément bouleversée. Pourtant, Emma ne regrettait rien.

— Tu es comme lui, je t'assure, reprit-elle. Lui non plus ne m'avait pas remarquée avant que je me *déguise* en fille. Quand j'étais telle qu'en moi-même, je ne l'intéressais pas. Il voulait même que je vende le garage. Parce qu'une femme digne de ce nom devait selon lui s'affairer derrière ses fourneaux et non autour d'une voiture ! Texto.

— Et tu me compares à cet imbécile ?

— Parce que tu t'es comporté exactement comme lui !

Avoue que tu ne m'avais jamais accordé un seul regard avant cette fameuse soirée au Off Duty !

— Cela ne veut pas dire que…

— Quand, à tes yeux, je suis une femme, le coupa-t-elle, incapable d'écouter ses pitoyables excuses, tu veux me protéger. Et, quand je suis moi-même, tout change. Mais écoute-moi bien, Connor : en jupe ou en salopette, je suis la même personne !

— Je sais que…

— Non, tu ne sais rien du tout ! La seule Emma qui t'intéresse, c'est celle qui porte des minijupes. Or, elle ne représente pas la femme que je suis.

Attrapant le col de sa salopette, elle continua :

— Ça, c'est moi. La véritable Emma ! Et celle-là ne t'intéresse pas. Sois honnête avec toi-même, que diable !

— Lis-tu dans les pensées des autres, à présent ?

Elle émit un petit rire sec.

— Les tiennes ne sont pas difficiles à deviner !

Tout allait de guingois, ainsi qu'elle l'avait pressenti.

Comme elle regrettait de l'avoir piégé, parce que, maintenant, c'était elle qui sentait le sol se dérober sous ses pieds, elle qui mordait la poussière…

Qui plus est, le fait qu'une partie d'elle-même aurait presque souhaité être la fameuse Emma qui plaisait tant à Connor renforçait encore sa colère.

— Sous prétexte que tu as été fiancée à un crétin, tu t'imagines que tous les hommes sont comme lui ? reprit-il d'une voix sourde.

— Non, pas tous…

— Juste moi !

Elle baissa la tête, incapable de prononcer un mot.

— Cet homme était un idiot, Emma.

— Il avait au moins l'honnêteté d'avouer ce qu'il voulait. Pas comme toi, Connor. Tu n'es honnête ni avec moi ni avec toi-même.

Il la regardait, consterné, incapable de se défendre. Elle le vit prendre sa tête dans ses mains, comme pour l'empêcher d'exploser.

Oh, elle comprenait ce qu'il ressentait ! Curieux comme les vibrations délicieuses qu'elle avait ressenties tout à l'heure s'étaient complètement évanouies. Maintenant, tout ce qui lui restait, c'était un sentiment de perte. Sans compter cette impression de panique, en arrière-plan…

— Il est préférable que tu partes, Connor.

— Pas tant que nous n'aurons pas discuté.

Elle émit un rire dépité.

— Nous avons *déjà* discuté, mais nous tournons en rond. De quoi veux-tu encore parler ?

— De nous. De ce qui va se passer. Comment nous allons continuer.

— Nous avons déjà décidé hier de rester… amis.

Elle avait prononcé ce mot avec difficulté, tant il lui semblait vide de sens.

— Ne t'en souviens-tu pas ? ajouta-t-elle d'une voix pleine de défi.

— Si ! Cela fonctionne à merveille, d'ailleurs, ironisa-t-il en jetant un coup d'œil à la décapotable.

— Si tu n'étais pas revenu ce soir, cela aurait fonctionné, rétorqua-t-elle.

— Ah bon ? Pour gérer la situation, faut-il donc que nous restions loin l'un de l'autre ?

Dans ses yeux bleus brillait une émotion qu'Emma ne parvenait pas à identifier. A moins qu'elle n'ait peur de la déchiffrer…

— Apparemment.

— Et notre amitié ?

Emma leva les yeux vers lui et sentit ses défenses s'effondrer. S'il s'attardait, elle risquait de faire des sottises… Comme se jeter dans ses bras et lui dire qu'elle se moquait de prendre des décisions intelligentes ! Hélas, cela ne résoudrait rien et ne ferait que compliquer les choses, car Connor ne recherchait pas l'amour.

Elle était bien placée pour le savoir : elle était sa confidente. Il avait pour principe de ne pas sortir avec une femme plus de trois fois.

Non, elle ne devait pas se faire d'illusions sur lui, même si elle avait la sensation de rêver tout éveillée en repensant à leurs étreintes. Pourtant, il ne s'agissait pas d'un rêve… Elle avait tiré la leçon du passé. Cette fois, sa souffrance resterait strictement personnelle. Connor ne saurait jamais rien de ses blessures intérieures. Elle ne lui permettrait pas de découvrir le pouvoir qu'il détenait sur elle.

La trahison de Tony DeMarco l'avait meurtrie. Celle de Connor la tuerait. Elle devait tout faire pour éviter une telle issue.

— Je ne veux pas perdre ce que nous avons, lui assura Connor devant son mutisme.

Sur une impulsion, il s'approcha d'elle, la saisit par les épaules et poursuivit :

— Enfin, Emma, tu sais bien que tu me plais ! La véritable Emma me plaît. J'aime passer du temps avec toi et je ne veux pas perdre ce plaisir.

En d'autres termes, il l'aimait *bien* et elle l'aimait tout court. Quelle triste ironie du sort !

— Nous l'avons déjà perdu, Connor…

— Qu'est-ce que cela signifie ? demanda-t-il en la secouant.

De quel droit la harcelait-il de cette façon ?

Sans répondre, Emma se dégagea de son étreinte, puis tourna les talons pour regagner son bureau. Il la rattrapa et la saisit par le bras pour l'obliger à se retourner. Son étreinte était chaude et ferme… L'idée qu'elle ne sentirait plus jamais ses mains rassurantes sur son corps lui donna une subite envie de pleurer.

Parce qu'elle se sentait vulnérable, elle se raidit, releva le menton, et le regarda droit dans les yeux avant de déclarer d'un ton sévère :

— Inutile de te faire un dessin ! Comment prétendre que *rien* n'a changé, alors que *tout* a changé ?

— Il y a bien une solution, tout de même, pesta-t-il.

— Quand tu l'auras trouvée, fais-moi signe !

D'une secousse, elle se libéra de son étreinte sans le quitter des yeux. A l'évidence, Connor se retenait d'exploser, songea-t-elle.

Plus que jamais taraudé par un désir intense, Connor soutenait son beau regard désespéré. Comme il aurait aimé prononcer les mots qu'elle attendait ! De toute façon, il avait perdu la maîtrise de la situation, alors un peu plus ou un peu moins… Au fond, avait-il jamais contrôlé quoi que ce soit ?

Et dire qu'elle avait été fiancée et qu'il l'ignorait ! se rappela-t-il. A un crétin qui l'avait fait souffrir. Et voici qu'à son tour il la faisait souffrir. Ce qu'il s'était juré de ne pas commettre, il l'avait fait. Il se maudissait à présent. Sans compter ce sentiment d'impuissance, inconnu de lui jusqu'ici, qui l'étreignait jusqu'à l'étouffer…

— Il vaut mieux que tu t'en ailles, Connor !

Sa voix, calme et basse, l'arracha à ses méditations.

D'instinct, il tendit les bras vers elle.

Elle se déroba.

Connor ressentit une vive frustration quand sa main se referma sur du vide. Il la laissa retomber le long de son corps. Une sensation sombre et froide envahit alors son cœur, et il eut la nette impression qu'elle allait y élire domicile.

— Emma…

— Va-t'en !

— Tu me demandes de partir ?

— Je te l'ordonne, fit-elle dans un triste sourire.

Le désespoir le submergea.

En deux ans d'amitié, c'était la première fois qu'il la sentait si distante. Elle ne se trouvait qu'à quelques centimètres de lui, et pourtant il avait l'impression qu'elle était à des années-lumière et qu'à chaque seconde elle s'éloignait un peu plus…

Emma soupira et se frotta le front, l'air tourmenté.

Connor sentit la culpabilité monter en lui. Dieu sait pourtant qu'il n'avait pas l'intention de la rendre malheureuse !

Ni de se disputer avec elle, car une dispute n'avait pas de sens. Et encore moins de la blesser.

D'ailleurs, se rappela-t-il, il n'avait pas eu l'intention de venir chez elle, ce soir. Du moins au départ.

Et à présent, il n'avait pas envie de la quitter. Pas tant qu'ils n'auraient pas trouvé un *modus vivendi*. Pas tant qu'elle aurait l'air si… triste. Cependant, en restant, il était bien conscient qu'il ne faisait qu'aggraver la situation.

Elle voulait qu'il s'en aille ?

O.K., il s'en irait.

Pour l'instant, du moins.

Surmontant ses propres envies, il déclara d'un ton déterminé :

— Très bien, si c'est ce que tu veux, je m'en vais.

A ces mots, Emma lui adressa un petit sourire. Si petit qu'il en était à peine perceptible. Connor lui en sut néanmoins gré.

— Merci, dit-elle du bout des lèvres.

— Nous n'en avons pas fini, Emma, la prévint-il en rejoignant la porte.

Une fois sur le seuil du bureau, la chaleur de l'extérieur l'enveloppa brutalement. Jetant un coup d'œil par-dessus son épaule, il vit la silhouette d'Emma se dessiner dans l'encadrement de la porte mitoyenne.

Dans un sourire mi-triste, mi-amusé, il plaida sa cause une dernière fois :

— Ferme la porte à clé derrière moi, Emma. S'il te plaît !

11

Emma se noya dans le travail.

Trois jours durant, elle effectua des révisions, des vidanges et répara deux carburateurs. Elle avait provisoirement donné congé à ses employés, désireuse de tout prendre en main afin de ployer sous le travail. Pendant trois jours, elle se concentra sur le garage et, quand elle en eut terminé avec la mécanique, elle décida de réaménager ses parterres.

Elle aurait trouvé n'importe quel prétexte pour ne pas penser à Connor. Hélas ! En dépit de tous ses efforts pour l'oublier, il l'obsédait en permanence.

Mary Alice, pleine de compassion, avait réitéré sa proposition à Emma, à savoir dépêcher quelques armoires à glace chez Connor pour qu'ils règlent son compte au goujat qui rendait sa meilleure amie si malheureuse. Solution qu'Emma avait exclue de manière catégorique : il n'était pas question de se venger de Connor. Ce qu'elle désirait, c'était qu'il l'aime. Or, on ne pouvait pas forcer un homme à vous aimer…

Plantée au beau milieu du garage, elle loucha vers l'endroit où s'était trouvée la décapotable sur laquelle ils avaient fait l'amour. Bien que la voiture ne fût plus là, les souvenirs, eux, étaient toujours aussi brûlants.

Chaque caresse, chaque soupir, chaque murmure était encore bien présent dans son esprit, comme si elle venait juste de les vivre. Elle se rappelait son sourire, l'éclat de ses yeux, ses mains puissantes sur sa peau… Son corps mourait d'envie de retrouver ces sensations et elle sentait son cœur se serrer de désespoir.

— Mais pourquoi est-ce si difficile ! cria-t-elle soudain.

Sa voix résonna dans l'atelier vide.

Lâchant l'outil qu'elle tenait à la main, elle se mit à se frotter les yeux. Elle était épuisée… Elle n'avait dormi que deux ou trois heures par nuit, ces derniers temps. Dès l'aube, elle se mettait au travail pour ne s'arrêter que bien longtemps après le coucher de soleil. Elle fuyait sa chambre comme la peste car, dès qu'elle fermait les paupières, Connor apparaissait plus vrai que nature sur l'écran de son cerveau.

Bien sûr, elle était la seule à blâmer, elle le savait. L'unique responsable des maux qu'elle endurait. Elle avait foncé droit dans le mur, les yeux grands ouverts, sans protection, sous-estimant le danger… Et ce, en dépit des avertissements du père Liam et de Mary Alice ! Son désir de vengeance avait pris le pas sur sa raison et aujourd'hui…

Aujourd'hui, elle ne pouvait que déplorer le résultat.

Ah ! soupira-t-elle, découragée, comment aurait-elle pu deviner que le grand amour dont elle rêvait en secret, en dépit de sa malheureuse expérience avec Tony, c'était avec son meilleur ami qu'elle voudrait le vivre ?

— Le pire, marmonna-t-elle en ramassant sa clé et en la serrant dans sa main, c'est que je ne peux même pas confier mes tourments à mon meilleur ami… Oh, Connor ! Si tu savais comme tu me manques.

Le soleil était éclatant, le ciel clair et l'océan d'un calme exemplaire. En d'autres termes, c'était une journée parfaite pour aller pêcher en mer. Deux fois par an, Brian empruntait un petit bateau à l'un de ses amis et les quatre Reilly prenaient la mer pour une longue journée de quiétude — loin du travail et des coups de téléphone.

D'ordinaire, Connor adorait cette sortie en mer avec ses

frères. Aujourd'hui, il devait faire de gros efforts sur lui-même pour ne pas sembler absent.

Son regard glissa de l'eau écumante au pont, où ses frères étaient rassemblés autour d'une glacière.

— Si vous aviez vu la scène, disait Aidan avant de faire une pause pour avaler une gorgée de bière. Le vent soufflait tellement fort qu'on aurait dit qu'un géant secouait l'hélico. J.T. tenait le manche à deux mains, essayant de stabiliser l'appareil. Et, juste au-dessous de nous, on apercevait le navigateur du dimanche qui s'accrochait à la vie et à ce qui restait de son bateau.

— Je présume qu'il devait être bien soulagé de vous voir, non ? fit Brian en souriant.

Levant le bras en arrière, il jeta sa ligne dans l'océan, puis fixa la canne à son support avant de régler l'anse du moulinet. Après quoi, il se redressa et attendit qu'Aidan poursuive son histoire.

— C'était donc à moi d'intervenir, reprit Aidan d'un air désinvolte. Je saute de l'hélico pour me jeter dans les vagues qui mesuraient au moins trois mètres… Tout cela pour sauver la vie d'un ingrat ! Car croyez-vous qu'il se serait montré reconnaissant ? Pas du tout ! Il m'a décoché un coup de poing alors que j'essayais de l'entraîner à l'intérieur du treuil de sauvetage.

— Pardon ? fit Liam d'un air incrédule.

Pour sa part, Connor n'était pas du tout surpris par l'histoire que racontait Aidan. Les gens réagissaient toujours de façon étrange dans les situations de panique. Voilà pourquoi l'intervention des Marines était toujours la bienvenue lors des catastrophes : ils avaient été entraînés pour garder la tête froide en toutes circonstances.

Et Dieu savait si Aidan avait besoin de sang-froid pour exercer son métier. Il faisait partie des sauveteurs en mer du corps des Marines, l'équipe qu'on appelait en cas de naufrages et d'accidents d'avion en mer. C'était un travail difficile et dangereux, mais tout à fait dans les cordes d'Aidan.

— Je t'assure, affirma ce dernier en riant. Le gars a paniqué. Il ne voulait pas abandonner son épave. Des trombes d'eau lui tombaient dessus, le vent mugissait, mais il s'accrochait comme un désespéré à son bateau. Finalement, après le coup de poing, il m'a avoué qu'il avait le vertige et qu'il voulait qu'on lui envoie un bateau pour le secourir.

— Un bateau ? répéta Liam, avant d'éclater de rire lui aussi. Alors que le sien était en train de couler ?

— Exactement, acquiesça Aidan en s'adossant contre la coque pour ramener ses genoux contre lui.

— Es-tu parvenu à l'entraîner dans le treuil de sauvetage ? demanda Connor, que le récit de son frère avait réussi à captiver en dépit de son tourment intérieur.

Encore une fois, Aidan se mit à rire.

— Je me suis moi-même agrippé au treuil et je lui ai dit : « A bientôt. » Le gars était tellement sidéré que je l'abandonne sans état d'âme à son sort que, délaissant son bateau, il s'est accroché au treuil. Je l'ai aidé à se harnacher au treuil, puis Monk nous a hélitreuillés.

Il secoua la tête et conclut :

— Quelle aventure !

— Bravo, monsieur le héros, conclut Brian en se dirigeant vers la cabine. Et à présent, viens avec moi pour m'aider à transporter les montagnes de sandwichs que Tina nous a préparés. Après l'effort, le réconfort !

— Tina ? répéta Aidan d'une voix inquiète.

— Je t'assure qu'elle a réalisé de réels progrès en cuisine, déclara Brian en descendant la petite échelle qui conduisait à l'intérieur du bateau.

— Remarque, elle ne pouvait que s'améliorer. Sans plaisanter, sa cuisine aurait réellement pu nous empoisonner.

— Méfie-toi tout de même ! Il se peut fort bien qu'elle ait voulu prendre une petite vengeance sur toi en mettant des ingrédients particuliers dans tes sandwichs.

— Une vengeance ? Mais pourquoi ? fit Aidan en feignant

d'être outragé. De nous quatre, je suis le plus drôle et j'ai toujours encouragé ta femme en soulignant ses louables efforts.

Puis il s'engouffra à la suite de Brian, laissant Liam et Connor seuls sur le pont ensoleillé.

Les cris des mouettes résonnaient de curieuse façon dans le silence hors du commun qui régnait sur l'océan. Ils en étaient presque irréels, songea Connor. Au loin se profilait une goélette qui, voiles rouges gonflées par le vent, glissait sur la surface étale de l'eau comme si elle fonçait vers l'horizon. Par moments, de légers nuages traversaient l'azur, voilant le soleil et en atténuant la chaleur.

Connor soupira et se mit à fixer la ligne où la mer et le ciel se rejoignaient. L'horizon lui parut soudain tout trouble... Le clapotis de la mer contre la coque, un son qu'il trouvait en général très apaisant, ne parvenait pas à le calmer, aujourd'hui.

Pourquoi n'avait-il pas décliné l'invitation ? Il ne se sentait pas du tout d'humeur sociable. Néanmoins, s'il avait refusé d'accompagner ses frères en mer, nul doute qu'il aurait dû leur fournir des explications sur son comportement et il n'en avait aucune envie.

— Qu'est-ce qui ne va pas ? demanda tout à coup Liam. Tu as envie d'en parler ?

Ce dernier fixait son frère avec gravité, dans l'expectative.

Connor lui jeta un bref coup d'œil avant de rediriger son regard vers l'horizon.

— Non, répondit-il.

A cet instant, Liam se saisit de la canne à pêche de Connor et s'affaira autour du moulinet.

— Qu'est-ce que tu fais ?

— L'anse était bloquée. Ta canne risquait de se casser si un poisson mordait à l'hameçon.

Décidément, pensa Connor, il n'avait pas du tout la tête à ce qu'il faisait. Il n'avait pas commis une erreur si grossière depuis que son père les emmenait en mer, lui et ses frères, autrefois.

— Merci, maugréa-t-il.

— Je t'en prie.

Liam redevint silencieux. Puis il se mit à fixer son frère avec tant d'insistance que ce dernier finit par se tourner vers lui et demanda :

— Qu'est-ce que tu regardes ?

— Un homme qui a un problème.

Pertinente observation ! pensa Connor avec dérision. Il conserva néanmoins le silence. Il n'était pas dans sa nature de dévoiler ses sentiments. Oh ! Il écoutait volontiers les confidences de ses amis lorsqu'ils avaient des problèmes et qu'ils souhaitaient en parler. Mais les siens ne regardaient que lui. Il n'aimait pas les partager.

— Fiche-moi la paix, Liam, finit-il par dire.

— Je ne peux pas te regarder ?

— Va t'asseoir ailleurs !

— Le bateau est petit, fit son frère.

— Et il rétrécit à chaque seconde, marmonna Connor. N'as-tu pas une prière ou un chapelet à réciter, pour t'occuper ?

— J'ai pris une journée de repos, rétorqua Liam en souriant.

— J'ai de la veine ! lança Connor d'un ton ironique.

— Tu ne crois pas si bien dire.

— Pardon ?

— Tu as véritablement de la chance, Connor, insista Liam. Tu exerces une profession qui te plaît, tu as une famille sur laquelle tu peux compter et qui t'offre, de temps à autre, une belle journée en mer. Il y a pire, tout de même, comme existence ! Alors peux-tu m'expliquer, s'il te plaît, pourquoi tu fais une tête d'enterrement, comme si tu venais de perdre ton meilleur ami ?

Ces ultimes propos visèrent un peu trop juste. Fronçant les sourcils, Connor alla s'appuyer contre le bastingage. Puis il lança un regard en coin à Liam avant de tourner la tête vers l'infini de l'océan.

— C'est le cas, en fait, finit-il par admettre.

— Ah…

— S'il te plaît, épargne-moi ta commisération de circonstance, père Liam !

— Si tu veux que je compatisse, il faudrait peut-être que je sache de quoi il s'agit.

— C'est Emma.

— Je m'en doutais…

Et, comme Connor lui jetait un coup d'œil dubitatif, il enchaîna :

— Ce n'était pas difficile à deviner. Tu as perdu ton pari à cause d'elle, n'est-ce pas ? Et j'ai l'impression que ce n'est pas tout ce que tu as perdu à cause d'elle.

— Qu'aurais-je perdu d'autre ?

— Ton cœur, peut-être…

A ces mots, Connor se redressa vivement, comme si un projectile l'avait frappé en pleine poitrine. L'air nerveux, il se passa une main dans les cheveux, avant de l'enfouir dans la poche de son jean. Puis il affronta le regard de Liam.

— Qui a parlé d'amour ?

— Moi.

— Tu sais que tu es insupportable, père Liam, déclara-t-il d'un ton menaçant.

— On me l'a déjà dit, fit Liam en le rejoignant près du bastingage. Confie-toi à moi, Connor.

De guerre lasse, et après avoir regardé du côté de la cabine pour vérifier que Brian et Aidan étaient hors de portée de voix, Connor déclara tout à trac :

— Je crois que je suis en train de perdre la tête. Et tout cela, c'est ta faute ! A cause de ce stupide pari. C'est à partir de là que tout a commencé.

A ces mots, Liam tourna la tête pour dissimuler un sourire, ce qui n'échappa pas à Connor.

— Super ! Tu te moques de moi, à présent.

— A quoi sert un frère, si on ne peut plus se moquer de lui ?

A cet instant, une secousse ébranla le bateau, des embruns les aspergèrent, tandis que les mouettes s'étaient ressemblées au-dessus de l'embarcation, à l'affût des miettes d'un repas qui n'avait pas encore commencé.

— Qu'est-ce qui te rend si malheureux ? demanda Liam.

— Emma.

— Mais encore… ?

Agacé, Connor donna un coup de pied dans la coque du bateau avant de faire face à son frère.

— Quelque chose ne va pas…

— Emma a-t-elle un problème ?

— Non, elle, ça va. C'est moi qui ai un problème.

— Oh…

Connor passa ses mains sur son visage avant de les laisser retomber de chaque côté de son corps. Il ne parvenait pas à croire que ce qui lui arrivait était vrai.

Pas à lui, tout de même !

Lui qui soutenait sans vergogne que, si Dieu avait créé tant de belles femmes, c'était bien la preuve que le mariage et l'amour étaient superflus.

A ses yeux, toutes les femmes étaient interchangeables. S'il en perdait une, il en retrouverait une autre, au coin de la rue. Du moins était-ce ce qu'il avait cru jusque-là. Mais aujourd'hui… *Aujourd'hui, la seule femme qu'il désirait l'avait sommé de partir.*

Trois jours s'étaient écoulés depuis qu'il lui avait rendu visite au garage.

Trois jours et trois longues nuits.

Il avait tout tenté pour la sortir de ses pensées. Il avait même songé à inviter une autre femme à dîner, mais sortir avec une partenaire qui ne serait pas Emma n'avait tout à coup aucun intérêt à ses yeux. En désespoir de cause, il s'était rendu dans son lieu de prédilection, le Off Duty, mais, chaque fois que ses yeux s'étaient posés sur la table de billard, il y avait vu Emma se pencher langoureusement, avec ses jambes vertigineuses…

Bon sang, il ne pouvait même pas vérifier le moteur de sa voiture sans penser à elle !

Elle hantait chacun de ses rêves et, dès qu'il se réveillait, il pensait aussitôt à elle. Son cœur se serrait avec douleur à l'idée qu'elle ne voudrait peut-être jamais le revoir… Sans s'en rendre compte, il passa une main sur son cœur, et annonça en jetant un regard sombre sur son frère :

— Elle ne veut plus me parler.

— A-t-elle une raison ?

— Peut-être…

Connor se rappela l'expression qu'elle avait eue lorsqu'elle avait évoqué ce crétin de Tony. Il plissa les yeux… Il ne recherchait pas une relation. Ce n'était pas son but dans l'existence. Voilà pourquoi il ne s'attendait pas à en trouver une.

Il vivait sa vie de célibataire en fonction de ses principes et idéaux, et n'avait jamais songé à en changer. Aussi, pourquoi le fait qu'Emma refuse de lui parler le faisait-il souffrir à ce point ?

Etait-ce l'amour ?

Cette pensée le fit bondir. *L'amour ?* Lui ? La panique le submergea. Non, il n'était pas fait pour l'amour…

— Je ne comprends plus rien à rien, marmonna-t-il.

— C'est la première fois que je t'entends avouer une faiblesse…

— Et alors ? En tant que prêtre, ne crois-tu pas au miracle ?

— Bien répondu ! fit Liam en s'appuyant contre la poupe. Et que comptes-tu faire ?

— Je crois que j'en ai assez fait, murmura-t-il.

Il avait fait en sorte que sa meilleure amie le mette à la porte de chez elle et qu'elle ne veuille plus lui parler. Qu'elle ne supporte plus sa vue. Il s'en voulait plus que tout. Pour du beau travail, c'était du beau travail…

— Alors tu vas abandonner ? Renoncer ?

— Ne cherche pas à me manipuler, le prévint Connor en le foudroyant du regard.

— C'était juste une question.

— Ai-je dit que j'allais renoncer ?

— Voilà qui est mieux ! Quel est ton plan ?

— Si je le savais, est-ce que je serais là en train de me faire humilier par mon propre frère ?

A ces mots, un sourire éclaira le visage de Liam qui répondit :

— Qui m'a dit, il n'y a pas si longtemps, je cite : « Le jour où j'aurai besoin des conseils d'un prêtre au sujet d'une femme, ce jour-là tu pourras me raser la tête et m'envoyer à Okinawa ? »

— O.K., je suis un idiot. J'ai besoin de tes conseils. Voilà, tu es content ?

Liam lui donna une tape amicale dans le dos et lui dit alors :

— Tu as déjà ouvert les yeux concernant Emma, il est peut-être temps d'ouvrir ton cœur.

— C'est cela ton conseil ? C'est tout ce que tu as en stock ?

— Médite sur mes propos, fit Liam en riant, et tu trouveras une réponse.

— Avant que je ne sois vieux et que je n'aie les cheveux gris ?

— Quelque chose comme ça, répondit Liam en se penchant vers la glacière. Une autre bière ?

« Il est temps d'ouvrir ton cœur. »

Connor haussa les épaules et sortit de son 4x4, aussitôt happé par l'humidité de la nuit.

Les paroles de Liam n'avaient cessé de résonner dans son cerveau toute la journée. Il jeta un coup d'œil au garage, et y vit de la lumière. Emma était donc à l'intérieur. Son estomac se contracta comme s'il était sur le point de s'aventurer sur un terrain miné.

S'agissait-il d'amour ? Etait-il amoureux d'Emma ?

Il était incapable de répondre.

Bien sûr, elle lui plaisait. Plus que toute autre femme. Et il se sentait très malheureux depuis qu'ils ne se parlaient plus. Qu'elle refusait sa compagnie. Cependant, ce qui le chagrinait le plus, c'était d'être obsédé par elle en permanence.

— Cela va changer ! se promit-il.

Toute la journée, il avait médité sur le conseil de Liam et il en avait enfin compris la signification : il devait cesser de traiter Emma comme une amie… pour la traiter comme une femme !

Un sourire naquit sur ses lèvres lorsqu'il ouvrit la porte arrière de son véhicule afin de prendre le bouquet de roses rouges enveloppé dans du papier glacé. Leur senteur, forte et un peu capiteuse, était tout à fait de circonstance. Un sourire flottant toujours sur son visage, il prit les fleurs de la main droite, tandis que, de la gauche, il s'emparait d'une boîte de chocolats qu'il avait achetée chez le meilleur chocolatier de Baywater.

Parfait ! pensa-t-il en examinant ses présents d'un air satisfait. Il avait repris les rênes de la situation.

Là, il était en terrain connu. Il s'apprêtait à jouer un rôle qu'il connaissait bien et dans lequel il excellait. Il aurait pu écrire un guide à l'intention des hommes désireux d'apaiser les femmes en colère contre eux. Des fleurs, des chocolats et quelques baisers l'avaient plus d'une fois sauvé de l'ire féminine.

Tout ce qu'il avait à faire, c'était de montrer à Emma qu'il l'appréciait. En d'autres termes, lui ouvrir son cœur, ainsi que Liam le lui avait suggéré. Lui prouver qu'entre eux il s'agissait de bien davantage que d'une ou deux nuits d'amour. Une fois qu'elle serait calmée, ils pourraient réfléchir à une solution commune pour parer aux changements survenus dans leur amitié.

Connor se redressa, referma la portière du bout du pied avant de se diriger vers le garage. En essayant d'ouvrir la porte, il fut heureux de constater qu'elle était fermée. Tout de même, elle avait suivi ses conseils, pensa-t-il avec satisfaction.

Il frappa à la porte en prenant soin de ne pas abîmer ses fleurs et de ne pas faire tomber sa boîte de chocolats…

Emma ne réagit qu'au bout d'un long moment qui lui

sembla une éternité. Enfin, la porte s'entrebâilla et il la vit pointer un visage prudent…

Rassurée sur l'identité de son visiteur, elle entrouvrit la porte. Connor put alors constater qu'elle portait une combinaison de travail verte.

Etait-elle nue, en dessous ? se demanda-t-il malgré lui. Il sentit le désir monter en lui à cette pensée, et mit toute son énergie à se ressaisir. Pas question de se laisser aller sur cette pente glissante…

— Que fais-tu ici, Connor ?

— J'avais besoin de te voir, Emma, dit-il en brandissant devant lui les fleurs et les chocolats, au cas où elle ne les aurait pas remarqués. Et je voulais t'apporter cela…

— Des roses, dit-elle, laconique.

— Et des chocolats, ajouta-t-il dans un grand sourire.

Elle émit un petit rire sec.

— Tu n'as toujours pas compris.

Confus, il la regarda sans comprendre.

— Compris quoi ? J'essaie d'être sympa avec toi, Emma ! Qu'est-ce qui se passe ?

Elle le jaugea en silence pendant une bonne minute. Et Connor entendit son propre cœur battre la chamade dans sa poitrine.

Lentement, Emma ouvrit la porte en grand et, croisant les bras, vint se planter devant lui.

D'instinct, Connor comprit qu'il avait commis un faux pas. Mais lequel ?

— Tu m'as apporté des roses, constata-t-elle d'un ton accusateur.

— Et alors ?

— Je déteste les roses.

Quel idiot il faisait ! Il savait pourtant bien qu'Emma détestait les roses. Ses fleurs favorites, c'étaient les œillets. Ses doigts se resserrèrent sur le maudit bouquet, comme s'il comptait le faire disparaître par enchantement.

— Tu as raison. Je n'ai pas réfléchi.

Relevant le menton, Emma plongea ses yeux dans les siens. A son grand effroi, il les vit se remplir de larmes. Par pitié ! Si elle s'effondrait devant lui, il était perdu.

— Non, tu n'as pas réfléchi, confirma-t-elle. Tu n'as pas pensé à moi en achetant ces fleurs. Tu as acheté ton cadeau traditionnel de réconciliation et tu croyais que je marcherais !

— Emma…

Pourquoi son plan ne fonctionnait-il pas comme prévu ? Tout allait de travers ! Il ne cessait de s'enfoncer ; il avait la sensation que des sables mouvants l'aspiraient peu à peu…

Le désespoir le terrassa d'un coup lorsqu'il se rendit compte que, croyant aplanir les difficultés, il les avait renforcées.

— Je t'ai pourtant dit, il y a trois jours, que je ne suis pas comme les créatures que tu as l'habitude de côtoyer, lui déclara-t-elle d'un ton très dur. Celle qui t'a séduit au Off Duty ne correspond pas à mon véritable moi. Et celle que je suis réellement ne t'intéresse pas.

Il se sentait tout déconfit. Il luttait pour trouver les mots adéquats. *Mais rien ne lui venait à l'esprit !*

Pour une fois qu'il avait vraiment besoin de ses talents de beau parleur, il était bloqué. Sa tête était comme vide.

De nouveau, il l'avait blessée. Et cette constatation lui fit l'effet d'un coup d'épée en plein cœur.

Il était vital qu'elle le comprenne ! Qu'il cesse de dévaler la falaise sans parvenir à s'accrocher au moindre rocher, à la moindre aspérité. Hélas ! Aucune solution miracle ne se profilait…

— O.K., dit-il enfin, je m'y suis mal pris. Je voulais juste que nous soyons de nouveau amis.

— Je ne veux pas être ton amie, Connor.

Sa voix était faible, rauque, douloureuse. A chaque parole prononcée, elle enfonçait un peu plus le couteau dans la plaie.

— Pourquoi, nom d'un chien ? s'écria-t-il à bout de nerfs.

— Parce que je t'aime, Connor.

— Emma…

— Non, ne dis rien ! S'il te plaît…

Un rire lui échappa, un rire terrible, terrifiant…

— Tout est ma faute, mais je m'en sortirai, affirma-t-elle d'une voix déterminée. Fais-moi confiance !

Elle prit une longue bouffée d'air, qu'elle rejeta le plus lentement possible, puis essuya une larme qui brillait sur sa joue.

Connor avait la sensation d'être prisonnier d'un énorme étau qui se resserrait autour de son torse sans qu'il puisse rien faire. Il pouvait à peine respirer… Son cœur se tordait de douleur, ses doigts le démangeaient, il mourait d'envie de la toucher, mais il savait que, s'il tentait quoi que ce soit, Emma le repousserait.

Aussi demeurait-il figé, comme un idiot, tandis que la femme qui signifiait tant pour lui luttait avec dignité contre les larmes.

— Je ne peux plus être ta maîtresse, Connor.

Il déglutit avec difficulté…

— Je ne pourrais pas supporter l'idée d'être à toi sans l'être vraiment, tu comprends ? poursuivit-elle. Et je ne peux pas non plus continuer à être ton amie…

Elle s'interrompit pour reprendre sa respiration.

Les paroles qu'elle prononçait au prix de gros efforts vibraient d'émotion, une émotion qui les étouffait tous les deux.

— Emma…

— Non ! Je ne peux pas être ton pote, la bonne copine à qui tu racontes dans le détail le récit de tes liaisons. Je ne veux plus entendre parler de ta dernière petite amie en date, ni de la brune qui t'a tapé dans l'œil. Fini !

La culpabilité l'étreignit avec une violence inouïe.

— Va-t'en, Connor.

Une autre larme venait de rouler sur la joue d'Emma.

Reculant pour refermer la porte, elle ajouta :

— Et, cette fois, fais-nous une faveur à tous les deux. Ne reviens pas.

La porte se referma, et il se retrouva tout seul dans l'obscurité, avec dans une main ses fichues roses et dans l'autre sa boîte de chocolats.

En dépit de la chaleur de la nuit d'été, il se sentait glacé jusqu'aux os.

12

Le matin suivant, Emma avait l'allumage électronique d'un pick-up à régler, le système de freinage d'un 4x4 à réparer… et une terrible migraine.

Trop de larmes et pas assez de sommeil.

En outre, elle nourrissait l'impression que la situation allait perdurer.

Toute la nuit, elle s'était maudite d'avoir avoué son amour à Connor. Pourquoi n'avait-elle donc pas pu se taire ? S'accoudant à son bureau, elle prit son visage entre ses paumes et tenta désespérément d'oublier l'expression qui avait surgi sur le visage de Connor au moment où elle avait prononcé son « je t'aime » fatal… Trois petits mots qui engendraient toujours la panique dans le cœur des hommes, ne le savait-elle donc pas ?

— Mon Dieu ! fit-elle en soupirant. Tu es vraiment une idiote, Emma Jacobsen. Jamais tu n'aurais dû lui faire un tel aveu. Maintenant, il est au courant… Et il doit sûrement être désolé pour toi. Quelle humiliation !

Incapable de tenir en place, elle se leva d'un bond et se dirigea vers la porte mitoyenne. Se ravisant tout aussi vite, elle pivota sur ses talons pour venir se poster derrière la baie vitrée… Elle ne pouvait pas entrer dans le garage. Il était préférable qu'elle évite ses employés par crainte qu'ils ne l'interrogent sur la raison de ses yeux rougis. Elle ne tenait pas à ce qu'on sache qu'elle avait subi une peine de cœur.

— Et si je vendais le magasin ? Je quitterais Baywater, la Caroline du Sud, murmura-t-elle… avant de se reprendre : Bravo ! Céder à la panique, quel courage !

Non, elle ne partirait pas en catimini, ne se cacherait pas comme une lâche. Elle continuerait à vivre sa vie. Prétendrait que tout allait pour le mieux dans le meilleur des mondes — jusqu'à ce que ce soit le cas effectivement. Il convenait de positiver, c'était la seule solution. Elle devait nourrir des pensées positives et garder ses larmes pour l'intimité.

Tout s'arrangerait et redeviendrait comme avant.

Vraiment ? lui susurra une petite voix intérieure qu'elle connaissait bien.

Elle aurait beau chercher tous les arguments, elle savait bien qu'elle se mentait à elle-même. Mais que faire ? Et si elle rentrait chez elle ? pensa-t-elle. Elle s'accorderait une journée de congé. Et aurait tout loisir de se lamenter ! Non, il était préférable de rester au bureau où elle avait largement de quoi s'occuper l'esprit. Elle avait tant de questions administratives à régler et de comptabilité en retard !

Ce qu'elle aurait souhaité, en réalité, c'était s'allonger dans le noir et dormir, dormir… A son réveil, son cœur aurait été guéri et elle aurait de nouveau été en mesure de penser à Connor sans avoir envie de se jeter dans ses bras — ou de le gifler.

Hélas, les choses ne seraient pas si simples !

Elle devrait faire face à la présence de Connor à Baywater, jusqu'à ce qu'il soit transféré sur une autre base, ou appelé outre-mer, pour une mission. Il faudrait impérativement qu'elle trouve un accommodement avec sa conscience pour vivre avec le poids du passé. Qu'elle apprenne à survivre avec un cœur meurtri.

Oh ! Cela ne devrait pas lui prendre plus de dix ou vingt ans… Une vétille !

Soudain, le van d'un fleuriste s'engagea dans l'allée qui menait au garage, et elle poussa un cri de rage !

Quoi ? Encore des fleurs ?

Hier, Connor lui avait apporté le bouquet qu'il offrait en général aux femmes qu'il avait offensées. Que lui avait-il réservé aujourd'hui ? Quelques fleurs accompagnées d'un nouveau mot d'excuse, du type : « Désolé que tu sois amoureuse et que je ne le sois pas » ?

— Cela devient de plus en plus humiliant, fit-elle à mi-voix.

Sortant du bureau, elle se dirigea d'un pas décidé vers la camionnette de livraison…

Le soleil était chaud, l'air étouffant, et l'asphalte brûlant. Baywater vibrait de ses activités matinales habituelles. Du garage montait le vrombissement du compresseur à air. Des enfants jouaient sur les trottoirs, leurs mères faisaient des emplettes, de jeunes gens sillonnaient la ville au ralenti dans des voitures entretenues avec soin, en quête d'une belle inconnue qui accepterait de passer un peu de temps en leur compagnie.

C'était dans ce contexte tranquille qu'Emma s'apprêtait à créer une minirévolution. Elle n'accepterait pas les fleurs que Connor lui offrait par charité. Il n'avait qu'à se débrouiller tout seul avec son sentiment de culpabilité.

Tout ce qu'elle souhaitait, c'était que le temps s'accélère afin que toute cette histoire appartienne définitivement au passé.

— Emma Jacobsen ?

Le livreur la héla en sautant hors de la camionnette. Il tenait à la main une boîte blanche oblongue, entourée de bolduc violet.

— C'est moi, répondit-elle d'une voix sèche.

Avant de se rappeler que ce n'était pas la faute du pauvre garçon s'il devait lui livrer des fleurs. C'était juste son métier ! Elle ajouta alors d'un ton moins cassant :

— Si ces fleurs me sont destinées, vous pouvez les remettre dans votre camionnette.

— Pardon ?

C'était un tout jeune homme, âgé d'environ dix-huit ans. Ses cheveux blond très clair se dressaient tout droit sur sa tête. Il fit glisser ses lunettes de soleil sur le bout de son nez et, la jaugeant par-dessus la monture, il ajouta :

— Vous n'en voulez pas ?

— Non, je n'en veux pas, assura-t-elle.

Il se mit à rire et rajusta ses lunettes.

— Il me l'avait bien dit, mais je ne l'avais pas cru. Personne n'a jamais refusé mes livraisons, vous savez.

— Ravie d'être la première, fit-elle.

Elle était par-dessus tout agacée que Connor ait *prédit* qu'elle refuserait sa tentative de réconciliation. Tournant le dos au livreur, elle se dirigea d'un air décidé vers son magasin…

— Hep ! Une minute ! Il m'a dit de vous transmettre un message si vous refusiez la livraison.

Elle s'immobilisa.

Elle savait qu'elle aurait dû faire comme si elle n'avait rien entendu. Comme si cela ne l'intéressait pas.

Mais elle mourait d'envie de connaître le message. C'était plus fort qu'elle…

Se retournant, elle redressa les épaules et demanda d'un ton péremptoire :

— Très bien ! Quel message ?

— Eh ! Doucement, ma petite dame. Je ne suis que le messager.

— Désolée, dit-elle en tâchant de se calmer. De quoi s'agit-il ?

Le jeune livreur sourcilla, cherchant à se rappeler mot pour mot le message…

— Il a dit… Seriez-vous froussarde au point de ne pas même regarder ce que c'est ?

— Froussarde ? reprit Emma d'un air hautain. Est-ce bien le mot qu'il a choisi ?

— Oui, c'est bien ça. L'êtes-vous ? Froussarde, je veux dire… Enfin, sans vouloir vous offenser, bien sûr.

— Il n'y a pas de mal, marmonna-t-elle avant de déclarer : Bon ! J'accepte la livraison.

Elle n'était pas dupe : il s'agissait d'une pure manipulation ! Connor savait qu'elle répondrait à son défi. Son cœur se pinça : comment pouvait-il la connaître à la fois si bien… et si peu ?

— Signez ici, lui indiqua le livreur.

Elle s'exécuta, puis prit la boîte qui lui était destinée. Une boîte bien plus lourde qu'elle ne le croyait. Elle leva un regard étonné vers le livreur qui se contenta de hausser les épaules.

— J'peux rien vous dire, je me contente de livrer.

Il regagna alors sa camionnette à la hâte et s'empressa de disparaître.

Emma rentra dans le bureau et déposa la mystérieuse boîte sur la table… Du doigt, elle en effleura le ruban. Devait-elle l'ouvrir, oui ou non ? Le ruban était brillant et raffiné, et le sceau doré qui le maintenait indiquait que le paquet provenait de la meilleure boutique de fleurs et de cadeaux du centre-ville.

O.K., pensa-t-elle en examinant le paquet d'un œil soupçonneux, elle allait l'ouvrir — ce qui ne signifiait pas du tout qu'elle le garderait.

Elle défit le ruban, ouvrit la boîte, puis retira plusieurs couches de papier de soie vert et bleu… Tout à coup, elle se figea. Ses yeux se remplirent de larmes, et sa lèvre inférieure se mit à trembler tandis qu'un sourire illuminait son visage… Un bel œillet blanc était déposé sur une série de clés à douille flambant neuves.

— Oh, Connor… Tu es fou ! Tu es merveilleux !

Elle effleura du bout des doigts les outils en métal.

Cette fois, il avait su la toucher. Et mieux que quiconque. Décidément, il était très fort pour faire vibrer des cordes sensibles en elle. Mais pourquoi lui avoir envoyé ce présent ? Que devait-elle en penser ? Forcément, elle allait s'imaginer des choses, songea-t-elle, intriguée.

Impuissante, elle se laissa choir dans son fauteuil, tout

en tenant l'œillet blanc contre son cœur. Surtout, se garder d'interpréter ce cadeau ! s'ordonna-t-elle. C'était beaucoup trop risqué…

Connor avait un plan.

Il avait passé toute la nuit à l'élaborer et, maintenant, il ne lui restait plus qu'à attendre…

La veille, quitter Emma avait constitué l'une des épreuves les plus difficiles de sa vie. A côté, les camps d'entraînement, ou même les missions dans des zones de guerre, c'était du gâteau.

Oui, quitter une femme que vous aviez blessée était bien plus ardu. C'était même sans commune mesure. Surtout quand cette femme représentait à vos yeux bien plus que vous ne l'aviez cru. D'où venait qu'on ne découvrait à quel point une personne comptait dans sa vie que lorsqu'on l'avait perdue ?

Toute la nuit, Connor avait médité sur la question. Que faire ? Que *voulait*-il faire ?

Au départ, il n'arrivait pas à organiser ses pensées de façon cohérente. Le visage d'Emma en larmes, sa voix brisée l'en empêchaient. Il avait revécu la scène des centaines de fois jusqu'à ce que la réponse s'impose à lui.

Elle était d'une simplicité aveuglante.

La réponse, c'était Emma.

Toujours Emma.

Il ne pouvait pas imaginer la vie sans elle.

Pendant deux ans, ils avaient ri ensemble, travaillé ensemble, discuté ensemble de tout et de rien. Elle était le pilier de ses journées, et il ne s'en était jamais rendu compte. Et puis, finalement, à cause de ce fichu pari… La nuit qu'il avait passée avec elle avait été la plus parfaite nuit d'amour de sa vie. Avec Emma, il avait découvert l'essence de la magie. Une magie à côté de laquelle il avait manqué passer, à cause de son stupide aveuglement.

Maintenant, tout ce qui lui restait à faire, c'était de

convaincre Emma qu'il avait eu l'intelligence de reconnaître qu'elle représentait ce qui lui était arrivé de mieux dans sa vie.

De bon matin le jour suivant, Emma pénétra tout endormie dans sa cuisine encore plongée dans l'obscurité et mit la cafetière en marche. Repoussant les mèches qui lui tombaient sur les yeux, elle jeta un bref coup d'œil vers le téléphone...

Elle avait cru que Connor l'appellerait, la veille au soir.

Et, bien sûr, le téléphone était resté silencieux.

— Il ne fait jamais ce qu'on attend de lui, murmura-t-elle.

Elle sortit une tasse en porcelaine bleue du placard et se versa du café, qu'elle alla savourer sur la terrasse.

L'air matinal était frais et apaisant et elle apprécia la caresse de la brise sur ses jambes nues. Dans quelques heures à peine, la ville serait une véritable étuve. Mais pour l'instant, à quelques minutes du lever du soleil, l'air était encore chargé de la rosée de la nuit.

Repoussant sa longue chevelure dans son dos, Emma s'assit sur la première marche de l'escalier et serra sa tasse entre ses paumes. La riche odeur du café stimulait son esprit... Elle ouvrit les yeux et en avala une gorgée. Elle sentit que la caféine lui faisait un bien fou.

A cause de Connor, elle n'avait encore presque pas dormi de la nuit, mais elle avait moins pleuré et s'était posé davantage de questions. Son présent avait versé du baume sur son cœur. Il l'avait enfin vue telle qu'elle était.

— C'est au moins quelque chose, non ? demanda-t-elle à voix haute.

— Tu parles toute seule, maintenant ?

Stupéfaite, elle leva la tête.

— Connor ! Que fais-tu ici ?

— Et si tu m'offrais une tasse de café pour commencer ? demanda-t-il en franchissant la grille du jardin.

Il portait un jean foncé et un T-shirt bleu qui épousait la belle musculature de son torse.

Elle le regarda s'approcher, tout en se maudissant de ne pas avoir pris le temps de se brosser les cheveux. Ou de s'habiller… Mon Dieu ! Elle portait son pyjama d'été, c'est-à-dire un short et un haut à bretelles sur lequel était imprimé un ours rose. Se relevant sans hâte, elle déclara d'un air désapprobateur :

— Tu n'as rien à faire ici.

— Détrompe-toi !

Il lui prit alors sa tasse des mains, but une gorgée de café, puis la lui redonna. Dans un sourire charmeur, il ajouta :

— Tu es magnifique.

— C'est ça, moque-toi !

— Celui qui te regarde, c'est moi, je suis donc seul juge.

A ces mots, le regard de Connor glissa lascivement sur son corps… et Emma sentit son pouls battre plus fort à ses tempes. Sa gorge serrée l'empêchait presque de respirer et son cœur battait une sourde chamade… S'armant de courage, elle lui demanda :

— Que fais-tu ici ?

— Je voudrais te montrer quelque chose.

— Quoi ? De nouvelles clés ?

Un sourire traversa le visage de Connor.

— T'ont-elles plu ?

— Oui, merci, fit-elle du bout des lèvres.

— J'en suis ravi. Et maintenant, viens avec moi.

Il tendit la main vers elle. Main qu'elle se contenta d'observer froidement.

— Connor, ne te sens pas obligé de…

Il se saisit de son avant-bras et la força à le suivre. Passant alors une main autour de sa taille, il déclara :

— Fais-moi confiance, Emma. Pour une fois, s'il te plaît…

Elle aurait accepté n'importe quoi avec son corps pressé contre le sien. Elle avait la sensation que leurs cœurs battaient au même rythme, et cette impression la grisait terriblement. Et pourtant, aussi agréable fût-il d'être tout contre lui, elle se devait de se protéger. Le repoussant avec douceur, elle leva les yeux vers lui et répondit :

— Entendu. Cinq minutes ! Et ensuite, tu rentres chez toi.

— D'accord, dit-il en lui souriant. Cinq minutes…

Alors il lui reprit la main et l'entraîna dans la cour. Une tonnelle de lilas violet surmontait le portail d'entrée tandis qu'à l'arrière-plan l'aube déployait ses feux pourpres sur la voûte céleste. Un mélange olfactif et visuel de plaisir des sens…

— Ferme les yeux, lui ordonna-t-il avant de franchir le portail.

— Connor…

— Cinq minutes ! Tu m'as promis cinq minutes, lui rappela-t-il.

— Bon…

Elle ferma les yeux et se laissa guider par Connor.

Elle était pieds nus. A l'herbe recouverte de rosée succédèrent bientôt des pavés, puis elle foula l'asphalte presque déjà chaud de l'allée. Leurs mains étaient emmêlées, et elle ne pouvait s'empêcher de savourer cette agréable sensation… Tout comme elle savourait la joie de l'avoir vu surgir de si bon matin chez elle. D'avoir distingué des étincelles dans ses yeux, et reçu la chaleur de son sourire.

Soudain, Connor s'arrêta et lui dit :

— Tu peux ouvrir les yeux.

Elle obtempéra… et poussa un cri !

Lâchant sa main, elle se précipita vers une carcasse en ferraille rouillée… mais formidable, puisqu'il s'agissait de la Chevrolet Corvette ! Sa peinture rouge était oxydée, le chrome des pare-chocs abîmé, le cuir des sièges craquelé, et pourtant c'était le plus beau trésor qu'elle ait jamais contemplé.

Se tournant vers Connor, Emma balbutia :

— Comment… Comment as-tu fait pour que Mme Harrison accepte de s'en séparer ?

— Elle te plaît ?

— J'en rêvais, tu le sais bien !

A cet instant, elle jeta un bref regard par-dessus son épaule, comme pour s'assurer que l'objet de ses convoitises ne s'était pas envolé.

— Comment as-tu fait ? insista-t-elle.

— Je suis allé la voir hier, raconta-t-il en enfonçant les mains dans ses poches. Je lui ai expliqué que la voiture de Sonny avait besoin qu'on lui rende la splendeur qu'elle méritait.

— Et elle s'est laissé convaincre ?

— Oui, dit-il dans un sourire triomphant. Pour la tracter jusqu'ici, j'ai dû recourir aux services d'un ami d'Aidan qui possède une dépanneuse. Nous l'avons déposée au bout de la rue et l'avons ensuite poussée à la force des bras jusque dans ton allée afin de ne pas te réveiller.

Il roula des yeux et ajouta :

— Je suis d'ailleurs surpris que tu n'aies rien entendu. Aidan n'a pas arrêté de gémir en poussant la Chevrolet. J'ai cru qu'il allait falloir que je le bâillonne.

— Je n'arrive pas à le croire, murmura-t-elle.

Elle ne cessait de regarder tour à tour Connor et la Corvette.

— J'ai également promis à Mme Harrison qu'une fois que nous aurions retapé la Chevrolet, nous lui accorderions le privilège de l'étrenner.

— *Nous ?*

— Oui, tu as bien entendu, dit-il en faisant un pas dans sa direction.

— Connor, dit-elle, le souffle court, personne ne m'a jamais offert un si beau cadeau. Je ne sais pas quoi dire…

L'attrapant par les épaules, il déclara alors :

— Si je te laisse sans voix, cela signifie que je vais enfin avoir mon mot à dire.

— Que veux…

— Trop tard ! C'est mon tour, Emma.

Alors, il remonta sa main le long de sa nuque gracile, prit son menton dans sa paume et déclara :

— Je te vois telle que tu es, Emma…

Doucement, il se mit à effleurer sa joue avec son pouce,

priant pour, au moins une fois dans sa vie, trouver les mots appropriés. Des mots nécessaires pour gagner le cœur d'Emma Jacobsen, sans qui sa vie ne serait qu'un long désert…

— Hier, quand tu m'as mis à la porte, reprit-il sans pouvoir s'empêcher d'éprouver un pincement au cœur, comme s'il revivait la scène, j'ai fini par comprendre.

— Qu'as-tu compris ?

— Que je t'aime, Emma Jacobsen.

— Oh, Connor ! Non, tu te trompes, murmura-t-elle, tout émue.

— Je t'aime, Emma, répéta-t-il.

Sa voix était ferme ; chaque syllabe résonnait avec assurance et de façon triomphale dans l'air matinal. Les yeux d'Emma se remplirent de larmes, mais elle cligna des paupières pour les refouler.

— J'en suis le premier surpris, Emma, avoua-t-il dans un drôle de rire. J'ai toujours cru que je n'avais pas besoin d'amour. Que ma vie était parfaite telle qu'elle était. Or, si elle me convenait, c'était parce que tu en faisais partie.

Prenant son doux visage entre ses mains, il plongea ses yeux dans les siens et continua :

— Quand je suis heureux, tu es la première personne avec qui je veux partager ce bonheur. Et, quand je suis malheureux, et que rien ne va plus, c'est chez toi que je me réfugie.

— Connor, intervint-elle en posant ses mains sur les siennes.

— Sans toi, Emma, l'interrompit-il dans un sourire mélancolique, mon existence est dépourvue de rire et de chaleur. Il n'y a que du vide… Or, je refuse ce genre de vie ! Ce que je désire, c'est vivre avec toi, t'épouser, avoir des enfants avec toi. Je veux que nous construisions le futur ensemble.

— Pardon ? dit-elle en laissant échapper la tasse de café qu'elle tenait toujours à la main.

Le café se répandit sur l'asphalte et la tasse se brisa en mille morceaux.

— Mon Dieu, t'es-tu brûlée ? Coupée ? demanda-t-il en la prenant dans ses bras.

— Non, non, tout va bien, lui assura-t-elle dans un murmure. A moins, bien sûr, que je ne sois en train de rêver et, dans ces conditions, le réveil va être difficile.

Lui volant un baiser, il répondit :

— Non, Emma, tu ne rêves pas. Et moi j'ai la sensation que je viens de me réveiller.

— Je t'aime, lui dit-elle doucement.

— Moi aussi, Emma, je t'aime, lui dit-il en prenant une expression plus grave. Je veux que nous vivions ensemble et que nous soyons heureux, ainsi que nous le méritons.

Elle sentait son cœur sur le point d'exploser.

Des larmes de bonheur brouillaient ses yeux. Des larmes si épaisses qu'elle ne voyait plus rien.

Elle était dans les bras de Connor… Connor qui lui apparaissait dans un merveilleux flou artistique. Il avait été son meilleur ami, il était actuellement son amant et, finalement, il serait son mari pour toujours.

Elle battit de nouveau des paupières pour chasser ses maudites larmes car elle voulait que cet instant merveilleux s'imprime pour toujours dans sa mémoire.

— D'accord pour t'épouser, Connor. Et pour fonder une famille avec toi… Et je te promets que je t'aimerai pour la vie, déclara-t-elle.

— C'est tout ce que je demande, dit-il.

Alors, la soulevant de terre, il franchit de nouveau avec elle le portail orné de lilas pour pénétrer dans la cour tachetée d'ombre.

— Tout, tu es bien sûr ? le taquina-t-elle.

— Avec, en bonus, une bonne tasse de café, ajouta-t-il d'une voix rauque. J'ai passé toute la nuit à attendre que tu te réveilles, aussi ai-je besoin d'un peu de caféine.

— Si tu manques de sommeil, oublions le café et retournons tout de suite au lit, proposa-t-elle d'une voix suggestive.

— Tu sais, lui dit-il en souriant, je crois que je vais adorer le mariage.

Elle éclata de rire et se lova dans ses bras puissants.

Ce fut ainsi que, dans le doux silence de l'aube, Emma et Connor commencèrent une nouvelle vie, nimbée des délices de l'amour et forte d'une solide complicité.

MAUREEN CHILD

Les pouvoirs de la passion

INTÉGRALE
ORGUEIL ET TENTATIONS

Traduction française de
FLORENCE MOREAU

SAGAS

HARLEQUIN

Titre original :
THE LAST REILLY STANDING

Ce roman a déjà été publié en 2012.

© 2005, Maureen Child.
© 2012, 2018, HarperCollins France pour la traduction française.

1

Aidan Reilly était si près de la victoire, qu'il sentait déjà pétiller sur ses papilles le champagne qu'il ne manquerait pas de sabler pour fêter l'événement.

Les trois mois les plus longs de sa vie touchaient à leur fin : plus que trois petites semaines à tenir et il serait le gagnant du pari que lui et ses frères avaient engagé à contrecœur, au début de l'été.

A bien y repenser, il en avait presque des frissons d'horreur… Quatre-vingt-dix jours de chasteté, tel était le défi à relever, avec dix mille dollars à la clé pour le vainqueur, c'est-à-dire la somme que le grand-oncle Patrick avait léguée aux triplés.

Tout cela, c'était la faute de leur frère aîné, le père Liam. Il avait agité devant ses cadets le fanion rouge de la compétition, arguant que les prêtres étaient plus résistants que les Marines dans la mesure où, en ce qui le concernait, il avait renoncé aux plaisirs de la chair pour la vie. Aucun Reilly digne de ce nom ne pouvait refuser un challenge… Pourtant, songea Aidan, celui-ci avait été le plus difficile qu'il ait jamais relevé.

Brian et Connor ayant déjà capitulé, il lui incombait donc de sauver l'honneur des triplés afin que leur frère aîné ne puisse pas rire à leurs dépens. L'enjeu n'était même plus l'argent, pensa Aidan, tout en fixant Liam à l'autre bout de la table. Argent qui devait revenir à ce dernier si aucun des triplés ne supportait l'épreuve du célibat prolongé.

L'aîné des Reilly espérait bien empocher l'héritage pour offrir un nouveau toit à son église. Aidan ne l'avait encore dit à personne mais, une fois qu'il aurait gagné le pari et que tous ses frères auraient été contraints d'admettre qu'il était le plus fort, il avait l'intention de remettre les dix mille dollars à Liam.

Pour sa part, il n'en avait pas besoin. En tant que Marine célibataire, il gagnait assez d'argent pour subvenir à ses propres besoins et mener la vie qui lui plaisait. Il n'avait pas relevé le challenge dans un but lucratif.

Non, ce qu'il voulait, c'était gagner.

Il s'adossa contre la banquette et balaya du regard la salle bondée. Le Lighthouse, brasserie où la fratrie se réunissait régulièrement, représentait un endroit « sûr ». Ici, il était à l'abri des tentations, dans la mesure où le lieu était surtout fréquenté par des familles. Les seules femmes susceptibles de constituer un danger, c'étaient les serveuses…

Et elles étaient décidément bien trop jolies pour son salut ! pensa Aidan en reportant avec sagesse son regard sur son verre.

— Inquiet ? lui lança Brian avant de porter sa chope de bière à ses lèvres.

— Pas du tout. Je te rappelle que je suis à deux doigts de la victoire.

— Ne sais-tu pas qu'il faut se garder de vendre la peau de l'ours avant de l'avoir tué ? Navré, mais tu n'as pas encore gagné.

— C'est juste une question de temps, assura Aidan, un sourire aux lèvres, les yeux toujours rivés sur sa bière.

— Je dois avouer que je suis impressionné, déclara Connor. En toute honnêteté, je ne croyais pas que tu tiendrais si longtemps.

— Moi, cela ne me surprend pas, déclara Liam tout en s'emparant de sa chope.

— Tiens donc ! fit Aidan avec un petit air satisfait. Tu reconnais donc que je suis le plus fort.

— Le plus fort je ne sais pas, mais le plus entêté à coup sûr, déclara Liam dans un sourire tranquille.

A ces mots, Connor éclata de rire et Aidan lui donna un coup de coude dans les côtes.

— Je parviendrai à mes fins, affirma-t-il.

— Tu as encore trois semaines à tenir, lui rappela Brian, assis en face de lui. La solitude n'est-elle pas plus difficile à endurer sachant que Connor et moi filons de douces amours auprès de nos adorables épouses ?

Fronçant les sourcils, Aidan avala une gorgée de bière et s'efforça de ne plus laisser son regard errer dans la salle. Un simple coup d'œil à la superbe blonde ou, pire encore, à la charmante brune qui circulaient avec leur plateau entre les tables, et il devrait rentrer chez lui de toute urgence pour prendre une douche froide. Bon sang ! Entre les nombreuses douches glacées qu'il prenait chaque jour et les plongeons quotidiens dans l'océan liés à la fonction de sauveteur qu'il exerçait dans le corps des Marines, il se sentait l'âme d'un maudit pingouin.

— Je tiendrai, assura-t-il d'un ton ferme.

— Trois semaines, c'est long, fit Connor.

— J'ai déjà tenu neuf semaines, rétorqua Aidan.

Neuf longues et terribles semaines…

A présent, il pouvait se réjouir : le pire était derrière lui ! Il était sur le versant descendant de la colline et la victoire était à portée de main.

— Tout le monde sait que ce sont les derniers kilomètres les plus ardus, argua Liam avec un petit sourire entendu.

— Merci beaucoup, fit Aidan d'un ton sec.

— Trois semaines, ce sont aussi vingt et un jours, précisa son aîné.

— Combien d'heures cela fait-il ? s'enquit Brian d'un air innocent.

— Ce que vous pouvez être cruels ! s'indigna Aidan.

— A quoi serviraient les frères, s'ils ne l'étaient pas ? renchérit Connor.

Hochant la tête, Aidan regarda tour à tour les deux autres triplés et leur demanda :

— Est-il nécessaire que je vous rappelle quelles mauviettes vous avez été ? De quelle façon vous avez capitulé ?

En guise de réponse, Brian afficha un air désinvolte tandis que Connor se tassait un peu sur son siège.

— J'ai l'impression que non, ajouta Aidan d'un air triomphant.

D'emblée, Terry Evans eut un coup de cœur pour Frog House, la librairie de son amie Donna, dont elle allait s'occuper durant trois semaines. Son séjour à Baywater allait constituer une véritable pause, pensa-t-elle.

Un changement de rythme bienvenu.

Un agréable divertissement sur la longue autoroute monotone de sa vie.

Ses pensées furent interrompues par des éclats de voix. Un petit garçon de cinq ans venait prestement de s'emparer du livre d'images que consultait une fillette de trois ans, déclenchant de la part de cette dernière un redoutable hurlement, aussi strident qu'une sirène de pompiers.

Terry fit d'abord la grimace, puis un sourire amusé éclaira son visage à la vue des mères qui se précipitaient vers leurs enfants respectifs. Oh oui ! Tenir la librairie de Donna durant son absence allait constituer un véritable changement de rythme !

La librairie fourmillait d'enfants, ce qui n'était guère surprenant dans la mesure où l'endroit était dédié aux petits lecteurs âgés de moins de dix ans. Et à leurs mères, bien sûr.

Frog House comptait de nombreux coins et recoins remplis de coussins sur lesquels les enfants se lovaient avec un livre tandis que leurs mères, assises autour de tables basses, dégustaient tranquillement un café.

Donna avait conçu sa librairie pour les enfants, et l'avait décorée en fonction de l'imaginaire enfantin. Des affiches illustrant des contes recouvraient les murs, et les étagères étaient suffisamment basses pour que toutes soient accessibles aux petites mains. La librairie comportait aussi un espace dessin doté de nombreuses tables adaptées à la taille des enfants — tables par ailleurs parsemées de livres de coloriage et jonchées de tous les crayons et stylos-feutres imaginables.

Un atelier de lecture à voix haute avait lieu tous les jours à 16 heures. Une vingtaine d'enfants s'asseyaient alors en cercle sur les tapis colorés et se laissaient captiver par un récit.

Les deux petits rebelles s'étaient enfin calmés et chacun avait repris son livre, constata Terry. Son regard s'attarda malgré elle sur le garçonnet, et son cœur se serra… Aujourd'hui, ce pincement s'apparentait à une vieille douleur familière qui avait perdu de son intensité. Si Terry avait appris à l'apprivoiser, elle savait aussi que cette peine ne la quitterait jamais.

En vérité, elle ne souhaitait pas que la douleur se dissipe tout à fait, car elle craignait de perdre, dans la foulée, les souvenirs qui l'avaient engendrée. Or, elle refusait de commettre un tel sacrilège.

— S'il vous plaît !

Sursautant, Terry détourna les yeux des enfants pour faire face à… UN HOMME !

Dès qu'elle le vit, sa température intérieure monta en flèche. D'une taille imposante, il était vêtu d'un T-shirt

portant l'emblème des Marines et épousant son torse comme une seconde peau.

Allons, pensa-t-elle en s'efforçant de se ressaisir, quoi de surprenant à voir un Marine dans les environs ?

Après tout, Baywater était situé à deux pas de Parris Island, la base de recrutement des Marines. Sans compter celle de Beaufort, dédiée à l'armée de l'air.

Néanmoins, ce Marine-là ne passait pas inaperçu.

Ses muscles roulaient sous l'étoffe de son T-shirt et, quand il croisa les bras, Terry en eut le souffle coupé : la taille de ses biceps était impressionnante ! Ses hanches étaient étroites et ses longues jambes serrées dans un jean délavé, dont l'ourlet venait mourir sur le dessus de ses boots de cow-boy.

Seigneur…

Elle leva les yeux vers son visage et sa température intérieure atteignit un nouveau pic. Cheveux noirs coupés à la militaire, yeux bleu foncé et pénétrants, mâchoire carrée et un nez droit qui rappelait les effigies frappées sur les pièces romaines, tels étaient les autres atouts de l'Adonis.

Soudain, un sourire éclaira les traits du bel inconnu et une adorable fossette creusa alors sa joue droite. Elle se sentit fondre.

— Pitié, murmura-t-elle à part soi.

Faisait-il subitement plus chaud dans la pièce ?

— Tout va bien ? fit-il en faisant claquer ses doigts devant elle.

« Juste une tempête intérieure ! » manqua-t-elle répondre — avant de se raviser à temps.

D'un ton aussi naturel que possible, elle s'enquit alors :

— Que puis-je faire pour vous ?

Sans répondre, il lui décocha un lent sourire et elle sentit une chaleur intense irradier dans son corps… L'idiote ! Sa question était bien peu judicieuse. Ne risquait-il pas de l'interpréter comme une proposition ?

— En quoi puis-je vous aider ? renchérit-elle, sans avoir l'impression d'avoir rectifié le tir.

Le beau Marine jeta alors un regard circulaire à la librairie, comme s'il était en quête de quelque chose.

— Pouvez-vous m'indiquer où se trouve Donna Fletcher ? finit-il par demander en posant de nouveau ses yeux troublants sur elle.

A cette question, Terry regarda sa montre puis, relevant la tête vers lui, répondit :

— En ce moment précis, elle se trouve à mi-chemin entre la Caroline du Sud et Hawaii.

— Déjà ? s'exclama-t-il, surpris. Elle ne m'avait pas averti qu'elle partait si tôt.

Soulevant l'arc parfait de ses sourcils, Terry demanda d'un air détaché :

— Avait-elle une raison de vous en informer ?

— Non, admit son interlocuteur tout en se frottant le menton. Seulement, je suis censé effectuer un projet pour elle et…

Eurêka ! Terry venait de comprendre ! Comme si une bulle s'était affichée au-dessus de la tête du mystérieux inconnu, avec son nom à l'intérieur.

— Vous êtes Aidan Reilly, déclara-t-elle avec assurance.

— Comment le savez-vous ? demanda-t-il d'un air intrigué.

Elle esquissa un petit sourire avant de ramener ses cheveux derrière son cou.

Hum, hum, songea-t-elle, elle devrait avoir une longue conversation téléphonique avec Donna dans les jours qui venaient…

Sa meilleure amie l'avait mise au courant du curieux pari d'Aidan et de ses frères, en lui précisant qu'elle avait ouvert sa librairie à ce premier afin qu'il y trouve un refuge contre les femmes. En échange, il devait lui construire un « château de lecture » pour les enfants.

Cependant, Donna avait omis un *petit* détail. Un détail…

de taille ! Elle n'avait pas mentionné à quel point Aidan Reilly était sexy.

Exceptionnellement sexy.

Etait-ce un traquenard ? se demanda tout à coup Terry, affolée.

Incorrigible romantique, Donna avait décrété que Terry avait besoin d'un homme. Un époux qui la chérirait — sans se demander si la première concernée était intéressée par le mariage. Ce qui, n'en déplaise à Donna, n'était absolument pas le cas. Mais cette dernière ne voulait rien entendre et ne cessait d'échafauder de nouveaux plans pour marier son amie.

De toute évidence, Aidan Reilly était la dernière salve que Donna venait de tirer dans la bataille en cours ! Et, cette fois, Terry devait admettre que son amie avait utilisé des munitions de première classe.

De nouveau, Aidan fit claquer ses doigts pour attirer son attention…

— Cessez de faire ce geste, lui ordonna-t-elle. C'est agaçant, à la fin.

— Et vous, répliqua-t-il, cessez de me regarder en pensant à autre chose. C'est également très agaçant.

— Navrée, je suis un peu fatiguée. Je suis arrivée tard hier soir, et j'ai dû me lever de bonne heure.

— Tout cela ne me dit toujours pas par quel prodige vous connaissez mon nom et pourquoi Donna est partie en vacances trois jours avant la date prévue, fit Aidan.

— C'est Donna qui m'a appris votre nom. Soit dit en passant, je m'appelle Terry Evans, répondit-elle.

A cet instant, elle adressa un sourire à une mère qui lui tendait un livre qu'elle désirait acheter. Une fois la transaction effectuée, Terry souhaita une bonne journée à la cliente et reporta son attention sur l'imposant, le ténébreux, le magnifique M. Reilly.

Elle reprit la conversation là où elle l'avait laissée, comme s'ils n'avaient pas été interrompus.

— Si Donna ne vous a pas averti de son départ avancé, c'est parce que, je suppose, elle n'a pas jugé nécessaire de le faire.

A ces mots, son séduisant interlocuteur se renfrogna, et de curieuse façon, elle trouva cette nouvelle expression encore plus intrigante que sa fossette, quand il riait.

— Il était convenu que je l'accompagne à l'aéroport avec les enfants, marmonna-t-il. Elle n'était pas censée partir avant vendredi.

— Elle a trouvé un vol plus tôt et a sauté sur l'occasion, expliqua Terry. C'est moi qui l'ai conduite hier soir à l'aéroport.

Un brin nostalgique, Terry se rappela les embrassades et les baisers chaleureux échangés avec la petite famille Fletcher, avant le décollage de l'avion.

— Au fond, admit Aidan, bon joueur, elle a eu raison. Elle profitera ainsi de plus longues vacances. Elle en a bien besoin.

— Tout à fait ! approuva Terry. Ses parents, qui habitent à Maui, mouraient d'envie de revoir leurs petits-enfants. Et avec…

— … Tony en mission à l'étranger, elle avait besoin de faire un break, poursuivit Aidan.

— Exact ! S'inquiéter pour autrui est épuisant, à la longue.

Elle-même se faisait beaucoup de souci pour Tony Fletcher et elle n'était qu'une amie ! Elle ne s'imaginait pas du tout dans la peau d'une femme de Marine. Tenir le foyer, rester en forme, s'occuper des enfants, tout en dédiant une partie de son cerveau à un flot permanent de prières à l'intention de son mari, ce n'était pas une sinécure.

— Il paraît, fit Aidan.

— Donna a cependant eu le temps de m'expliquer votre problème avant de partir.

— Vraiment ?

Elle hocha la tête tout en passant derrière une vitrine qui présentait des muffins frais, des brownies et des cookies. Elle attrapa un gobelet en carton sur la pile qui se trouvait près de la machine à café avant d'ajouter :

— Elle m'a également précisé comment vous aimiez votre café.

Aidan lui adressa un nouveau sourire, et Terry s'ordonna d'ignorer les battements affolés que son cœur se mit aussitôt à produire. Cet homme était un danger public pour les femmes, décida-t-elle, alarmée. Il canalisait les hormones et les transformait en une chaleur qui se propageait insidieusement sous la peau de ses victimes…

— Rien de tel qu'un bon café pour bien commencer la journée, dit-il.

A ces mots, un sourire spontané éclaira les traits de Terry qui, par prudence, détourna la tête.

Il n'était guère recommandé de regarder Aidan Reilly si elle voulait se concentrer. Et de la concentration, elle en avait besoin pour maîtriser ce percolateur à la technologie avancée, doté d'une multitude de boutons et de voyants.

Lorsque la machine émit un sifflement, elle risqua un coup d'œil vers Aidan… pour constater qu'il l'observait avec grand intérêt, derrière la vitrine.

Ses yeux étaient d'un bleu qui invitait à s'y perdre, pensa Terry d'un air songeur. Combien de femmes s'y étaient-elles noyées ?

— Que vous a dit exactement Donna ? s'enquit alors Aidan.

S'éclaircissant la gorge, Terry répondit :

— Elle m'a parlé de ce pari stupide que vous et vos frères avez engagé.

— Stupide ?

— Tout à fait ! affirma-t-elle.

Elle ouvrit alors une bouteille de lait et en versa un peu dans une casserole qu'elle mit à chauffer. Puis elle poursuivit :

— Elle m'a dit qu'elle vous avait proposé d'utiliser sa librairie comme une sorte de zone démilitarisée, et qu'en échange vous aviez accepté de construire un château pour les enfants.

« Zone démilitarisée », c'étaient les termes que Donna avait employés. Celle-ci lui avait fait part de la situation à la dernière minute, en bouclant les bagages des enfants…

— Aidan est adorable, lui avait-elle affirmé. Mais il est aussi fort obstiné, et déterminé coûte que coûte à gagner ce stupide pari. Aussi lui ai-je proposé de se réfugier à la librairie quand il n'était pas à la base. Ici, il est en sécurité, en zone démilitarisée, dans la mesure où peu de femmes célibataires fréquentent la librairie. En échange, il m'a promis de construire un « château de lecture » pour mes jeunes clients.

— Et que suis-je censée faire ? Le protéger des femmes ? avait demandé Terry.

— Allons, ma chérie, avait répondu Donna en riant. Il n'a pas besoin de garde rapprochée. Juste d'une zone de sécurité où attendre la fin du pari.

— Pourquoi es-tu si prévenante avec lui ? l'avait interrogée Terry.

Donna avait alors refermé la valise, puis repéré soudain une peluche oubliée.

Dans un soupir, elle avait rouvert le bagage pour la placer à l'intérieur. Elle s'était ensuite assise sur le lit et, tournant son beau regard vers son amie, avait répondu :

— Parce que c'est un ami sur qui je peux compter lorsque Tony est en mission. Si l'évier est bouché ou que la voiture ne démarre pas, il suffit que je l'appelle et il arrive dans la minute qui suit. Lui et Tony ont fait leur camp d'entraînement ensemble. Ce sont les meilleurs amis du monde et Tony considère la famille d'Aidan comme la sienne…

Voilà pourquoi, pensa Terry en revenant à la réalité, elle

se tenait ce matin devant une paire d'yeux bleu perçant dans lesquels pétillaient des étincelles d'excitation.

— Une zone démilitarisée ? reprit-il. Oui, c'est une façon d'exprimer la situation.

Terry lui adressa un sourire amusé.

Elle retira alors la casserole du feu, puis versa du lait fumant dans le gobelet de café avant de le tendre à Aidan.

— Selon Donna, vous venez vous cacher ici pendant votre temps libre car la plupart des clientes sont des femmes mariées. Par conséquent, vous êtes en sécurité entre ces murs.

Aidan avala une gorgée de café et déclara, l'air impressionné :

— Bravo ! Il est encore meilleur que celui de Donna.

— Merci.

— A propos, je ne me cache pas, objecta-t-il.

— Ah bon ? fit-elle, ironique.

— Non, il s'agit d'une manœuvre stratégique.

— Appelez cela comme il vous plaira, concéda Terry en souriant. Toujours est-il qu'il vous reste encore à observer trois semaines de chasteté pour gagner le pari.

— C'est l'étendue de l'épreuve, reconnut-il.

— En d'autres termes, l'envergure de votre ego, fitTerry d'un air amusé.

Non seulement elle était superbe, mais en plus elle avait de l'esprit, pensa alors Aidan. En temps normal, un trait de caractère qu'il appréciait chez une femme.

Mais en l'occurrence, rien n'était normal.

Il traversait une période où il se devait d'être plus fort que jamais. Malheureusement, il avait le pressentiment que la présence de Terry Evans à Baywater n'allait pas lui simplifier la tâche.

Comme elle se dirigeait vers l'espace dessin de la librairie, il lui emboîta le pas.

Il s'efforçait de ne pas se focaliser sur la masse soyeuse de sa chevelure blonde qui caressait sensuellement ses épaules. Tout comme il voulait ignorer la courbe parfaite de ses hanches ou la façon dont l'ourlet de sa jupe remontait lorsqu'elle se penchait pour ramasser ici un feutre, là un livre de coloriage. Surtout, il refusait de s'attarder sur le galbe de ses jambes.

Où Donna avait-elle la tête ?

Faire venir Terry Evans pour l'aider à surmonter sa traversée du désert, c'était comme allumer un feu pour se protéger de la chaleur.

Nom d'un chien !

Bon, du calme… Inutile de s'énerver.

Tout allait bien se passer. Il suffisait de conserver la tête froide.

— Vous ne me connaissez pas assez pour spéculer sur mon ego, reprit-il.

— Allons ! fit-elle en laissant fuser un rire léger. Regardez-vous ! Bien sûr que vous en avez un, et il est de taille.

— Très bien ! Dans ces conditions, je le prends pour un compliment.

— Vous voyez ? observa-t-elle. C'est votre ego qui vient de parler.

— Touché ! concéda-t-il.

Elle hocha la tête, un petit sourire malicieux aux lèvres.

Puis, reprenant ses activités comme si de rien n'était, elle essuya des traces de feutre sur l'une des petites tables à l'aide d'un chiffon humide, avant de rejeter ses longs cheveux dans son dos.

— Donc, vous allez m'aider à gagner mon pari ? demanda-t-il.

— Vous avez tout compris.

— Et de quelle manière ?

Elle esquissa un lent sourire.

Un sourire à se damner, pensa-t-il, désarmé.

Au bout d'un bref moment de réflexion, Terry décréta avec gravité :

— Sachez, sergent-chef Reilly, que si une belle femme pénètre dans cet antre, je me jette sur vous comme si vous étiez une grenade vivante pour vous protéger contre vous-même.

Aidan la jaugea de pied en cap. C'était donc cela, l'aide qu'elle comptait lui apporter ?

Secouant la tête d'un air découragé, il répondit en détachant bien chaque syllabe :

— Terry Evans… Aidez-moi de cette façon et je suis un homme mort.

2

En Caroline du Sud, l'été pouvait être très éprouvant — même pour un Marine. Au mois de septembre, le début « théorique » de l'automne, il donnait parfois un ultime assaut. Ce qui était le cas aujourd'hui.

Aidan fit une pause dans son travail et rejeta la tête en arrière. Dans la vaste étendue de ciel bleu qui s'étirait au-dessus de lui, il se mit en quête d'un nuage. Ou de la trace d'un nuage… Hélas ! Rien dans la voûte céleste n'était susceptible d'éclipser le soleil ardent. En outre, il n'y avait pas la moindre ombre dans l'arrière-cour de la librairie.

Bien sûr, il aurait pu travailler à l'intérieur. Mais il préférait encore la fournaise à la présence de Terry Evans. Ici, il avait la sensation d'être plus en sécurité. Non qu'il fût un couard qui fuyait devant le danger : en réalité, il était tout le contraire. Il adorait l'excitation liée au risque. La montée d'adrénaline dans le corps. La sensation de se trouver sur le fil du rasoir, entre la vie et la mort.

Néanmoins, il était assez intelligent pour savoir que l'amie de Donna ne déclenchait pas en lui une poussée d'adrénaline. Non, ce qu'elle lui communiquait, c'était de la chaleur à l'état pur. Précisément le genre de chaleur qu'il devait à tout prix éviter pendant encore trois longues semaines d'agonie.

— Donna, marmonna-t-il, pourquoi m'as-tu fait une chose pareille ?

Mais Donna, qui était à des kilomètres d'ici, ne pouvait ni l'entendre ni lui répondre. Il se concentra de nouveau sur la pile de planches qui se trouvaient devant lui tout en s'ordonnant à mi-voix, pour se donner du cœur à l'ouvrage :

— Allons, fais ton travail sans te poser de questions !

Aidan avait appris très jeune à se concentrer sur une tâche en faisant fi des distractions alentour. La vie d'un Marine dépendait souvent de sa capacité à se concentrer.

Et Dieu était témoin que Terry représentait une distraction !

Depuis ce matin, son rire fusait un peu trop souvent à son goût. Sa voix, qui résonnait de temps à autre jusque dans la cour, était à la fois douce et ensorcelante. Le genre de voix qu'un homme rêvait d'entendre en se réveillant, le matin…

— De la concentration, Reilly !

Tout en prononçant ces mots, Aidan donna un solide coup de marteau sur un clou. Son bras tressauta sous le choc — sans que Terry sorte pour autant de ses pensées !

Il ne parvenait pas à croire à sa malchance. Il était convaincu que ces trois dernières semaines de chasteté seraient un jeu d'enfant, dans la mesure où il était occupé, ici, à la librairie. Il pensait que Donna fermerait sa boutique durant ses vacances et qu'il disposerait ainsi de l'endroit pour lui tout seul. Il comptait consacrer tout son temps libre à la construction du château afin d'oublier ses frustrations jusqu'à la fin du pari.

Mais non ! Au lieu de la tranquillité et de la paix qu'il avait espérées, il devait affronter une créature de rêve, qui avait de vagues airs de Marilyn Monroe. Une chance qu'il préférât les brunes — ou il aurait déjà signé son arrêt de mort.

— Comment ça va ?

La voix de la créature en question s'éleva si près de lui et de façon si inattendue qu'Aidan se donna un coup de marteau sur le pouce. Une vive douleur le transperça et des étoiles dansèrent devant ses yeux. Il pressa son pouce meurtri dans son autre main et serra les mâchoires, s'efforçant de contenir le flot d'injures qui l'étranglait.

Au bout de quelques secondes, il parvint enfin à regarder dans la direction de Terry… Et retint de justesse un nouveau grognement. Pas de souffrance, cette fois, mais à cause du supplice que lui infligeait par sa simple présence cette femme superbe. Il ne pouvait tout simplement pas se comporter *normalement* avec elle. Lui proposer d'aller prendre un verre, par exemple. En d'autres termes, enclencher l'opération de charme signée Reilly et exercer sa magie pour la conduire là où il voulait.

C'est-à-dire dans son lit…

Oh ! pensa-t-il, découragé, en enchaînant son regard à ses yeux vert perçant, les trois semaines à venir promettaient d'être un cauchemar.

Tandis qu'il la fixait, incapable de la moindre réaction, la nouvelle libraire se déhancha légèrement, croisa les bras sous sa poitrine avantageuse, puis lui adressa un regard amusé. Nul doute qu'elle lisait dans ses pensées comme dans un livre ouvert, pensa-t-il alors.

— Vous savez, finit-elle par dire en ramenant derrière ses épaules ses cheveux que soulevait la brise matinale, si vous continuez à regarder les femmes de cette façon, vous ne tiendrez jamais pendant trois semaines.

— Vraiment ? Je suis donc si irrésistible ? demanda-t-il en esquissant un faible sourire.

Avant de répondre, Terry prit le temps de s'asseoir sur la première des marches qui menaient à l'arrière de la librairie. Sa jupe remonta au-dessus de ses genoux et Aidan bénéficia de la sorte d'une meilleure vue sur ses jambes bronzées.

— Je crois que je pourrai me contrôler, affirma-t-elle d'un ton tranquille.

— C'est bon à savoir.

— En outre, ajouta-t-elle, je ne vous intéresse pas vraiment.

— Ah bon ?

Intrigué, il en oublia son pouce blessé.

Accrochant la pointe fendue du marteau à son ceinturon, il s'appuya d'une main contre le mur puis baissa les yeux vers elle.

— Non, lui assura-t-elle.

Terry lissa sa jupe vert foncé avec ses paumes, puis ramena ses jambes sur le côté, avant de poursuivre :

— Soyez réaliste, Aidan. A propos, est-ce que je peux vous appeler Aidan ?

— Pas de problème, c'est mon nom.

— Vous êtes un homme affamé et pour vous, je représente… Disons, une part de gâteau au chocolat.

A ces mots, il la jaugea avec intensité, avant de déclarer d'un air mi-amusé, mi-sérieux :

— Je dirais plutôt un gâteau tout entier !

— Merci, dit-elle en souriant. Quoi qu'il en soit, vous êtes affamé. Un homme de votre vigueur privé de sexe pendant neuf semaines, vous rendez-vous compte des frustrations que cela engendre ?

S'il se rendait compte ? La bonne blague !

Terry lui adressa alors un sourire malicieux avant d'ajouter :

— Je crois même qu'un gâteau entier ne suffirait pas.

— Vous êtes bien mieux qu'un gâteau, Terry, souffla-t-il. Vous êtes…

— Vous me flattez car vous êtes affamé ! l'interrompit-elle. Regardez-moi donc ! J'ai les yeux et la bouche bien trop grands. Sans compter une cicatrice au sourcil droit et un creux au milieu du menton.

Curieux ! Il connaissait assez les femmes pour savoir quand elles recherchaient des éloges. Or, ce n'était pas le cas de Terry — qui les méritait pourtant. Comme, de son côté, il aimait complimenter les femmes sur leur beauté, il déclara en enfonçant les mains dans les poches de son jean :

— Vous avez des yeux aussi verts que des lagons, une bouche infiniment sensuelle, une minuscule mais intrigante cicatrice dans la courbe parfaite de vos sourcils et une fossette irrésistible au menton.

Inclinant la tête de côté, Terry l'étudia un bon moment, puis laissa échapper un soupir.

— Il est incontestable que vous êtes doué, dit-elle d'un ton ironique.

— C'est vous qui m'inspirez.

Elle se contenta de sourire devant cette nouvelle flatterie et tendit la main dans sa direction pour qu'il l'aide à se relever.

Lorsque Aidan referma sa main sur celle de Terry, une onde d'électricité lui picota les doigts — onde qui se propagea ensuite à tout son corps…

De son côté, dès qu'elle fut debout, Terry détacha sa main de la sienne et frotta ses doigts contre sa propre paume. Nul doute qu'elle venait de ressentir le même choc que lui, déduisit Aidan.

— C'est un miracle que vous ayez tenu neuf semaines, déclara-t-elle tout à trac.

— Pourquoi ?

Emettant un petit rire forcé, elle expliqua :

— Vous venez de tenter votre chance avec la femme qui est censée vous aider à gagner votre pari.

Il sourcilla, mais elle poursuivit :

— Entre nous soit dit, c'est plus fort que vous, n'est-ce pas ?

— Pardon ?

— Flirter, précisa-t-elle, c'est plus fort que vous !

Elle épousseta alors le dos de sa jupe, puis gravit d'un pas allègre la volée de marches qui menait à la librairie. La main sur la poignée, elle se retourna une ultime fois vers Aidan et déclara :

— Vous flirtez comme vous respirez. Sans même vous en rendre compte.

— Je ne flirtais pas avec vous, protesta-t-il en détachant le marteau de son ceinturon.

— Vous voulez rire !

Puis, sur un ton déclamatoire, elle l'imita :

— « Des yeux aussi verts que des lagons », « une bouche infiniment sensuelle »...

— J'essayais juste...

— De tenter votre chance, coupa-t-elle. Avouez que ce n'était pas très subtil.

— Vous trouvez ?

— Oh oui ! fit Terry en ouvrant la porte. Mais dites-moi, est-ce que ce genre de flatterie fonctionne d'ordinaire ? Les femmes sont-elles crédules à ce point ?

A cet instant, il lui lança un regard sombre, et elle ne put s'empêcher de jubiler intérieurement. Oh ! Elle ne se faisait pas de souci pour lui. Il possédait une telle confiance en lui qu'elle n'allait pas l'ébranler avec quelques sarcasmes inoffensifs. Son ego pouvait résister.

En parlant d'ego...

S'il avait su quel feu ses compliments avaient allumé en elle, son pari aurait été perdu d'avance.

Il avait de la chance, elle n'était pas en quête d'aventure. Elle était venue à Baywater pour aider son amie la plus chère. Sa mission accomplie, elle rentrerait chez elle. Point.

— Je ne cherche pas à manœuvrer les femmes, protesta-t-il d'un ton ferme.

— Bien sûr que si ! rétorqua-t-elle. Mais vous avez la chance de ne jamais vous faire prendre en flagrant délit.

— Vous n'êtes pas une femme facile, n'est-ce pas ? fit-il tout à trac.

— Encore faudrait-il définir ce que vous entendez par *facile*. Allons, le futur nous en dira davantage, délcara-t-elle d'un ton dégagé. C'est-à-dire les semaines à venir.

Il prit une longue inspiration avant de lui demander, d'un air renfrogné :

— Pouvez-vous me dire pourquoi vous êtes venue m'interrompre dans mon travail ? Etait-ce juste pour le plaisir de me lancer quelques piques ?

— Pas du tout, objecta-t-elle. Figurez-vous que je venais vous proposer du thé glacé.

— J'en boirais volontiers un verre.

— Il est dans le réfrigérateur. Vous pouvez vous servir si vous en avez envie.

Comme elle ouvrait la porte pour rentrer, il lui demanda d'un ton pince-sans-rire :

— Et je ne peux pas compter sur vous pour m'apporter un peu de ce thé glacé ?

Se retournant, elle répondit sur un ton ironique :

— Vous avez de mauvaises manies, Aidan, si vous êtes habitué à ce que les femmes vous servent. Désolée de vous décevoir…

— Quand vous me décevrez, je vous le ferai savoir, répliqua-t-il dans un sourire leste.

Redressant les épaules, Terry se précipita dans l'arrière-salle à l'air conditionné de la librairie. Une fois qu'elle l'eut refermée, elle s'appuya contre la porte et leva les yeux au plafond :

— Mon Dieu, Donna, dans quelle histoire m'as-tu entraînée ?

Les deux jours qui venaient de s'écouler avaient été… *intéressants*, songea Terry en repensant aux échanges qu'elle avait eus avec Aidan Reilly. D'ailleurs, si Terry avait pu les considérer de façon objective, elle aurait elle-même conclu qu'ils constituaient un excellent exercice de maîtrise de soi. Hélas, elle était trop tendue à l'idée des longues semaines qui l'attendaient à Baywater pour philosopher.

Non content d'être un homme au charme irrésistible,

Aidan Reilly était un mâle affamé. Quant à elle… Il y avait des lustres qu'elle n'avait pas connu le plaisir dans les bras d'un amant.

Non qu'elle ne soit pas souvent sortie avec des hommes, ces dernières années. Cependant, entre accepter une invitation à dîner et consentir à de plus grandes faveurs, il y avait un monde. Or, elle n'était pas le genre de femme à collectionner les aventures sans lendemain. D'ailleurs, elle n'était pas davantage prête à s'investir dans une relation à long terme. Aussi préférait-elle renoncer aux plaisirs de la chair.

De toute façon, elle était bien trop occupée par son travail pour en souffrir. Les nombreuses associations caritatives dont elle avait la gestion l'accaparaient à plein temps.

Son séjour à Baywater représentait ses premières vacances depuis des années, même si pour la plupart des gens, travailler dans une librairie en guise de vacances était une bien curieuse idée. Mais pour Terry, ce travail s'apparentait à un réel plaisir.

Avec toutefois une ombre au tableau : Aidan Reilly.

Le destin avait parfois un étrange sens de l'humour. Demander à une femme longtemps privée des douceurs de l'amour physique de faire en sorte que l'homme le plus sexy de la terre ne succombe pas à la tentation charnelle, cela relevait de la plaisanterie !

Lorsque Aidan pénétra dans l'établissement climatisé et que, de l'arrière-salle qui faisait office de cuisine, il jeta un regard dans l'espace librairie, il eut d'instinct un mouvement de recul.

Les enfants criaient, s'interpellaient, riaient tandis que, insensibles au tohu-bohu ambiant, les mères de ces charmants bambins bavardaient tout en dégustant une tasse de café. Aidan éprouva une subite nostalgie pour l'océan et sa tranquillité…

Jamais il n'avait compris le besoin d'avoir des enfants. Pour lui, ceux-ci représentaient de petites ancres pendues au bout de longues et lourdes chaînes qui entraînaient les hommes vers le fond.

En outre, ils étaient bien trop bruyants.

S'il était rentré dans la librairie, c'était parce qu'il venait de terminer la structure principale du château et qu'il souhaitait que Terry lui donne son avis.

Bon… Pour être honnête, il n'avait pas besoin de son opinion, il avait déjà défini les plans avec Donna.

Ce qu'il désirait, en réalité, c'était contempler une nouvelle fois la femme dont le visage hantait ses rêves depuis deux nuits. Son instinct de conservation lui dictait pourtant de prendre ses distances, mais la pulsion qui le poussait en permanence à se porter volontaire pour des missions dangereuses l'avait une fois de plus emporté.

Il voulait attirer l'attention de la belle Terry.

Il la repéra enfin parmi le tumulte.

Telle une goélette aux lignes épurées, elle évoluait en toute majesté au milieu de la mer d'enfants agités. Elle plongeait parfois dans cet océan houleux pour ramasser un livre ou un crayon, avant de se redresser avec élégance. Un sourire flottait en permanence sur ses lèvres et elle semblait imperturbable.

Soudain, elle s'assit sur un siège baigné de soleil et les enfants prirent place sur le sol, autour d'elle. Ils ne criaient plus, leurs rires se calmèrent peu à peu et les derniers chuchotements s'éteignirent lorsque Terry ouvrit un livre de contes.

Elle se mit à lire à voix haute, modulant son timbre en fonction du rythme de l'histoire. A l'instar des enfants, Aidan avait le regard scotché à l'envoûtante lectrice…

Terry levait de temps à autre le livre afin de montrer les images aux enfants, et ces derniers riaient lorsqu'elle contrefaisait sa voix pour mimer les différents personnages de l'histoire.

Elle avait une sacrée personnalité ! pensa Aidan.

Et tandis qu'une partie de lui-même était en admiration totale devant Terry, une autre lui criait de prendre garde.

S'il avait eu le moindre bon sens, il serait sorti séance tenante de la librairie. Il avait résisté pendant neuf semaines à la tentation ! Il n'allait tout de même pas craquer à deux doigts de la victoire, pour les beaux yeux hypnotiques d'une blonde voluptueuse.

Hypnotiques ?

De nouveau, les enfants éclatèrent de rire et Aidan fit un ultime effort pour sortir de la torpeur dans laquelle il avait glissé…

Au diable l'avis de Terry sur son travail !

Au diable l'atelier lecture de cette ensorceleuse !

Il devait ressortir d'ici de toute urgence, mettre la structure du château à l'abri sous l'appentis, et filer !

Comme il allait exécuter son plan, son téléphone portable vibra dans sa poche. Tout en se dirigeant vers l'arrière-salle, il prit la communication.

— Fais vite ! On a besoin de nous.

Monk, le copilote de l'hélicoptère avec qui Aidan travaillait, s'exprimait d'un ton haché. Il précisa :

— Un bateau vient de chavirer à quelques kilomètres des côtes.

— J'arrive ! s'écria-t-il.

Immédiatement, toutes ses pensées se focalisèrent sur sa nouvelle mission.

Aidan referma le volet de son téléphone qu'il remit dans sa poche et se dirigea vers la porte arrière. Non sans croiser en un éclair le regard de Terry.

Un regard interrogateur.

Et une raison de plus pour se tenir à distance, conclut-il en regagnant sa voiture. Il n'était pas homme à fournir des explications. Or, ce regard semblait en demander une.

N'avoir à répondre à aucune autre question que les siennes, telle était sa devise pour vivre en toute quiétude. Et si, de temps à autre, la solitude pointait, il lui suffisait de rechercher la compagnie de ses amis ou, en temps normal, celle d'une femme consentante, qui savait qu'elle n'avait rien d'autre à attendre de lui qu'une liaison sans lendemain.

Or, Terry Evans n'appartenait pas à cette catégorie de femmes. Non, dans ses prunelles dansait le mot *lendemain* en lettres capitales.

Ce qui devait suffire à le faire fuir, nom d'un chien !

3

La mer le happa d'un coup.

A l'instant où il plongea dans l'eau glacée, Aidan se demanda si, cette fois, l'océan n'allait pas l'engloutir pour toujours. Le retenir et l'entraîner vers les eaux noires et profondes, que le soleil n'atteignait jamais. Là où les poissons ne s'aventuraient pas et où le froid était aussi intense que l'obscurité.

Cette pensée, qui l'assaillait à chaque plongeon, disparaissait aussi vite qu'elle naissait. Il la refoulait avec empressement dans le tréfonds de son cerveau afin de se concentrer sur son travail.

Donnant de puissants coups de pied pour remonter à la surface, Aidan émergea de l'eau.

Un soleil drapé de nuages l'accueillit et il lui fallut quelques secondes pour s'orienter. Jetant un coup d'œil à gauche, il repéra le malheureux bateau à une vingtaine de mètres de lui, avant de lever les yeux vers l'hélicoptère, vrombissant bruyamment au-dessus de sa tête, à la même distance. Les hélices fouettaient l'air, créant une écume mousseuse sur la mer déjà fort agitée. Le bruit était épouvantable.

Aidan leva le bras pour faire signe à Monk d'envoyer le treuil, puis il crawla en direction du bateau et des deux naufragés juchés sur la coque renversée.

— Ouf ! Nous sommes heureux de vous voir, s'écria le plus âgé des deux hommes.

Aidan sourit. S'accrochant au rebord du bateau, il jaugea les rescapés. Ils se ressemblaient comme un père et un fils. Le plus jeune n'avait pas plus de dix-sept ans. Il paraissait glacé et effrayé. Difficile de l'en blâmer. C'était une expérience traumatisante que de voir son bateau chavirer.

— Je vous dépose quelque part ? lança Aidan pour plaisanter.

A cet instant, l'hélicoptère se rapprocha. Le treuil de sauvetage pendait sur le côté. Le panier en acier rebondissait sur la surface de l'eau, dansant sur les moutons que formait l'écume.

— Bien volontiers, répondit le père sur le même ton, tout en donnant une bourrade amicale à son fils. Prenez Danny en premier.

Aidan attrapa alors le panier. Il ne cessait d'agiter les pieds pour se maintenir à la surface de l'eau, tandis que les vagues frappaient inlassablement son visage.

— Le panier est assez grand pour contenir plusieurs personnes, déclara-t-il. Nous allons tous remonter en même temps.

A ces mots, l'adolescent parut sceptique, mais encore une fois, Aidan n'aurait pas songé à lui adresser le moindre reproche. D'ailleurs, à son crédit, le garçon ravala courageusement sa peur et se glissa de la coque dans l'eau. De sa main libre, Aidan le saisit par le bras. Dans sa radio, il entendit Monk grommeler :

— Accélère un peu, Reilly, O.K. ?

— J'arrive !

— A qui parlez-vous ? demanda le jeune garçon avant de grimper dans le panier de sauvetage, avec l'aide d'Aidan.

— A ceux qui sont là-haut, répondit ce dernier en désignant l'hélicoptère au-dessus d'eux.

Tournant la tête vers le père, il ajouta :

— A vous !

Celui-ci se laissa lui aussi glisser de la coque et grimpa dans le panier avec moins de difficultés que le fils. Aidan les y rejoignit, puis déclara à l'adresse de son collègue :

— C'est bon, on peut y aller !

Tandis que l'hélicoptère prenait de la hauteur, le panier de sauvetage se balançait avec indolence au bout du treuil, comme s'il se fût agi d'un manège dans un parc d'attractions. Monk fit remonter le treuil et, quand le panier arriva à la hauteur de la porte de l'hélicoptère, il s'en saisit pour le stabiliser.

— Tout le monde va bien ? cria-t-il pour être entendu par-dessus le bruit du moteur.

— Ça va, répondit le père en se hissant dans l'hélicoptère.

Puis il tendit la main à son fils pour qu'il le rejoigne à l'intérieur.

— Merci d'être venu nous chercher, ajouta-t-il à l'intention de Monk.

Ce dernier les enveloppa dans des couvertures tandis qu'Aidan s'extrayait à son tour du panier.

— C'est toujours un plaisir, lança Aidan en essuyant l'eau qui ruisselait sur son visage. Qu'est-il arrivé à votre bateau ?

L'homme fit une moue désolée.

— De grosses vagues commençaient à se former, et avant que l'on n'ait fini d'envoyer notre message radio pour demander de l'aide, l'une d'entre elles nous a fait chavirer.

— Je n'aime pas les bateaux, fit Monk sans s'adresser à personne en particulier. D'ailleurs, si nous étions faits pour vivre dans l'eau, nous aurions des branchies à la place des poumons.

La solennité de son ton fit naître un large sourire sur les lèvres d'Aidan. Monk avait une sainte horreur de l'eau. Quelle ironie du sort qu'il ait fini dans l'équipe de sauvetage des Marines !

— Parce que selon toi voler, c'est plus naturel ? le questionna Aidan, assuré d'avance de la réponse.

— C'est moins dangereux. As-tu déjà vu un raz-de-marée dans le ciel ?

Aidan et les deux rescapés éclatèrent de rire.

Pour sa part, ce premier s'estimait privilégié d'exercer le métier qui était le sien, à savoir sauter d'un hélicoptère pour sauver des personnes en détresse.

La matinée se terminait et Terry éprouvait le besoin de prendre l'air. Ces derniers jours, entre la librairie et le cottage de Donna, elle avait la sensation d'étouffer. A part Aidan Reilly, elle ne connaissait personne en ville.

Aidan… Elle ne l'avait pas revu depuis qu'il s'était précipité hors de la librairie, la veille, pensa-t-elle avec une certaine nostalgie.

Elle s'obligea à se ressaisir. Voyons, elle n'avait pas envie de le voir !

Cependant, à trop rester seule, elle finissait par trop réfléchir, ce qui n'était pas une bonne chose.

Allons ! Elle pouvait bien sortir, même si elle se trouvait seule dans une ville inconnue. Aussi décida-t-elle de profiter de sa pause déjeuner pour flâner dans le centre-ville.

Elle longea les boutiques, sur les trottoirs bondés de Baywater, regardant distraitement leurs devantures. Le soleil de septembre à la lumière rasante se réverbérait sur le trottoir avant d'envelopper les piétons de sa chaleur.

En dépit de sa tenue légère — un top à bretelles et un bermuda — Terry sentait la chaleur s'infiltrer en elle. Une chaleur bien différente de celle de Manhattan. Plus humide, plus oppressante. Une chaleur de Caroline du Sud.

Relevant ses cheveux derrière sa nuque, elle sentit le doux baiser de la brise marine sur sa peau humide. La sensation de fraîcheur lui fit le plus grand bien.

Tout autour d'elle, des familles discutaient et riaient.

Des adolescents en baskets, planche à voile sous le bras, se dirigeaient vers la plage. De jeunes couples flânaient en se tenant par la main. Le cliquetis des appareils photo créait une musique d'ambiance presque harmonieuse.

Arrivée à l'angle de la rue, elle s'arrêta au feu rouge et regarda le flot de voitures qui passait sur l'avenue principale. Un flot rapide et ininterrompu, impressionnant pour une petite ville comme Baywater. Quand le feu passa au vert pour les piétons, elle traversa l'avenue d'un pas résolu afin de rejoindre les docks et l'océan.

Au fur et à mesure qu'elle se rapprochait de l'eau, le vent devenait plus frais, l'air plus agréable.

Des bateaux étaient alignés le long des quais. Des Zodiac effilés, de modestes canots de pêche, mais aussi des péniches et des mini-yachts se côtoyaient, tels des amis rassemblés pour un cocktail. Quelques pêcheurs étaient dispersés sur la jetée, leurs cannes à pêche se balançant tranquillement au-dessus de la balustrade battue par les vents. Juché sur des rollers, un couple slalomait à travers la foule, tels des danseurs exécutant une chorégraphie bien réglée. Un ballon gonflable s'échappa soudain des mains d'une fillette et s'envola en douceur vers le ciel, tache rouge contrastant sur l'étendue bleue.

Un sourire aux lèvres, Terry poursuivit sa marche.

Une appétissante odeur de fromage et de basilic lui chatouilla les narines alors qu'elle passait devant un marchand ambulant. Cédant à l'invitation, elle s'arrêta pour acheter un panini et un soda. Elle descendit ensuite une volée de marches pour aller s'asseoir sur les rochers et contempler la mer.

Elle se trouvait assez près de la jetée pour entendre le bruit assourdi et rassurant de la foule, mais assez loin aussi pour jouir d'un peu de solitude.

Croquant à pleines dents dans son panini, elle se mit à observer les surfeurs qui jouaient dans les vagues. Près de l'eau, la température était tout à fait supportable.

— Curieux d'être assise au bord de la mer en plein milieu de la journée, murmura-t-elle alors.

Bien vite, elle jeta un regard circulaire autour d'elle… Ouf, personne ne l'avait entendue. Se parler à voix haute était le premier signe de la sénilité ! Elle ne tenait pas à ce qu'il y ait des témoins.

A cette heure-ci, à New York, elle aurait été portée par le flot de piétons de la Ve Avenue, son sac étroitement serré contre elle, marchant aussi vite que possible pour garder la cadence infernale de la mégapole et arriver à l'heure à son rendez-vous. Elle aurait déjeuné dans un restaurant en vue, un déjeuner de travail, s'entend.

Des journées bien remplies… et des nuits bien vides, pensa-t-elle avec tristesse.

Elle frissonna avant de mordre de nouveau dans son panini. Allons, se dit-elle pour s'encourager, elle menait une vie dont elle pouvait être fière. Dévouée à la cause des autres…

Mais au fond qui s'occupait d'elle ?

— Bravo, fit-elle à mi-voix. Voilà que je m'apitoie sur mon sort, à présent.

Se relevant d'un bond, elle descendit à travers les rochers jusqu'à la plage pour se promener sur la bande de sable mouillé et luisant où les vagues venaient mourir. Un sourire aux lèvres, elle retira ses sandales afin que le sable frais et humide glisse sous ses pieds. L'océan, immense et frémissant, se trouvait tout près d'elle à présent, lui léchait les pieds, l'éclaboussait…

Quand la sonnerie de son portable retentit, elle eut d'abord envie de ne pas répondre. Agacée, elle le sortit tout de même de son sac et regarda le numéro qui s'affichait…

Sans aucune hésitation, elle prit la communication.

— Donna ! Alors, Hawaii ?

— C'est si bon de se retrouver à la maison, lui dit son amie avec un soupir de plaisir. Jamie, je t'ai déjà dit de ne pas frapper ton frère avec la pelle ! ajouta-t-elle hors du combiné.

Terry se mit à rire et reprit sa promenade le long du rivage. Le bruit des vagues était apaisant, les cris des enfants qui s'amusaient sur la plage formant un agréable contrepoint.

— Alors, comment cela se passe, à la librairie ? s'enquit Donna dès qu'elle eut calmé son fils.

— A merveille. Elle ne désemplit pas et les ventes sont bonnes.

— Et Aidan ?

— Donna ! s'écria alors Terry. Franchement, tu exagères !

— Je ne comprends pas de quoi tu parles, répondit son amie avec un petit rire.

— Tu es impossible ! fit Terry en riant à son tour.

— Non, juste romantique, argua Donna.

— Une romantique qui perd son temps, l'avertit alors Terry.

— Allons, admets que c'est un bel homme.

L'image d'Aidan Reilly s'imposa alors à Terry. Difficile de nier !

— Je te le concède, dit-elle. Mais n'oublie pas qu'il a fait vœu de chasteté.

— Il est à cran, tu sais, ça ne devrait pas être très compliqué de le faire craquer…

— Je croyais que tu étais censée l'aider ! protesta Terry.

— J'essaie de vous aider tous les deux.

— Tu veux jouer les marieuses, oui ! De toute façon, je ne suis pas intéressée, déclara Terry — tout en se demandant qui, de Donna ou elle-même, elle cherchait à convaincre. Je t'assure.

— Bon, bon, si tu veux jouer les entêtées, oublie ce que j'ai dit.

— Compte sur moi, lui assura Terry avant de donner un coup de pied dans l'eau.

Au loin, elle entendit un cri perçant et jeta un coup

d'œil vers la mer. De la jetée, un homme sautait dans l'océan, pieds joints.

— Quel idiot ! s'exclama-t-elle.

— Pardon ? De qui parles-tu ?

— Un inconscient vient de sauter de la jetée.

— Il aurait pu s'écraser sur les rochers !

— Ah ! Je vois sa tête… Il nage vers la plage. Ouf, il a survécu.

— On dit que Dieu protège les fous et les faibles…

— Il n'a pas l'air d'un faible, murmura Terry, les yeux rivés sur l'homme qui domptait les vagues. C'est un excellent nageur.

Lorsque l'imprudent arriva au niveau de la plage, il sortit de l'eau et se dirigea vers elle sans hésiter. Son T-shirt noir adhérait à son torse musclé et son short en jean trempé moulait ses cuisses.

Soudain, Terry plissa les yeux et sentit son estomac se contracter…

— Je n'arrive pas à le croire, murmura-t-elle.

— Que se passe-t-il ? s'enquit Donna.

— C'est Aidan !

— Qui ? L'inconscient qui s'est jeté à l'eau ?

— Tout à fait ! Et il vient vers moi d'un pas décidé, ajouta Terry, le cœur battant.

— Tiens, tiens, fit Donna en riant. Comme c'est intéressant !

— Embrasse Danny et Jamie de ma part, marmonna Terry avant de raccrocher.

Rangeant en toute hâte son portable dans son sac, elle serra un peu plus fort ses sandales qu'elle tenait à la main et attendit qu'Aidan s'approche. Non sans penser que, si elle avait eu le moindre bon sens, elle aurait pris ses jambes à son cou.

Par amour-propre, elle préférait toutefois l'affronter. Il ne serait pas dit qu'elle fuyait devant lui. Il ne devait pas croire qu'il détenait le moindre pouvoir sur elle.

— Vous venez souvent par ici ? lui demanda-t-il en arrivant à sa hauteur.

— Vous êtes fou ! s'exclama-t-elle dans un élan du cœur.

Un beau sourire éclaira le visage d'Aidan et Terry sentit son cœur battre à cent à l'heure dans sa poitrine. Ridicule, la façon dont cet homme la déstabilisait, pensa-t-elle, irritée.

— Officiellement, non, rétorqua-t-il en essuyant de sa main bronzée l'eau qui ruisselait sur son visage.

Terry ne put s'empêcher d'admirer le corps parfait d'Aidan Reilly. Il avait la carrure d'un athlète, et l'air déterminé. En résumé, il était bien trop beau pour être honnête.

— Vous avez sauté de la jetée, indiqua-t-elle.

— C'est indéniable.

A cet instant, Aidan se retourna et agita la main. Deux hommes sur la jetée lui rendirent son salut.

— Est-ce que ce sont vos anges gardiens ?

Aidan se mit à rire et lui fit de nouveau face.

— Non, mes frères.

Ce fut alors qu'il remarqua l'agacement de Terry. Ses yeux lançaient des éclairs de désapprobation, mais il lisait aussi une sorte d'excitation dans ses prunelles. Agacée et ravissante, telle était Terry.

Oh oui ! Il avait eu raison de se jeter à l'eau.

Il entendait encore les avertissements moqueurs de Connor et Brian, lui prédisant que lui aussi allait devoir bientôt défiler sur la base en talons aiguilles et en bas résille… Le gage à payer s'il perdait le pari. Bien sûr, cela les aurait ravis. Mais il ne leur procurerait pas ce plaisir.

Non !

Il résisterait jusqu'au bout et assisterait dans le rang des spectateurs au défilé de ses frères. Tailler un brin de causette avec Terry ne l'engageait à rien.

— Les deux autres triplés ?

— Je constate que Donna a été très bavarde, fit Aidan en souriant.

— Non, elle a juste brossé un tableau général. Elle n'a pas mentionné par exemple vos instincts de mort.

— Mes instincts de mort ? répéta-t-il en riant. Parce que j'ai sauté de la jetée ? Ce petit plongeon, c'était une peccadille pour moi.

— Et que faites-vous des rochers ?

— Entre le quatrième et le sixième pylône, il y a un fossé, et l'eau est très profonde à cet endroit. Mes frères et moi sautons de cette jetée depuis que nous sommes enfants. C'est dire si je connais la topographie des lieux.

— Vous avez donc toujours été fou ! dit-elle, mi-rieuse, mi-sérieuse.

— Toujours ! assura-t-il sur le même ton.

— Avez-vous grandi ici ?

Il lui lança un regard intrigué.

— Donna ne vous a donc pas tout dit…

— Encore votre ego qui vous joue des tours, dit-elle alors d'un air malicieux. Contrairement à ce que vous avez l'air de croire, Donna et moi avons d'autres sujets de discussion que vous.

Aidan éclata de rire pour masquer son malaise.

Cette façon qu'elle avait de passer de la fureur à l'ironie l'inquiétait. Face à une femme aux humeurs imprévisibles, il était impératif de demeurer vigilant.

Sans parler de son corps si sensuel…

Il l'avait tout de suite repérée, de la jetée. Impossible de manquer sa silhouette aux courbes affolantes. Allons ! se ressaisit-il. Il n'était plus un adolescent guidé par ses hormones, il savait se contrôler. Il pouvait tout à fait discuter avec elle… sans se laisser prendre au piège de ses charmes. D'autant que ses frères l'observaient avec attention du haut de la jetée.

Tout en marchant près d'elle sur la rive, si près que, de temps à autre, leurs mains s'effleuraient, il reprit :

— Dans ces conditions, laissez-moi vous en apprendre davantage sur les aventures des frères Reilly.

— Est-ce une histoire à rebondissements ? fit-elle, amusée.

— A vous de juger !

A cet instant, il laissa son regard dériver vers l'immensité de l'océan…

La lumière du soleil brillait à la surface de l'eau, la parant de diamants. Quelques goélettes évoluaient non loin d'eux, leurs élégantes voiles gonflées par la brise. Des véliplanchistes s'en donnaient à cœur joie dans les petites vagues et des mouettes dansaient au-dessus d'eux. Deux enfants munis de brassards s'éclaboussaient, sous l'œil attentif de leurs parents assis sur une serviette, au bord de l'eau.

— Nous sommes arrivés à Baywater à l'âge de treize ans, commença-t-il. Liam en avait quinze. Notre père était un Marine et, jusque-là, nous n'avions pas cessé de déménager au gré de ses affectations.

A cette pensée, il sourit, se rappelant les nombreux déménagements et l'excitation liée à la nouveauté, même si sa mère ne partageait pas toujours l'exaltation du reste de la famille.

— Nous avons vécu en Allemagne, à Okinawa, en Californie, et même à Hawaii, pour une courte mission.

— Tout cela avant l'âge de treize ans ?

— Exact !

L'eau était rafraîchissante, le soleil ardent et une superbe femme marchait à ses côtés. La vie pouvait-elle être plus belle ? se demanda soudain Aidan. Il poursuivit alors :

— Quand mon père a été muté sur la base aérienne de Beaufort, toute la famille l'a suivi, comme d'habitude. Il avait le don de transformer chaque déménagement en une aventure, nous prédisant une nouvelle vie, avec de nouveaux amis dans une nouvelle école…

Aidan se tut pendant quelques instants et Terry en profita pour intervenir :

— Je présume qu'il n'était pourtant pas toujours facile de s'adapter.

— Pas toujours, bien sûr, concéda-t-il. Mais comme nous étions quatre frères, à l'école, nous n'étions jamais seuls.

— Pratique, reconnut-elle.

Plus que pratique, pensa-t-il. Les frères Reilly s'étaient souvent serré les coudes. Même quand ils se chamaillaient, cela n'affectait en rien le lien qui les unissait. Un lien qui les rendait plus forts face à la pression extérieure.

— Il est confortable d'avoir une grande famille. On a toujours quelqu'un avec qui sortir.

— Ou se bagarrer ? suggéra-t-elle en souriant.

— Par exemple. Nous avons connu de belles bagarres, avec mes frères. D'ailleurs, il nous arrive encore d'en venir aux mains. Moins souvent qu'autrefois, bien sûr. Et vous, vous avez des frères et sœurs ?

— Un frère, dit-elle brièvement. Plus âgé. Nous ne sommes pas très proches.

A la façon dont elle lui répondit, il comprit qu'elle ne lui disait pas toute la vérité. Le langage de son corps la trahissait.

— Pourquoi ?

Elle soupira, puis releva le menton comme pour livrer une bataille qu'elle était habituée à mener.

— Pour de nombreuses raisons. Mais nous parlions de vous, pas de moi, lui rappela-t-elle gentiment.

O.K., il n'aurait pas l'indécence d'insister. Du moins pas maintenant. Il reviendrait à la charge un autre jour. Car il voulait savoir pourquoi les beaux yeux verts s'étaient assombris à l'évocation de sa famille. Pourquoi une ride avait creusé son front. Et il préférait aussi ne pas chercher à comprendre pourquoi cela l'intéressait tant.

— D'accord, lui dit-il.

Fixant de nouveau la mer, il poursuivit :

— Comme d'habitude, ma mère prit en charge les opérations en vue du déménagement à Beaufort. Elle emballa les affaires, paya les factures, retint le camion de déménagement. Bref, elle s'occupait toujours de tout, nous priant juste d'être à l'heure, le jour du départ.

— Quelle énergie ! dit-elle d'une voix où transperçait l'admiration.

Il se mit à rire.

— Elle était la première partante ! Mais tout changea lorsque nous arrivâmes ici. Maman tomba amoureuse de la Caroline du Sud. Elle se sentait « en communion » avec cet endroit, affirmait-elle. Elle adorait Beaufort, le Sud, la mentalité des gens d'ici. Et lorsqu'elle découvrit Baywater elle déclara à mon père que c'était là qu'elle voulait s'établir de façon définitive.

— A-t-il accepté sans problème le fait de devenir sédentaire ?

— Là n'était pas la requête de ma mère. Elle savait que mon père avait besoin de bouger, qu'il aimait partir en mission, mais elle avait décidé que, pour elle et nous, c'était terminé.

— Et que se passait-il quand il partait en longue mission ?

— Elle lui souhaitait bon voyage et promettait d'écrire souvent.

A cet instant, Aidan enfonça ses mains dans ses poches et se rendit compte qu'il avait plongé avec son portefeuille. Bon sang ! Où avait-il donc la tête ? Dès qu'il avait aperçu Terry, il s'était jeté à l'eau sans réfléchir.

Poussant un soupir intérieur, il reprit :

— Ma mère souhaitait que nous ne changions pas de lycée afin de préparer le bac avec plus d'assiduité.

— Elle préférait donc rester avec vous au lieu de suivre son mari ?

— Il ne partait jamais plus de six mois d'affilée et la

vie ici convenait tant à ma mère qu'elle ne voulait plus quitter la région.

— C'est une forte femme, s'écria Terry.

— Si vous saviez ! dit-il en riant. Notez qu'il fallait qu'elle ait du caractère pour élever quatre garçons. Mon père a fini par demander une affectation définitive à Beaufort et l'obtenir. Peu après il prenait sa retraite…

— Et aujourd'hui ?

— Il est décédé il y a quatre ans.

— Je suis désolée.

Il lui adressa un sourire pour la remercier de sa sympathie et enchaîna :

— Ma mère habite toujours la maison familiale de Baywater et est ravie que ses fils stationnent sur la base de Beaufort et puissent venir l'agacer chaque fois qu'elle en a envie.

— J'imagine que, tous, vous l'adorez.

— Difficile de ne pas l'aimer.

— Et votre frère aîné ?

— Liam ? Ah, le père Liam…

Aidan baissa les yeux vers elle. Une mèche de cheveux barrait la joue de la jeune femme. Sans réfléchir, il tendit la main et ramena la mèche rebelle derrière son oreille.

— Toute mère irlandaise rêve de pouvoir affirmer : « Mon fils est prêtre. » L'église de Liam, Saint-Sébastien, se trouve à Baywater. Ma mère est donc comblée. Pour l'instant. Jusqu'à ce que l'un d'entre nous soit affecté ailleurs.

— Même loin les uns des autres, vous formerez toujours une famille, affirma Terry avec une gravité inattendue.

De nouveau, il remarqua une ombre dans ses yeux. Et aussitôt il ressentit le besoin irrépressible de la rassurer. De chasser ces maudites ombres et faire renaître un sourire sur les lèvres de Terry. Il se retint, mais cette curieuse envie ne manqua pas de l'intriguer.

4

En fin d'après-midi, le vent se leva et le ciel se chargea de nuages. Alors qu'elle fermait la librairie à clé pour rentrer chez Donna, Terry tentait toujours de se convaincre qu'Aidan la laissait indifférente. Depuis leur conversation sur la plage, tout à l'heure, l'exercice devenait de plus en plus ardu.

Et pour cause.

Car il ne la laissait pas indifférente.

A cette pensée, un juron de dépit lui échappa, tandis qu'une bourrasque de vent soulevait sa chevelure. Inclinant la tête en arrière, elle scruta l'amoncellement de nuages gris ardoise qui semblaient jouer aux autos tamponneuses dans le ciel.

— L'orage monte, assura alors dans son dos une voix féminine et douce, non dénuée d'une pointe d'humour.

Terry se retourna pour se retrouver face à Selma Wyatt à qui elle adressa un beau sourire.

Agée d'au moins soixante-dix ans, Selma possédait des yeux bleu clair qui brillaient d'une vitalité que Terry lui enviait. La chevelure argentée de la vieille femme était tressée en une longue natte épaisse qui retombait du côté gauche de son visage. Elle portait une robe vaporeuse, de couleur jaune, qui lui arrivait aux chevilles et laissait apercevoir le bout de ses baskets violettes.

— Cela m'en a tout l'air, approuva Terry en jetant de nouveau un bref coup d'œil vers le ciel.

Selma hocha la tête et sa natte se balança tel un pendule sur son épaule.

— Je ne parle pas de cet orage-là, reprit la vieille dame.

— Oh, fit Terry en souriant gentiment. Vos cartes vous ont-elles livré des informations intéressantes ?

Selma tenait la boutique d'ésotérisme et spiritualité située juste à côté de Frog House. Bien que Terry n'ait jamais accordé grand crédit aux forces surnaturelles, elle ne doutait pas que Selma exerçât son métier avec sérieux, car son magasin ne désemplissait pas.

Cette dernière avait tout de suite adopté Terry. Elle l'avait invitée à déjeuner et l'avait présentée à toutes les personnes qu'elle connaissait. Elle lui avait même proposé une séance gratuite de tarots, mais cette dernière avait décliné l'offre. Si son futur ressemblait à son passé, elle préférait ne pas savoir ce qui l'attendait.

— Allons, ma chérie, répondit Selma, je n'ai pas besoin des cartes pour le savoir. C'est dans l'air, ne le sentez-vous pas ?

Un léger frisson parcourut le dos de Terry. Nul doute que Selma avait trop contemplé sa boule de cristal, aujourd'hui !

— Le seul orage que je sente, c'est celui qui monte de l'océan, lui assura-t-elle.

Selma lui adressa un sourire patient — le genre de sourire qu'un adulte adresse à un jeune enfant qui insiste pour lacer ses chaussures alors qu'il n'en est pas capable.

Penchant la tête sur le côté, elle déclara alors :

— Attendez juste une minute et vous allez comprendre…

Soudain impatiente et sentant surtout croître un malaise diffus en elle, Terry prit une profonde inspiration et s'efforça de demander avec calme :

— Attendre quoi ?

Ce fut alors qu'elle perçut un bruit. Un long et sourd

grondement qui enflait de façon inquiétante. Elle en eut presque la chair de poule.

Au-dessus de sa tête, un éclair trembla derrière les nuages. Etait-ce un avertissement ? L'annonce d'un danger imminent ?

Une seconde plus tard, le suspense prenait fin. Une moto venait de s'arrêter à sa hauteur. Dans la lumière du crépuscule, le chrome immaculé du deux-roues brillait de tous ses feux. Et sa peinture noire avait l'éclat du péché.

Comme dans un rêve, Terry vit Aidan descendre de l'engin.

— Le voici, l'orage dont je parlais, murmura Selma. Et il est de taille.

Mais ce fut à peine si Terry l'entendit.

Sa respiration s'était accélérée, et son cœur battait de façon désordonnée dans sa poitrine. Chaque cellule de son être avait de nouveau pris feu.

Aidan portait un jean délavé et les fameuses boots qu'il avait déjà aux pieds lors de leur première rencontre. Son T-shirt noir épousait étroitement sa musculature, et Terry frissonna en imaginant à quel point il serait agréable de se presser contre un corps si puissant. Des lunettes de soleil masquaient ses yeux. En revanche, il ne portait pas de casque.

Il avait l'air si… *dangereux*.

L'estomac de Terry se contracta et elle eut du mal à déglutir : un curieux nœud était venu se loger dans sa gorge. Soudain, Aidan lui sourit, et elle se sentit littéralement fondre, malgré tous ses efforts pour garder son calme.

— Bonsoir, madame Wyatt, dit-il d'une voix sourde.

— Aidan ! s'exclama Selma. Voulez-vous que je vous tire les cartes ?

— Non, merci, madame Wyatt, répondit-il dans un beau sourire. Vous savez bien que je préfère les surprises.

— Dans ces conditions, je vous laisse à vos surprises,

répondit-elle d'un ton malicieux avant de s'éloigner d'un pas tranquille.

Terry remarqua à peine son départ, l'esprit mobilisé par une question obsédante : était-il loyal qu'un homme fût aussi beau ? Et pourquoi fallait-il de surcroît qu'il roule à moto ?

— Terry !

Elle sursauta et revint sur terre, comprenant au son de sa voix qu'il avait dû répéter son nom plusieurs fois. Ce qui était fort embarrassant.

Décidant de cacher sa gêne derrière le masque de la colère, elle s'exclama :

— Que faites-vous ici, Aidan ?

A ces mots, il leva les yeux vers le ciel, et un long grondement de tonnerre se fit entendre, chargé de la promesse d'une belle averse. Il reporta alors son regard vers elle.

— J'ai pensé que je pourrais vous déposer chez Donna.

— Je peux tout à fait marcher, lui assura-t-elle en joignant le geste à la parole.

Plus vite elle mettrait de la distance entre Aidan et elle, mieux ce serait.

— Merci quand même, ajouta-t-elle avant d'accélérer l'allure.

Il lui emboîta le pas, faisant rouler sa moto à côté de lui.

— Il va pleuvoir d'un instant à l'autre, observa-t-il.

— Raison de plus pour que je me dépêche, répliqua-t-elle en s'appliquant à mettre un pied devant l'autre, sans avoir la sensation d'avancer bien vite.

Surtout, ne pas le regarder, ne cessait-elle de se répéter comme une incantation. Soudain, elle l'entendit rire.

— Etes-vous entêtée au point de préférer vous mouiller au lieu d'accepter que je vous raccompagne chez Donna ?

Elle lui jeta un regard oblique et répliqua :

— Je ne vois pas comment je serais protégée de la pluie sur une moto !

Un sourire éclaira alors le visage d'Aidan, creusant

dans sa joue la fameuse fossette à laquelle elle pensait bien trop souvent pour son équilibre mental.

— Soit ! concéda-t-il. Cependant, à moto, vous iriez plus vite. Et c'est bien plus grisant que la marche à pied sous la pluie.

— La lenteur peut aussi être grisante, répliqua-t-elle.

— Je vous l'accorde. Dans certains domaines, la lenteur est même préférable…

Elle manqua trébucher sous l'effet des images que cette remarque fit naître dans son cerveau. Et lui en voulut pour l'allusion embarrassante. Par ailleurs, avait-il volontairement baissé la voix ou étaient-ce les battements de son propre cœur qui assourdissaient les paroles d'Aidan ?

— N'avez-vous pas un rendez-vous quelque part ? finit-elle par demander d'un ton agacé. Une chose importante à régler ?

— Non, je suis libre comme l'air. Voilà pourquoi je peux vous raccompagner.

— Et votre pari ? lança-t-elle en s'arrêtant tout net pour lui faire face.

Avec une lenteur consommée, il retira ses lunettes qu'il accrocha au col de sa chemise et déclara :

— Je vous ai proposé d'enfourcher la moto… Pas le motard.

Elle étouffa un petit cri tandis qu'une vive bouffée de chaleur la submergeait et que de petits papillons noirs se mettaient à danser devant ses yeux.

Aspirant une longue bouffée d'air, elle décida de passer outre à la provocation. Et surtout de maîtriser ses propres hormones.

Elle ne recherchait pas une aventure, se rappela-t-elle avec fermeté. Et, même si cela avait été le cas, elle n'aurait pas jeté son dévolu sur Aidan Reilly, puisqu'il avait fait vœu de chasteté pendant quelque temps ! Aussi, quel intérêt de fantasmer sur lui ? D'ailleurs, elle était une adulte qui…

Soudain, une grosse goutte d'eau vint s'écraser sur son front.

Au fond, Aidan n'avait-il pas raison ? S'il la reconduisait chez elle sur cette machine aux vibrations peu catholiques, elle serait bien plus vite à l'abri que si elle s'entêtait à rentrer à pied.

Par pure nécessité, elle se voyait donc contrainte d'accepter sa proposition. Après tout, ils étaient amis à présent, elle pouvait consentir à ce qu'il lui fasse cette faveur.

Et, quant aux faveurs dont elle rêvait en secret, il n'avait pas besoin de les connaître.

— Très bien, dit-elle pour mettre un terme à son conflit intérieur, j'accepte que vous me raccompagniez. Et vous en remercie.

Il lui décocha un sourire ravageur.

Immédiatement, elle se raidit. Non ! se mentit-elle, ce sourire n'avait allumé aucun feu en elle. C'était une pure vue de l'esprit.

Comme les gouttes redoublaient d'intensité, Aidan ouvrit le coffre de la moto pour en sortir un casque noir qu'il lui tendit en disant :

— Mettez cela sur votre tête.

— Pourquoi dois-je porter un casque alors que vous-même n'en avez pas ? demanda-t-elle en prenant néanmoins ce qu'il lui tendait.

— Parce que ma tête est plus dure que la vôtre.

— Ne faites pas le pari, marmonna-t-elle avant d'enfiler le casque.

Une fois qu'elle eut fixé la lanière sous son menton, il déclara d'un air satisfait :

— Ce casque vous va très bien.

— Je n'en doute pas une seconde, répondit-elle en montant à l'arrière de la moto.

Heureusement qu'elle portait un bermuda aujourd'hui, et pas une robe, se félicita-t-elle en son for intérieur. Jetant un coup d'œil par-dessus son épaule, Aidan déclara :

— Tenez-moi par la taille et accrochez-vous bien !

Aidan fit alors vrombir le moteur et les trépidations se communiquèrent à tout son corps, provoquant en elle de bien curieuses sensations.

Et elle n'avait pas encore effleuré le motard !

— Bon, vous vous tenez, oui ou non ? s'impatienta-t-il.

Serrant les dents, Terry l'attrapa par la taille, sans passer ses bras autour de lui. Tenir son blouson par les côtés suffirait, pensa-t-elle avant de refouler la bouffée de chaleur ambiguë que lui valut le nouveau coup d'accélérateur d'Aidan.

Le feu au bout de la rue étant rouge, ils s'arrêtèrent après quelques mètres. Se tournant de nouveau vers elle, Aidan lui dit :

— Il faut vous tenir plus solidement à moi.

— C'est parfait ainsi, assura-t-elle.

Elle s'efforçait de ne pas penser à ses cuisses tout contre les siennes, ou aux vibrations de cette redoutable machine.

— Que se passe-t-il ? Etes-vous inquiète ?

— Pas du tout. Occupez-vous de la conduite, et je m'occupe de moi, d'accord ?

— A vos ordres ! dit-il en riant.

Le feu passa au vert, et il démarra en trombe, comme si tous les chiens de l'enfer étaient à leurs trousses.

— Hé ! s'écria-t-elle, avant de l'enlacer par la taille pour ne pas tomber.

Elle l'entendit éclater de rire, et sentit ce rire secouer tout le corps du beau motard. Oh, il pouvait bien se moquer d'elle ! Sa vie passait avant son amour-propre.

Ils descendirent l'avenue principale de Baywater, se faufilant entre les voitures qui avançaient au pas à cause des nombreux feux rouges. Quand ils prirent de la vitesse, le vent se mit à fouetter le visage de Terry et la pluie à piquer sa peau.

Ainsi qu'Aidan l'avait affirmé, la sensation était grisante. Un large sourire barra le visage de Terry : l'air était revigorant, tout comme la sensation de liberté et de vague danger que lui procurait ce tour à moto.

Cela faisait si longtemps…

Avant que sa vie ne devienne une suite monotone d'actions charitables, elle avait recherché ce genre de sensations fortes. A part la moto, elle avait pratiqué le parapente, la plongée, l'escalade, le saut à l'élastique…

Elle n'avait pas toujours possédé cet esprit téméraire, mais lorsque son monde s'était écroulé elle n'avait plus eu peur de rien. Elle avait changé d'existence pour vivre dans l'instant. Elle avait recherché les sports extrêmes afin de noyer sa souffrance dans la vertigineuse montée d'adrénaline qu'ils lui procuraient.

Cette fuite en avant avait tourné court cinq ans plus tôt, quand, un beau matin, elle s'était réveillée sur un lit d'hôpital, avec une jambe et un bras dans le plâtre. Elle avait alors compris que défier en permanence la mort, ce n'était pas vivre. Enfouir sa souffrance ne la faisait pas disparaître. La seule façon de vivre avec, c'était de se mettre au service des autres.

Depuis ce fameux matin, elle était devenue la championne de toutes les causes perdues. Dans le domaine, elle faisait figure de personnalité incontournable, à Manhattan et alentour. Elle était capable de collecter des fonds en un rien de temps et n'avait pas son pareil pour convaincre des archi-millionnaires de faire des dons qu'ils n'avaient jamais eu l'intention de faire, ou pour transformer une vente aux enchères à des fins caritatives en l'événement de l'année.

Et elle gérait le tout dans le plus grand calme, derrière un sourire impassible qui masquait la personne qu'elle était *réellement*.

Si son carnet d'adresses était impressionnant, elle avait très peu d'amis. Et ces amis, triés sur le volet, elle les considérait comme sa véritable famille — contrairement à celle à qui elle était unie par le sang.

Voilà pourquoi elle se retrouvait à Baywater, en Caroline du Sud, accrochée à la taille d'un beau gosse qui lui faisait faire un tour de moto sous la pluie.

Oui, tout cela, c'était à cause de Donna.

Depuis le moment tragique où, douze ans plus tôt, le monde de Terry s'était effondré, Donna avait toujours été là pour elle. Elle avait pleuré avec elle, l'avait consolée, puis soutenue contre sa famille. Donna Fletcher était le seul lien avec ce passé auquel Terry tenait comme à la prunelle de ses yeux.

— Comment ça va, à l'arrière ?

La question d'Aidan interrompit le fil de ses pensées et la fit sursauter. Allons, se rappela-t-elle, le passé était mort depuis longtemps.

— Très bien, cria-t-elle pour se faire entendre.

La pluie tombait toujours, comme si l'orage n'arrivait pas à trouver assez d'énergie pour éclater. Les lumières de la ville scintillaient comme des étoiles, irisant les gouttes de la pluie.

Une voiture les dépassa à vive allure, radio à tue-tête, les éclaboussant au passage. Pour se protéger, Terry enfouit la tête dans le dos d'Aidan. Puis, joue appuyée contre son T-shirt, elle regarda le paysage défiler d'un seul côté. Aux boutiques du centre-ville succédèrent des habitations, et bientôt des arbres longèrent la route côtière.

Les pulsations du moteur, les rafales de vent et de pluie, le corps chaud d'Aidan contre lequel elle se pressait, autant d'éléments qui contribuaient à l'hypnotiser… De sorte qu'il lui fallut une minute ou deux pour réagir.

— Hé, cria-t-elle en relevant la tête. Vous avez oublié de tourner à gauche pour aller chez Donna.

— Non, je n'ai pas oublié.

— Nous avons dépassé sa rue !

— Exact, mais je ne l'ai pas manquée.

— Que voulez-vous dire ? se récria-t-elle.

— Ne pouvez-vous donc pas profiter de la promenade sans vous énerver ?

— Dites-moi d'abord où nous allons !

Zut à la fin ! Elle avait relâché sa vigilance, et voilà ce qui arrivait. Elle n'aurait pas dû accepter sa proposition. Elle savait qu'elle commettait une erreur à l'instant même où elle était montée derrière lui.

Cela dit…

Quelle femme normalement constituée aurait été capable de refuser la proposition d'un beau Marine qui s'improvisait chevalier servant ?

— Aidan…

— Du calme, chérie.

— Ne m'appelez pas chérie !

Il se mit à rire et elle serra les dents.

Envolée, la magie de la promenade ! Elle sentait la fureur sourdre en elle, prête à se déchaîner.

Quand enfin il s'arrêta, elle ne prit pas le temps de regarder où ils se trouvaient, mais bondit à terre, retira son casque et lui fit face.

— Vous êtes complètement fou ! gronda-t-elle.

— Renouvelez votre répertoire. Vous me l'avez déjà dit cet après-midi, rétorqua-t-il avec indulgence.

Puis un sourire éclaira son visage. Un sourire ravageur qui eut le don de la désarçonner et de l'exaspérer à la fois, l'empêchant de répliquer.

— J'ai pensé que vous apprécieriez le paysage, poursuivit-il.

— Sous la pluie ?

Il tendit la main vers le ciel et haussa les épaules.

— Nous sommes sortis de son champ, il y a quelques minutes, fit-il.

Sourcils froncés, Terry leva la tête et constata qu'il disait vrai. Ils étaient assez éloignés de Baywater pour avoir laissé le bref orage d'été derrière eux. Ce fut alors qu'elle prêta attention à son environnement.

Ils se tenaient sur un promontoire, l'océan s'étendant

très loin au-dessous d'eux. La route était déserte, et bordée d'arbres imposants qui ployaient et remuaient sous le vent, comme s'ils dansaient au rythme d'une musique qu'eux seuls pouvaient entendre.

Elle redirigea son regard vers Aidan : il se trouvait juste à côté d'elle, absorbé dans la contemplation des eaux sombres et agitées en contrebas.

Dans le ciel, la lune encore timide disparaissait par intermittence derrière les nuages, comme si elle jouait à cache-cache avec eux.

— Avouez que la promenade en valait la peine, dit-il.

Terry promena son regard sur le panorama qui s'offrait à eux.

Force était d'en reconnaître la féerie. Les rayons de lune transparents dansaient sur l'eau, prêtant à l'écume des vagues une lueur phosphorescente, presque irréelle. Puis, le spectacle s'interrompait quelques secondes, lorsque les nuages passaient devant l'astre de la nuit, avant de recommencer.

— C'est magnifique, murmura-t-elle.

— C'est l'un de mes endroits favoris, dit-il en s'approchant du rebord de la falaise, équipé d'un garde-fou.

Agrippant la rambarde de sécurité, il ajouta :

— C'est ici que je viens me réfugier quand j'ai envie d'être seul.

Non sans réticence, elle se glissa à son côté et répondit :

— Si c'est un refuge, vous ne devriez pas y amener d'autres personnes, si ?

— En général, je ne le fais pas.

— Pourquoi avoir fait une exception à la règle pour moi ? demanda-t-elle en fixant le casque qu'elle tenait encore à la main.

— En voilà une question intéressante !

— Ce n'est pas une réponse.

Tournant le dos à la vue, il s'appuya contre le parapet.

Puis il croisa les bras sur sa poitine, la jaugea longuement et finit par admettre :

— Je n'en ai pas.

Terry dut lutter pour demeurer impassible sous l'impact du regard qui semblait enchaîné au sien. Avec courage, elle refoula les sournoises langues de feu qui menaçaient de consumer son être. Elle voulait continuer dans le registre de la colère, mais elle sentait que celle-ci s'évanouissait.

— Je voulais juste vous revoir, déclara Aidan à brûle-pourpoint.

— Pourquoi ?

Il émit un rire sec et répondit :

— Pour exorciser mes démons.

— Aidan, ce n'est pas une bonne idée, lui dit-elle en soupirant.

— Qu'est-ce qui n'est pas une bonne idée ?

— Ceci, dit-elle en désignant le paysage. Nous. Vous. Moi.

— Cela recouvre beaucoup de choses, dit-il, un sourire aux lèvres. Sauf ce que je ressens en ta présence…

— Aidan…

— Tu ressens la même chose, je le sais.

Là n'était pas la question ! eut-elle envie de crier.

Quant à ce tutoiement inattendu, il rajoutait à son supplice.

— Ce que nous ressentons n'a pas d'importance, affirma-t-elle en relevant un menton défiant, bien résolue à lui cacher son trouble.

— Pourquoi ?

— Parce que c'est le résultat d'un travail excessif de la part de nos hormones. Une sorte de « surchauffe », si tu préfères…

Le tutoiement était sorti malgré elle de sa bouche. Elle eut la sensation qu'une digue avait cédé. Mais elle se battrait jusqu'au bout.

— Et alors ? Où est le problème ? demanda-t-il.

— Pour l'amour du ciel, Aidan, nous ne sommes plus des lycéens !

— Je ne vois pas le rapport.

Ah bon ? Eh bien… Elle n'était pas en mesure de le lui expliquer ! Son cerveau n'était plus en état de marche, son corps ayant désormais pris les commandes de la situation.

Secouant la tête, Aidan reprit :

— Il se passe quelque chose entre nous, Terry.

— Ce n'est pas possible, protesta-t-elle, consciente de la vanité de sa réponse.

Il se mit à rire, et le son rauque de son rire la remplit d'une telle chaleur qu'elle en oublia la fraîcheur du vent vespéral.

— Et pourquoi donc ? s'enquit-il.

— Tout d'abord, à cause de ton pari, il ne peut rien se passer entre nous.

— Tu te méprends sur mes propos, je ne parlais pas de sexe, objecta-t-il avec un petit sourire moqueur.

— Ah bon ? fit-elle, déroutée.

— Est-ce de la déception que j'entends dans ta voix ? renchérit-il sur le même ton.

— Bien sûr que non ! protesta-t-elle. Juste… de la confusion.

— Que les choses soient bien claires : je n'ai pas oublié mon pari. Dans un peu moins de trois semaines, je serai le champion des Reilly, lança-t-il.

— Est-ce si important pour toi ? demanda-t-elle, intriguée par son esprit de compétition.

— Et comment ! Je vais enfin pouvoir tenir la dragée haute à mes frères.

— Quelle preuve de maturité ! ironisa-t-elle.

Un sourire mystérieux éclaira le visage d'Aidan qui déclara alors :

— Peu importe ! Toujours est-il que je ne parlais pas

de sexe… Même si je suis heureux que tu aies abordé le sujet.

— Oublie ! dit-elle en lui lançant le casque qu'elle tenait toujours à la main.

Il rattrapa le projectile d'une main habile pendant que Terry poursuivait :

— Contrairement à ce que tu as l'air de croire, je ne tiens pas à ce que tu perdes ton pari. Je ne recherche pas une aventure d'été, tu sais.

— Rassure-toi, je ne vais pas le perdre, déclara-t-il avec assurance. Et qui te dit que je tiens à être ton flirt ?

Ces paroles à peine prononcées — et en toute contradiction — il se rapprocha d'elle.

— Parfait, fit-elle, méfiante, sans comprendre la logique de sa manœuvre.

— Cependant…

— Objection refusée !

— Cependant, répéta-t-il en se rapprochant encore, deux personnes peuvent prendre du bon temps ensemble sans forcément faire l'amour.

Reculant d'un pas, elle déclara :

— Arrête ! Tu souffles le chaud et le froid sans savoir ce que tu dis, ni ce que tu fais.

— Alors nous sommes sur la même longueur d'onde, Terry…

— Pardon ?

A cet instant, une rafale de vent rabattit les cheveux de Terry sur ses yeux. Elle les repoussa d'un geste vif. Elle ne voulait pas le lâcher du regard une seule seconde. Une vigilance de tous les instants s'imposait.

Aidan laissa tomber le casque à terre et le regarda rouler jusqu'à ce que la moto le bloque dans sa trajectoire. Puis, avec lenteur, il releva les yeux vers Terry — avant de la saisir d'autorité par les hanches.

— Aidan ! protesta-t-elle.

Penchant la tête vers elle, il lui décocha un sourire langoureux, et lui ordonna dans un murmure :

— Tais-toi, Terry !

Puis il posa les lèvres sur les siennes.

5

Aidan n'avait pas prévu de l'embrasser.

D'ailleurs, il n'avait pas prévu de la voir ce soir.

Après avoir quitté la base, il avait filé directement au Off Duty, un bar où se retrouvaient les Marines de la ville. Il avait bu une bière, puis disputé quelques parties de billard avec un sergent-chef qui avait plus d'argent que d'habilité au jeu. Il avait ensuite plaisanté avec quelques amis et offert un verre à un officier de tir qui partait en mission à l'étranger — puis il était reparti, découragé, car il ne parvenait pas à se distraire.

Son esprit était ailleurs.

Avec Terry Evans.

Elle avait occupé ses pensées toute la journée. Son visage le hantait, son sourire mettait à mal sa résistance, son caractère l'intriguait. Depuis midi, c'est-à-dire depuis qu'il l'avait aperçue de la jetée et qu'il avait plongé pour la rejoindre, il n'avait pas pu chasser son image de son cerveau. Et ce n'était pas faute d'avoir essayé !

Et maintenant, alors qu'il unissait sa bouche à la sienne, il sentait que l'emprise que Terry exerçait sur lui venait encore de se renforcer.

Le goût de sa bouche allié à la chaleur de son corps contre le sien le submergeait de sensations qu'il n'avait encore jamais expérimentées.

Et il voulait les explorer plus avant !

Il la tenait enlacée tout contre lui, laissant ses mains courir dans son dos. Des mains qui avaient retracé la ligne de sa colonne vertébrale, avant de venir se plaquer au bas de ses reins.

Terry ne lui avait opposé aucune résistance quand il avait mêlé, dans un élan impérieux, sa langue à la sienne. Il était si impatient de découvrir ses secrets, se délectant des impressions nouvelles qui faisaient vibrer son être.

Toutes les parties de son corps épousaient à présent celui de la belle Terry. Et pourtant, cela ne lui suffisait pas. Il en voulait davantage.

Trop de semaines de chasteté, pensa-t-il, farouche, en détachant sa bouche de la sienne pour faire glisser ses lèvres le long de son cou. Il avait été frustré pendant trop longtemps du goût d'une femme, de sa chaleur. C'était une réaction à une période de privation, voilà tout.

Vraiment ?

Non, s'avoua-t-il en titillant son épaule de la pointe de sa langue et en la sentant frémir sous ses caresses. Non, ce n'était pas tout. Il avait déjà été en manque, mais jamais il n'avait éprouvé un semblable désir. En l'occurrence, il ne s'agissait pas de satisfaire un besoin physique.

C'était Terry qu'il désirait, pas une autre.

— Aidan…

Il l'entendit à peine tant ses oreilles bourdonnaient sous l'effet de l'excitation. Son cœur tambourinait dans sa poitrine et, dans ses veines, son sang courait au rythme de la passion aveugle qui s'était emparée de lui.

— Aidan !

Hagard, ce dernier releva la tête…

— Terry, murmura-t-il en effleurant son visage du bout des doigts.

Elle ferma les yeux, la respiration saccadée.

— Nous n'aurions pas dû, finit-elle par dire d'une voix si faible que le vent la recouvrit en partie.

Il émit un rire forcé.

— Il m'avait pourtant semblé que cela t'avait plu…

— Il ne s'agit pas de cela, dit-elle en s'écartant de lui.

Il laissa retomber ses mains le long de son corps et serra les poings pour retenir la sensation de la peau de Terry sur le bout de ses doigts. Déjà, il éprouvait de la frustration pour sa peau si douce, si satinée. Déjà, son goût lui manquait.

Quelque part au fond de son cerveau, des sonnettes d'alarme tentaient de le réveiller, mais il les ignorait. Son cœur battait toujours aussi violemment, et il n'avait pas encore recouvré son souffle.

En contrebas, l'océan mugissait, ses lames venant se briser contre la falaise. L'orage menaçait toujours. Sur la route, une voiture solitaire passa, engloutie bien vite par l'obscurité. Un vent plus frais se mit à souffler, les enveloppant, les attirant de nouveau l'un vers l'autre.

— Aidan, déclara Terry avant de repousser les mèches folles qui lui tombaient sur les yeux, je pense que tout cela est dangereux.

— Le danger donne du piment à la vie, répliqua-t-il, un sourire aux lèvres.

Un petit rire nerveux échappa alors à Terry. Détournant les yeux pour fixer l'océan, elle lui dit :

— Heureusement que nous ne nous sommes pas rencontrés cinq ans plus tôt !

Intrigué, il fit un pas dans sa direction.

Elle recula avec méfiance.

— Pourquoi ? demanda-t-il.

A cette question, elle braqua ses grands yeux verts dans sa direction. Des yeux qui brillaient avec une intensité renouvelée sous la lueur de la lune.

— Autrefois, expliqua-t-elle, tu aurais trouvé en moi une partenaire hors pair, en matière de danger.

— Vraiment ? fit-il dans un sourire mi-amusé, mi-sceptique.

Celui de Terry, en revanche, avait disparu et son visage s'était assombri. De nouveau, elle laissa dériver son regard vers les eaux noires et mouvantes qui s'agitaient à leurs pieds, puis se rapprocha du parapet. S'agrippant à la rambarde de sécurité, le visage fouetté par le vent, elle énuméra :

— Parapente, plongée, escalade…

— Toi ? Une amatrice de sensations fortes ?

Perplexe, il tenta de l'imaginer en train de traverser la vie à cent à l'heure, pour une poussée d'adrénaline… En toute sincérité, il n'y parvenait pas.

— C'était il y a longtemps, précisa-t-elle.

S'appuyant à son tour contre la balustrade, Aidan la regarda d'un air songeur avant de demander :

— Pourquoi les choses ont-elles changé ?

Elle se pencha un peu en avant et s'abîma un instant dans la contemplation de l'océan, comme si elle souhaitait échapper à la conversation.

— C'est moi qui ai changé, finit-elle par dire.

— Dommage…

— Ta réaction ne me surprend pas.

— Quel mal y a-t-il à consumer sa vie à cent à l'heure ? demanda-t-il.

— Aucun, je suppose. Si tant est qu'il s'agit de courir et non de fuir.

— Fuir quoi ?

La question avait fusé malgré lui.

Comment en étaient-ils arrivés à cette discussion ? se demanda-t-il alors. Une minute plus tôt, il la tenait dans ses bras, dégustait son souffle, capturait ses soupirs, la sentait toute tremblante et émue contre son torse.

A présent, alors qu'elle se tenait à un mètre de lui à peine, elle lui semblait à mille lieues.

— La vie ? proposa-t-elle, comme si ce n'était pas elle qui était censée donner la réponse.

La tristesse empreignait ses traits et, même dans la

pénombre de cette soirée orageuse, alors que la lune était en partie recouverte par les nuages, il devinait de petits cernes sous ses yeux. Il eut la brusque envie de la reprendre dans ses bras, tout en comprenant d'instinct qu'elle le repousserait s'il tentait quoi que ce soit.

— Veux-tu en parler ? demanda-t-il avec douceur.

Elle leva les yeux vers lui, parut réfléchir, puis répondit :

— Non, je n'y tiens pas.

Sa réponse le contraria.

Il aurait tant voulu savoir ce qui ombrageait son beau visage ! Quel événement passé avait donc marqué sa vie au point que, des années plus tard, son seul souvenir ait encore le pouvoir de la faire souffrir ?

Jusque-là, Aidan avait mis un point d'honneur à maintenir ses relations avec les femmes à un niveau superficiel. Dans la mesure où il ne recherchait pas la femme idéale qui rimerait avec toujours, mais juste des partenaires, à quoi bon approfondir ? En ne créant aucune intimité, il ne craignait pas l'aliénation de sa liberté, tel était du moins son raisonnement.

Le concept du mariage lui était toujours demeuré étranger. Il y avait tant de femmes sur cette terre, et la vie passait si vite ! Aidan aimait agir avec la rapidité de l'éclair… et s'éclipser avec la même promptitude.

Peu importait que Connor et Brian soient récemment tombés sous le charme de deux femmes adorables et mènent désormais une vie confortable d'hommes mariés. Il se fichait d'être le seul célibataire du trio. Au contraire, il revendiquait avec fierté son statut, telle une bannière.

Par conséquent, pourquoi voulait-il soudain connaître les secrets de Terry Evans ? En quoi les raisons de sa tristesse le concernaient-elles ? Ce n'étaient pas ses affaires ! Et cela ne devait pas l'affecter.

En théorie…

— Je crois que tu devrais me reconduire chez moi, déclara soudain Terry.

Cette phrase ramena Aidan à la réalité.

Allons, c'était sans doute mieux ainsi, conclut-il, avant de s'entendre dire :

— Encore en fuite ?

A ces mots, Terry se raidit et fronça les sourcils.

Bravo, Reilly, pensa-t-il, consterné. Bien joué ! Levant aussitôt les mains en signe de capitulation, il esquissa un faible sourire et ajouta :

— Oublie ce que je viens de te dire. C'était stupide de ma part.

— Entendu. On y va ?

— Bien sûr.

Passant son bras sous le sien, il la conduisit jusqu'à la moto. Puis il se pencha pour ramasser le casque et le lui tendit. Elle s'en empara et, le serrant entre ses paumes, se mit à fixer l'objet d'un air dubitatif.

— Ecoute, Aidan, à propos de ce baiser…

Il enfourcha la moto puis, tournant vers elle un visage traversé par un sourire rassurant, il lui assura :

— C'était juste un baiser, chérie. Pas la fin du monde.

— Tu as raison, admit-elle en mettant son casque.

Elle attacha la lanière et monta derrière lui.

— Juste un baiser, ajouta-t-elle d'un ton plus bas.

Elle aligna alors ses cuisses contre les siennes, passa ses bras autour de sa taille et se serra contre son dos.

Aidan mit la moto en marche, fit bruyamment ronfler le moteur et fila vers Baywater. La menace de l'orage planait toujours.

Juste un baiser, pensa-t-il, mâchoires serrées.

Pas de quoi s'inquiéter.

— Eh bien, quel est le problème ?

Aidan défia son frère aîné du regard, avant de lui envoyer le ballon.

— N'as-tu donc pas écouté ce que je te racontais ?

Liam éclata de rire, attrapa le ballon, puis se mit à dribbler sans grande conviction, en gardant un œil sur son frère.

— Si tu veux parler de cette histoire un peu confuse que tu me racontes depuis une demi-heure, oui, je l'ai écoutée, répondit-il.

Aidan poussa un juron étouffé, puis se pencha pour prendre la bouteille d'eau, à l'abri de la chaleur, dans l'herbe. Il en avala une longue rasade, espérant que l'eau fraîche calmerait le feu qui le consumait depuis qu'il avait déposé Terry devant le domicile de Donna, la veille au soir.

Douces illusions !

Il fallait dire que le temps n'y mettait pas du sien. Il faisait terriblement chaud. Chaud et humide. L'air était épais, étouffant. Des nuages gris passaient avec lenteur dans le ciel et, de temps à autre, de chaudes bourrasques balayaient la ville. C'était l'automne, c'est-à-dire la saison des ouragans dans le sud des Etats-Unis.

Aidan scruta le ciel avec attention. Il avait l'impression que l'ouragan qui montait de la mer allait bientôt donner l'assaut. Ce qui signifiait que l'unité de secours des Marines allait être en alerte vingt-quatre heures sur vingt-quatre. Pas uniquement pour les sauvetages en mer, mais aussi pour des opérations menées en collaboration avec la police locale. Dans les cas d'urgence, les gens se fichaient de savoir qui les sauvait — pourvu que quelqu'un vienne à leur secours.

En règle générale, la police maritime assumait l'essentiel du travail lié aux dégâts engendrés par l'ouragan. Oui, mais voilà : l'unité la plus proche de Baywater se trouvait à Savannah. Aussi l'armée jouait-elle un rôle essentiel dans la bourgade.

Lors du dernier ouragan, de copieuses pluies s'étaient abattues sur la ville, mais Baywater n'avait subi aucun dommage grave. Aidan espérait que cette fois-ci la ville bénéficierait de la même clémence.

— Tu es inquiet à cause de l'orage, n'est-ce pas ? demanda Liam, arrachant son frère à ses pensées.

— Un peu. Selon les prévisions météorologiques, c'est la Caroline du Nord qui devrait être touchée, mais mon intuition me dit que nous n'allons pas être tout à fait épargnés.

A son tour, Liam leva les yeux vers le ciel et déclara :

— Je déteste souhaiter que le malheur frappe les autres.

— Il faut espérer qu'il épargne les tiens, c'est différent, rétorqua Aidan.

Il reboucha la bouteille d'eau et la replaça dans l'herbe qui bordait l'allée menant au presbytère — une allée qui servait aussi de terrain de basket aux frères Reilly. Le quatuor y disputait de régulières parties animées.

— Bon, pour revenir à notre conversation... Quel conseil me donnes-tu, père Liam ? Tu es prêtre, bon sang ! Dis-moi quelque chose de sensé !

Liam se mit à rire, puis prit son élan pour viser le panier de basket. Gagné ! Il n'avait même pas touché le rebord. Satisfait, il courut derrière le ballon qu'il lança alors à son frère.

— Quel genre de conseil attends-tu de moi, Aidan ?

— Des conseils réconfortants !

— Depuis quand as-tu besoin de réconfort en ce qui concerne les femmes ? ironisa Liam.

Son aîné ne lui épargnerait donc aucune humiliation. Rongeant son frein, Aidan répondit :

— Depuis quelques jours ! Cela te convient-il comme réponse ?

— Résumons, reprit Liam. Terry, l'amie de Donna, te donne du fil à retordre, n'est-ce pas ?

— Je n'ai pas dit cela.

— C'est pourtant ce que j'ai compris.

Mais pas du tout ! voulut crier Aidan. Liam résumait la conversation de façon plus que sommaire. Aidan s'était bien gardé d'une telle affirmation, lui qui abordait le sujet avec des pincettes. Force lui était néanmoins de constater que son aîné avait la capacité de lire dans son cœur…

— Que puis-je te dire ? reprit Liam.

— C'est toi le prêtre, tu dois savoir !

Liam se mit à rire, effectua deux ou trois dribbles puis lança le ballon à son frère. Ce dernier le rattrapa au vol et le garda serré contre lui.

Toute la nuit, il avait pensé à Terry. Au baiser qu'ils avaient échangé. A son beau visage levé vers lui, dans le clair de lune. Aux ombres qui troublaient ses yeux… Toute la nuit, il s'était fait le reproche de ne pas être resté à ses côtés. De ne pas avoir insisté pour obtenir des révélations de sa part. Il était toujours salvateur de confier ses soucis à autrui.

Sa confusion était telle que, à la première heure, il s'était rendu au presbytère, en quête d'un peu de compassion de la part de Liam. Et, pour l'instant, il n'en avait pas encore reçu.

Profitant du répit pour se désaltérer à son tour, Liam déclara alors :

— Si tu es perturbé, Aidan, c'est parce que, auparavant, tu ne t'es jamais intéressé à une femme. La seule chose qui te préoccupait, c'était de l'attirer dans ton lit.

— Ah bon ? C'est tout ce que tu trouves à me dire ? C'est ce qu'on t'a appris au séminaire ?

— Ce n'est pas contre moi que tu es en colère, Aidan, lui rétorqua Liam avec sa tranquillité habituelle.

— Curieux ! J'en ai pourtant l'impression.

— C'est contre toi.

Génial ! Si c'est pour entendre cela que je me suis levé à l'aube…

Dépité, il lança avec force le ballon à son frère, puis se pencha pour ramasser son T-shirt qu'il enfila promptement, les yeux toujours rivés sur Liam.

— Ne veux-tu pas savoir pourquoi tu es en colère contre toi-même ?

— Eclaire-moi, grand clerc ! ironisa Aidan.

— Parce que Terry ne te laisse pas indifférent. Et que cela te déplaît.

Aidan sentait bien que son aîné n'était pas loin de la vérité, mais il ne voulait pas lui donner la satisfaction d'avoir raison.

— Ne commence pas à fantasmer sur une pseudo-histoire d'amour. Je la connais depuis quelques jours à peine.

Essuyant son front avec sa manche, Liam répliqua :

— Et alors ? L'amour est-il déterminé par le temps ?

— Tu es à côté de la plaque, Liam.

— Peut-être…

— Il n'y a rien du tout entre nous, assura-t-il d'un air obstiné.

A part une extraordinaire alchimie sexuelle… et une curiosité inassouvie de sa part, ajouta-t-il en son for intérieur.

— Que fais-tu ici alors ?

— Je me suis fait violence pour venir, tu peux me croire !

— La vérité, c'est que tu ne veux pas que je te donne *mon* avis, mais un avis qui corresponde au tien.

— Je n'arrive pas à comprendre pourquoi Brian, Connor et moi venons toujours te demander des conseils au sujet des femmes, déclara alors Aidan. Tu n'en as pas fréquenté depuis quinze ans !

— Et toi, sans être prêtre, tu ne te gênes pas pour donner ton avis sur l'église et la religion, répliqua Liam.

— Bien vu ! admit Aidan.

— Que tu veuilles mon conseil ou non, je vais tout de même te le donner, déclara Liam.

Il se mit alors à dribbler pour mieux réfléchir et bien peser ses mots. Enfin, il leva les yeux vers son cadet et dit d'un ton résolu :

— Tu détiens une opportunité formidable, Aidan.

— C'est-à-dire ?

— Pour une fois, tu as l'occasion de faire connaissance avec une femme hors de ton lit. Il se peut même que tu te mettes à l'apprécier.

— Je l'apprécie déjà, marmonna Aidan.

Et il regretta aussitôt l'aveu.

— Tu vois ? Tout n'est peut-être pas perdu pour toi, dit Liam dans un grand sourire.

Puis il ajouta :

— Dis-moi, as-tu l'intention de tenir jusqu'à la fin du pari ?

— Naturellement ! se récria son frère.

— Hum, hum, fit Liam. A propos, j'ai acheté les bas résille pour Connor et Brian.

En entendant ces mots, Aidan se détendit. Et se mit à rire en imaginant ses deux frères déguisés en femmes.

— Parfait !

— Et comme on ne sait jamais ce qui peut arriver dans la vie, j'en ai pris aussi pour toi, ajouta Liam, perfide.

— Ne compte pas là-dessus ! protesta Aidan. Je ne ferai pas partie du défilé.

— Nous en reparlerons. Il te reste encore deux semaines à tenir.

Avant qu'Aidan n'ait le temps de répliquer, un roulement de tonnerre se fit entendre dans le ciel, tandis qu'une violente bourrasque agitait le feuillage des arbres. Il leva les yeux vers le ciel…

— Qu'en penses-tu ? s'enquit Liam.

— Je me demande si nous allons avoir la même chance que la dernière fois.

— Es-tu de permanence ?

— Toujours, pendant la saison des ouragans.

Il priait pour que le gros de l'ouragan épargne la ville, même s'il savait que les vents et la pluie redoutables qui l'accompagneraient causeraient malgré tout des dommages collatéraux.

— Il faudrait être bien inconscient pour prendre la mer avec un temps pareil, déclara Liam.

— Détrompe-toi ! Il y aura toujours des petits malins pour croire que l'ouragan ne les concerne pas.

C'était, hélas, fréquent. Les gens ne s'imaginaient jamais que les choses pouvaient mal se terminer pour eux. N'était-il pas bien connu que les catastrophes frappaient toujours le voisin ?

Soucieux, Aidan ajouta alors :

— Je peux te parier qu'en ce moment même il y a sur l'océan des navigateurs qui auraient mieux fait de rester au port.

6

— Oh non ! s'écria Terry.

Mal lui avait pris de quitter la maison ! Elle tourna de nouveau la clé de contact… Seul le bruit pitoyable d'un moteur qui ne veut pas démarrer se fit entendre.

— Je n'arrive pas à le croire, maugréa-t-elle en scrutant l'océan houleux.

Rejetant ses cheveux en arrière, elle regarda avec une attention soutenue dans la direction de Baywater…

Impossible de distinguer la côte.

Un vertige se saisit alors de son être et son premier réflexe fut de prier pour que son bateau ne se mette pas à vaciller, comme elle en ce moment. Le maudit engin l'avait conduite à des kilomètres du rivage, et brusquement, le moteur avait lâché. Maintenant, elle n'avait plus qu'à espérer que la coque de cette malheureuse embarcation soit plus solide que le moteur.

Pourquoi avait-elle pris la mer ? ne cessait-elle de se reprocher.

Elle était restée éveillée toute la nuit, incapable de fermer l'œil sans être happée par le maelström d'émotions qu'Aidan Reilly avait fait naître en elle.

Tout avait commencé avec les trépidations de sa moto. Puis la situation s'était aggravée lorsqu'elle s'était retrouvée blottie contre son corps si chaud, sur le porte-bagages.

Cela faisait si longtemps qu'elle n'avait pas ressenti une telle griserie, n'avait pas fait vibrer en elle la fibre de l'aventure. Dans sa naïveté, elle avait cru que le besoin ou l'envie pour ce genre de sensations lui était passé de manière définitive.

Or, une fois dans le contexte, elle n'avait pas pu résister à la tentation.

Peut-être aurait-elle dû maudire Aidan pour avoir rallumé en elle ce goût du risque. Pourtant, à la réflexion, elle lui en était plutôt reconnaissante.

Et puis il y avait eu le baiser…

Fermant les yeux, Terry s'abandonna au souvenir des merveilleuses émotions qu'il lui avait procurées.

C'était un baiser extraordinaire, qui l'avait remuée jusqu'au fond de l'âme, avait fait craquer son cœur, fondre tout son être. Chaque parcelle de son corps était en alerte, en réclamait davantage. Aidan avait éveillé en elle bien autre chose que la quête d'aventure. Il lui avait fait prendre conscience qu'il y avait une éternité qu'elle n'avait pas ressenti d'émotions…

Terry rouvrit les yeux. Assez rêvé, pensa-t-elle en examinant de nouveau la mer, à la recherche de la trace d'un autre bateau. D'un navigateur dont elle pourrait attirer l'attention.

En vain.

Elle était seule au milieu de l'océan.

Et tout cela, c'était la faute d'Aidan !

Peu avant l'aurore, elle avait renoncé à l'idée de dormir et cédé à l'envie urgente de se lever afin de s'occuper l'esprit. Elle avait alors pris le chemin du port pour louer un bateau dans une agence de location. Et déboursé une coquette somme d'argent afin de pouvoir naviguer pendant plusieurs heures d'affilée.

Elle désirait se retrouver sur l'immensité de l'océan, sentir le vent du large sur son visage, les embruns sur sa peau. En d'autres termes, goûter la grisante sensation de la liberté.

Pourquoi avait-il fallu que ce fichu bateau tombe en panne ? La barbe ! Allumant la radio, elle s'empara du combiné.

— Ceci est un S.O.S., annonça-t-elle.

Elle relâcha le bouton et écouta…

Rien ! Pas le moindre grésillement. Elle changea d'onde, tournant l'aiguille du cadran comme s'il s'agissait d'une roue de la fortune.

Toujours rien.

Au fond, quoi de surprenant ? Si le moteur ne fonctionnait pas, il fallait être bien naïve pour croire que la radio marcherait.

Comme elle se maudissait de ne pas avoir vérifié l'état du bateau avant de prendre la mer ! De ne pas avoir mis toutes les chances de son côté.

Soudain, elle se souvint qu'elle avait emporté son téléphone cellulaire. Abandonnant la radio, elle se mit à fouiller avec frénésie dans son sac à dos et finit par trouver l'appareil.

Le cœur battant, elle composa le premier numéro qui lui vint à l'esprit : celui des sapeurs-pompiers.

— Quelle est la nature de votre problème ? s'enquit une voix féminine au bout d'une sonnerie.

Ouf ! Qu'il était bon d'entendre une autre voix que la sienne !

— Bonjour. Ici, Terry Evans. Je suis en panne au milieu de l'océan, à quelques kilomètres de Baywater. Mon moteur ne veut plus redémarrer et la mer…

Elle jeta un bref coup d'œil aux vagues écumantes que soulevait un vent à la force inquiétante. Elle reprit rapidement :

— La mer est très agitée.

— Le nom du bateau ?

— *Proue mouillée*, répondit Terry en levant les yeux

au ciel devant ce nom ridicule. Pourriez-vous prévenir la police maritime afin que…

— Il n'y a pas de police maritime dans les environs, madame, lui répondit son interlocutrice. Nous allons néanmoins vous envoyer des secours. Tenez bon.

Elle avait besoin d'aide. Et au plus vite, vu l'état du ciel. Que n'avait-elle vérifié la météo avant de louer le bateau ! C'était la première préoccupation de tout navigateur. Mais, ce matin, elle était bien trop perturbée pour faire preuve de logique. Bien trop agitée.

— Parfait, merci, dit-elle en hochant la tête comme si son interlocutrice se trouvait en face d'elle. Pouvez-vous leur dire de venir le plus…

Et zut ! Sa correspondante avait déjà raccroché.

De nouveau, Terry se retrouvait seule. Elle remit le téléphone dans son sac à dos, et écarta les pieds pour garder l'équilibre tandis que de fortes vagues venaient se briser contre la carcasse à demi rouillée de son embarcation.

Tenir bon ?

Avait-elle le choix ?

— C'est un des bateaux de Bucky, cria Monk. Le malheureux qui a loué l'embarcation n'a même pas pu utiliser la radio, car elle ne marchait pas. Il a appelé les secours de son portable.

Aidan poussa un soupir de dégoût et répondit :

— Je ne comprends pas que les bateaux de ce type soient encore autorisés à naviguer. Ils représentent un véritable danger.

Monk opina du chef et déclara :

— Il serait urgent de faire fermer l'agence de ce vieux fou.

— Ah, reprit Aidan d'un ton de dérision, sans lui pour louer des bateaux les jours de tempête, nous serions au chômage technique.

Monk lui adressa un triste sourire. Il avait une carrure de sumo et affichait en permanence l'air d'un homme qui vient juste de perdre son meilleur ami. Tendant sa ceinture de sécurité au maximum, il se pencha de façon bien téméraire par la porte ouverte pour examiner l'océan et déclara, par-dessus le vacarme des hélices :

— Les éléments se déchaînent, en bas.

Aidan regarda à son tour la mer démontée et écumante. La tempête couvait dans l'Atlantique et se rapprochait. Même l'hélicoptère était secoué par les bourrasques. Dans un jour ou deux, il se pouvait que l'ouragan s'abatte sur les côtes et les habitants de Baywater en seraient quittes pour évacuer la ville.

— Cela s'annonce mal, dit encore Monk.

— Du calme. Ce n'est pas toi qui vas plonger, lui rappela Aidan.

— Encore heureux ! Pour rien au monde je ne plongerais dans le royaume des poissons. Il faut être fou pour s'y risquer.

— Beaucoup de gens ont peur de quitter la terre ferme pour voler aux côtés des oiseaux, alors que toi tu y trouves un réel plaisir, répliqua Aidan.

— Je ne comprendrai jamais mes semblables, maugréa Monk, tout en mettant un chewing-gum dans sa bouche. Ils vont nager parmi les requins, louent de minuscules embarcations pour naviguer à côté des baleines, mais ils ont peur de prendre l'avion, alors que là, on est dans le domaine de la science précise : l'aéronautique.

Secouant la tête, il ajouta :

— Tout cela n'a aucun sens.

— On arrive bientôt à leur hauteur, lâcha Aidan. On y sera dans une demi-minute.

De nouveau, Monk se pencha dangereusement à l'extérieur et confirma :

— Oui, nous y sommes. Par chance, le bateau n'a pas coulé. Que Bucky aille au diable ! Je suis sûr qu'en bas il y a une armée de requins qui attendent leur heure pour entrer en action.

— Monk ! Arrête de gémir ! ordonna Aidan en éclatant de rire.

Il vérifia alors son costume de plongée, ajusta son masque...

— Vise juste pour le panier, O.K. ? Je ramène les passagers et Bucky pourra toujours venir récupérer son bateau s'il en a envie.

— L'avarice pourrait le pousser à prendre la mer pour ne pas perdre un bateau.

De nouveau, Aidan se mit à rire. Puis il s'avança sur le seuil de la porte ouverte. Monk rapprocha l'hélicoptère de la surface de la mer, puis tenta de le stabiliser, ce qui n'était pas tâche aisée en raison du vent. Aidan repéra très vite la petite embarcation perdue au creux des vagues. Il fit un signe de la main à Monk et sauta.

C'était l'instant le plus grisant de l'opération.

Pendant quelques secondes, il volait... Aussi libre qu'un oiseau, aussi léger que l'air. Le vent sifflait sans relâche alentour. Entre ciel et terre, il se sentait plus vivant que jamais.

Puis il heurta la surface de l'eau et, comme d'habitude, le choc glacé le transit. Ensuite, l'obscurité le happa et le retint quelques secondes dans ses profondeurs au calme étrange, surnaturel, effrayant. Mais déjà, il agitait les pieds dans l'eau pour remonter à la surface.

Il émergea à quelques mètres du bateau — un bateau prêt à rendre l'âme.

Comment se faisait-il que Bucky soit autorisé à louer de telles épaves ? s'indigna-t-il en silence.

En quelques brasses énergiques, il atteignit la coque à laquelle il s'agrippa. Lorsqu'il leva les yeux pour saluer les naufragés, son sourire se figea sur ses lèvres...

— Terry ?

— Toi ici ? s'exclama la jeune femme, abasourdie.

— Crois bien que je suis aussi surpris que toi de te trouver là !

Aidan fit alors un geste de la main à Monk. Une seconde plus tard, ce dernier envoyait le treuil de sauvetage.

Tournant le visage vers Terry, Aidan demanda :

— Quelle mouche t'a piquée de prendre la mer aujourd'hui ?

Rejetant ses cheveux dans son dos, elle le jaugea de toute sa hauteur. Entendre des reproches alors qu'elle avait failli mourir… Elle pinça les lèvres, comme si elle refusait de répondre, puis finit par dire :

— J'avais envie de voguer un peu.

— Voguer ? se récria-t-il. As-tu écouté les informations, dernièrement ?

— Non, admit-elle du bout des lèvres.

— J'en étais sûr ! Donc, tu n'as pas entendu parler de l'ouragan Igor ?

— L'ouragan ?

Partagé entre la surprise et la fureur, Aidan commanda d'un ton autoritaire :

— Rassemble tes affaires, nous rentrons au port.

— Et le bateau ?

— Bucky se chargera de rapatrier son épave s'il en a envie.

— Comment sais-tu que j'ai loué ce…

— Seul Bucky loue des bateaux qui datent de Mathusalem ! Bon, on y va ? demanda-t-il en attrapant le panier de sauvetage.

En une seconde, Terry rassembla ses affaires. Elle était prête à le suivre au bout du monde pour échapper aux vagues terrifiantes.

— Assieds-toi et laisse-toi glisser. Tu vas peut-être être un peu mouillée, la prévint-il.

— Ce sera un moindre mal, dit-elle en lui souriant pour la première fois depuis son arrivée.

En son for intérieur, Aidan ne put s'empêcher de saluer

le courage de Terry. C'était une femme remarquable : elle n'avait pas du tout paniqué devant le danger. Elle n'avait pas davantage manifesté de signes d'hystérie en le voyant arriver à son secours et elle suivait à présent ses consignes avec le plus grand calme.

Aidan stabilisa le panier, et Terry sauta tant bien que mal à l'intérieur. De l'eau était déjà entrée dedans, et les vagues déferlaient contre sa paroi grillagée, de sorte que Terry se retrouva trempée.

— Wouah ! fit-elle, alors que le froid la saisissait.

Maintenant d'une main son sac à dos en hauteur afin qu'il ne prenne pas l'eau, elle s'accrocha de l'autre au rebord du panier. Aidan l'y rejoignit rapidement. Il fit alors signe à Monk de les remonter. Le treuil grinça, et le panier s'éleva avec lenteur au-dessus de la surface de l'eau, tournoyant dans les airs.

Aidan l'observait à la dérobée, notant l'excitation dans ses prunelles couleur émeraude, excitation à laquelle se mêlait une part de peur…

Sans qu'il s'explique pourquoi, le spectacle l'émouvait. Son cœur battait de façon désordonnée depuis qu'il avait posé ses yeux sur la belle Terry. La découvrir seule, au milieu des eaux déchaînées, l'avait tout d'abord mis hors de lui. Et maintenant, voir danser l'exaltation dans ses yeux alors qu'elle se trouvait suspendue entre ciel et terre, ballottée par des vents malveillants, faisait naître en lui de nouveaux sentiments.

Quelque chose de plus profond.

De plus chaud…

De plus dangereux aussi !

Quand ils arrivèrent à la hauteur de l'hélicoptère, Terry grelottait de froid. Monk jeta une couverture sur ses épaules et l'aida à se hisser à l'intérieur.

*
* *

Après le retour à la base, elle ne protesta pas lorsque Aidan décréta qu'il la raccompagnait chez elle. Néanmoins, durant le trajet, elle demeura silencieuse.

Lui non plus n'était guère bavard. Bien trop occupé à analyser ses sentiments pour faire la conversation, il faisait mine de se concentrer sur la conduite — non sans jeter de temps à autre des regards obliques à sa passagère.

Ils avaient déjà parcouru la moitié du trajet lorsque l'orage passa à la vitesse supérieure. Un formidable éclair zébra les nuages sombres qui crevèrent aussitôt, comme tranchés par un sabre céleste. Une pluie diluvienne s'abattit alors sur le 4x4.

— Comme je suis heureuse de ne plus être sur le bateau, marmonna-t-elle en resserrant la couverture autour d'elle.

Sa voix fut en partie recouverte par les tambourinements de la pluie sur le toit du véhicule. Elle ajouta cependant :

— Je voulais goûter à la solitude du large afin de… de me retrouver.

— Et tu as attendu que l'ouragan soit annoncé pour céder à cette envie ?

— J'ignorais tout de l'ouragan.

— La plupart des gens vérifient la météo avant de prendre la mer, fit-il d'un ton ironique.

— Il faut croire que je ne suis pas comme la plupart des gens.

— Ça, je le sais, dit-il en se rappelant ses yeux brillants d'excitation, dans le panier. A propos, peux-tu me dire pourquoi, parmi toutes les agences de location, tu as choisi la pire, c'est-à-dire celle de Bucky ?

— C'était la seule ouverte.

A ces mots, il frappa le volant avec sa paume, ce qui provoqua une légère embardée. Reprenant aussitôt le contrôle de son véhicule, il s'écria :

— Cela aurait dû te mettre la puce à l'oreille ! Aucune personne saine d'esprit ne loue un bateau quand un ouragan est annoncé.

— Je te répète que j'ignorais qu'un ouragan se préparait, s'exclama-t-elle.

Poussant un soupir, il se passa la main sur le front et déclara :

— Très bien, on ne va pas épiloguer sur le sujet.

— Merci, dit-elle. Je te sais fort gré de m'avoir sauvé la vie, mais je te serai encore plus reconnaissante que tu m'épargnes la leçon de morale.

Il garda le silence, mais n'en pensa pas moins.

Que se serait-il passé s'ils n'avaient pas pu la repérer ? Il préférait ne pas l'imaginer.

— Comprends que j'ai été un peu secoué de te trouver là, reprit-il alors.

— Moi aussi, je l'ai été. Cela fait une éternité que je n'avais pas fait face à une telle situation.

— Cela t'est-il donc déjà arrivé ? demanda-t-il en quittant la nationale pour pénétrer dans une zone résidentielle.

Les arbres qui bordaient la rue se balançaient avec frénésie sous le souffle puissant du vent. Si Igor ne changeait pas de direction, la plupart seraient déracinés, songea tristement Aidan.

— La dernière fois, c'était dans le golfe du Mexique, lui apprit-elle. J'avais loué un bateau, avec des amis, et nous avons échoué contre un écueil. L'arrière de notre embarcation a été arraché et nous sommes restés des heures dans l'eau.

Aidan hocha la tête.

Il avait l'impression qu'elle lui racontait une histoire qui aurait tout à fait pu lui arriver, à lui et ses amis. Cependant…

Pourquoi le fait que Terry ait vécu ce genre de mésaventure le tracassait-il à ce point ? Il préféra ne pas chercher à comprendre.

— De toute façon, tout cela, c'est ta faute, ajouta-t-elle à brûle-pourpoint, non sans une pointe d'agressivité dans la voix.

— Ah bon ?

Il laissa fuser un rire sec en s'engageant dans l'allée de Donna. Il se gara sur le côté, freina avec brutalité, puis se tourna vers la passagère.

— Et en quoi, s'il te plaît ? lui demanda-t-il.

— A cause de ce qui s'est passé hier soir, dit-elle d'un ton accusateur. Ce tour à moto, ce…

De manière subite, elle s'interrompit, secoua la tête et, renonçant à lui fournir la suite de l'explication, ouvrit la portière du 4x4.

Le vent et la pluie s'engouffrèrent aussitôt à l'intérieur. A peine avait-elle posé un pied dehors qu'elle était déjà toute trempée ! Elle referma de toutes ses forces la portière derrière elle, puis se dirigea à vive allure vers la maison.

Aidan la talonnait.

Il ne la laisserait pas partir sans qu'elle ait fini sa phrase ! se promit-il.

Il la rejoignit sous la véranda, où l'auvent les protégeait tant bien que mal du déluge, le vent rabattant la pluie contre eux. Les mains de Terry tremblaient tellement quand elle voulut introduire les clés dans la serrure qu'Aidan s'en empara pour ouvrir lui-même la porte.

Elle pénétra dans la maison et Aidan s'introduisit à sa suite, avant qu'elle n'ait le temps de lui refermer la porte au nez. Porte qu'il fit lui-même bruyamment claquer derrière lui. Puis il fit volte-face pour faire face à Terry.

— Merci de m'avoir ramenée et au revoir, lui dit-elle en relevant le menton d'un air de défi.

Elle était à cran.

Elle avait échoué au beau milieu d'un océan démonté, puis avait été suspendue dans les airs dans un panier de fortune avant d'atterrir sur une base de Marines. Elle avait eu sa part d'eau, de vent et de bruit !

Néanmoins, toutes ces émotions paraissaient bien pâles en comparaison de ce qu'elle ressentait à l'instant. Elle avait en effet la sensation de se retrouver en équilibre au bord d'une falaise vertigineuse, sans balustrade de sécurité, avec une enfilade de rochers en dessous d'elle...

Tout cela, à cause d'Aidan !

Déglutissant avec difficulté, elle se dirigea vers le salon. Elle alluma la lumière car la pièce, d'ordinaire si lumineuse à cette heure-ci de la journée, était plongée dans la pénombre. Incapable de tenir en place, elle se dirigea vers le jardin d'hiver qui faisait office de buanderie.

Aidan ne la lâchait pas d'une semelle.

Elle entendait son pas lourd, derrière elle. D'ailleurs, elle aurait senti sa présence même sans l'entendre.

Lucide, elle ne s'était pas attendue à ce qu'il parte lorsqu'elle l'en avait prié, même si elle le souhaitait de toutes ses forces. Ses émotions étaient aussi emmêlées que ses cheveux, et passer encore du temps en compagnie d'Aidan n'allait pas l'aider à y voir plus clair.

Seigneur ! Dire qu'il avait sauté d'un hélicoptère pour la sauver, pensa-t-elle en s'appuyant contre le lave-linge...

Fermant les yeux, elle le revit sauter dans le vide, percuter la surface de l'eau et disparaître au-dessous. Avant même de se rendre compte qu'il s'agissait d'Aidan, elle était déjà sous le charme du plongeur héroïque.

Quand elle avait vu son sourire, son cœur avait bondi dans sa poitrine. Cet homme-là la touchait comme aucun autre n'avait réussi à le faire jusque-là.

Elle allait devenir folle. Elle ne savait plus ce qu'elle devait faire.

— Finis ! ordonna Aidan.

La saisissant par le bras, il l'obligea à se retourner.

Elle ignora l'onde de chaleur qui transperça son bras au contact des doigts et demanda :

— Finir quoi ?

— Ta phrase. « Ce tour à moto » et...

Elle aspira une large bouffée d'air, puis baissa la tête pour s'absorber dans la contemplation de ses chaussures.

Relevant la tête, elle déclara d'un ton agacé :

— Je présume que tu ne partiras pas avant d'avoir obtenu une réponse.

— Bien vu !

Terry soupira avant de laisser son regard dériver vers la fenêtre.

La pluie battait avec une violence incroyable contre les vitres. Bien qu'il fût à peine midi, l'obscurité régnait à l'extérieur. Le vent sifflait et mugissait sous la véranda, telle une âme perdue se cognant contre les murs, à la recherche d'une issue.

Comme elle comprenait cette quête désespérée ! Elle aussi cherchait désespérément un moyen de sortir de l'impasse dans laquelle elle se trouvait.

La main d'Aidan se resserra sur son bras.

S'obligeant à lever les yeux vers lui, elle reprit son souffle et déclara d'un trait :

— Très bien. Le tour à moto et le baiser ! Voilà, j'ai fini la phrase. Tu es satisfait ?

— Oui.

— Parfait. Maintenant, va-t'en.

— Je n'en ai pas envie.

— Je t'en prie, Aidan, supplia-t-elle.

S'efforçant de maîtriser le tremblement de sa voix, ce qui n'était guère aisé étant donné la façon dont son cœur tambourinait, elle ajouta :

— Je crois que tu devrais t'en aller.

— Tu as peut-être raison, concéda-t-il tandis qu'il faisait glisser sa main sur son bras. Mais telle n'est pas mon intention.

— Ce n'est pas une bonne idée, protesta-t-elle sans grande conviction.

Elle avait déjà presque renoncé à la lutte.

— C'est possible, dit-il alors.

— Dans ces conditions, pourquoi insister ? Cela ne nous mènera nulle part, insista-t-elle avec courage.

— Oh si ! Je sais précisément où cela va nous conduire.

7

Terry poussa un léger soupir lorsque Aidan l'attira contre lui. Il l'enlaça avec fougue et elle se noya dans le bleu de son regard. Un bleu plus profond que le ciel, plus sauvage que l'océan.

Elle ferma les yeux lorsqu'il captura ses lèvres…

Un bouquet d'étoiles explosa alors derrière ses paupières closes. Chaque centimètre de sa peau s'enflamma d'un coup. Son corps vibrait de sensations si intenses qu'elle arrivait à peine à respirer.

Il l'embrassa passionnément. Fiévreusement… Le cœur de Terry battait si fort que ses oreilles en bourdonnaient. A ses tempes, son pouls cognait à cent à l'heure. Son esprit avait fait le vide absolu et elle s'abandonnait à l'incroyable sensation d'un échange ardent.

Les mains d'Aidan couraient, fébriles, le long de son dos, puis vinrent se plaquer sur ses hanches. Elle sentit l'empreinte de chacun de ses doigts à travers l'étoffe humide et légère de son short. Une empreinte chaude, si chaude…

Elle noua ses mains autour du cou d'Aidan, et se pressa de façon langoureuse contre lui. Leurs bouches étaient toujours unies, le souffle leur manquait, leurs soupirs vibraient dans l'air. Dans les bras de son sauveur, Terry expérimentait une chaleur qu'elle n'avait connue avec aucun autre homme.

C'était à la fois inédit, fantastique… et effrayant.

Effrayant parce que, en dépit de la passion qui l'assaillait, une partie de son cerveau demeurait lucide.

Lorsque Aidan détacha sa bouche de la sienne pour faire glisser ses lèvres le long de sa nuque, elle rejeta la tête en arrière. Les yeux rivés au plafond, elle s'efforça alors d'écouter la petite voix de la raison qui l'habitait encore.

Elle savait pertinemment qu'elle était en train de commettre une erreur.

Oui, elle avait bien conscience qu'une aventure avec Aidan ne la conduirait nulle part — à l'inverse de ce qu'il prétendait. Néanmoins, elle avait aussi la certitude que, s'il cessait de l'embrasser, de la caresser, elle ruminerait ses frustrations jusqu'à la fin de ses jours.

De troublants frissons remontaient à présent le long de ses reins. D'instinct, Terry se lova contre lui, bougeant de façon sensuelle ses hanches contre les siennes, pressant avec une ardeur croissante sa poitrine contre son torse, mue par un désir irrépressible.

— Tu veux ma mort, protesta Aidan d'une voix rauque.

— N'aie pas peur, chuchota-t-elle, je veux tout sauf ta mort.

Il se mit à rire, et elle sentit les vibrations profondes de ce rire se réverbérer dans tout le corps de son compagnon.

Elle se mit alors à palper ses épaules, suivant le relief des muscles à travers le T-shirt… Oh, elle mourait d'envie de glisser ses mains sous le coton ! Du bout des doigts, elle voulait redéfinir chaque millimètre de ce corps digne de celui d'un dieu grec. Faire descendre ses mains lentement, très lentement, le long de son dos et scruter l'éclat de ses yeux lorsque ses doigts s'introduiraient sous son ceinturon…

Ses propres pensées excitaient son désir, et la fièvre qui la consumait lui coupait le souffle.

— J'ai besoin de te toucher, murmura-t-il, en mordillant le lobe de son oreille.

— Oh, oui ! Maintenant… S'il te plaît ! le supplia-t-elle.

Elle sentit qu'elle venait de bâillonner de manière définitive la voix de la raison, mais elle s'en moquait. Elle refusait de réfléchir davantage. Ce qu'elle voulait, c'était s'abandonner au tourbillon des sens, aller jusqu'au bout de son plaisir.

Les mains d'Aidan venaient de s'immiscer sous la ceinture de son short.

Terry retint sa respiration. Vite, vite, maintenant ! l'implora-t-elle en silence.

Il y avait si longtemps…

Si longtemps que les mains d'un homme ne l'avaient plus touchée. Et, à vrai dire, aucune caresse masculine n'avait été plus divine que celles qu'Aidan lui procurait en ce moment.

Terry s'efforça de réguler le rythme de sa respiration. S'ordonna de se calmer un peu. En vain. Lorsque la main d'Aidan glissa le long de son ventre, elle murmura son nom dans un petit gémissement.

— J'ai besoin de sentir ta chaleur, Terry, lui dit-il alors. Tout de suite.

— Oh, oui, maintenant ! approuva-t-elle.

Au moment où les doigts d'Aidan s'aventurèrent sous la dentelle blanche de ses sous-vêtements, elle s'agrippa à ses épaules imposantes. Les doigts experts exploraient toujours plus avant sa chair, jusqu'à atteindre la fleur brûlante de son intimité.

— Aidan…

Il mordilla sa nuque, puis titilla sa peau de la pointe de sa langue, pendant que sa main exerçait toujours sa magie au bas de son mont de Vénus. Elle ondulait sous ses caresses, presque en transe. Tellement impatiente de le sentir en elle !

Comme s'il avait deviné ses pensées, Aidan la fit

soudain basculer sur le lave-linge et fit glisser son short à terre. Elle sentit alors la morsure du métal froid contre sa peau. Mais il en aurait fallu bien plus pour éteindre le feu qui la consumait.

Elle préférait ne pas réfléchir à ce qu'ils étaient en train de faire. Ne pas s'attarder sur le fait qu'il fût encore tout habillé et elle à moitié nue, dans le jardin d'hiver de sa meilleure amie…

La pluie continuait à trépigner au-dessus de leurs têtes, à heurter les vitres avec fureur. Le vent poussait des hurlements stridents, cherchant à assiéger la maison qu'il enserrait déjà dans l'étau de son souffle redoutable. Quant à la nature, elle semblait avoir capitulé sous l'assaut des éléments qui la ravageaient.

A l'intérieur de la maison, un autre type de tempête se déchaînait.

Celle des sens.

La respiration lourde, la vision presque brouillée par la puissance de son désir, Terry caressa le visage d'Aidan, s'attardant sur sa bouche avec son pouce, sur ses pommettes.

Soudain, ce dernier s'allongea sur elle et l'embrassa de façon éperdue, désespérée avec une fièvre telle, que de vertigineux frissons la parcoururent. Elle s'accrocha à lui comme si sa vie en dépendait, et se laissa emporter par le torrent de feu qui bouillait en elle.

Soudain, Aidan abandonna ses lèvres, et elle poussa un gémissement de protestation. Mais déjà, il se redressait et plaquait ses mains en haut de ses cuisses nues.

— Aidan, murmura-t-elle alors d'une voix suppliante. Touche-moi.

Elle-même ne se reconnaissait plus.

En l'espace de quelques minutes, entre ses bras, elle était devenue une autre femme. Une femme affranchie de tous les tabous. Seule la faim qui la tenaillait guidait désormais sa conduite. Elle savait qu'elle n'aurait pas de cesse qu'elle ne l'ait assouvie.

— Je n'ai jamais désiré une femme aussi fort que toi, lui dit-il d'une voix rauque. Jamais.

— Prends-moi, répondit-elle d'un ton pressant.

Il lui sourit et, à la vue de sa fossette, le cœur de Terry vibra de tendresse.

Ce fut alors que, sans prévenir, les mains toujours agrippées à sa taille, Aidan s'agenouilla devant elle.

Terry cessa de respirer…

Elle savait ce qu'il allait lui faire. Le savait et le désirait avec une force qui la surprenait elle-même. Et son cœur cessa de battre pendant quelques secondes lorsque la bouche d'Aidan épousa délicatement son intimité.

Elle poussa un petit cri et, s'abandonnant à sa caresse veloutée, se cambra avec sensualité. Le monde tournoya, vacilla autour d'elle. Les mains d'Aidan avaient beau la maintenir fermement, elle se sentait glisser, glisser toujours plus loin dans les profondeurs abyssales et délicieuses du plaisir.

Aidan la caressait sans relâche, explorant ses moindres secrets, rafraîchissant avec son souffle sa chair brûlante.

Terry le contemplait, hypnotisée. Incapable de détacher son regard de ce merveilleux partenaire. Son corps bougeait au rythme qu'il lui imprimait. Elle sentait un vertige inouï s'emparer peu à peu de son être…

Soudain, elle enfouit ses deux mains dans la chevelure d'Aidan : le premier spasme du plaisir venait d'ébranler ce qui lui restait de maîtrise de soi. Son corps tremblait, son cœur battait à se rompre.

Alors les feux de la volupté explosèrent en elle et elle cria son nom avec passion.

Aidan lui laissa le temps de savourer la plénitude de son plaisir, avant de se relever pour l'enlacer avec ardeur. Elle enroula ses jambes autour de lui, afin de bien sentir sa virilité.

Le cœur d'Aidan battait aussi vite que celui de sa

partenaire. L'orgasme de celle-ci s'était répercuté à son propre corps. Il en avait ressenti toute l'intensité.

A présent, c'était à lui de l'expérimenter directement.

Enserrant le visage de Terry dans ses paumes, il plongea son regard dans ses prunelles enfiévrées.

Luttant pour reprendre son souffle, elle dit alors :

— C'était…

— Juste une mise en train, coupa-t-il, avant de déposer un fougueux baiser sur ses lèvres.

A ces mots, elle se pressa plus étroitement contre lui, maudissant au passage l'inconfort du lave-linge…

— Je te désire, lui chuchota-t-il encore à l'oreille. Je suis fou de désir pour toi.

— Et moi folle d'impatience, répliqua-t-elle.

Le petit sourire en coin qu'elle lui adressa alors lui alla droit au cœur. Enchaînant soudain son regard au sien, elle lui demanda à brûle-pourpoint :

— Et ton pari ?

Le pari !

Le mot s'immisça peu à peu dans les brumes de son cerveau.

S'il cédait à son désir, il perdrait ce stupide pari, et devrait défiler en talons aiguilles et bas résille sur la base. Pire encore : il lui faudrait subir les sarcasmes de ses frères qui, bien sûr, ne manqueraient pas de lui rappeler la façon dont il les avait méprisés en se targuant de sa volonté de fer.

Une volonté aujourd'hui fort éprouvée…

Aidan contempla Terry. Sentit la force subtile des jambes enroulées telles des lianes autour de ses hanches. Nota les lèvres pleines, appétissantes, à quelques centimètres des siennes.

Il ne lui fallut pas beaucoup de temps pour prendre une décision.

— Au diable le pari ! s'écria-t-il en se penchant de nouveau vers elle.

— J'espérais tellement t'entendre prononcer ces paroles, avoua-t-elle dans un murmure.

Lorsqu'elle plaqua ses mains sur son ceinturon, Aidan se raidit de tout son être. S'il ne la possédait pas tout de suite, il mourrait sur-le-champ. Or, il n'avait pas l'intention de disparaître sans avoir connu le paradis sur terre dans les bras de Terry.

— Pour tes beaux yeux, chérie, je renonce au pari, reprit-il d'un ton solennel.

Puis il lui donna un baiser dans le creux de l'épaule.

Elle frissonna…

— Tout cela est si incroyable, si fou, murmura-t-elle en dégrafant le dernier bouton de son jean.

Soudain, elle se figea puis, reprenant en toute tranquillité son exploration, elle constata d'une voix lascive :

— J'ignorais que tu ne portais pas de sous-vêtement.

— C'est pour permettre à mon désir de mieux s'exprimer, répondit-il dans un souffle.

— Dans ces conditions, je crois qu'il est grand temps de retirer ton jean…

Comme il s'écartait pour s'exécuter, son téléphone portable se mit à sonner.

C'était bien sa veine !

— Ne réponds pas, le supplia-t-elle en ouvrant de grands yeux désespérés.

— Je *dois* répondre. Je suis de permanence, expliqua-t-il dans un triste sourire.

Il sortit le maudit appareil de sa poche, en ouvrit le volet, vérifia le numéro — et poussa un juron. Hélas ! C'était bien ce qu'il redoutait.

Lui lançant un regard en biais, il marmonna :

— C'est la base.

A contrecœur, il s'éloigna de quelques pas pour répondre à Monk.

— Rapplique en vitesse ! lui ordonna ce dernier. On vient de recevoir un nouvel appel au secours.

Malgré le ton sérieux de son collègue, Aidan ne put s'empêcher de déceler un trait de moquerie dans sa voix. Nul doute que Monk se doutait de l'endroit où il se trouvait, les ayant vus partir ensemble, tout à l'heure, Terry et lui.

— De quoi s'agit-il, cette fois ? demanda-t-il d'une voix neutre, malgré l'envie qu'il avait de lui raccrocher au nez.

— Un type est tombé d'un chalutier. Les autres s'en sont aperçus une fois rentrés au port, lui apprit Monk. Apparemment, c'était un casse-pieds et ses collègues étaient heureux que, pour une fois, il se tienne tranquille. Pour cause ! Il était passé par-dessus bord.

— Il faut être fou pour aller pêcher par un temps pareil, maugréa Aidan.

— Les pêcheurs ne décident pas toujours et la cupidité de leurs employeurs est parfois plus forte que le danger, répliqua Monk. Bon, tu viens, oui ou non ?

— Je serai à la base dans quinze minutes.

Aidan referma son portable et, tout en soupirant, reboutonna son pantalon. Puis il se pencha pour ramasser le short de Terry et le lui tendit.

— Tu t'en vas ? demanda-t-elle.

— Le devoir m'appelle.

— J'en conclus que je ne suis pas la seule inconsciente à avoir pris la mer aujourd'hui, dit-elle en s'efforçant de sourire.

— On dirait, fit-il avec le même petit sourire triste.

Il la contempla un instant.

Et fut soudain tenté d'oublier le coup de téléphone ! Pour la première fois de sa vie, il avait envie d'envoyer sa carrière au diable. Envie de rester auprès d'elle, et se perdre dans la chaleur… d'une femme qu'il connaissait depuis une semaine à peine.

A cette pensée, il ressentit un choc.

Le bourdonnement de la passion et de l'excitation tenaillait encore son corps, mais il devait partir. Il était

Marine, oui ou non ? Passant sa main sur son visage, il remit son appareil dans sa poche et s'approcha de Terry.

Prenant son visage entre ses mains, il l'embrassa une dernière fois. Puis une toute dernière fois… Il s'écarta enfin, et la regarda avec intensité durant une bonne minute avant de pouvoir de nouveau ouvrir la bouche.

— Veux-tu bien me faire une faveur ? demanda-t-il.

— De quoi s'agit-il ?

— Ne sors plus de chez toi, aujourd'hui. N'ouvre pas la librairie.

— Allons, Aidan…

— Fais-moi confiance, veux-tu ? l'interrompit-il d'un ton sec. Aucun client ne viendra à la librairie, aujourd'hui. Tous les habitants de Baywater se sont calfeutrés chez eux, dans la crainte de l'ouragan.

Elle poussa un soupir et argua :

— Si l'ouragan doit s'abattre sur nos côtes, je dois me rendre de toute urgence à la librairie pour fermer les volets et les bloquer. Donna m'a expliqué où se trouvaient les planches pour…

— Je le ferai moi-même ! coupa-t-il.

— Aidan ! Je ne suis pas en sucre. Je peux m'en charger.

— Je n'ai jamais dit que tu étais en sucre, rétorqua-t-il. Ce que je te demande, c'est de ne pas sortir de chez toi, compris ? Je me chargerai de la librairie de Donna, à mon retour. Toi, occupe-toi de sa maison. Et surtout, prends soin de toi.

Il crut qu'elle allait encore argumenter, mais à sa grande surprise, il l'entendit répondre :

— Entendu, je ferai comme tu me le demandes.

Sur une impulsion, il lui donna un ultime baiser.

Un baiser lourd de regrets, mais chargé aussi de promesses.

— Je dois m'en aller, dit-il.

Comme il allait franchir le seuil de la porte, Terry le rappela.

— Aidan !

Il s'immobilisa et pivota sur ses talons.

— Sois prudent, ajouta-t-elle.

Un sourire amusé éclaira alors le visage d'Aidan.

— Je suis toujours prudent, chérie, répondit-il.

L'instant d'après, il avait disparu.

8

Les voisins offrirent leur aide.

Pendant la saison des ouragans, il régnait la plus grande solidarité parmi la population.

La pluie cinglait Baywater avec une telle vélocité, une telle violence, qu'il n'était pas possible de distinguer au-delà de cinq mètres. Implacable, le vent fouettait sans répit les arbres, s'infiltrait sous les tuiles, faisait trembler les toitures.

Donna était équipée en vue des ouragans. Toutes les planches nécessaires pour bloquer les volets et protéger les portes vitrées étaient stockées dans le garage, chacune dûment étiquetée de sorte que Terry sut d'emblée où les placer. Un couple de voisins lui avait néanmoins prêté main-forte et, à présent, la maison était prête pour affronter le déluge.

Il n'y avait plus rien à faire, à part attendre.

Tout en se préparant une tasse de café, Terry ne put s'empêcher de faire la grimace en entendant le tambourinement enragé de la pluie. Ainsi que le lui avaient conseillé les voisins, elle avait allumé la télévision afin d'écouter les informations liées à une éventuelle évacuation. Contrairement à ce matin, elle ne tenait pas à être la dernière informée.

Son estomac était tout contracté et elle avait les nerfs

en pelote. Pensive, elle tenait sa tasse entre ses paumes et faisait doucement onduler le café en s'efforçant de faire abstraction des hurlements du vent. Des hurlements saisissants qui donnaient l'impression que des avions rasaient la maison en permanence.

— C'est démentiel ! s'écria-t-elle tout à coup en levant les yeux au plafond comme si elle craignait que tout ne s'effondre.

Et dire qu'Aidan était à l'extérieur, sous le déluge…

Cela faisait des heures qu'il était parti à la rescousse du pêcheur naufragé. Des heures qu'elle se rongeait les sangs. Allons, essaya-t-elle de se convaincre. Il n'y avait sans doute pas lieu de s'inquiéter. Secouriste, n'était-ce pas le métier d'Aidan ? Il avait subi un solide entraînement militaire et il exerçait sa profession avec talent, ainsi qu'elle avait pu le constater ce matin.

Elle repensa à sa mésaventure.

Elle n'arrivait pas à croire qu'elle avait été stupide au point de louer un bateau le jour précis où l'on annonçait un ouragan ! Comment avait-elle pu ignorer ce qui faisait trembler d'avance tout Baywater ?

Elle avait beau savoir qu'Aidan était un professionnel, elle ne pouvait empêcher son cœur de frémir en repensant à son vertigineux plongeon de l'hélicoptère dans la mer tumultueuse. Elle l'imagina un instant nageant vers le pêcheur en détresse, luttant contre l'océan qui n'avait nulle intention de baisser les armes.

Assez ! Ces images étaient insupportables !

Tremblante, Terry reposa sa tasse de café et sortit de la cuisine pour se réfugier dans la salle à manger. Toutes les lumières étaient allumées, comme si c'était la nuit. Soudain, elle eut l'horrible sensation de se trouver dans un tombeau.

Seule.

Terrifiée.

Mue par un sentiment d'angoisse incontrôlable, elle

se dirigea vers la porte d'entrée et l'ouvrit sans réfléchir. Instantanément, le vent rabattit une violente bourrasque de pluie sur son visage, et s'engouffra dans le vestibule, comme s'il avait été tapi devant la porte pour donner l'assaut.

L'univers était déchaîné, pensa-t-elle, frappée d'horreur en découvrant le spectacle qui s'offrait à elle.

Les arbres ployaient sous la tempête, tout en semblant demander grâce. La pluie, drue et serrée, se déversait sans relâche d'un ciel métallique. Tous les volets des maisons étaient consolidés par des planches. Il n'y avait personne dans la rue. Les gens étaient tous calfeutrés à l'intérieur, priant pour que le gros de l'ouragan les épargne.

Terry avança sous la véranda, luttant contre le vent et la pluie pour marcher. Prudente, elle se tint à la rambarde.

Que faisait-elle dehors ? se demanda-t-elle, alors qu'elle aurait pu rester à l'intérieur, au sec et au chaud.

Oui, mais, à l'intérieur, elle était toute seule. Elle avait la sensation d'être isolée du reste du monde. Une sensation d'autant plus forte que tous les habitants de Baywater étaient en famille, entourés de personnes qui les aimaient et qu'ils aimaient.

Contrairement à elle.

Bien sûr, elle avait choisi sa vie. Depuis des années, elle avait de son plein gré gardé ses distances avec les autres, afin de ne pas avoir d'attache. Elle avait aimé, autrefois, puis avait tout perdu. Aussi s'était-elle juré de ne plus jamais courir le risque de souffrir une nouvelle fois, car ce qu'elle avait enduré l'avait terrassée.

Jusqu'à maintenant, elle avait respecté sans grande difficulté la ligne de conduite qu'elle s'était fixée, pensa-t-elle en s'agrippant un peu plus fermement à la balustrade.

Elle contempla un instant le monde de pluie et de fureur qui s'étendait devant elle.

Pas de doute, elle avait réussi à s'isoler !

Et jamais elle ne s'était sentie aussi seule de sa vie.

*
* *

Au volant de sa voiture, Aidan avançait avec prudence. Les essuie-glaces s'activaient en vain pour chasser les trombes d'eau qui s'abattaient sur le pare-brise. Il avait la sensation de regarder le monde à travers un voile de pluie. Tout était flou. Par chance, son esprit demeurait d'une clarté implacable.

Au moins, sa famille était en sécurité. Il avait vérifié en donnant quelques coups de téléphone. Sa mère était chez Tina et Brian, ce dernier ayant aidé la grand-mère de son épouse à protéger sa maison contre l'ouragan. Connor et Emma se trouvaient à l'église Saint-Sébastien en compagnie de Liam. Avec d'autres paroissiens, ils s'employaient à la protéger des inondations.

Ce qui laissait à Aidan toute latitude pour aller là où le portait son cœur.

C'est-à-dire chez Terry.

Après avoir ramené à la base le vieux pêcheur pestant et crachant de l'eau, il s'était rendu à Frog House. Aidé d'un autre commerçant, il avait bloqué les volets de la librairie avec des planches, puis donné un coup de main à Selma pour sa boutique. A présent que tout avait été réglé, il ne restait plus qu'à attendre.

Et en compagnie de Terry, songea-t-il avec un drôle de sentiment au creux de l'estomac, ce serait encore mieux.

Durant tout ce temps, elle n'avait pas quitté ses pensées. Pendant les opérations de secours, les préparations liées à l'ouragan, elle avait été là, quelque part dans son cerveau. Lui rappelant que, désormais, il avait une autre personne à qui penser, à part lui-même. Une autre personne, outre les membres de sa famille, pour qui se faire du souci.

— Qui l'aurait cru ? marmonna-t-il tout en faisant une embardée pour éviter un arbre dont les branches folles ployaient jusqu'au milieu de la rue.

Bon sang ! Il n'avait pas demandé à se soucier de qui

que ce soit. N'avait pas souhaité se tourmenter pour une blonde voluptueuse, à la bouche gourmande.

Et maintenant…

Au lieu de retourner à la base comme il l'aurait fait d'ordinaire au cas où l'on aurait eu de nouveau besoin de ses services, voilà qu'il se rendait auprès de Terry afin de s'assurer que tout allait bien pour elle. Il avait déjà tenté de la joindre par téléphone, mais il n'avait pas eu la même chance qu'avec sa famille : la ligne était coupée à cause de l'ouragan.

Il ne put s'empêcher de sourire : c'était bien la première fois de sa vie que le fait de ne pas réussir à joindre un correspondant le tracassait à ce point !

Il resserra les mains sur le volant alors que le 4x4 était ballotté par la tempête. Puis il se pencha en avant pour tenter de distinguer quelque chose à travers le pare-brise. Il grimaça en voyant les arbres qui s'inclinaient presque à l'horizontale sur la chaussée, leurs feuilles qui s'envolaient dans un tourbillon fulgurant, tels de minuscules missiles verts.

Il s'engagea alors dans la rue qui menait chez Donna, sans même prendre garde aux maisons barricadées et au paysage désert.

Son regard était rivé sur une seule maison. Elle l'attirait comme une force puissante contre laquelle il n'avait pas l'intention de lutter.

Ce fut alors qu'il l'aperçut.

Terry se tenait sous la véranda, agrippée à la balustrade, secouée par le vent. Elle paraissait si vulnérable… Son cœur se mit à tambouriner à toute allure dans sa poitrine lorsqu'il vit la masse de sa chevelure blonde voltiger de façon anarchique autour de son visage.

Terry mit ses mains en visière pour voir qui arrivait tout en se protégeant de la pluie. Un sourire de bienvenue éclaira son visage lorsqu'elle repéra le 4x4 qui s'engageait dans l'allée.

Aidan se gara aussi près du garage que possible, de sorte que son véhicule soit protégé en partie par la maison. Puis il ouvrit la portière.

Aussitôt, le vent la lui arracha des mains, et il dut lutter pour la refermer. Une fois la victoire remportée, il se hâta vers la véranda, affrontant la boue, le vent et la pluie, comme si tout se liguait pour le tenir loin de Terry.

Mais rien ne pouvait l'arrêter.

Arrivé sous la véranda, il la saisit par le bras et l'entraîna à l'intérieur. Une fois à l'abri, il la prit dans ses bras et la pressa contre lui, heureux de sentir son corps frais et trempé épouser le sien. Il avait la grisante sensation d'être revenu au port.

— Que faisais-tu dehors ? s'enquit-il.

— Je ne pouvais plus rester à l'intérieur, répondit-elle. C'était si… si vide, ici. Si tranquille.

Il émit un rire bref et, relevant la tête, prêta une oreille au vent, à la pluie et à la voix aiguë du météorologue de la télévision.

— Tranquille ? répéta-t-il.

Elle lui lança un long regard et argua :

— Je me sentais seule. Et ce sentiment m'étouffait.

— Tu n'es plus seule, à présent, fit-il.

— Non, dit-elle en souriant, et Dieu sait si je suis heureuse de te voir.

Il effleura alors son visage, ses doigts glissant sur la peau pâle et douce.

— Moi aussi, je suis heureux de te voir, Terry, affirma-t-il.

Terry palpait, tâtait le dos d'Aidan, comme pour s'assurer qu'il était bien revenu. Ses mains s'immiscèrent soudain sous son T-shirt mouillé…

— Tu as été absent longtemps, reprit-elle, les yeux songeurs.

— Nous n'arrivions pas à repérer le pêcheur en détresse, parvint-il à articuler, le souffle coupé par les mains si entreprenantes de Terry.

— Mais vous y êtes parvenus, n'est-ce pas ?

— Oui…

Il caressa sa nuque, et la sentit frémir. Il fit glisser sa main le long de son dos, et atteignit bientôt le creux de ses reins. Il captura son regard.

— Nous avons survolé l'endroit pendant un long moment avant que Monk ne finisse par repérer le ciré orange de l'infortuné.

Terry prit une longue inspiration lorsque la main d'Aidan, plaquée au bas de ses reins, se fit plus pressante. S'humectant les lèvres du bout de la langue, elle ferma les yeux et demanda :

— Il va bien ?

— Oh, oui ! Je ne me fais pas de souci pour lui. Il ne nous a même pas remerciés, l'ingrat ! répondit Aidan. Cela résume assez bien le personnage, poursuivit-il en passant la main sous le short de Terry.

Il caressa un instant sa peau douce et frémissante, et releva soudain vers elle un regard plein de désir.

— Tu n'as pas remis tes sous-vêtements ? bredouilla-t-il.

— J'ai oublié…

— Décidément, tu veux ma mort !

— Non, je ne crois pas, dit-elle dans un sourire malicieux.

De son autre main, Aidan enserra la tête de Terry, enfouissant ses doigts dans ses cheveux épais. Il se pencha alors vers elle pour lui donner un baiser. Puis un autre.

— J'ai l'impression que tout cela va nous mener quelque part…

— Moi aussi, dit-elle, haletante.

— Avant que tu ne me poses la question, sache que j'ai barricadé la librairie.

— Merci beaucoup, murmura-t-elle dans un souffle.

Le vent poussa un sifflement particulièrement aigu, la porte d'entrée trembla de façon impressionnante, comme si elle luttait contre une bête redoutable qui cherchait à pénétrer dans la maison. Aidan se redressa légèrement, et regarda Terry d'un air solennel.

— Ma chérie, je crois que nous sommes bloqués ici, annonça-t-il. Nous ne pouvons pas aller ailleurs.

Levant le visage vers lui, elle lui demanda d'une voix mutine :

— Qui parle de s'en aller ?

Aidan sentit tout son être frémir, et il bâillonna sa bouche avec la sienne, bien décidé à lui montrer la force de son désir. Combien il avait pensé à elle. A quel point sa pensée l'avait hanté tout au long de la journée.

Lorsque leurs langues se mêlèrent, Aidan reprit son souffle, tel un noyé qui remonte à la surface, puis il se mit à déguster sa bouche, à explorer sa chaleur, la capter, la retenir en lui, pour attiser les feux qui léchaient déjà son être.

C'était cela qui l'avait fait tenir durant cette longue journée. La perspective de la caresser, de l'embrasser, de la tenir dans ses bras, contre lui, sous lui.

Il resserra son étreinte et elle poussa un petit gémissement. Ses seins durcis se pressèrent contre son torse avec une telle force qu'il n'aurait pas été surpris que leurs empreintes se soient gravées sur sa peau, à travers le T-shirt.

— Allons au lit, lui chuchota-t-il à l'oreille, d'une voix rauque.

Elle lui adressa un sourire complice et lui saisit la main pour l'entraîner dans le corridor.

Impatient de sentir de nouveau le contact de son corps contre le sien, Aidan la prit brusquement dans ses bras. Elle lui jeta tout d'abord un regard surpris, puis, s'accrochant à son cou, se lova contre lui.

Une chaleur le submergea, une incroyable chaleur qui lui donna presque le vertige. Alors, il ne put résister à la tentation de l'embrasser une nouvelle fois. Il était un homme à bout de nerfs, prêt à sauter à pieds joints dans le gouffre, pensa-t-il alors.

En un rien de temps, ils se retrouvèrent dans la chambre et, toujours blottie dans les bras d'Aidan, Terry se pencha avec adresse pour retirer la couverture qui recouvrait le lit.

La chambre était plongée dans la pénombre, à peine éclairée par le rai de lumière qui passait sous les volets, protégée du monde extérieur et des éléments déchaînés. Elle s'apparentait à une île isolée.

— Allume une lampe, lui murmura Aidan en la faisant glisser à terre. Je veux contempler ton corps.

Docile, Terry alluma la lampe de chevet Tiffany. Des taches de couleur pâles et féeriques se mirent bientôt à danser dans la pièce…

Terry croisa le regard d'Aidan.

Il n'y avait plus de retour en arrière possible.

Peut-être d'ailleurs n'y en avait-il jamais eu. Peut-être étaient-ils destinés à se retrouver dans cette chambre, dès l'instant où ils s'étaient rencontrés. N'avait-elle pas été attirée par lui de façon inexorable, en dépit de ses efforts ? Chaque fois qu'il la caressait, n'avait-elle pas la sensation d'être littéralement transportée ?

Elle avait passé les dernières heures à se rappeler la force du plaisir qu'il lui avait procuré, et rêvé de revivre l'expérience.

Attachant son regard à celui de son partenaire, Terry retira son top à bretelles. Elle entendit la respiration d'Aidan s'alourdir, tandis qu'il rivait les yeux sur ses seins encore voilés par la dentelle de son soutien-gorge.

Alors, le regard défiant et le geste lascif, elle dégrafa le sous-vêtement avant de le laisser glisser par terre.

— Terry…

Elle redressa les épaules et, tandis que le regard d'Aidan suivait chacun de ses mouvements, elle déboutonna son short avec lenteur… Puis elle le laissa à son tour tomber à ses pieds.

— Si je ne te fais pas l'amour dans les deux minutes qui viennent, dit-il d'une voix sourde et impérieuse, mon cœur va s'arrêter de battre.

Elle lui décocha un petit sourire, forte du pouvoir que sa féminité exerçait sur lui. Un pouvoir qui lui donnait le vertige.

— Tu es bien trop habillé, lui fit-elle alors remarquer avec une voix lourde de sous-entendus.

Il lui adressa à son tour un sourire. Un beau sourire qui l'émut jusqu'à l'âme.

— Tu as raison, approuva-t-il.

En deux secondes, il se débarrassa de ses vêtements, et Terry retint un cri d'admiration.

Jamais elle n'avait vu un si bel homme de sa vie. Il était doré comme un pain chaud et chaque muscle de son corps dessinait un relief parfait. Tout en lui était un appel au désir, à la volupté.

Aidan ne fut pas dupe. Un sourire aux lèvres, il s'approcha d'elle et pressa son corps nu contre le sien. Sa dureté contre sa douceur, sa chaleur contre sa chaleur. Quand elle perçut la force de son désir, elle se sentit fondre… Alors il captura sa bouche et, de nouveau, ils se perdirent dans un torride baiser.

Terry retrouva aussitôt les sensations qu'elle avait éprouvées tout à l'heure, dans le jardin d'hiver.

Encore plus fortes, si c'était possible.

— Prends-moi, lui murmura-t-elle sans cesser de l'embrasser.

L'orage grondait de plus en plus, la pluie crépitait sans répit, le vent gémissait affreusement. La maison était battue par tous les éléments, les vitres tremblaient derrière les volets… Les forces de la nature ressemblaient à un monstre haletant.

Mais Aidan et Terry ne s'en rendaient pas compte. L'esprit embrumé par le désir, ils avaient la délectable sensation que leur havre était inexpugnable.

Soudain, il la souleva de terre, comme si elle était aussi légère qu'une plume. Les mains posées sur ses impressionnantes épaules afin de garder l'équilibre, Terry baissa les yeux vers lui. Dans ses prunelles brillaient la passion à l'état pur, une urgence sauvage… Elle sentit son propre désir se décupler — si tant est que cela fût possible. Lentement, il la fit glisser le long de son corps… et la pénétra.

— Aidan, gémit-elle en l'accueillant avec délectation.

Elle enroula ses jambes autour de ses hanches et, s'inclinant en arrière, sentit toute la force de son amant l'envahir.

Le désir, tel un brasier, consumait leurs corps, leurs âmes, les enchaînait toujours plus étroitement l'un à l'autre, les entraînait dans un tourbillon des sens vertigineux.

Aidan pencha la tête pour capturer l'un de ses seins et, pendant que sa bouche, sa langue, ses lèvres en titillaient les pointes, Terry poussait de légers gémissements qui le rendirent fou.

Alors, Aidan lâcha prise, perdit le contrôle de ses sens et se laissa happer par le vertige de la passion. Une passion sauvage, qui menaçait de tout dévaster sur son passage.

Il ignorait jusqu'alors que la passion puisse avoir un pouvoir si ravageur. Jamais il n'avait vécu une expérience aussi forte que dans les bras de Terry.

Agrippant avec fermeté les hanches de sa belle partenaire, il se noya plus profondément en elle. Dans sa délicieuse moiteur.

Ivre de désir, il fit alors appel à toute sa force physique pour accélérer le rythme de leurs étreintes et les rendre tous les deux fous de plaisir. Dans un état de transe, il fixait la lumière aux pâles reflets vert et or qui chatoyait sur la peau laiteuse de Terry.

Terry qui enfonçait ses ongles dans sa chair, ondulant à présent à la même cadence que lui, à la cadence folle qu'il lui imprimait.

Aidan avait l'impression que son cerveau avait disjoncté. Son cœur n'était plus qu'un martèlement assourdissant. Sa bouche était sèche, sa vision toute trouble.

Son monde se réduisait à Terry qui, tel un merveilleux bijou trempé dans un bain d'or, soupirait, gémissait, chaloupait sous lui.

— Aidan, murmura-t-elle au bord de l'orgasme.

Un murmure tremblant…

Aussi délicat que les ailes d'un grand papillon.

— Laisse-toi aller, suggéra-t-il.

Contre toute attente, Terry releva la tête, plongea un regard pénétrant dans le sien et lui ordonna, entre deux respirations saccadées :

— Partons ensemble !

L'ordre agit comme un sésame.

Une explosion de lumière se produisit derrière les paupières closes d'Aidan.

Quand il sentit les premières secousses du plaisir s'emparer du corps de sa partenaire, il se plia sans plus attendre à sa volonté.

9

A l'extérieur, mère nature se déchaînait.

A l'intérieur, elle offrait le meilleur d'elle-même.

Alors qu'il se remettait à peine des soubresauts de la volupté, Aidan se rendit compte qu'il désirait de nouveau Terry. Il souhaitait l'étreindre avec plus d'intensité encore que la première fois.

Jamais il n'avait connu de si vives sensations avec une femme. Jamais il n'avait éprouvé un tel désir insatiable. Même maintenant, alors qu'il était encore enfoui en elle, son corps ne parvenait pas à se calmer, mais en réclamait davantage.

Tournant vers lui un visage lumineux de bonheur, Terry déclara :

— C'était fantastique.

Il lui sourit, puis se pencha vers elle pour déposer un baiser sur ses cheveux.

— Et tu n'as encore rien vu. Je suis bien meilleur en position allongée…

— En tout cas, tu as su donner le change, lui assura-t-elle en enchaînant son regard au sien.

A cet instant, il vit une nouvelle faim s'allumer dans les yeux de Terry, une faim qui chassait les fameuses ombres qui nuançaient si souvent son regard et l'intriguaient tant. Elle se pressa contre son corps. Qui réagit sur-le-champ.

— Encore, murmura-t-elle, l'œil fripon.

Sans attendre sa réponse, Terry l'embrassa dans le creux de l'épaule, puis fit courir sa langue sur sa peau fiévreuse.

— Oh oui ! Encore et encore, répondit-il en se dirigeant déjà vers le lit.

Une partie de son esprit entendait toujours la clameur du vent et les trépidations de la pluie. Néanmoins, ces bruits lui semblaient presque irréels.

Avec Terry, ils étaient au chaud. En sécurité. Ensemble. Tels deux rescapés ayant échoué sur une île épargnée par le déluge.

Que demander de plus ?

N'était-ce pas suffisant ?

Leurs corps basculèrent sur les draps frais qui sentaient bon la lavande. A cet instant, Aidan se détacha de Terry… juste pour le plaisir de la pénétrer de nouveau. Il aurait aimé rester en elle pour l'éternité.

Lascive, elle s'étendit sur le lit, faisant crisser les draps avec ses pieds.

Pourrait-il jamais se rassasier d'elle ? se demanda-t-il en contemplant le corps voluptueux qui s'offrait à lui. Il se mit à caresser sa chair brûlante, puis vit ses beaux yeux verts se voiler peu à peu d'une nappe de brouillard…

— Aidan… J'ai de nouveau envie de toi. Maintenant, lui dit-elle.

Ces simples mots suffirent à accélérer les battements de son cœur. Il caracolait si fort dans sa poitrine qu'Aidan n'entendait plus rien. Chaque nerf de son corps était tendu. Pourtant, il ne voulait pas hâter le cours des événements. Cette fois, il souhaitait savourer chaque instant. Et faire en sorte que Terry les goûte de la même façon.

Il s'appliquait à lui prodiguer d'intimes et savantes caresses. A présent, son corps remuait avec douceur sous lui. Soudain, elle agrippa les draps puis se mit à agiter la tête. S'humectant les lèvres, elle murmura alors des sortes de supplications tandis qu'il continuait à embraser ses sens.

Il fit ensuite remonter ses mains le long de ses courbes sublimes, redéfinissant chaque ligne du bout des doigts, avec délicatesse, comme s'il touchait une fragile structure de cristal.

Tout à coup, Terry se cambra contre lui.

Il en profita pour enfouir sa tête entre ses seins.

Il captura un premier sein, puis le deuxième, passant avec frénésie de l'un à l'autre, faisant rouler leurs pointes entre ses dents. Tandis qu'il la tourmentait de façon si délicieuse, Terry enserrait délicatement sa tête entre ses paumes, comme si elle tenait un trésor entre ses mains.

— C'est si bon, murmura-t-elle d'une voix rauque.

— Encore meilleur que tout à l'heure, lui assura-t-il.

Elle le sentit sourire contre son sein. Puis il reprit ses mordillements, cherchant à déguster l'essence de sa partenaire.

— Aidan !

Elle avait crié son nom avec une urgence qui le fit frémir.

Sans attendre, il la pénétra, impatient de retrouver sa chaleur, de s'enfouir de nouveau en elle.

Lorsque sa chair se referma sur lui, une brusque faim le saisit. Une faim inconnue. Il se mit alors à chalouper avec ardeur au-dessus d'elle, allant et venant en elle, la savourant d'une manière totale.

Elle bougeait de concert avec lui, se conformant tout d'abord à son rythme, avant de lui imposer peu à peu le sien. Mains enchevêtrées, souffles unis, soupirs mêlés, ils ondoyaient sans relâche dans la lumière douce de la lampe Tiffany.

Relevant soudain la tête, Aidan se heurta au regard de Terry. Sa profondeur le happa d'un coup, et il se laissa aspirer sans chercher à se protéger. Pour quelle raison l'aurait-il fait ? Tout ce qu'il voulait, tout ce dont il avait besoin, était là, dans ce lit, à l'abri de l'orage qui était en train de ravager la ville.

Désireux de mieux contempler sa partenaire, Aidan roula sur le dos, l'entraînant dans son mouvement. A califourchon sur lui, Terry lui adressa un sourire confiant et s'efforça de conserver le rythme de leurs ondulations…

Elle le chevauchait avec une assurance tranquille et une douce fureur. Leurs chairs, leurs chaleurs fusionnaient. Aidan recouvrit soudain les seins de Terry avec ses mains. Immédiatement, elle plaça les siennes par-dessus.

Il frémit.

Ce geste était d'un érotisme troublant.

Baissant alors les yeux vers son compagnon, Terry se laissa à son tour couler dans les profondeurs de ses yeux qui avaient la couleur d'une mer démontée.

Elle sentait qu'elle allait bientôt succomber au plaisir.

Sans doute Aidan le comprit-il.

Dégageant ses mains de celles de Terry, il les plaqua sur les hanches de cette dernière avant d'imprimer une ultime et violente secousse à son corps.

Alors elle rejeta la tête en arrière et cria son nom dans la frénésie de l'orage.

Sans attendre, il la fit rouler sous lui et, tandis que les spasmes du plaisir vrillaient toujours le corps de Terry, il s'abandonna lui aussi à la force de la volupté.

De longues minutes plus tard — mais il aurait pu tout aussi bien s'agir d'heures — Aidan tourna la tête pour contempler la femme qui était allongée à ses côtés. Dans la lumière tamisée, elle possédait presque quelque chose de mystique. D'irréel.

A cette pensée, un sourire illumina son visage.

N'était-ce pas son côté irlandais qui ressortait inopinément ? se demanda-t-il.

Il fallait dire que, avec ses cheveux blonds comme les

blés et sa peau laiteuse, Terry avait des airs de madone sculptée dans l'albâtre par un artiste de talent.

Néanmoins, elle était réelle, bien réelle, il pouvait en témoigner...

Inclinant la tête vers lui, Terry croisa son regard. Un sourire spontané naquit sur ses lèvres rouges et gonflées.

— Maintenant, on peut dire que tu as vraiment perdu ton pari.

— C'est incontestable, dit-il en haussant les épaules. Ah, je vais en entendre parler ! Mes frères ne vont plus me lâcher...

Se soulevant sur un coude, elle lui demanda :

— Pourquoi as-tu renoncé au pari alors que tu étais si près du but ?

Lui aussi s'était posé la question.

Il se l'était posée toute la journée avant même de passer à l'acte, car il savait qu'il allait succomber. Après l'avant-goût dans le jardin d'hiver, il avait compris qu'il était perdu.

Roulant sur le côté et se redressant lui aussi sur un coude, il la considéra avec attention sans pouvoir s'empêcher de caresser ses seins.

— Parce que, dit-il enfin, je te désirais plus fort que je ne souhaitais gagner le pari.

— Dois-je le prendre pour un compliment ?

— Tout à fait, lui assura-t-il d'un ton tranquille.

A cet instant, elle prit sa main dans la sienne et entremêla ses doigts aux siens.

— Pourquoi tenais-tu tant à gagner ce pari, avant ? s'enquit-elle.

— Pour être le meilleur, répondit-il sans la moindre hésitation. Pour être le dernier Reilly en lice.

— Et maintenant ?

Il fit une petite grimace et répondit :

— Bah, maintenant... Liam va empocher dix mille dollars et il pourra refaire la toiture de l'église.

Il fit une pause, écoutant le vent toujours aussi virulent et les poings de la pluie qui cognaient sans discontinuer contre les volets. Alors il ajouta :

— Et à en juger par la force de la tempête il va en avoir besoin.

— Alors, c'est très bien que tu aies perdu, non ?

— Oui et non, puisque j'avais l'intention de lui remettre l'argent, même en cas de victoire de ma part, lui avoua-t-il alors.

Il se rendit soudain compte qu'elle était la première à qui il faisait cette confidence. Incroyable ! Terry lui inspirait un tel sentiment de confiance qu'il pouvait lui parler en toute liberté de sa vie, de sa famille, de tout ce qui comptait pour lui.

D'où venait ce pouvoir qu'elle détenait sur lui ?

Allons, ce n'était pas le moment de se creuser les méninges avec une telle question. Il y repenserait plus tard. Aussi ajouta-t-il :

— Je voulais juste gagner.

— Gagner, c'est important pour toi, n'est-ce pas ?

— Dans ma famille, oui !

— Mais tu as tout de même renoncé, dit-elle en caressant sa paume d'un doigt distrait.

— Si c'était à refaire, je n'hésiterais pas un instant, affirma-t-il.

— Pour revivre l'après-midi que nous venons de passer ensemble, je ferais n'importe quoi, renchérit-elle.

— Ravi de l'apprendre !

Elle se mit à rire. Un rire sensuel qui éveilla une nouvelle envie chez lui.

— Ne fais pas l'innocent ! Tu sais parfaitement que j'ai passé une merveilleuse journée.

— Pourquoi parles-tu au passé ? Elle n'est pas encore terminée, renchérit-il.

— Ravie de l'apprendre, ironisa-t-elle en se rapprochant de lui. Tu sais, aujourd'hui, c'était vraiment une journée particulière pour moi. Il y a si longtemps que cela ne m'était pas arrivé.

Aidan s'en était douté, mais il était heureux de l'entendre de sa propre bouche. Il ne voulait, ne pouvait pas l'imaginer dans les bras d'un autre. Et refusait de penser que, dans deux semaines, elle repartirait pour New York et sortirait de sa vie.

Choisissant le parti de l'humour pour chasser un subit accès de mélancolie, il répondit :

— Et moi donc ! Au moins deux mois…

— Pauvre chou !

— Des railleries à présent ? Me voilà obligé d'exercer ma vengeance…

Changeant soudain de position, il la fit rouler sur le dos, puis traça un sillon brûlant le long de son corps avant d'embrasser longuement son ventre. Terry enfouit avec délcctation ses doigts dans les cheveux d'Aidan et reprit :

— Si je t'ai précisé que cela faisait longtemps que je n'avais pas couché avec un homme, c'est parce que je tenais à ce que tu saches que, en temps normal, je ne suis pas ce genre de femme.

— Quel genre de femme ?

— Tu sais très bien ce que je veux dire ! dit-elle en laissant fuser un petit rire car la langue d'Aidan chatouillait son ventre. Le genre de femme qui ne refuse pas une brève aventure.

Elle s'interrompit un instant, pensive, avant d'ajouter :

— Bien sûr, étant donné les circonstances, je pourrais concevoir que tu ne me croies pas.

Il éclata de rire.

— Chérie, je savais que tu étais compliquée, mais merci de me mettre en garde.

A cet instant, un formidable coup de tonnerre résonna au-dessus de leurs têtes et, en dépit des planches qui les consolidaient, les volets furent secoués de façon violente, par un vent à la force implacable.

D'instinct, Terry se lova contre Aidan qui la calma en lui prodiguant d'habiles caresses. Au bout d'une ou deux minutes, elle reprit la parole :

— Il n'y a eu que trois hommes dans ma vie… Un que j'ai aimé… Un que je pensais aimer, ce qui revient à peu près au même.

Elle fit une pause avant de poursuivre :

— Et toi, aujourd'hui.

Face à cet aveu, il cessa de bouger, même son cœur lui parut battre moins vite.

Les puissances de la nature continuaient d'assaillir portes et fenêtres, cherchant à pénétrer à l'intérieur. En vain. La maison de Donna était solide. Néanmoins, dans cette chambre calfeutrée, une tempête d'un autre ordre était en train de sourdre.

Et comme siège, elle avait élu le cœur d'Aidan.

Le mot amour venait en effet de s'immiscer de façon inattendue dans son cerveau.

De l'amour ?

Qui avait parlé d'amour ? pensa-t-il tout à coup en sursautant.

Ce fut alors qu'il l'entendit rire et poursuivre :

— Pas de panique, Aidan. Je n'étais pas en train de te demander en mariage.

Encore perturbé par ses propres pensées, Aidan parvint tout de même à lui adresser un faible sourire tandis qu'elle précisait :

— Je voulais juste te dire que ce que nous venons de faire signifie quelque chose à mes yeux.

Il releva la tête pour rencontrer son regard et, en toute honnêteté, déclara :

— Cela signifie aussi quelque chose pour moi. Je ne sais pas quoi exactement, mais quelque chose, ça, c'est sûr.

— Merci.

— Pourquoi me remercies-tu ?

— Parce que tu n'essaies pas de me mentir afin de

te sortir d'une situation délicate. Que tu ne prétends pas que je suis l'amour de ta vie. Que tu me respectes assez pour me dire la vérité.

— Je te dirai toujours la vérité, chérie, promit-il alors.

— Tu sais, c'est amusant, je commence à aimer t'entendre m'appeler « chérie »...

— Bonheur oblige, dit-il en lui donnant un nouveau baiser sur le ventre.

— Je ne recherche pas l'amour, Aidan. Je ne le recherche plus.

Aidan tressaillit. Cette dernière phrase avait retenu son attention. Ainsi que la tristesse qu'il avait entendue dans sa voix. Il savait que, s'il plongeait ses yeux dans les siens, il y verrait ces fameuses ombres qui le chagrinaient tant. Celles qui le hantaient depuis leur première rencontre.

Et pourtant, ce fut plus fort que lui.

Il regarda.

Et la souffrance qu'il y vit lui serra le cœur.

— Qui était-ce ?

Elle poussa un long soupir.

— Il s'appelait Eric.

Sans le connaître, Aidan le détestait déjà.

Il l'imaginait grand, musclé et bien trop stupide pour se rendre compte de la valeur de ce qu'il avait... quand il l'avait.

— Que lui est-il arrivé ?

Elle ferma les yeux pour répondre :

— Il est mort.

Oh non ! Une empathie immédiate le submergea.

— Je suis désolé, Terry.

— C'était il y a longtemps.

Combien de temps ? se demanda-t-il, car le chagrin qui ombrait ses yeux était si vif qu'il aurait pu dater de la veille.

Lui lançant un bref regard, Terry effleura le visage d'Aidan avant de dire :

— Douze ans.

Il sourcilla.

Terry n'avait pas plus de trente ans.

Par conséquent…

— Tu étais encore une enfant, s'écria-t-il.

— Presque, concéda-t-elle. Après cela, je suis sortie définitivement de l'enfance.

Lui adressant un doux sourire, elle se mit à onduler sous lui, puis se cambra, comme pour lui rappeler qu'il y avait une minute encore, il l'embrassait, et pour l'encourager à reprendre ses activités.

— Je n'ai pas envie d'en parler maintenant, reprit-elle avec un petit soupir lascif. Si, de ton côté, tu n'y vois pas d'inconvénient…

— Non, bien entendu, s'empressa-t-il de dire, même s'il aurait aimé en apprendre davantage.

Il baisa de nouveau son ventre, glissant toujours plus bas vers son mont de Vénus. Ce fut alors que, dissimulée dans ses boucles dorées, il aperçut une fine cicatrice.

Il fit courir son doigt sur la ligne ténue, et tâcha de ne pas trahir son émotion lorsqu'il lui posa la question dont il était à peu près certain de connaître la réponse :

— Qu'est-ce que c'est ?

Elle ferma les yeux, laissant retomber ses mains sur les draps.

— J'ai subi une opération, déclara-t-elle.

— De quel type ?

— Une césarienne, dit-elle dans un souffle.

— Tu as eu un bébé.

— Oui.

— Quand tu étais encore une enfant ?

— Oui.

— Eric, dit-il en sentant son cœur fléchir.

— Exact. Eric. Mon fils.

Les yeux de Terry s'emplirent de larmes et elle cligna

plusieurs fois des paupières pour ne pas qu'elles roulent sur ses joues.

Idiote ! Pourquoi avait-elle abordé ce sujet ? Pourquoi avait-elle commencé une conversation qui allait inévitablement la mener… là où elle ne voulait pas s'aventurer ?

— Que s'est-il passé ? demanda Aidan.

Levant les yeux au plafond, Terry se concentra un instant sur les ombres colorées qui le paraient d'arabesques magiques.

— Pourquoi veux-tu savoir ? s'enquit-elle à son tour dans un souffle.

Au lieu de lui répondre, Aidan remonta avec lenteur le long de son corps, frottant sa peau contre la sienne d'une manière extrêmement sensuelle.

Elle lui sut gré de ce contact intime. De nouveau, des larmes lui montèrent aux yeux. Il y avait fort longtemps qu'elle n'avait pas éprouvé un lien si fort avec une autre personne. Et le fait qu'elle puisse savourer un tel sentiment au beau milieu de la tempête, dans les bras d'un quasi-étranger, était un véritable don du ciel.

Lorsque le visage d'Aidan arriva à la hauteur de celui de Terry, que sa bouche se trouva à un baiser de la sienne, il enchaîna son regard au sien et lui dit :

— A cause de ces ombres qui dansent dans tes yeux, Terry.

Il prit le temps de lui donner un tendre baiser avant d'ajouter :

— Elles m'ont frappé dès notre première rencontre. Et je veux savoir quelle en est la cause.

Hochant la tête, Terry se mit à fixer les prunelles de son compagnon, des prunelles aussi bleues que profondes.

Puis elle sombra dans les souvenirs, dans un passé qu'elle s'efforçait de toujours tenir à distance, mais qui demeurait pourtant tout proche.

Pianotant d'une main distraite sur le torse d'Aidan, elle

se mit à parler avec une douceur et une quiétude surprenantes. Les mots lui venaient sans difficulté, comme s'ils attendaient depuis longtemps le moment où ils sortiraient.

— Ma famille est riche. Vraiment riche. Mon frère aîné était l'héritier, et moi la princesse. Une débutante, une gentille fille obéissante.

Il l'embrassa pour l'encourager à poursuivre.

— Cela a duré jusqu'à mes dix-sept ans. Jusqu'à ce que je tombe amoureuse du père de mon fils.

— Et que tu tombes enceinte, ajouta-t-il.

— Exact.

Elle se rappelait avec une précision extraordinaire la terreur qui s'était emparée d'elle à l'idée de porter un enfant. Une terreur mêlée d'excitation. Des grossesses hors mariage, cela n'arrivait pas chez les Evans. Chez eux, tout était planifié, mûrement réfléchi et arrangé.

— Le père de l'enfant était paniqué, poursuivit-elle.

— Pas toi ?

— Oh si ! J'étais terrifiée. Quand j'ai annoncé à mes parents que j'étais enceinte, ce fut le drame. Ils me reprochèrent de les avoir déçus, mais m'assurèrent qu'ils allaient prendre en charge *l'accident* de sorte que personne ne soit au courant.

Après tout ce temps, son cœur se tordait encore de douleur au souvenir de cette scène. Lorsqu'elle avait annoncé la nouvelle à ses parents, elle était bien sûr affligée de les bouleverser, mais elle avait espéré en secret qu'ils la soutiendraient. La comprendraient.

Or, ils ne lui avaient apporté ni soutien ni compréhension.

— Ils ont organisé un avortement. Ils ne voulaient pas d'une mère célibataire dans la famille et il était hors de question que j'épouse Ralph.

— Ralph ?

— Oui, le père de l'enfant. Il était charmant, bien jeune lui aussi, et aux yeux de mes parents il présentait l'énorme défaut de venir d'une famille d'ouvriers…

Elle se surprit à rire avant de poursuivre :

— Mais peu importe. Comme je refusais d'avorter, ils décidèrent de m'envoyer chez une tante, à Paris, jusqu'à la naissance de l'enfant. Ensuite, il était prévu que je le fasse adopter.

— Mais tu n'as pas pu…

Une larme roula sur la joue de Terry.

— Non. Dès qu'Eric est né, il a ouvert de grands yeux et m'a regardée comme s'il me connaissait. Il me souriait. C'était mon enfant. Je ne pouvais pas l'abandonner, j'allais le garder !

Aidan lui donna un nouveau baiser et essuya avec son pouce la larme qui coulait sur sa joue.

— Lorsque j'ai fait part à mes parents de ma décision, ils m'ont prévenue que je ne pouvais pas revenir à la maison. Je suis donc restée à Paris, chez ma tante pendant quelque temps, puis avec l'argent que j'avais hérité de ma grand-mère j'ai acheté un appartement où je me suis installée avec mon fils.

C'était une période grisante, se rappela-t-elle. Remplie d'amour et de rire, quoique non dénuée d'une pointe d'angoisse pour le futur. Néanmoins, pour rien au monde elle n'aurait renoncé à ces instants de bonheur. Eric incarnait l'amour. C'était avec lui qu'elle découvrait pour la première fois de sa vie ce sentiment. Elle ignorait qu'un enfant pouvait apporter une si grande satisfaction.

Eric était une petite boule d'amour qui la touchait de mille façons. Il était son monde. Jusqu'à ce que…

— Terry ?

D'une voix réconfortante et sympathique, Aidan venait de la rappeler à la réalité.

— Que s'est-il passé alors ? poursuivit-il.

Terry ferma les yeux, s'armant de courage pour faire face aux souvenirs. Mais, sous ses paupières closes, ils n'en étaient que plus douloureux.

— Eric était âgé de cinq mois. Un matin, il ne m'a

pas réveillée avec ses petits pleurs. J'ai dormi jusqu'à 9 heures et, en me réveillant, j'ai pensé : « Super. Il fait enfin ses nuits. La vie va être plus facile. »

A ces mots, elle se mordit la lèvre puis, levant avec courage les yeux vers Aidan, elle continua :

— Je suis entrée dans sa chambre en le saluant d'un ton joyeux. Et puis je l'ai touché.

De nouveau, elle se trouvait dans la chambre baignée de soleil. Elle pouvait encore sentir l'agréable brise qui entrait par la fenêtre entrouverte. Elle entendait le vent faire tinter les carillons sur la terrasse. Puis elle vit son enfant.

— Il était immobile, inerte…

— Oh, mon Dieu !

Déglutissant avec difficulté, Terry poursuivit :

— Je me rappelle m'être dit : « Comme c'est étrange ! » Puis je me suis penchée pour l'embrasser. Il était tout froid.

— Terry…

Ce fut alors que, par instinct de survie, Terry se projeta mentalement hors du passé.

Elle ne pouvait pas rester dans cette chambre. Ne pouvait pas revivre la suite du drame. Les larmes hystériques, les cris d'appel au secours, la sirène des pompiers, les policiers, les voisins… Tout le monde lui témoignait de la sympathie. Beaucoup de gens pleuraient.

— Selon le docteur, il était décédé de la mort subite du nourrisson. Rien n'aurait pu être entrepris pour le sauver. Il s'était juste… esquivé pendant la nuit.

— Je suis désolé, Terry.

— Je sais…

Sans ajouter un mot, Aidan l'embrassa.

Terry sentit alors toute la force de son réconfort et de sa chaleur. Aidan l'arrachait au passé, la ramenait vers un présent rempli de faim et de passion.

De vie.

Tout à coup, Aidan s'immobilisa.

Relevant la tête avec lenteur, il la regarda d'un air catastrophé.

— Qu'y a-t-il ? s'enquit-elle, le cœur battant.

— Je ne peux pas croire que j'ai agi avec tant de légèreté... C'est la première fois que cela m'arrive, je te le jure.

— De quoi parles-tu, Aidan ?

— C'est le fait d'évoquer Eric qui m'y a fait penser... Terry, nous n'avons pas utilisé de préservatifs. Et maintenant, après ce que tu viens de me confier, je n'arrive pas à croire que je t'ai fait courir le risque de...

— Du calme, lui dit-elle avec douceur.

Puis elle posa un doigt sur la bouche d'Aidan, afin de prévenir toute future protestation. Il n'était pas le seul en cause, elle non plus n'avait pas pensé à se protéger. En vérité, cela n'avait pas d'importance. Si Aidan était sain, cela n'avait pas d'importance.

— Je prends la pilule, poursuivit-elle. Pour réguler mon cycle.

Soulagé, il posa son front contre le sien et murmura :

— Ouf...

Puis, relevant la tête, il lui assura :

— Je suis en bonne santé, ne te fais pas de souci. D'ordinaire, je prends toujours mes précautions.

— Je n'en doute pas, lui dit-elle en enserrant son visage entre ses paumes.

Dans le regard d'Aidan défila alors un maelström d'émotions, mais elle était bien trop épuisée pour chercher à les déchiffrer.

Ce qu'elle voulait, là, maintenant, c'était de nouveau sentir une bouffée de vie en elle. Sentir son cœur battre à tout rompre. Sentir le corps d'Aidan bouger sur le sien.

En elle.

Alors elle précisa :

— Moi aussi je suis en bonne santé. Oh, Aidan ! Je veux que tu me fasses de nouveau l'amour. Tout de suite. Ardemment.

10

Les jours suivants passèrent comme un éclair tant il y avait à faire.

Si le gros de l'ouragan avait évité Baywater et lui avait épargné ce qui aurait pu être une véritable catastrophe, il n'en avait pas moins dépêché une formidable tempête et des pluies torrentielles sur la petite ville.

Il convenait à présent de déblayer et de nettoyer les rues. A cet effet, l'équipe d'Aidan était mobilisée vingt-quatre heures sur vingt-quatre, prêtant main-forte à la police locale et aux pompiers. Celui-ci avait pris des nouvelles de sa famille par téléphone, mais n'avait pas trouvé le temps de rencontrer ses frères : il avait bien trop à faire entre ses missions habituelles et les opérations spéciales liées à l'ouragan.

Sans compter que, le peu de temps libre qui lui restait, il le passait en compagnie de Terry.

Il n'arrivait pas à se rassasier d'elle.

Chaque nuit, depuis la tempête, il restait dormir chez elle. Ils passaient leurs soirées à discuter, rire, faire l'amour. Le temps filait sans qu'ils s'en aperçoivent. C'était la première fois qu'Aidan restait si longtemps en compagnie d'une femme sans avoir envie de s'enfuir à toutes jambes.

Avant de rencontrer Terry, il avait toujours conservé

ses distances avec ses partenaires — du moins d'un point de vue émotionnel. Il n'avait jamais éprouvé le besoin de lier plus ample connaissance avec une femme, au-delà du niveau superficiel qui leur permettait de prendre du bon temps ensemble.

Mais cette fois, il avait dépassé ce stade.

Cela s'était produit de manière sournoise, presque à son insu, et maintenant, il ne savait plus comment réagir. Attiré par Terry comme par un aimant, il se sentait de plus en plus impliqué dans sa vie, dans son monde.

Une petite alarme, à l'arrière de son cerveau, ne cessait pourtant de lui conseiller de faire machine arrière. Lui rappelant que sa vie était ici, en Caroline du Sud, et celle de Terry à New York. Qu'une ancienne débutante n'avait rien en commun avec un militaire de carrière. Et surtout, qu'un Marine de sa trempe ne recherchait pas une relation durable et ne voulait pas entendre parler d'amour.

Hélas ! Cette alarme devenait chaque jour un peu plus ténue…

Fronçant les sourcils, Aidan se gara sur le parking du Lighthouse où il avait rendez-vous avec ses frères, ayant enfin trouvé un moment pour les rejoindre.

Comme il entrait dans l'établissement, il s'arrêta un instant dans le vestibule. Suspendant ses lunettes au col en V de son polo, il balaya la brasserie du regard. De nombreuses familles étaient réunies autour des tables rondes, de toute évidence heureuses d'être rassemblées. Il était manifeste qu'elles étaient soulagées d'avoir été épargnées par Igor.

Aidan repéra ses frères installés dans l'arrière-salle, et s'arma de courage pour affronter les sarcasmes qui l'attendaient. Lui-même ne s'était pas privé de se moquer de Brian et Connor depuis leur capitulation, aussi ne doutait-il pas un instant qu'ils allaient lui rendre la pareille.

Traversant la salle bondée, il rejoignit le box où se trouvait la fratrie Reilly.

— Pousse-toi, dit-il à Brian en guise de salut.

Puis il se laissa choir à côté de lui sur la banquette en skaï, en face de Connor et de Liam.

Prenant une large inspiration, il déclara sans préambule :

— Je suis hors jeu !

Des exclamations de surprise et de moquerie fusèrent instantanément. Les rires de ses frères étaient si peu discrets qu'ils finirent par attirer l'attention des clients assis aux tables voisines.

Gêné, Aidan se tassa sur son siège et leur ordonna d'une voix étouffée d'être moins bruyants.

— Avoue tout de même qu'il y a de quoi rire, lança Connor, toujours hilare.

Brian présenta alors sa paume à Connor qui frappa dedans avec une belle énergie, avant que tous deux ne poussent un cri de victoire.

Liam se contentait de sourire et de se frotter les mains, comme s'il s'apprêtait déjà à compter l'argent qu'il venait de gagner.

— Raconte ! Que s'est-il passé ? s'enquit Brian en donnant un coup de coude à son frère.

— Tu as besoin d'un dessin ? Tu sais parfaitement ce qui s'est passé !

— Qu'as-tu fait de tes beaux discours ? intervint alors Connor. Ne devais-tu pas nous battre à plates coutures ?

— Je vous ai battus, lui rappela Aidan d'un air bravache. Aurais-tu oublié que vous avez tous les deux craqué avant moi ?

Après tout, s'il n'avait pas gagné le pari, il l'avait tenu bien plus longtemps que ses frères. Par conséquent, il était tout à fait fondé à tirer orgueil de cet exploit sans qu'on lui conteste ce droit.

— C'est indéniable, concéda Connor en croisant les bras. Toutefois, il ne te restait plus que deux semaines à tenir, et j'étais persuadé que tu irais jusqu'au bout de ton chemin de croix.

— Pour ma part, je n'en étais pas aussi convaincu, lança Brian avec perfidie.

— Terry ? demanda Liam à brûle-pourpoint.

Aidan hocha la tête.

— Terry ? répéta Connor d'un ton surpris.

Il lança alors un regard circulaire défiant à la petite assemblée, comme si tous lui avaient caché une information capitale.

— Qui est cette Terry ? enchaîna aussitôt Brian, solidaire. Comment se fait-il que toi, Liam, tu connaisses l'existence de cette fille ?

— Vous n'êtes pas toujours au courant de tout, marmonna Aidan.

A cet instant, la serveuse leur apporta leurs bières, et ils se turent tandis qu'elle les déposait sur la table. La discussion reprit dès qu'elle s'éloigna.

— Parle ! ordonna Connor. Qui est donc ta dernière conquête ?

— Ne pourrais-tu pas parler d'elle en d'autres termes ? s'emporta Aidan.

— Où vous êtes-vous rencontrés ? Au bar Off Duty ? demanda Brian en riant.

Aidan lui lança un regard noir.

En général, c'était au Off Duty qu'il faisait des rencontres féminines. Il soupira. L'heure était donc venue de passer aux aveux, pensa-t-il, résigné. Avalant une gorgée de bière pour se donner du courage, il expliqua alors à ses frères dans quelles circonstances il avait fait la connaissance de Terry.

Au fur et à mesure de son récit, sa voix devenait plus tendre, ses yeux plus brillants et son expression plus chaleureuse.

— Elle a l'air parfaite, cette Terry, indiqua Liam, une fois qu'Aidan se fut tu.

Ce dernier lui jeta un bref coup d'œil, avant de tourner un regard plus circonspect vers ses deux autres frères.

— Epargnez-moi vos commentaires, les prévint-il. Ne rendez pas la situation plus compliquée qu'elle ne l'est, s'il vous plaît !

— Je n'ai rien dit, objecta aussitôt Connor en levant les bras pour protester de son innocence.

— Tu n'as pas besoin de parler. Ton expression veut tout dire, répliqua Aidan d'un air désabusé.

— Tu devrais voir ta tête, intervint Brian avant de porter sa chope de bière à ses lèvres.

— Que veux-tu dire ? argua Aidan, à cran.

— Allons, du calme ! protesta Brian. Il n'y a pas de honte à aimer une femme. A part pour Liam, bien sûr.

— Très drôle ! fit celui-ci en donnant une petite tape à Brian.

— On se calme, répéta ce dernier.

Ce fut alors qu'Aidan reprit d'une voix sévère :

— Je n'ai pas parlé d'amour, que je sache. Tout ce que j'ai dit, c'est que j'avais perdu le pari.

— Bah ! Ne le prends pas mal, mon vieux, lui lança Connor en levant son verre à sa santé. On est tous passés par là — sauf Liam, bien sûr.

Ce dernier haussa les épaules, agacé par cette nouvelle allusion.

— Sérieusement, reprit Aidan en s'efforçant de refouler le sentiment de panique qui montait peu à peu en lui, arrêtez de me parler d'amour. Je ne suis pas amoureux. Et je n'ai pas l'intention de l'être. Vous pouvez tout de même comprendre cela, non ?

— A t'entendre, on croirait que l'amour est un fléau, répliqua Brian, amusé.

— N'en est-ce pas un ? rétorqua Aidan d'un air provocateur.

— Dis-moi, Aidan, qu'est-ce qui t'effraie tant, dans l'amour ? s'enquit alors Liam d'un ton posé.

Sur la défensive, son frère répondit :

— Je n'ai jamais dit que j'avais peur de l'amour ! J'ai juste dit que cela ne m'intéressait pas.

— Je comprends mal ce désintérêt, intervint alors Brian. Pour ma part, je ne pourrais plus imaginer ma vie sans ma femme.

— Il est vrai que ton mariage avec Tina t'a tellement plu que tu as divorcé afin de pouvoir te remarier avec elle, ironisa Aidan.

— Que cherches-tu ? La bagarre ? rétorqua son frère d'un ton de défi.

— Aidan est sur les nerfs, intervint Connor avant que la dispute ne dégénère, ainsi que cela arrivait quelquefois encore entre les triplés. Je sais ce que c'est ! Moi-même, j'ai eu beaucoup de mal à m'avouer que j'aimais Emma.

— Et maintenant que vous êtes mariés, qu'est-ce que tu as de plus ? fit Aidan d'un air irrité.

— Le bonheur, j'imagine, intervint leur aîné.

— Sans vouloir t'offenser, Liam, rétorqua alors Aidan, je ne pense pas que, dans ce domaine, un prêtre ait voix au chapitre.

A ces mots, une bouffée de colère traversa le visage de Liam. L'instant d'après, il se reprenait.

— Pour être prêtre, je n'en suis pas moins un homme, mon cher Aidan, répondit-il dans un sourire aimable. Et qui plus est, votre frère.

— Il n'empêche, tu n'y connais rien au sujet des femmes, insista Aidan.

Il avala une longue gorgée de bière et, les yeux rivés sur sa chope, ajouta :

— Ces deux-là, au moins, savent de quoi ils parlent. Toi, non ! Tu ne sais pas ce que c'est que d'être…

Aidan se rattrapa à temps pour éviter le mot fatal qu'il réfutait avec une si belle énergie depuis quelques minutes et enchaîna :

— D'apprécier une femme, tout en sachant que tu ne

dois pas lui laisser prendre une trop grande importance dans ta vie.

— Il a raison, affirma Brian.

— Tout à fait, renchérit Connor. Au fond, tu as une chance inouïe, Liam ! Tu n'as pas à te soucier des états d'âme des femmes. Et je peux te certifier qu'elles sont *très* susceptibles.

— Pour qui me prenez-vous donc ? s'emporta tout à coup Liam. Croyez-vous que je suis né avec une soutane ? Je suis d'abord votre frère, un homme… Pensez-vous réellement que je n'ai jamais aimé une femme ? Que j'ignore ce qu'est le désir ?

Surpris, Aidan fronça les sourcils.

Cela faisait des années qu'il n'avait pas vu Liam en colère.

— Allons, ne le prends pas mal, marmonna Brian.

— Tais-toi ! lui ordonna Liam d'un ton impérieux.

Observant ses frères tour à tour, il fixa son regard sur Aidan et poursuivit :

— J'ai été amoureux, autrefois.

— Pardon ? s'exclamèrent les triplés d'une même voix étranglée.

Liam resta impassible et, les yeux toujours attachés à l'ultime perdant, continua :

— Elle s'appelait Ailish. Je l'avais rencontrée en Irlande, l'été qui a précédé mon entrée au séminaire.

Aidan se souvenait du voyage que Liam avait entrepris cet été-là, un voyage durant lequel il entendait prendre une décision concernant son avenir et trouver une réponse à la question qui le tourmentait : était-il vraiment destiné à devenir prêtre et consacrer le reste de sa vie à la prière ?

Liam avait séjourné dans la maison de leurs grands-parents, près de Galway, et il en avait profité pour visiter l'Irlande. A son retour, il n'avait jamais raconté en détail ce qui s'était passé pendant ces trois mois, loin des siens.

De leur côté, ses cadets ne l'avaient pas questionné, pensant qu'il avait passé son été à méditer et prier.

De toute évidence, ils s'étaient trompés !

Comme hypnotisé par le regard de Liam, Aidan lui demanda :

— Que s'est-il passé ? Si tu l'aimais tant, pourquoi l'as-tu laissée partir ?

A cette question, la respiration de Liam s'accéléra. Ses yeux brillèrent d'un curieux éclat avant de s'assombrir aussi vite.

A l'évidence, Aidan venait de toucher une corde sensible.

Redressant les épaules, l'aîné répondit enfin :

— Elle est morte.

— Oh, Liam…, murmura Connor.

— Désolé, fit Brian.

Quant à Aidan, il retint son souffle.

Comment avaient-ils fait pour se retrouver, en un rien de temps, sur le champ miné des émotions ?

Liam reprit alors :

— Cette journée-là, elle se rendait à Galway pour faire du shopping avec sa sœur. Elle circulait tranquillement sur la nationale, lorsqu'un touriste américain, peu rompu à la conduite anglaise, est arrivé en face, sur la même voie, et a percuté son véhicule de plein fouet. Elle est décédée sur le coup…

Un silence s'ensuivit. Les triplés étaient bouleversés.

— Je suis profondément désolé, Liam, dit enfin Aidan.

Et dire, pensa-t-il aussitôt avec tristesse, que pendant toutes ces années, leur aîné n'avait jamais fait la moindre allusion à ce drame qui devait encore le hanter. Au fond, les Marines n'étaient pas les seuls à avoir du courage.

La colère de Liam s'était envolée lorsqu'il déclara en souriant :

— Allons, c'est de l'histoire ancienne… Si je vous la raconte aujourd'hui, c'est pour que vous sachiez que je comprends ce que c'est qu'aimer une femme au point de ne pas pouvoir envisager le futur sans elle.

De nouveau, tous se turent. Chacun était perdu dans ses pensées et aucun ne semblait enclin à reprendre la parole.

Ce fut Connor qui brisa le silence.

— Si Ailish avait vécu, dit-il d'une voix lente, serais-tu devenu prêtre ?

A cette question, Liam se crispa.

Il but une longue rasade de bière, reposa sa chope sur la table et se tourna vers Connor.

— Cette question m'a hanté pendant des années, avoua-t-il. En toute honnêteté, non, je n'aurais pas embrassé la religion. Lorsque j'ai rencontré Ailish, j'ai eu le sentiment que Dieu m'envoyait un signe. Qu'il voulait me dire qu'il n'avait pas besoin de moi.

Liam poussa un long soupir et continua :

— Nous envisagions de nous marier dans l'église locale, puis de nous installer près de Lough Mask. Et soudain, elle a disparu.

— Vous marier ? répéta Aidan, exprimant la surprise des deux autres triplés.

Un sage sourire éclaira alors le visage de Liam.

— Je suis persuadé qu'il y a une explication à tout, dit-il. Peut-être que rencontrer Ailish, l'aimer, puis la perdre, c'était autant d'épreuves censées m'aider à devenir un meilleur prêtre.

— Je ne sais pas quoi dire, avoua Brian.

— Il n'y a rien à dire, fit Liam.

Un silence embarrassant s'abattit sur la fratrie.

A présent que Liam venait de révéler ce pan secret de sa vie, les triplés ne savaient plus comment se comporter avec leur aîné.

Ce fut Brian qui, le premier, trouva les mots pour briser la gêne.

— Tu es un excellent prêtre, Liam, affirma-t-il avec conviction.

— Merci, fit ce dernier. C'est gentil.

— Je suis sincère, insista Brian. D'ailleurs, je vais avoir besoin de tes prières.

— Que se passe-t-il ? demanda Connor, le plus prompt à formuler la question qui leur était à tous venue à l'esprit.

— Je dois partir pour le Moyen-Orient, expliqua-t-il d'un air détaché.

En tant que fils de Marine et Marines eux-mêmes, les frères Reilly savaient que ce type de nouvelles pouvait tomber à chaque instant. Et qu'elles engendraient toujours des tracas.

— L'as-tu annoncé à Tina ? demanda Liam.

— Pas encore. Je ne vais pas tarder à rentrer pour l'en informer. Voilà pourquoi je te demandais de prier pour moi, Liam. Sur le terrain, les combats sont dangereux, mais, ajouta-t-il avec humour, il n'y a rien de plus redoutable qu'une bataille avec Tina !

— Tu ne seras pas parti avant notre défilé, au moins ? s'enquit Aidan.

— Hélas, non, je serai encore là pour subir l'humiliation collective ! Allons, à présent, je dois vous fausser compagnie.

— Je t'accompagne, dit Connor. Il faut moi aussi que je rentre ou Emma va être furieuse.

Aidan se mit à rire.

— Vous voyez à quoi conduit le mariage ? A un asservissement !

— Tu n'as rien compris ! répliqua Brian d'un ton hautain. Allez, lève-toi pour que je passe.

Aidan s'exécuta et Brian se glissa hors de la banquette. Sortant un billet de sa poche pour régler sa consommation et celle de Connor, il le posa sur la table et dit :

— A plus tard, les gars.

Leur adressant un salut militaire, Connor lui emboîta le pas.

Tandis que les deux hommes s'éloignaient, Aidan reprit sa place sur la banquette et déclara :

— Tina ne va pas apprécier la nouvelle.

— Elle est forte, répondit Liam. Elle va se faire du souci pour lui, c'est inévitable, mais elle assumera.

— Tu dois avoir raison.

De fait, Aidan ne pensait pas vraiment à sa belle-sœur, ni même à la mission de Brian au Moyen-Orient.

Non, il était toujours hanté par le récit de son aîné sur son amour perdu. Plongeant ses yeux dans ceux de Liam, il lui demanda tout à coup :

— Pourquoi nous as-tu parlé d'elle aujourd'hui ?

Liam poussa un soupir et s'adossa à la banquette.

— Je ne sais pas… J'en avais sûrement assez de vous entendre dire que je ne connaissais rien aux femmes et à l'amour.

— Je comprends, fit Aidan en souriant.

Cette nouvelle était encore bien trop fraîche. Il avait toujours pensé que Liam était un homme tranquille et réfléchi. Né pour être prêtre. Et voilà qu'il découvrait que lui aussi avait eu des rêves, et qu'il les avait perdus en chemin. Cette idée le perturbait un peu.

— Comment était-elle ?

— Qui, Ailish ?

— Oui.

Liam esquissa un sourire triste avant de répondre :

— Belle, chaleureuse, drôle. Entêtée aussi.

Sa voix s'adoucissait au fil des souvenirs.

— C'était une artiste. Une artiste assez douée, spécialisée dans la peinture de paysages.

Soudain, un éclair traversa le cerveau d'Aidan.

— La peinture accrochée dans ta chambre, qui représente des pierres levées, c'est elle qui l'a réalisée ?

— Oui, c'est une de ses œuvres.

Aidan avait toujours admiré ce tableau, au point qu'il avait même proposé à Liam de le lui acheter. Maintenant, il comprenait pourquoi ce dernier avait refusé de s'en séparer.

La peinture représentait des dolmens, ces mystérieux monuments qui constituaient la fierté des Irlandais. Elle possédait une force mystique, provenant de la brume qui montait de l'herbe verte pour s'enrouler autour des monolithes, telles des mains aussi aimantes qu'inquiétantes.

— Elle était très douée.

— C'est bon, Aidan, je n'ai pas besoin de ta compassion.

— Que suis-je censé ressentir ?

Se penchant sur la table, Liam répondit alors :

— Je préférerais que tu réfléchisses.

Sortant son portefeuille de sa poche, il régla les consommations et ajouta :

— Pense à ce que tu as trouvé en la personne de Terry. A ce que tu pourrais avoir. Et réfléchis vite, avant que le bonheur ne te file entre les doigts.

Sur cet avertissement, il se leva et disparut.

Aidan se retrouva seul devant sa bière, rongé par les doutes qui l'assaillaient de toutes parts.

11

— Je vais revenir plus tôt que prévu.

— Ce n'est pas la peine, répondit Terry en bloquant le combiné contre son épaule pour pouvoir se servir un verre de thé glacé. Je t'assure que tout va bien, Donna.

— Ni la librairie ni la maison n'ont subi de dégâts, tu es bien certaine ?

Terry soupira.

Elle avait déjà rassuré son amie une demi-douzaine de fois durant ces derniers jours. Bien sûr, il ne devait pas être aisé de se trouver à des milliers de kilomètres de chez soi quand un ouragan s'abattait sur votre ville.

— Comme je te l'ai déjà dit, il y avait une petite fuite dans la librairie, lui dit-elle. Dans l'espace dessin. Ce qui a provoqué une *minuscule* flaque.

— Pourquoi n'ai-je pas fait réparer la toiture l'année dernière, quand je m'en suis rendu compte ? gémit de nouveau Donna.

— C'est une *toute petite* fuite, je t'assure. La librairie n'est pas inondée !

— Bien, bien… Pardonne-moi si je suis un peu obsessionnelle.

— Si peu ! ironisa Terry en avalant une gorgée de thé. Allons, profite du reste des vacances et cesse de te faire du souci.

— Pour dire la vérité, mes parents commencent à me porter sur les nerfs.

A ces mots, Terry se mit à rire, tout en s'asseyant sur une chaise, dans la cuisine. Qu'il était bon de discuter avec Donna et de penser à autre chose qu'à sa propre situation.

Cela faisait des jours que toutes ses pensées étaient concentrées sur Aidan Reilly — et elle ignorait toujours quelle attitude adopter concernant une relation qui devenait chaque jour un peu plus compliquée.

Encore que, pour Aidan, elle n'avait sans doute rien de bien complexe, pensa-t-elle avec amertume. C'était sa faute à elle si elle avait commis l'erreur de s'impliquer plus que de raison dans cette relation. A présent, elle devait trouver seule une solution.

— Ne te méprends pas sur mes propos, Terry, précisa Donna. Mes parents sont géniaux, mais ils passent leur temps à donner des friandises aux enfants et consentent à tous leurs caprices, de sorte que les petits monstres se sentent pousser des ailes et deviennent de plus en plus difficiles à gérer.

En entendant Donna évoquer ses enfants, le cœur de Terry se serra.

Quelle aurait été sa vie aujourd'hui, si Eric avait vécu ? se demanda-t-elle. Il aurait eu douze ans cette année. Presque un adolescent.

Elle ferma les yeux pour imaginer ses traits, à partir du visage du nourrisson qu'il était alors… Sans succès.

Elle avait toujours souhaité avoir des enfants. Toute une maisonnée remplie de rires. Ses rêves avaient disparu avec Eric. Désormais, elle était seule. Et, en dépit des sentiments qu'elle ressentait pour Aidan, elle allait rester seule.

Secouant la tête pour s'arracher à ses pensées, Terry déclara :

— Bah ! Tout cela me semble dans l'ordre des choses.

Les grands-parents sont en général plus permissifs que les parents.

— Je suppose. Cela dit, ma maison me manque, j'ai vraiment envie de rentrer.

— Je te comprends. Je dois admettre que moi aussi je commence à avoir le mal du pays.

— Déjà lasse de la vie provinciale et impatiente de retrouver Manhattan et le tourbillon de tes activités ?

Terry se garda de répondre.

De fait, la vie à Baywater lui plaisait beaucoup. Elle aimait, par exemple, discuter avec ses voisins à ses heures perdues, ce qui à New York ne lui arrivait jamais. Le sens de la communauté qui existait ici, ainsi qu'elle avait pu le constater lors de l'ouragan, la séduisait. En outre, dans une petite bourgade, le cours de l'existence semblait s'écouler avec davantage de lenteur.

Et puis, surtout, Baywater présentait l'avantage de compter Aidan parmi ses habitants.

A cette pensée, le visage de ce dernier s'imposa à elle. Son petit sourire charmeur plein de défi. Ses yeux d'un bleu profond. Mais aussi sa voix rocailleuse, au creux de la nuit. La sensation de ses mains vigoureuses sur sa peau. Son rire et son humour.

Tout cela lui plaisait énormément…

Oh, mon Dieu ! Elle avait commis l'erreur qu'elle s'était toujours efforcée d'éviter, comprit-elle soudain, bouleversée. Elle était tombée amoureuse.

Se raidissant sur sa chaise, elle fixa le mur blanc, en face d'elle. Pourquoi ne s'en était-elle pas rendu compte quand il en était encore temps ?

Au fond, peut-être n'aurait-elle rien pu empêcher. Dès leur première rencontre, elle avait ressenti des vibrations puissantes et inconnues résonner au fond de son être. Elle avait alors compris qu'Aidan était différent des autres hommes qu'elle connaissait et qu'il représentait un danger potentiel.

Le problème, c'était qu'elle avait sous-estimé le danger.

— Allô, ici la Terre, y a-t-il quelqu'un au bout du fil ?

— Excuse-moi, marmonna Terry en s'arrachant à ses pensées.

Elle avala un long trait de thé et frissonna, bien consciente que ce n'était pas la boisson glacée qui lui valait ces frissons mais le fait d'avoir donné son cœur à un homme qui n'en voulait pas.

— Que se passe-t-il ? demanda son amie.

— J'ai commis une grave erreur, Donna, annonça-t-elle alors.

— Quel ton tragique !

— C'est tragique.

— Et cette erreur, ne s'appellerait-elle pas Aidan, par hasard ?

— Comment l'as-tu deviné ?

— Il était facile de s'en douter, répondit Donna sans dissimuler sa joie.

— Tu n'as aucune raison de te réjouir de la situation ! la prévint Terry, agacée.

— Pourquoi ne serais-je pas ravie ? rétorqua Donna. Deux de mes plus proches amis viennent de trouver l'amour et le bonheur. C'est une excellente nouvelle !

— Aux yeux d'Aidan, nous avons juste trouvé une complicité physique, objecta Terry d'un ton renfrogné.

— Et en ce qui te concerne ?

Terry poussa un soupir.

— Oh, moi… Je suis une idiote, voilà tout.

— Non, ma chérie, susurra Donna. Juste amoureuse et heureuse.

— En tout cas, cela me complique la vie, et rend mon départ plus difficile.

— Ton départ ? Pourquoi ne pas rester un peu plus longtemps que prévu à Baywater et voir comment votre relation évolue ?

— Non, répondit Terry d'un ton catégorique.

Incapable de tenir en place, elle se leva et alla se poster derrière la fenêtre. La cour était inondée de soleil. Quelques nuages blancs inoffensifs couraient dans le ciel, poussés par une légère brise. Difficile de croire qu'un ouragan s'était récemment déchaîné sur la ville.

De la même façon, se dit-elle, quand elle rentrerait à New York, quand elle se noierait dans le travail et retrouverait son environnement familier, les sentiments qu'elle éprouvait pour Aidan disparaîtraient peu à peu, comme s'ils n'avaient jamais existé.

Bien sûr, elle en concevait une certaine tristesse. Mais elle refusait d'aimer de nouveau. Elle ne voulait pas prendre le risque de tout perdre, encore une fois.

Après le décès d'Eric, elle s'était sentie perdue. Dévastée. Alors, pour survivre, elle s'était laissé happer par le goût du danger, des sports extrêmes et était partie à la recherche insatiable du grand frisson. Etourdie par cette fuite en avant, elle ne s'était pas rendu compte que, en réalité, elle courtisait la mort.

Sa vie était vide, désespérément vide. Son fils lui manquait et sa famille ne lui avait pas apporté grand réconfort. Aussi le tourbillon d'une vie menée à tombeau ouvert l'empêchait-il de réfléchir et surtout, d'avoir de nouveau le cœur brisé.

Jusqu'à ce réveil, cinq ans plus tôt sur un lit d'hôpital.

Elle avait alors dû faire face à la triste réalité. Et admettre qu'elle était devenue aussi vide que sa vie. Qu'elle avait traqué le danger afin de ne pas avoir à affronter sa vie sans enfant. Ce qui, à bien y réfléchir, constituait un affront à la mémoire d'Eric et de l'amour immense qu'elle avait éprouvé pour lui.

Après quoi, elle avait imprimé un virage à trois cent soixante degrés à sa vie, désormais axée sur le don et l'aide à autrui. Elle avait décidé de tendre la main à ceux qui se sentaient aussi seuls qu'elle, avant.

Si elle donnait une chance à l'amour qu'elle ressentait

pour Aidan, ne revenait-elle pas dans la zone dangereuse ? Ne fournissait-elle pas à la vie une nouvelle occasion de lui faire mordre la poussière ?

Il en était hors de question !

— Terry ?

— Désolée, murmura-t-elle, encore à moitié perdue dans ses pensées.

— Tu es sous le choc, n'est-ce pas ?

— Oui, je crois bien, admit-elle.

Heureusement qu'elle pouvait au moins discuter avec sa vieille amie. Lui confier ses craintes et ses peurs.

— Ma décision est prise, déclara Donna, je vais rentrer plus tôt que prévu.

— C'est inutile, protesta Terry.

— Je sais, mais ma maison me manque.

— Donna…

— Je serai à Baywater demain, ou après-demain au plus tard.

— Comme tu voudras.

Déjà, Terry commençait à planifier son retour à Manhattan. Non, elle ne fuyait pas, se répéta-t-elle avec fermeté. Elle battait en retraite. Par instinct de survie.

Deux heures plus tard, Liam en personne ouvrait la porte du presbytère.

La gouvernante était sortie faire les courses hebdomadaires et un autre prêtre assurait la permanence des confessions, à l'église. Ce qui laissait toute latitude à Liam pour recevoir le couvreur et discuter avec lui du devis déjà établi.

Pourtant, contrairement à ses attentes, ce ne fut pas M. Angelini qu'il trouva sur le seuil de sa porte. A la place, se tenait une belle blonde aux yeux verts. Elle lui adressa un bref sourire, et Liam comprit tout de suite de qui il s'agissait.

— Vous êtes Terry Evans ! s'exclama-t-il.

— Ravie de vous rencontrer, père Liam Reilly, répondit-elle. Aidan ne m'avait pas avertie que vous étiez devin !

— Je ne suis pas doté de tels dons, protesta-t-il en l'invitant à entrer. Aidan m'a dressé une description si détaillée de votre personne qu'il était impossible que je me trompe.

Terry pénétra dans le vestibule et le beau parquet étincelant grinça sous l'impact de ses talons aiguilles.

Liam referma la porte, puis lui fit face.

Terry était une très belle femme, vêtue d'un tailleur beige extrêmement bien coupé et d'une blouse de soie verte. En dépit de cette élégance et de l'aura qu'elle dégageait, elle paraissait fort mal à l'aise, aussi Liam prit-il la situation en main.

— Puis-je vous offrir un verre ? Je peux vous proposer du soda à la place de l'imbuvable thé glacé que prépare ma gouvernante. C'est du reste son unique faiblesse, précisa-t-il avec un grand sourire, sinon elle est parfaite.

— Non, je ne veux rien, merci, dit-elle en le suivant dans le salon.

— Asseyez-vous, je vous en prie.

Elle prit place sur le sofa et Liam s'assit dans un fauteuil, en face d'elle. Une curieuse tristesse se reflétait dans ses yeux, teintée d'une mélancolie qui alla droit au cœur de Liam. Il comprenait à présent pourquoi Aidan était tombé sous son charme. Ce qu'il ne saisissait pas en revanche, c'était pourquoi son frère essayait de lutter contre ses sentiments.

— Pourquoi êtes-vous venue me voir, Terry ? s'enquit-il alors.

Elle aspira une brève bouffée d'air, puis balaya la pièce d'un regard circulaire avant de poser ses yeux sur Liam.

— Vous êtes direct, c'est une qualité que j'apprécie, fit-elle.

Il lui sourit et attendit qu'elle poursuive.

— Aidan m'a dit que les dix mille dollars du pari allaient vous servir à réparer la toiture de l'église.

— Il vous a mis dans la confidence, lança Liam en souriant.

A cet instant, Terry ouvrit son sac et en sortit une enveloppe.

— Je ne sais pas si vous le saviez, mais Aidan avait l'intention de vous remettre l'argent, même s'il avait remporté le pari.

— Je l'ignorais, reconnut Liam. Toutefois, cela ne me surprend pas de lui. C'est un homme généreux.

— Tout à fait d'accord avec vous, dit-elle en promenant ses doigts sur le dos de l'enveloppe.

— Et vous l'aimez.

A ces mots, elle jeta un vif coup d'œil à son interlocuteur qui lui adressa en retour un beau sourire.

Ses paroles avaient troublé la belle Terry, pensa Liam. Par conséquent, il avait visé juste. Comme Aidan avait de la chance ! A condition, bien sûr, qu'il ne la laisse pas passer…

— Etes-vous bien certain que vous n'êtes pas devin ? le questionna-t-elle avec un sourire méfiant.

— Absolument ! Sans vouloir vous offenser, il est aisé de lire vos émotions dans vos yeux.

— Je suis donc un livre ouvert ! J'espère qu'Aidan n'est pas dans une phase lecture, en ce moment, dit-elle d'un ton dérisoire.

— Vous ne souhaitez pas qu'il l'apprenne ?

— Non, dit-elle avec autant de douceur que de fermeté. Ni lui ni moi ne recherchions l'amour, mon père.

— Liam, la corrigea-t-il.

— Liam, répéta-t-elle. Ce qui s'est passé entre nous… Allons, tout cela n'a plus d'importance.

— Vous ressemblez beaucoup à Aidan, lâcha alors Liam.

— Ah non ! Ne m'insultez pas ! dit-elle d'un ton ironique.

Un sourire amusé barra le visage de Liam.

Cette femme lui plaisait de plus en plus et il aurait voulu botter les fesses à Aidan : pourquoi son idiot de frère ne l'avait-il pas déjà demandée en mariage ?

— Quoi qu'il en soit, ce n'est pas pour vous parler d'Aidan que je suis venue vous voir, reprit-elle.

— Ah bon ? Et quel est donc le but de votre visite ? s'enquit Liam, intrigué.

— Ceci, répondit-elle en lui tendant l'enveloppe.

Confus, Liam s'en empara et l'ouvrit. Et découvrit à sa grande stupéfaction qu'elle contenait un chèque de vingt-cinq mille dollars.

Relevant les yeux vers sa bienfaitrice, il déclara :

— J'apprécie votre geste. Néanmoins, c'est une somme considérable… Puis-je vous demander ce qui motive ce chèque ?

— Dix mille dollars ne suffiront pas à construire une nouvelle toiture, Liam.

— Exact, mais cela n'explique toujours pas votre générosité.

— Eh bien, répondit-elle un peu embarrassée, disons que j'aime beaucoup Baywater.

Sur cette explication sommaire, elle se leva pour venir se placer derrière les baies vitrées qui donnaient sur le devant du presbytère et ses arbres centenaires.

— C'est une jolie ville, poursuivit-elle. Ses habitants sont fort sympathiques. Tout cela va me manquer. Aussi voulais-je témoigner mon affection à Baywater avant de m'en aller.

— Vous partez ?

Elle pivota sur ses talons, et hocha la tête. Puis elle détourna rapidement les yeux avant que Liam n'y lise ses regrets.

— Quand ? demanda-t-il.

— Dans un jour ou deux.

— Aidan est-il au courant ?

— Non, avoua-t-elle. Et j'aimerais que vous me promettiez de ne pas le lui dire.

— Allez-vous l'en informer ?

— Je ne sais pas encore…

En soupirant, Liam posa l'enveloppe sur la table pour la rejoindre près des baies vitrées. Il la prit alors par les épaules.

— Puis-je vous être utile d'une quelconque façon, Terry ? lui demanda-t-il.

— Non, dit-elle dans un triste sourire, mais je vous remercie pour votre aide.

— Etes-vous bien certaine que vous voulez partir ? insista Liam.

Il enrageait de constater qu'Aidan et Terry étaient aussi obstinés l'un que l'autre et que cet entêtement risquait de compromettre leur avenir.

Se dégageant de son étreinte, Terry répondit :

— Je n'ai pas dit que je voulais partir. Je le dois, c'est différent.

— Cela n'a pas de sens, répondit Liam avec un soupir.

Elle laissa fuser un rire sec avant de répliquer :

— C'est possible, mais je dois le faire.

— Pourquoi ne pas expliquer à Aidan les sentiments que vous éprouvez pour lui ?

Cette fois, elle éclata de rire.

— Sûrement pas ! Même si j'avais l'intention de parier de nouveau sur l'amour, vous savez comme moi qu'Aidan ne serait pas intéressé.

— Vous vous trompez, il vous apprécie beaucoup.

— Oh, je n'en doute pas, dit-elle en se dirigeant vers la porte. Mais il ne s'agit pas d'amour. Pas plus que moi, il ne veut entendre parler d'amour.

— En êtes-vous bien sûre ?

— Certaine.

Liam la raccompagna jusqu'à la porte. Elle l'ouvrit avant

qu'il n'ait le temps d'atteindre la poignée, puis descendit d'un pas rapide la volée de marches.

— Merci encore pour votre don, lui dit-il.

— Tout le plaisir est pour moi, Liam. J'ai été ravie de faire votre connaissance.

Comme elle descendait l'allée pour regagner sa voiture, il la rappela.

— Terry ?

Elle s'immobilisa et fit volte-face. Ses grands yeux verts reflétaient une immense tristesse.

Liam serra les mâchoires. Comme il aurait aimé la réconforter, l'aider… Mais il se retint, sachant que Terry n'apprécierait pas son attitude.

— Mon frère est un idiot s'il vous laisse partir, déclara-t-il.

— Il est toujours bon de savoir partir à temps, mon père, répliqua-t-elle avec sagesse.

Ouvrant la portière de sa voiture, elle s'engouffra à l'intérieur et disparut.

Perplexe, Liam demeura quelques instants dans la cour, sous le soleil d'automne. Comment faire pour que son frère se réveille avant qu'il ne soit trop tard ? s'interrogea-t-il.

12

Le sourire aux lèvres, Aidan se gara devant la maison de Donna Fletcher.

Le crépuscule venait de tomber sur Baywater et le ciel était strié de larges bandes rouge foncé et orange. Un léger vent faisait bruisser le feuillage des arbres et de la rue montaient les cris joyeux des enfants. Le voisin de Donna, M. Franklin, était en train de tondre sa pelouse et un vieil homme assis sur un banc salua Aidan de la main lorsque celui-ci descendit de voiture.

Contournant le véhicule, il ouvrit la portière côté passager pour prendre les deux boîtes en carton brûlantes qu'il avait déposées sur le siège et qui contenaient des pizzas. Il n'oublia pas non plus la bouteille de merlot qu'il avait mise dans la boîte à gants. Le visage rayonnant, il se dirigea vers la maison.

Toute la journée, il avait pensé à cet instant. Pendant qu'il travaillait ou bien qu'il plaisantait avec ses amis, dans un coin de son esprit, il planifiait cette soirée tranquille avec Terry.

Comme c'était curieux, tout de même ! Il y a deux semaines encore, l'idée d'un tête-à-tête à la maison avec une femme ne l'aurait pas du tout excité. Il était vrai qu'à cette époque il n'avait pas encore rencontré Terry Evans.

Cette rencontre avait modifié sa vision du monde, pensa-t-il en secouant la tête.

D'un pas hâtif, il gravit les marches qui menaient à la terrasse. Il préférait ne pas trop réfléchir aux sentiments qu'il éprouvait. Ne pas les analyser de façon trop précise. Autant profiter du bonheur qui se présentait sans se poser de questions.

D'excellente humeur, il frappa à la porte.

Son sourire se figea lorsqu'elle s'ouvrit en grand.

Terry portait un tailleur beige et des escarpins. Son maquillage était impeccable et sa coiffure soignée. De toute évidence, elle s'apprêtait à sortir.

A la vue d'Aidan, une vive surprise se refléta dans ses yeux.

— Que fais-tu ici ? demanda-t-elle sans préambule. J'avais cru comprendre que tu ne pouvais pas te libérer, ce soir.

— Je me suis débrouillé pour me faire remplacer.

— Je vois…

Que se passait-il ? se demanda Aidan.

Perplexe, il faisait de gros efforts pour comprendre. Terry ne l'attendait pas — jusque-là, rien d'illogique. Néanmoins, pourquoi était-elle vêtue de façon si élégante ? Où avait-elle l'intention d'aller ?

Ce fut alors que, derrière elle, il avisa une valise et un sac de voyage. Cette découverte le glaça. Dirigeant son regard vers elle, il demanda :

— Tu vas quelque part ?

Nerveuse, Terry prit sa respiration avant de répondre :

— Oui. Quand tu as frappé, je croyais que c'était le chauffeur de taxi.

— Quel taxi ?

— Celui qui va me conduire à l'aéroport.

— Tu t'en vas ?

— Oui, je rentre à la maison.

— Ce soir ?

— Oui, reconnut-elle.

La stupeur se mua brutalement en fureur chez Aidan. Terry le toisait comme s'il était un étranger et lui annonçait en toute désinvolture qu'elle partait.

— Tu t'en vas sans me prévenir ? renchérit-il. Sans me dire un seul mot ?

Elle poussa un soupir et répondit :

— Aidan, ne rends pas les choses plus compliquées qu'elles ne le sont.

A ces mots, il émit un rire bref et sec.

— Je ne suis pas certain de pouvoir t'obéir, répliqua-t-il.

Il se sentait tellement idiot, avec ses pizzas qui refroidissaient et sa bouteille de vin qui se réchauffait. Et elle, tirée à quatre épingles, qui lui annonçait froidement qu'elle partait.

Et pourtant…

Il aurait dû se douter que les choses allaient finir de cette façon !

— Et que comptais-tu faire ? reprit-il. M'appeler de l'aéroport ? Ou bien ne rien me dire du tout et me laisser me casser le nez à ta porte ?

Mâchoires serrées, Terry tenta de se justifier.

— Donna arrive demain matin, annonça-t-elle. Elle t'aurait expliqué…

Aidan laissa de nouveau entendre un petit rire. Encore plus sec que le précédent.

— Super ! Tu allais charger Donna de m'annoncer la nouvelle car tu étais trop lâche pour m'affronter !

— Cela suffit, maintenant ! s'écria-t-elle.

— Ah bon ? Je n'en ai pourtant pas l'impression.

Il était si furieux qu'il aurait pu briser la bouteille de vin contre le mur. Faisant appel à sa bonne éducation, il se maîtrisa et poursuivit d'un ton crispé :

— Terry, je pensais qu'il y avait *quelque chose* entre nous.

— Vraiment ? rétorqua-t-elle.

Il la regarda fixement. A l'évidence, derrière le masque de l'impassibilité, elle aussi était à deux doigts de perdre son sang-froid. Croisant les bras, elle ajouta :

— Et qu'était-ce censé être ?

Sa question le laissa sans voix.

Comment aurait-il pu connaître la réponse à cette question ? Dans un mouvement de découragement, Aidan passa sa main sur son front et répondit :

— Je ne sais pas exactement. Mais ce que je sais, c'est que tu devais m'avertir de ton départ.

A ces mots, il crut voir une lueur de déception briller dans les yeux de Terry. A moins que ce ne fût une illusion d'optique.

— Rentre chez toi, Aidan, lui lança-t-elle alors. Ce petit interlude était très agréable, mais il est terminé. Nous devons chacun reprendre le cours habituel de nos vies.

— Comme si de rien n'était ?

Derrière lui, il entendit les pneus d'une voiture glisser dans l'allée. L'instant d'après, un léger coup de klaxon les fit tous deux sursauter.

— C'est mon taxi, déclara Terry.

S'emparant de ses bagages, elle franchit le seuil de la maison et referma la porte derrière elle. Impuissant, Aidan la vit tourner la clé dans la serrure. Et eut alors la désagréable sensation d'être replongé au cœur de l'ouragan. Brusquement, le rythme du monde s'accélérait et il ne pouvait plus le suivre.

Il devait de toute urgence dire quelque chose… Faire quelque chose…

Au lieu de quoi, il demeurait immobile comme un véritable idiot, la regardant rouler sa valise derrière elle, entendant le crissement des graviers sous les maudites petites roues. Incapable de réagir.

Il était toujours figé lorsque le chauffeur descendit de son taxi pour ouvrir la portière arrière à sa cliente.

Avant de s'engouffrer à l'intérieur, Terry posa la main

sur le rebord de la portière et leva les yeux vers lui. Esquissant un vague sourire, elle lui dit alors :

— Au revoir, Aidan.

Sans desserrer les dents, ce dernier regarda Terry sortir de sa vie.

Deux semaines plus tard, la fratrie Reilly se demandait si elle ne devait pas exclure Aidan du clan tant il était devenu insupportable. De façon provisoire, s'entend, afin qu'il réfléchisse sur son comportement.

— C'est mon point ! criait celui-ci en s'emparant du ballon qui venait de rebondir sur l'asphalte de l'allée.

— Ton point parce que tu as triché, protesta Brian.

— Pas du tout, se récria Aidan.

— Si ! intervint Connor. Tu as poussé Brian pour marquer le point.

— Désolé, *les filles*, lança Aidan, agacé. Je ne me suis pas rendu compte de ma force.

— Je crois qu'il serait temps que l'on remette les pendules à l'heure, déclara alors Brian en lui lançant un regard menaçant.

— Vas-y ! Dis-moi ce que tu as sur le cœur, fit Aidan d'un air bravache avant de bloquer le ballon sous son bras.

— Dis-nous plutôt ce qui t'arrive, rétorqua Connor tout en s'interposant entre Aidan et Brian.

— Mais je n'ai rien du tout, tout va bien. C'est vous qui n'arrêtez pas de râler !

A cet instant, Liam s'empara du ballon, effectua quelques dribbles, puis déclara à l'adresse de Brian et de Connor :

— Vous deux, allez boire une bière ! Il faut que je parle avec Aidan. En tête à tête.

Non sans maugréer, les deux cadets s'éloignèrent.

Aidan se baissa pour prendre la bouteille d'eau qui se trouvait à terre et en avala un bon demi-litre. Puis, tournant vers Liam un regard aussi furieux que menaçant, il annonça :

— Je ne veux pas entendre ce que tu as à me dire.

— Désolé, mais j'irai droit au but : elle te manque, n'est-ce pas ?

A ces mots, Aidan se crispa.

— Tais-toi, Liam, ordonna-t-il.

— N'y compte pas : ton comportement est ridicule et tu portes sur les nerfs de tout le monde. Quand vas-tu enfin admettre que tu l'aimes ?

Aidan foudroya Liam du regard avant de répondre :

— Mêle-toi de tes affaires et fiche-moi la paix, O.K. ?

Le soleil était encore ardent et l'air immobile. On se serait cru au cœur de l'été. Ce qui ne contribuait guère à calmer les esprits.

— Tes affaires me regardent, insista Liam. Crois-tu que nous ne savons pas ce qui se passe ? Que personne n'a remarqué que, depuis le départ de Terry, tu es infréquentable ?

A ces mots, Aidan eut envie de bondir de colère — avant d'admettre, de guerre lasse, que Liam avait raison.

D'ailleurs, ils avaient tous raison…

Depuis que Terry était partie, la vie avait perdu tout son sens. Il n'avait plus envie de se lever, le matin, et la nuit venue, le sommeil ne lui apportait aucun réconfort dans la mesure où il ne cessait de rêver d'elle. Alors il se réveillait en sueur, et se retrouvait seul dans le noir, les bras et le cœur vides.

— C'est elle qui est partie, murmura-t-il d'un air renfrogné.

— Lui as-tu donné une seule raison de rester ?

— Non, admit-il.

Comme il aurait aimé lui en donner ! Il aurait tant voulu la convaincre de rester, ce fameux soir. Lui dire que… Assez ! A quoi bon remuer le couteau dans la plaie ? C'était trop tard.

Découragé, Aidan se laissa tomber sur l'herbe puis, tout en déchirant d'un air absent l'étiquette de la bouteille d'eau, il reprit :

— Juste avant qu'oncle Patrick ne meure et ne nous lègue l'argent par quoi tout le malheur est arrivé…

Soudain, il se tut, comme s'il n'avait pas la force de poursuivre.

— Oui ? insista Liam.

— Je suis allé lui rendre visite. C'était une semaine avant son décès. Il m'a pris la main et m'a dit…

Fermant les yeux, Aidan s'efforça de se rappeler avec précision ce moment.

— « Le pire n'est pas de quitter la vie, mais de partir avec des regrets. Ne commets pas la même erreur que moi. Croque la vie à pleines dents afin de mourir sans regrets. »

— Je suis navré d'apprendre que l'oncle Patrick avait des regrets, à la fin de sa vie. J'avais l'impression qu'il avait mené une existence tranquille.

— Trop tranquille, justement. Il n'a jamais voyagé, n'a jamais rien réalisé d'extraordinaire. Et moi, je ne veux pas d'un tel destin, déclara Aidan avec fougue. Je refuse d'emporter des regrets dans ma tombe !

— Quel rapport avec Terry ?

— Tu ne saisis donc pas ? En tombant amoureux de Terry, j'aliène ma liberté. Par conséquent, je renonce à explorer l'existence, à prendre des risques. Et m'expose à des frustrations que je déplorerai jusque sur mon lit de mort, comme l'oncle Patrick.

Liam le jaugea un long moment, avant d'éclater de rire :

— Chaque fois que je me dis : « Allons, il n'est peut-être pas aussi idiot qu'il en a l'air », tu me déçois.

— Merci ! C'est réconfortant.

— N'as-tu jamais songé que la mise en garde d'oncle Patrick pouvait contenir un autre message ?

— Pardon ?

— Comme tu le sais, Patrick ne s'est jamais marié. Il a toujours vécu tout seul, refermé sur lui-même. Selon maman, c'était un homme timide dans sa jeunesse, ce qui expliquerait qu'il soit resté célibataire.

— Où veux-tu en venir ?

— Ce que je veux dire, c'est que les regrets dont il parlait concernaient peut-être les émotions à côté desquelles il était passé. Peut-être regrettait-il de n'être jamais tombé amoureux. De n'avoir jamais trouvé une femme qu'il aurait pu chérir. De n'avoir jamais eu d'enfants.

Aidan contempla son frère d'un air songeur. Voilà qui était nouveau pour lui. Il n'avait pas du tout interprété les paroles de son oncle de cette façon-là.

— Peut-être, finit-il par concéder après réflexion. Cependant…

— Aidan, l'interrompit Liam, à ton âge, tu as déjà vécu des expériences que la plupart des gens ne connaîtront jamais de toute leur existence.

— C'est vrai.

— Penses-tu qu'avec la forte personnalité qui est la tienne aimer une femme et en être aimé va changer ton existence de façon radicale ?

— Eh bien…

Le cerveau d'Aidan travaillait à cent à l'heure. Avançant, reculant… Il tentait de trouver des arguments pour contredire les affirmations de son frère, sans y parvenir.

— L'amour ne va pas mettre un terme à ton existence actuelle, insista encore Liam. Au contraire, cela l'enrichira. Si toutefois tu es assez intelligent pour saisir ta chance tant qu'il est encore temps.

— Peut-être, fit Aidan sans oser croire à l'espoir qui malgré lui renaissait dans son cœur. Mais… Imagine que Terry ne veuille pas de moi ? Qu'elle me dise d'aller au diable ?

— Depuis quand redoutes-tu les défis ? se moqua gentiment son frère. En toute honnêteté, je ne pense pas que Terry te repousse. Sais-tu que, avant de partir, elle a fait un don de vingt-cinq mille dollars à la paroisse, pour la toiture de l'église ?

— Ah bon ? fit Aidan, abasourdi. Et pourquoi ?

— Elle a affirmé qu'elle aimait beaucoup Baywater et que c'était sa manière à elle de témoigner son attachement à la ville. J'ai pour ma part une autre analyse : je pense que c'est parce qu'elle t'aime et qu'elle voulait que vos contributions soient unies de façon symbolique dans la toiture de l'église, même si elle partait.

Aidan resta pensif pendant quelques secondes… avant de bondir sur ses pieds. Plongeant ses yeux dans ceux de son frère, il s'écria :

— Pourquoi ne me l'as-tu pas dit plus tôt ?

Et Liam éclata de rire en voyant son frère se précipiter vers sa voiture et démarrer en trombe.

Terry reposa sa tasse de thé sur la table en acajou lustrée et le cliquetis de la porcelaine fine contre le bois se réverbéra de façon disproportionnée dans l'appartement de grand standing qu'elle occupait. Un appartement si silencieux… Si elle prêtait bien l'oreille, elle pourrait presque entendre les battements de son cœur.

Tout était trop tranquille et trop vide, ici.

Elle poussa un long soupir. Elle se sentait si solitaire !

Par bonheur, elle savait que cela n'allait pas durer.

Les deux dernières semaines lui avaient paru une éternité. De retour à New York, elle avait voulu reprendre le rythme normal de son existence, avant de découvrir que cela n'avait pas de sens. Sa vie n'était plus la même, car elle-même était différente.

Elle avait changé. Et ce changement était irrémédiable. Désormais, il lui était impossible de faire demi-tour, quand bien même elle l'aurait souhaité.

Lorsque la sonnerie de la porte d'entrée retentit, elle

se précipita vers la porte, ou plutôt patina jusque-là sur le parquet poli, car elle était en chaussettes. Amusée par cette petite distraction, elle ouvrit la porte avec un grand sourire aux lèvres.

Un sourire qui se figea devant son visiteur.

Aidan.

Sans mot dire, ce dernier entra dans l'appartement, referma la porte derrière lui et la prit dans ses bras.

Serrée tout contre lui, elle sentait le tambourinement de son cœur battant contre le sien. Jamais elle ne s'était sentie si heureuse de sa vie. Nichée au creux des bras d'Aidan, elle sentit son existence se remettre en place. Le monde venait enfin de retrouver son sens.

— Aidan, finit-elle par murmurer. Que fais-tu…

— Chut ! lui ordonna-t-il d'un ton vif.

Il s'écarta un peu d'elle tout en la maintenant toujours par les bras et se mit à la contempler d'un regard si intense qu'elle sentit sur-le-champ son cœur s'enflammer.

— Comme tu es belle, lui dit-il.

Elle lui sourit et voulut reprendre la parole, mais il ne lui en laissa pas le temps.

— J'ai fait le voyage jusqu'à New York pour te dire quelque chose de bien précis, annonça-t-il.

Prenant une large inspiration, il ajouta d'un trait :

— Je t'aime, Terry, et je veux que tu m'aimes.

— Aidan…

De nouveau, il lui coupa la parole.

— Je sais pourquoi tu t'es protégée si longtemps. Je comprends. Pour Eric et le reste.

Les yeux de Terry se brouillèrent de larmes, mais elle les conjura avec courage, car elle voulait avoir une vision bien nette de l'homme qui se tenait devant elle.

— On ne peut pas se protéger toute la vie, Terry, lui disait-il. C'est ce que j'ai fini par comprendre. Pour ma part, je risque ma vie tous les jours dans mon travail et, jusqu'à présent, je m'en fichais parce que je n'avais pas grand-chose à perdre. Maintenant, c'est différent… Je continuerai à prendre des risques, bien sûr, parce que c'est mon métier et qu'il me plaît. Mais j'ai compris que l'amour fonctionnait de la même façon.

Elle avait la sensation que son cœur allait éclater de bonheur.

— Terry, notre rencontre m'a transformé.

A ces mots, les yeux d'Aidan devinrent plus sombres, plus agités… Ils reflétaient une émotion qui alla droit au cœur de Terry.

— Tu as changé ma vie, poursuivait-il. Tu as rempli mon cœur de bonheur. Je ne veux pas me réveiller un autre matin sans te trouver à mes côtés. J'ai besoin de toi, Terry, et j'espère que la réciproque est vraie.

— Aidan…

— Je sais que l'amour et le mariage représentent de grands risques. Mais je veux que nous les prenions ensemble. Es-tu d'accord, Terry ? M'aimes-tu ? Veux-tu m'épouser ?

A ces mots, il resserra son étreinte.

Seigneur ! Heureusement qu'il la tenait si fermement, sinon, elle se serait évanouie de bonheur, pensa Terry.

Dans un sourire, elle lui répondit alors :

— Oui, je t'aime. Et, oui, je veux t'épouser. Aujourd'hui, demain, quand tu voudras… Car moi non plus je ne suis plus la même depuis que je t'ai rencontré. Tu as pris ta place dans ma vie, et sans toi elle serait désormais vide. D'ailleurs, ces deux dernières semaines passées loin de toi ont été une longue traversée du désert.

— Dieu merci, murmura-t-il avant de l'attirer de nouveau à lui.

Enfouissant la tête dans le cou de Terry, Aidan aspira à pleins poumons l'odeur douce et fleurie qui émanait de sa personne. Pour la première fois depuis qu'elle était partie de Baywater, il se sentit revivre.

— Il faut que je t'apprenne une nouvelle, murmura-t-elle alors.

S'écartant d'elle, il resta suspendu à ses lèvres.

— Je suis enceinte.

Stupéfait, il la dévisagea.

— Mais tu m'avais dit que… Enfin, ne prends-tu pas la pilule ?

— De toute évidence, elle n'est pas efficace à cent pour cent.

Comme il ne se remettait toujours pas de sa stupeur, elle enchaîna :

— J'avais l'intention de me rendre à Baywater pour te l'annoncer. Quand tu as sonné, j'ai cru que c'était l'agent immobilier qui venait faire l'état des lieux.

— Tu revenais t'installer définitivement à Baywater ? demanda-t-il dans un sourire.

— Oui, avoua-t-elle. J'étais bien déterminée à trouver un moyen de gagner ton cœur.

— Chérie, dit-il en lui adressant un large sourire qui fit naître la fameuse fossette, au creux de sa joue, il t'appartient déjà !

La serrant très fort dans ses bras, il murmura contre sa chevelure :

— Je suis si heureux que tu sois enceinte. Terrifié, mais heureux à la fois. Et toi, comment le prends-tu ? Je veux dire, après Eric… Cela ne t'effraie pas ?

A ces mots, elle se blottit contre lui et toutes les peurs qu'elle ressentait se dissipèrent dans le puits d'amour qu'il lui offrait. Elle avait été effrayée, bien sûr, en s'apercevant que le test de grossesse était positif. Puis elle avait compris que, si l'amour qu'elle portait à Eric l'empêchait d'aimer un autre enfant, alors elle n'honorait pas comme il se devait la mémoire de son fils.

— J'ai un peu peur, admit-elle. Mais je me sens aussi si vivante. Oui, pour la première fois depuis des années, je me sens vraiment vivante.

Elle baissa la tête un instant, puis la releva d'un coup pour braquer ses beaux yeux verts sur lui.

— Je t'aime, Aidan. Je veux rire avec toi, me battre avec toi. Fonder une famille avec toi.

Enserrant le visage de Terry entre ses mains, il lui adressa un sourire ravi et répondit :

— Je te promets que tu ne regretteras jamais d'avoir pris ce risque avec moi, Terry.

— Nous misons l'un sur l'autre, murmura-t-elle tandis que leurs bouches se soudaient.

Epilogue

Deux jours plus tard, le soleil déployait ses ultimes feux à l'horizon.

La plupart des discours officiels étaient terminés et le groupe des Marines avait commencé à jouer. C'était la fête annuelle de la base qui rassemblait les dignitaires militaires, ainsi que tous les habitants de Baywater. Il n'y avait jamais assez de sièges pour tout le monde, aussi les familles apportaient-elles leurs propres chaises pliantes et des couvertures pour admirer le défilé des Marines et pique-niquer.

Il était fascinant de voir les Marines défiler au pas, avec une précision extraordinaire, sans le moindre contretemps. Toute la foule en avait des frissons.

Assises un peu à l'écart, sur des chaises longues, Tina Coretti Reilly, Emma Jacobsen Reilly et Terry Evans — bientôt Terry Evans Reilly — discutaient en toute tranquillité avec leur belle-mère, Maggie Reilly, à l'ombre d'un grand parasol blanc et rouge.

Se penchant pour attraper la bouteille Thermos qui contenait du thé glacé, Tina demanda :

— Qui en veut ?

— Non merci, répondit Emma. J'en ai assez bu.

La main en visière, elle tâchait de repérer l'arrivée du pick-up rouge qui promettait d'être le clou de la journée.

— Terry ? demanda Tina.

— Volontiers, répondit celle-ci en tendant son verre. Ah tout ceci est si…

— Merveilleux, n'est-ce pas ? poursuivit Maggie en lui tapotant la main. Je suis toujours émue par les défilés et pourtant Dieu sait que j'ai assisté à de nombreux défilés, dans ma vie. Je suis aussi très heureuse que tu sois parmi nous pour partager ce moment.

— Je n'aurais manqué pour rien au monde l'événement, déclara Terry.

— Il est vrai que les frères Reilly en bas résille et en talons aiguilles, cela vaut le déplacement, ironisa Tina.

— Leurs collègues vont leur en parler jusqu'à la fin de leurs jours, prédit Emma en souriant.

— Et nous aussi, déclara Maggie.

Ses yeux aussi bleus que ceux de ses fils pétillaient de malice lorsqu'elle sortit une caméra vidéo de son sac.

Terry éclata de rire et demanda :

— Allez-vous réellement les filmer ?

— Bien sûr, répondit Maggie d'un air tranquille en allumant sa caméra. Il est toujours bon d'engranger des documents compromettants afin de pouvoir exercer une subtile pression sur les membres de sa famille, le cas échéant.

— La famille Reilly est incorrigible ! fit Tina à l'adresse de Terry. Il y règne un véritable esprit de clan. Tu vas nous adorer, j'en suis sûre.

— Nous sommes très drôles, tu verras, renchérit Emma. Je ne doute pas un instant que tu vas adhérer à notre tribu à cent pour cent.

— Oh, fit Terry en avalant une gorgée de thé glacé, je n'en doute pas non plus. Le peu que j'en ai vu m'a totalement séduite. Je suis si heureuse d'en faire partie.

— Regardez, les filles, les voici ! s'écria alors Maggie d'une voix excitée.

A cet instant, un pick-up rouge s'engagea dans l'allée principale de la base. Il roulait à une allure d'escargot.

Au volant du véhicule étincelant, Liam saluait la foule, un immense sourire aux lèvres. A l'arrière, les triplés, Aidan, Brian et Connor, assis en rang sur une malle, dans le déguisement prévu initialement par le pari. Leurs visages affichaient l'expression d'hommes pris au piège.

Comme la foule les huait gentiment, dans un esprit bon enfant, les triplés Reilly, bons joueurs, levèrent la main pour saluer leurs admirateurs, tout moqueurs qu'ils soient.

Allons, tout bon Marine n'était-il pas censé endurer avec bravoure une épreuve humiliante ?

Les trois frères se mirent alors à chercher du regard leurs bien-aimées, celles qui leur valaient cette mortification…

Et, lorsqu'ils croisèrent les regards amusés et pleins d'amour de leurs femmes respectives, ils comprirent que, pour rien au monde, ils n'auraient renoncé à l'humiliation. Puisque, dans ce cas précis, elle était le passeport pour l'amour fou.

Retrouvez en août 2018, dans votre collection

♦ SAGAS ♦

Trilogie intégrale : AU DÉFI DE L'AMOUR - N°86

Une séduisante héritière, de Leslie Kelly

Lorsqu'elle apprend qu'elle est la petite-fille cachée, et l'unique héritière, d'un richissime homme d'affaires, Venus est bouleversée. Car elle sent que sa vie ne sera plus jamais la même. Elle est loin d'imaginer, cependant, que cet héritage amènera son lot de problèmes… Comme le troublant Troy Langtree, qui semble s'intéresser à elle d'un peu trop près…

Un homme à reconquérir, de Julie Elizabeth

Sydney est incapable d'oublier les moments qu'elle a passés dans les bras d'Adam Brody : le goût de ses baisers, ou encore ses caresses d'une incroyable sensualité… Elle est donc prête à tout pour le reconquérir. Une entreprise pour le moins hasardeuse. En effet, n'est-ce pas elle qui, quelques mois plus tôt, l'a brusquement quitté sans pouvoir lui en expliquer la raison ?

Au risque du désir, de Tori Carrington

Qui est Alex Cassavetes ? Et que lui veut-il exactement ? Nicole aimerait bien le savoir, car l'attitude de cet homme à la beauté sombre et mystérieuse est des plus étranges. Pourtant, ce n'est pas de lui dont elle se méfie le plus, mais d'elle-même. De ce sentiment à la fois sauvage et brûlant qui l'envahit dès qu'elle se trouve en sa présence…

Tétralogie intégrale : WESTSIDE HOSPITAL - N°87

Le mariage du Dr Gabi Graham, de Meredith Webber

Gabi se sent plus légère depuis qu'elle s'est séparée de son mari, Alex. Désormais, elle est déterminée à croquer la vie à pleines dents ! Mais voilà, Alex est de retour au Westside Hospital, et Gabi sent à nouveau ses certitudes vaciller… Car la présence de son ex-mari ravive en elle de troublants sentiments…

La chance aux sentiments, de Meredith Webber

Travailler avec le Dr Josh Phillips ? Kirsten n'y voit aucun inconvénient. Leur rupture appartient au passé, et son cœur n'est de toute façon plus à prendre. En effet, dans quelques mois, son fiancé lui passera la bague au doigt. Alors pourquoi Kirsten ne parvient-elle pas à être heureuse et à oublier Josh pour de bon ?

L'amour en récompense, de Meredith Webber

Alana est furieuse : de quel droit le Dr Rory Forrester se permet-il de critiquer la façon dont elle dirige le Westside Hospital ? Elle, qui a bataillé si dur pour être reconnue à sa juste valeur, ne se laissera certainement pas abattre et prouvera à ce nouveau venu – aussi séduisant soit-il – qu'il ne s'est pas attaqué à la bonne personne !

Daisy et le médecin, de Meredith Webber

Daisy veut un bébé à tout prix, mais sans mari, car elle sait qu'amour rime rarement avec toujours ! Aussi, lorsqu'elle rencontre le Dr Julian Austin, désireux comme elle de fonder une famille, elle décide de saisir sa chance. Et s'ils se mariaient pour réaliser leur rêve le plus cher, tout en laissant les sentiments de côté ?

HARLEQUIN ♦ SAGAS ♦

Retrouvez en août 2018, dans votre collection

♦ SAGAS ♦

Trilogie intégrale : L'HÉRITAGE DES MAYFLOWER - N°88

Le feu d'un regard, de Carole Mortimer

Iris Mayflower partage sa vie entre la chanson, sa passion, et la ferme dont elle a hérité – avec ses sœurs – et qu'elle s'échine à sauver de la faillite. Une situation qui ne lui laisse guère le temps de songer à l'amour. Jusqu'au soir où, en montant sur scène, elle accroche le regard d'un bel inconnu. Un regard qui lui rappelle qu'elle est femme avant tout…

Étrange attirance, de Carole Mortimer

Capucine Mayflower est perplexe. Pourquoi Will Davenport, un homme d'affaires visiblement habitué au luxe, voudrait-il louer un studio vétuste dans la ferme familiale ? Et, si le confort des lieux lui importe peu, quelles sont ses intentions ? Capucine est déterminée à le découvrir. Mais pour cela elle devra lutter contre l'attirance que lui inspire Will, bien malgré elle…

Troublant ennemi, de Carole Mortimer

En tant qu'aînée, Lila Mayflower s'est toujours démenée pour prendre soin de ses sœurs. Aujourd'hui, elle est décidée à protéger la ferme familiale de la convoitise de promoteurs immobiliers sans scrupule. Comme ce Jude Marshall ! Jude, au charme duquel Lila voudrait tant rester insensible. Sauf que personne ne l'a encore jamais traitée avec autant d'attention que lui…

Trilogie intégrale : TROIS FRÈRES, TROIS DESTINS - N°89

Un troublant visiteur, d'Alice Sharpe

Qui est l'inconnu qui est entré par effraction chez elle ? Paige sent la panique l'envahir, car elle est seule, dans ce chalet de montagne où elle s'est réfugiée après une peine de cœur. Mais, alors qu'elle s'apprête à s'enfuir, l'inconnu la retient. Il a besoin de son aide, lui dit-il, car il est blessé et… amnésique. Et la seule chose dont il soit sûr, c'est qu'il est en danger de mort…

Un refuge dans la tourmente, d'Alice Sharpe

Elle doit fuir Portland, Julie le sait : c'est sa seule chance de rester en vie. Car un homme a tenté de l'assassiner… Révoltée par la réaction de la police, qui refuse de la protéger, elle se résout à retourner dans le Montana, auprès du seul homme en qui elle ait confiance : Tyler, son ex-mari. Tyler, qui lui a pourtant dit qu'il ne voulait plus jamais la revoir…

En proie au doute, d'Alice Sharpe

Cole est désemparé. En séduisant Skylar Pope, il n'avait qu'un objectif : approcher l'oncle de la jeune femme, un criminel qu'il traque depuis des mois. Pas un seul instant il n'avait imaginé tomber amoureux ! Pris au piège de ses sentiments, Cole se retrouve confronté à un cruel dilemme. Doit-il continuer à mentir à Skylar, ou lui avouer la vérité… au risque de la perdre ?

HARLEQUIN ♦ SAGAS ♦

Rendez-vous sur notre nouveau site

www.harlequin.fr

Et vivez chaque jour,
une nouvelle expérience de lectrice connectée.

- Découvrez toutes nos actualités, exclusivités, promotions, parutions à venir...
- Partagez vos avis sur vos dernières lectures...
- Lisez gratuitement en ligne, regardez des vidéos...
- Échangez avec d'autres lectrices sur le forum...
- Retrouvez vos abonnements, vos romans dédicacés, vos livres et vos ebooks en pré-commande...

L'application Harlequin

Achetez, synchronisez, lisez... Et emportez vos ebooks Harlequin partout avec vous.

Suivez-nous !

facebook.com/HarlequinFrance
twitter.com/harlequinfrance

OFFRE DÉCOUVERTE !

Vous souhaitez découvrir nos collections ? Recevez **votre 1er colis gratuit*** **ave** **2 cadeaux surprise !** Une fois votre colis de bienvenue reçu, si vous souhaite continuer à recevoir nos livres, cela se fera automatiquement. Vous recevrez alor vos livres inédits** en avant première.

Vous n'avez aucune obligation d'achat et cette offre est sans engagement de durée

*1 livre offert + 2 cadeaux / 2 livres offerts pour la collection Azur + 2 cadeaux.
**Les livres Ispahan, Sagas, Hors-Série et Allegria sont des réédités.

☛ COCHEZ la collection choisie et renvoyez cette page au
Service Lectrices Harlequin – CS 20008 – 59718 Lille Cedex 9 – France

Collections	Références	Prix colis France* / Belgique*
❏ **AZUR**	Z8ZFA6/Z8ZF6B	6 livres par mois 28,19€ / 30,19€
❏ **BLANCHE**	B8ZFA3/B8ZF3B	3 livres par mois 23,20€ / 25,20€
❏ **LES HISTORIQUES**	H8ZFA2/H8ZF2B	2 livres par mois 16,29€ / 18,29€
❏ **ISPAHAN**	Y8ZFA3/Y8ZF3B	3 livres tous les deux mois 23,02€ / 25,02€
❏ **HORS-SÉRIE**	C8ZFA4/C8ZF4B	4 livres tous les deux mois 31,65€ / 33,65
❏ **PASSIONS**	R8ZFA3/R8ZF3B	3 livres par mois 24,49€ / 26,49€
❏ **SAGAS**	N8ZFA4/N8ZF4B	4 livres tous les deux mois 33,69€ / 35,69
❏ **BLACK ROSE**	I8ZFA3/I8ZF3B	3 livres par mois 24,49€ / 26,49€
❏ **VICTORIA**	V8ZFA3/V8ZF3B	3 livres tous les deux mois 25,69€ / 27,69
❏ **ALLEGRIA**	A8ZFA2/A8ZF2B	2 livres tous les mois 16,37€ / 18,37€

N° d'abonnée Harlequin (si vous en avez un) ________

Mme ❏ Mlle ❏ Nom : ________

Prénom : ________ Adresse : ________

____

Code Postal : ________ Ville : ________

Pays : ________ Tél. : ________

E-mail : ________

Date de naissance : ________

❏ Oui, je souhaite recevoir par e-mail les offres promotionnelles des éditions Harlequin.
❏ Oui, je souhaite recevoir par e-mail les offres promotionnelles des partenaires des éditions Harlequin.

Date limite : 31 décembre 2018. Vous recevrez votre colis environ 20 jours après réception de ce bon. Offre soumise à acceptation et réservée aux personnes majeures, résidant en France métropolitaine et Belgique, dans la limite des stocks disponibles. Prix susceptibles de modification en cours d'année.Conformément à la loi Informatique et libertés du 6 janvier 1978, vous disposez d'un droit d'accès et de rectification aux données personnelles vous concernant. Par notre intermédiaire, vous pouvez être amenée à recevoir des propositions d'autres entreprises. Si vous ne le souhaitez pas, il vous suffit de nous écrire en nous indiquant vos nom, prénom et adresse à : Service Lectrices Harlequin CS 20008 59718 LILLE Cedex 9. Service Lectrices disponible du lundi au vendredi de 8h à 17h : 01 45 82 47 47 ou 33 1 45 82 47 47 pour la Belgique.

Harlequin® est une marque déposée du groupe HarperCollins France – 83/85, Bd Vincent Auriol – 75646 Paris cedex 13. SA au capital de 1 120 000€ – R.C. Paris. Siret 31867159100069/APE5811Z.

Composé et édité par HarperCollins France.

Achevé d'imprimer en mai 2018.

CPi
BLACK PRINT

Barcelone

Dépôt légal : juin 2018.

Pour limiter l'empreinte environnementale de ses livres, HarperCollins France s'engage à n'utiliser que du papier fabriqué à partir de bois provenant de forêts gérées durablement et de manière responsable.

Imprimé en Espagne.

€ 2.00